Edgar Noske, Jahrgang 1957, lebt als freier Autor im Rheinland und in der Eifel. Im Emons Verlag erschienen zahlreiche Kriminalromane, darunter die Mittelalter-Trilogie »Der Bastard von Berg«, »Der Fall Hildegard von Bingen« und »Lohengrins Grabgesang«. In der Reihe mit Kommissar Lemberg erschienen bisher »Die Eifel ist kälter als der Tod« und »Endstation Eifel«.

Dieses Buch ist ein Roman. Handlung und Personen sind frei erfunden. Ähnlichkeiten mit lebenden oder toten Personen sind rein zufällig. Bezüge zu und Anspielungen auf Ereignisse des aktuellen Zeitgeschehens sind jedoch ebenso gewollt wie unverzichtbar.

EDGAR NOSKE

IM DUNKEL DER EIFEL

EIFEL KRIMI

Emons Verlag

Umschlagzeichnung: Heribert Stragholz
Druck und Bindung: CPI – Clausen & Bosse, Leck
Printed in Germany 2008
Erstausgabe 2007
ISBN 978-3-89705-511-7

Für Mariann

What a drag it is getting old.
»Kids are different today«,
I hear ev'ry mother say
Mother needs something today
to calm her down
And though she's not really ill
There's a little yellow pill
She goes running for the shelter
of a mother's little helper
And it helps her on her way,
gets her through her busy day.
…
Doctor please some more of these
Outside the door, she took four more
What a drag it is getting old.
…
»Life's just much too hard today«,
I hear ev'ry mother say
The pursuit of happiness just seems a bore
And if you take more of those,
you will get an overdose
No more running to the shelter
of a mother's little helper
They just helped you on your way
through your busy dying day.

»Mother's Little Helper«,
The Rolling Stones, 1966

1

Er liebte diese frühen Stunden. Die einzige Zeit des Tages, die er für sich allein hatte. Weite, Einsamkeit, Ruhe. Selbst wenn es so dunkel war wie heute und von der Landschaft nichts zu sehen war, die sich vor dem Hochsitz ausbreitete, den er auch seinen Thron nannte. Bei bewölktem Himmel warf kein Stern das Licht der sich noch unter dem Horizont befindlichen Sonne zurück, um das Stück Erde zu seinen Füßen zu erhellen. Sein Stück Erde, sein ganz persönliches. Nur gepachtet, doch das war belanglos. Auf den Besitz kam es dabei nicht an.

In der Ferne glommen einige Punkte. Erleuchtete Fenster Höfener Häuser, hinter denen sich unbekannte Frühaufsteher auf ihren Tag vorbereiteten. Doch die störten nicht, verstärkten dieses Gefühl von Abgeschiedenheit eher noch. Hier, auf seinem Thron, war er der König seines eigenen Reiches. Eines Reiches der Stille. Nirgendwo sonst konnte er so ungestört nachdenken. Alle wichtigen Entscheidungen seines Lebens hatte er hier oben in diesen Stunden vor Beginn des Tages getroffen. Dass man hier außerdem einen prächtigen Schwarzkittel oder Bock vor die Flinte bekommen konnte, war zweitrangig.

Den Wagen hatte er wie immer ein gutes Stück weiter oben auf dem Wanderparkplatz abgestellt. In finsteren Nächten war der Weg zu Fuß bis zum Hochsitz nicht ohne Risiko. So ausgezeichnet seine Augen noch waren – nur zum Lesen benötigte er altersbedingt eine Brille –, in der Dunkelheit hatte er doch manchmal Schwierigkeiten. Aber er kannte den Weg, wusste um Wurzeln, die Stolperfallen bildeten, um Löcher, in denen man umknicken und sich die Bänder überdehnen oder gar reißen konnte. Also bewegte er sich entsprechend vorsichtig. Stets gelassen bleiben, aber umsichtig sein, wenn es erforderlich war. Ein Lebensmotto, das ihn schon oft vor Fehlentscheidungen bewahrt hatte.

Länger als eine Woche war er nicht hier gewesen. Immer wieder war etwas dazwischengekommen. Zuletzt am Wochenende die Einladung eines Kollegen zu einer sogenannten intimen Fachtagung nach Baden-Baden. Früher hatte er diese nichtsnutzigen Kurztrips genossen. Den Porsche mal wieder ausfahren, zwei Nächte in einem Top-Hotel, eine Runde Golf, Männergespräche, abends ein Gelage mit eigens engagierten Edelprostituierten. Aber wenn man das zwanzig Jahre lang gemacht hatte, hing es einem zum Hals raus. Absagen hatte er aber nicht können, dem Kollegen war er einen Gefallen schuldig gewesen. Der Schwerenöter hatte ihn als Alibigeber gebraucht, um mal wieder von zu Hause wegzukommen und sich auszutoben. Also hatte er mitgespielt, die Schuld beglichen, war aber allein auf sein Zimmer gegangen. Die Frau, die ihm zugedacht gewesen war, hatte zwar geschmollt, aber das gehörte zu ihrem Job. Wahrscheinlich war sie ganz froh gewesen, mal eine Nacht einfach nur schlafen zu können.

Aktuell beschäftigte ihn ein Problem, von dem er vor eineinhalb Wochen Kenntnis erhalten hatte. Zwei uralte Geschichten, die er schon lange vergessen hatte, hatten auf einmal wieder Bedeutung erlangt. Kaum etwas hasste er mehr, als sich mit Vergangenem beschäftigen zu müssen. Er war ein Mensch, der in der Gegenwart lebte, ausschließlich im Hier und Jetzt. Aber bei aller Leichtlebigkeit und Oberflächlichkeit, die man ihm nachsagte, war er doch ein verantwortungsbewusster Mensch. Seinen Beruf und alles, was damit in Zusammenhang stand, nahm er ernst, schludern kam für ihn nicht in Frage. Erst recht nicht, wenn persönliche Schicksale oder gar Menschenleben auf dem Spiel standen.

Rein objektiv betrachtet, war die Lösung einfach. Er musste die Person, die in erster Linie betroffen war, nur mit den Fakten konfrontieren. Zweifellos würde sie danach eine Entscheidung im Sinne der Vernunft treffen, ihm wäre jede Verantwortung abgenommen. Aber das Problem war vielschichtiger, als dass es sich rein rational hätte lösen lassen. Emotionen, Lebensentwürfe, die Zukunft vieler Menschen – auch von Kindern – waren damit verknüpft. So einfach konnte er es sich also nicht machen. Es würde viel Feingefühl seinerseits erfordern, eine für alle Involvierten annehmbare Lösung – an eine zufriedenstellende war angesichts der Ausgangslage gar nicht zu denken – zu finden. Danach hatte er in der Zeit, in der er hier oben saß, gesucht, war aber bislang zu keinem Ergebnis gekommen. Noch blieb ihm ungefähr eine Stunde, bis der Morgen grauen würde. Dann musste er sich Klarheit verschafft haben.

Er schraubte die Thermoskanne auf und goss sich einen Becher heißen Tee ein. Während er pustete und vorsichtig einen Schluck schlürfte, wälzte er das Problem erneut. Eine wahrhaft vertrackte Situation war über die Jahre entstanden. Eine Situation, wie sie ein griechischer Tragödienschreiber nicht trefflicher hätte ersinnen können. Das Leben konnte grausam sein. Er überlegte, ob es jemanden gab, dem man dafür die Schuld zuweisen konnte. Nein, eigentlich nicht. Es sei denn, man wollte eine lebensbejahende Nachlässigkeit bereits als Vergehen betrachten. So streng mochte er aber nicht sein. Es war einfach so gekommen. Punkt, aus, Ende. Jetzt galt es, mit dem, was daraus erwachsen war, fertig zu werden.

Wie er es auch drehte und wendete, er würde vielen wehtun müssen. Bei der Geschichte konnte es nur Verlierer geben, keiner würde als Gewinner daraus hervorgehen. Noch etwas, das er nicht mochte. Eine perfekte Lösung gab es selten, aber schön war, wenn wenigstens alle Betroffenen mit dem sprichwörtlichen »blauen Auge« davonkamen. Davon konnte in diesem Fall aber nicht die Rede sein. Trauer und Verlorenheit würden zwangsläufige Folgen sein, bei dem einen oder anderen mochte sogar Hass entstehen.

Mit vergleichbaren Problemen hatte er schon einige Male zu tun gehabt. Zugegebenermaßen weniger tragische, aber ganz unerfahren war er in der Bewältigung solcher Situationen nicht. Das brachte sein Beruf an der Grenze zwischen Leben und Tod nun einmal mit sich. Neu war jedoch, dass er persönlich in eine derartige Tragödie verstrickt war. Unschuldig oder besser gesagt unwissentlich verstrickt, schließlich hatte er bis vor Kurzem nichts von dem Desaster geahnt. Der Tee schmeckte bitter. Er hatte ihn zu lange ziehen lassen.

Von Südwesten, aus Richtung Brather Hof, trug der Wind ein leises Geräusch herüber. Ein ungeübtes Ohr hätte es höchstwahrscheinlich nicht einmal wahrgenommen. Er aber registrierte es, zumal es kein typisches Geräusch war. Das war kein Wild, das das Revier wechselte, kein Tier auf Futtersuche oder auf der Flucht. Aber was es war, vermochte er nicht zu sagen. Mit geschärften Sinnen lauschte und spähte er. Das Geräusch wiederholte sich, rückte näher. Seine Augen versuchten, die Schwärze der Nacht zu durchdringen, aber vergeblich. Langsam öffnete er den Reißverschluss seines Ansitzsacks, um Bewegungsfreiheit zu bekommen, und griff nach seinem Nachtglas. Vielleicht handelte es sich doch um einen Schwarzkittel, einen verletzten Keiler. In dem Fall würde er sich die Chance natürlich nicht entgehen lassen.

Er hob das Glas an die Augen und suchte den in Frage kommenden Bereich ab. Gleich beim ersten Schwenk erfasste er die Silhouette eines Menschen. Ein Mensch, der nach vorne gebeugt ging, fast so, als folge er einer Fährte. Bekleidet war er mit einem wadenlangen Umhang mit Kapuze, die er aufgesetzt hatte, sodass sein Gesicht unkenntlich war. Eine Waffe hatte er nicht geschultert. Was auch immer diesen Menschen zu seinem Spaziergang bewogen haben mochte – was er tat, war purer Leichtsinn. Nur ein Narr lief zu dieser Stunde quer übers Feld auf einen Hochsitz zu.

Weder Körpergröße noch die Art, wie derjenige sich bewegte, ließen eine Identifikation zu. Das war niemand, der ihm vertraut war. Erstaunlich war, wie leise der gefrorene Boden unter den Sohlen des Fremden knirschte. Noch rund zehn Meter, dann würde der Wanderer den Hochsitz erreicht haben.

Er legte sein Nachtsichtglas zur Seite, griff zur Stablampe, stand auf und stellte sich an den Abstieg der Kanzel. Den Kerl würde er gehörig anpfeifen. Was fiel dem ein, sich selbst in Lebensgefahr und ihn dadurch in Schwierigkeiten zu bringen! Außerdem hatte er ihn aus seinen Überlegungen gerissen. Das hatte der Fremde zwar nicht ahnen können, aber ärgerlich war es trotzdem.

Der Hochsitz war tatsächlich das Ziel des Wanderers. Am Fuß der Leiter blieb er stehen, streifte die Kapuze ab und blickte nach oben.

Er knipste die Lampe an und leuchtete dem Mann ins Gesicht.

»Besetzt!«, sagte er und erkannte im selben Moment, wen er vor sich hatte. »Das gibt es doch nicht. Was willst du denn hier?«

Der Angesprochene schlug seinen Umhang zurück und zog ein doppelläufiges Gewehr hervor, das er verborgen schräg vor der Brust getragen haben musste.

»Was wird das?«, fragte er von der Kanzel.

Wortlos spannte der andere beide Hähne der Büchse, richtete sie nach oben und drückte ab.

Der Knall war brutal laut, und der Rückstoß hätte ihn beinahe umgeworfen. Das Licht der Stablampe verlosch. Beißender Pulverdampf stieg dem Schützen in die Nase. Er drehte sich um und ging davon, ohne sich noch einmal umzublicken. Als er den Trampelpfad, der ihn zum Wanderparkplatz führen würde, erreicht hatte, blieb er kurz stehen und entfernte die Lumpen, mit denen er seine Stiefel umwickelt hatte.

Zehn Minuten später saß er auf seinem Fahrrad und radelte davon.

2

Der Mann, der an diesem bedeckten, hin und wieder mit Sprühregen aufwartenden Vormittag im Restaurant am Paal Nummer 9 auf Texel saß, war siebenundvierzig Jahre alt, einen Meter fünfundachtzig groß und hatte vor vier Tagen 95,6 Kilo auf die Digitalwaage gebracht. Dass sein Haupthaar eisengrau und sein Bart weiß war, ließ sich nur mehr erahnen. Mit Hilfe eines neuen Trimmers, der unter dem Weihnachtsbaum gelegen hatte, war beides einheitlich auf Millimeterlänge gestutzt.

Bekleidet war er mit Allwetterschuhen, Jeans, einem schwarzen Rollkragenpullover; die schwarze Goretex-Jacke hatte er über die Lehne des benachbarten Korbsessels geworfen. Der Name des Mannes war Roger Lemberg, wobei der Vorname wegen der wallonischen Abstammung seiner Mutter französisch ausgesprochen wurde. Es war kurz vor Mittag, und Lemberg war beim vierten Bier. Drei Tage Urlaub lagen noch vor ihm, dann würde er nach Dorsel ins obere Ahrtal zurückkehren, wo er als Kriminalhauptkommissar die SOKO Eifel leitete.

Den einwöchigen Urlaub hatten er und seine Frau Maggie von ihren beiden Kindern zu Weihnachten geschenkt bekommen. Die siebzehnjährige Katharina und der fünfzehnjährige Sebastian hatten einen Großteil ihrer Ersparnisse geopfert und zusätzlich einen Zuschuss von ihren Großeltern mütterlicherseits erbettelt, um Lemberg und Maggie ein paar ungestörte gemeinsame Tage zu ermöglichen. Eine Seltenheit, seit Lemberg die Leitung der SOKO übernommen hatte. Maggie und die Kinder lebten in Mainz und wollten die Landeshauptstadt auch nicht verlassen; Maggie, weil sie dort berufstätig war, Katharina und Sebastian wegen der Schule und ihrer Freunde. So war Lemberg vor zwei Jahren allein in die Eifel gezogen, wo er aufgrund von Trägheit, aber auch weil er die Hoffnung noch nicht aufgegeben hatte, die drei würden sich doch noch anders besinnen, noch immer im familieneigenen Wohnanhänger auf dem Campingplatz Stahlhütte im Ahrtal wohnte. Aus den anfangs geplanten allwochenendlichen Heimfahrten war auch wenig geworden, da die Personaldecke der SOKO Eifel, das Pilotprojekt einer länderübergreifenden Kriminaldirektion und damit ein Lieblingskind des Bundesinnenministers, viel zu dünn war, sodass Lemberg im Wechsel mit den Kollegen durcharbeiten musste.

Das hatte zu einer schleichenden Entfremdung zwischen Lemberg und Maggie, aber auch den Kindern und selbst dem Hund, einem mittlerweile fünfjährigen katalonischen Schäferhund namens Baro, geführt. Der Hund hatte mangels konsequenter Erziehung nie besonders gehört, und inzwischen betrachtete er Lemberg offenbar nicht länger als Rudelführer und war entsprechend aufsässig. Tatsächlich war Lemberg im vergangenen Jahr zwischen den Herbstferien und Weihnachten gerade mal an zwei Wochenenden zu Hause gewesen. Grund genug für Sebastian, der besonders an seinem Vater hing, die Initiative für dieses außergewöhnliche Weihnachtsgeschenk zu ergreifen. Mehrfach hatte die Reise wegen Terminschwierigkeiten verschoben werden müssen, aber jetzt, kurz nach Ostern, hatte es endlich geklappt. Schade nur, dass die Kinder nicht hatten mitfahren wollen, Lemberg vermisste sie sehr. Das Ferienhaus im Dorf Den Hoorn, das die Familie in der Vergangenheit schon öfter gemietet hatte, war ihm ohne die beiden regelrecht fremd. Beeindruckenderweise hatten die Kinder sogar darauf bestanden, dass Baro in Mainz blieb und von ihnen versorgt wurde, obwohl sie sich sonst bei jeder Gelegenheit um einen Spaziergang mit dem Hund drückten.

Das Wochenende und den gestrigen Tag hatten Lemberg und Maggie ruhig angehen lassen und waren bei jedem Wetter am Strand spazieren gegangen, wobei Lemberg nach jeweils einer knappen Stunde schlappgemacht hatte. Abends hatte Maggie dann gekocht; gestern hatte sie für Lemberg die beiden Schollen gebraten, die er in Oudeschild gekauft hatte. Sie selbst ernährte sich streng vegetarisch, war aber nicht militant und hatte Lemberg sogar versprochen, ihm an einem der Abende ein paar Koteletts der berühmten Texeler Salzwiesenlämmer zuzubereiten.

Die Eingangstür quietschte in den Angeln, und Maggie kam

herein. Sie war in eine Thermojacke gepackt und hatte ihre tizianrote Lockenpracht mit einem Stirnband gesichert. Laufschuhe und eine marinefarbene Jogginghose mit weißen Streifen verrieten, womit sie die letzte Stunde verbracht hatte. Ihre Jacke landete neben Lembergs. Dann nahm sie im dritten der Sessel Platz, die den runden Tisch umstanden, zog das Stirnband vom Kopf und schüttelte ihre Haare. Milva wäre vor Neid geplatzt.

»Seit wann bist du hier?«, fragte Maggie.

»Seit kurz nach elf«, sagte Lemberg. »Vorher machen die nicht auf.«

»Dann hättest du doch mitlaufen können. Ich dachte, du wolltest noch ein Stündchen schlafen.«

»Wollte ich aber nicht. Ich wollte einfach hier sitzen und meinen Gedanken nachhängen.«

»Positiven?«

»Was?«

»Gedanken, mein Lieber.«

Lemberg griff nach seinem Glas und nahm einen Schluck. »Wie man es nimmt.«

Bevor Maggie darauf eingehen konnte, stand der Kellner am Tisch, ein langer, dünner Mittzwanziger mit speckiger Schürze. Lemberg hatte beinahe eine Viertelstunde gewartet, bis der Kerl aufgetaucht war, aber er hatte ja auch keine derartige Mähne. Außerdem hatte er sich damit abgefunden, dass der Service in den Niederlanden immer weiter von einer durchaus liebenswürdigen Nonchalance in Richtung Flegelhaftigkeit abglitt.

»Mevrouw?«

»Ein Texel Wit«, sagte Maggie nach kurzem Studium der Karte.

»Das ist Bier«, sagte Lemberg fassungslos.

»Ach?«

»Noch dazu Weißbier. Das schmeckt beschissen.«

»Ein Texel Wit«, bestätigte Maggie dem Kellner.

Der grinste.

»Und mir noch ein Amstel«, sagte Lemberg, obwohl sein Glas noch halb voll war.

Der Kellner schob ab, und Maggie fragte: »Was ist los mit dir, Roger?«

»Nichts. Warum fragst du?«

»Du säufst, als bekämst du Geld dafür.«

Lemberg blickte sie von unten herauf an. »Wann hast du mich das letzte Mal betrunken gesehen, Mädchen? Sei ehrlich.«

»Ewig nicht, aber das beruhigt mich keineswegs.« Maggie schlug die Beine übereinander. »Ich mach mir Sorgen um dich. Ernsthafte Sorgen.«

»Wegen des fünften Bieres?«

»Wegen deines Allgemeinzustandes. Früher hast du hier am Meer geschlafen wie ein Bär. Jetzt wälzt du dich hin und her, und das auch nur für zwei oder drei Stunden. Dann geisterst du durchs Haus, und ich höre, wie du Bierdosen aufreißt. Morgens liegen dann mindestens sechs in der Mülltüte.«

»Kontrollierst du meinen Konsum?«

»Wenn du die Dosen in die Tüte für Bioabfälle schmeißt, brauchst du dich nicht zu wundern. – Du wirkst lustlos und bist unkonzentriert. Du hast trübe Augen, und deine Sorgenfalten sind so tief, dass sie gar nicht mehr weggehen. Und du wirst immer dicker. Was plagt dich?«

Lemberg leerte sein Glas. Maggie hatte gut reden. Als ehemalige Leichtathletin, die noch immer trainierte, als gehöre sie der Auswahl für die nächsten Olympischen Spiele an, hatte sie im Laufe der Jahre trotz zweier Schwangerschaften gerade mal zwei Kilo zugenommen; Lemberg inzwischen mehr als zwanzig, davon über zehn, seit er in der Eifel war.

»Was soll ich sagen?«

»Alles.«

Der Kellner verschaffte ihm eine Galgenfrist. Maggies Flasche und Glas platzierte er so, dass die Schriftzüge ihr zugewandt waren, Lembergs Glas landete neben dem Deckel.

Nachdem Maggie an ihrem Bier genippt hatte, fragte Lemberg: »Na, wie schmeckt's?«

»Gut. – Also, was ist los mit dir? Hast du Sorgen, von denen ich nichts weiß?«

»Beruflich?«

»Was auch immer.«

Lemberg sah aus dem Fenster. Irgendwo dahinten lagen die Britischen Inseln.

»Ich weiß ehrlich gesagt nicht, wie es weitergehen soll«, sagte er leise. »Mein ganzes Leben steht mir bis sonst wo. Ich hab auf nichts mehr Lust. Nichts interessiert mich. Der Job geht mir auf die Nerven, die Trennung von euch, die beschissene Wohnsituation in der Eifel, mein Übergewicht, alles. Aber ich weiß verdammt nicht, wie ich auch nur an einem der Punkte etwas ändern könnte. Es ist zum Kotzen.«

»Hast du deine Ziele aus den Augen verloren?«

»Ziele? – Ich frage mich, ob ich jemals welche hatte. Ich glaube, ich hatte immer nur Träume. Und langsam realisiere ich, dass keiner davon jemals wahr werden wird.«

»Wovon sprichst du? Von uns?«

Lemberg griff nach seinem Glas, spielte aber nur damit herum und wischte den Beschlag mit dem Daumen ab. »Am Meer wohnen, ein Segelschiff kaufen und abends mit einer Flasche Rotwein auf der Terrasse sitzen und der Sonne beim Zubettgehen zusehen. Zum Beispiel.«

»Davon hast du mir nie erzählt. Ich bin noch immer auf dem Stand, dass wir uns fürs Alter ein Häuschen irgendwo in den Weinbergen kaufen. Dass du dich für Schiffe interessierst, ist mir neu. Deswegen bist du gestern trotz des Mistwetters im Hafen herumgelaufen. Segelschiffe gucken.«

Lemberg lächelte. »Ein bisschen Traumfutter sammeln.«

»Kannst du überhaupt segeln?«

»Ich hab den Segelschein gemacht, als ich in Österreich auf der Schule war, seitdem aber nie wieder eine Pinne in der Hand gehabt. Anderes wurde danach wichtiger – Frauen, Reisen, das Übliche.«

»Sex and Drugs and Rock'n'Roll, ich verstehe.« Maggie fasste ihre Haare am Hinterkopf zusammen, machte irgendetwas mit dem Stirnband, das Lemberg nie begriffen hatte, und schwups, hatte sie einen Pferdeschwanz. »Gut, dann eben ans Meer. Wohin?«

»Keine Ahnung. Vielleicht nach Korfu. Oder nach Dänemark. Aber daraus wird eh nichts.«

»Warum sollte daraus nichts werden? Du bist gerade mal Mitte vierzig.«

»Verdammt noch mal, ich will dieses Leben schon jetzt haben. Ich will – wollte, muss ich wohl eher sagen –, dass Kati und Basti dort groß werden und die Gegend als ihre Heimat begreifen, verstehst du? Jetzt sind sie Mainzer. Und ich bin fast fünfzig.«

»Was ist daran so schrecklich, Mainzer zu sein? Die beiden fühlen sich dort wohl. – Außerdem ist selbst fünfzig kein Alter.«

»Wenn du dich dabei wie siebzig fühlst, schon.«

»Das liegt an deinem Lebenswandel. Ich möchte gar nicht wissen, was du alltags in dich hineinstopfst.«

»Du weißt, dass ich nicht kochen kann.«

»Ich habe dir mehrfach angeboten, dir ein paar einfache und gesunde Rezepte beizubringen«, fauchte Maggie. »Aber du willst ja nicht. Außerdem solltest du Sport treiben. Das setzt Endorphine frei, die machen glücklich. Aber vor allem anderen solltest du aufhören zu saufen.«

»Immer wieder fängst du vom Trinken an! Die paar Gläser sind das Einzige, was mir den Albtraum meines Lebens für ein paar Stunden erträglich macht.«

»Albtraum deines Lebens! Der Suff hat dir schon die Sinne vernebelt, mein Lieber. Du weißt ja gar nicht mehr zu schätzen, was du hast. Du hast zwei wohlgeratene, gesunde Kinder, eine Frau, die dich liebt, und –«

»Die ich alle paar Wochen zu sehen kriege. Wenn ich Glück habe.«

»Jetzt geht *die* Leier wieder los!« Maggie beugte sich vor und senkte die Stimme, aber das Fauchen blieb. »Niemand hat dich gezwungen, zur SOKO zu gehen. Du hättest auch woanders einen Job gefunden.«

»Du weißt genau, dass ich niemals für deinen Kotzbrocken von Bruder arbeiten würde.«

»Wer redet denn von meinem Bruder? Es gibt Sicherheitsunternehmen wie Sand am Meer, jedes davon würde dich mit Kusshand nehmen. Aber nein, der Herr hat ja seine Bullenehre. Einmal Bulle, immer Bulle. Jetzt sieh auch zu, wie du damit klarkommst. Und reiß dich – verdammt noch mal – ein bisschen zusammen.«

Beide starrten nach draußen, jeder durch ein eigenes Fenster, deren Scheiben die salzige Luft mit einem Grauschleier überzogen hatte. In der Ferne, über dem Horizont im Nordwesten, braute sich etwas zusammen, was der Stimmung, die über dem Tisch hing, eine angemessene Kulisse bot.

Plötzlich klingelte Lembergs Handy. Da er sich nicht rührte, sagte Maggie nach dem fünften Mal: »Willst du nicht rangehen? Vielleicht sind es die Kinder.«

»Die würden eher dich anrufen.«

»Ich hab mein Handy aber nicht dabei.«

Mit einem Seufzer bequemte Lemberg sich, kramte das Nokia aus der Jacke und meldete sich.

»Albrecht hier«, klang es fern wie von einem anderen Planeten.

»Wer?«

»Albrecht, dein Vorgesetzter.«

Kriminaloberrat Albrecht Canisius hatte die SOKO Eifel seinerzeit auf Weisung der von den Innenministerien von Nordrhein-Westfalen und Rheinland-Pfalz paritätisch besetzten Gründungskommission eingerichtet und seinen alten Weggefährten Lemberg, der schon beim BKA zu seinen engsten Mitarbeitern gezählt hatte, mit der Leitung beauftragt. Canisius selbst hielt sich aus dem Tagesgeschäft heraus und kümmerte sich ausschließlich um die politischen Belange der SOKO. Insbesondere seit er sich bei einem mittlerweile mehrere Monate zurückliegenden Hubschrauberabsturz schwerste Rückenprellungen und eine Wirbelsäulenstauchung zugezogen hatte. Seitdem war er gehbehindert und erledigte seine Arbeit fast nur noch von seinem Privathaus in Münstereifel aus. Das einst freundschaftliche Verhältnis zwischen Lemberg und Canisius war allerdings stark abgekühlt, seit Lemberg ihm vorgeworfen hatte, ihn in einem zurückliegenden Fall hintergangen und so den Tod eines ehemaligen Freundes verschuldet zu haben. Danach hatte Lemberg sogar eine Zeit lang mit dem Gedanken gespielt, die SOKO zu verlassen, was jedoch mangels Alternativen gescheitert war.

»Was willst du?«, knurrte Lemberg. »Ich hab Urlaub.«

»Ich weiß, verdienten und dringend benötigten Urlaub«, sagte Canisius in seinem väterlichen Tonfall, mit dem er gern unangenehme Mitteilungen zu mildern versuchte. »Aber es nützt alles nichts. Du wirst hier gebraucht.«

Canisius schien eine Reaktion zu erwarten, aber Lemberg entgegnete nichts. Er schwieg einfach in die Satellitenverbindung hinein.

»Bist du noch da?«, fragte Canisius deshalb.

»Wo sollte ich schon hin? Du würdest mich doch überall finden.«

»Stimmt. Also hör zu …«

Als Lemberg das Telefon nach einiger Zeit in die Jacke zurückschob, sagte Maggie: »Du musst zurück.«

»Ja.«

»Dann ist unser Urlaub hiermit zu Ende.«

»Meiner, nicht deiner«, sagte Lemberg. »Du kannst den Wagen hierbehalten. Albrecht hat gesagt, er braucht mich auf jeden Fall. Koste es, was es wolle.«

3

Das Flugzeug war eine Cessna, ein Hochdecker, dessen Tragflächen oberhalb der Fenster angesetzt waren, sodass man einen freien Blick nach unten hatte. Das Wetter war traumhaft, und eigentlich hätte Lemberg den Flug genossen, hätte er nicht dermaßen gefroren. Irgendetwas war mit der Heizung nicht in Ordnung, und in der Höhe, in der sie flogen, war es verdammt viel kälter als am Boden. Jetzt verstand er auch, warum der Pilot, ein kleiner Kerl mit seltsam geistesabwesendem Blick, der sich schlicht mit Henk vorgestellt hatte, eine Skijacke und Stiefel trug.

Außerdem war Lemberg kotzübel. Mit schlafwandlerischer Sicherheit hatte Henk jedes Luftloch angesteuert, das es zwischen Texel und der Dahlemer Binz gab. Anfangs hatte Lemberg noch versucht, anhand irgendwelcher Instrumente herauszufinden, wie tief sie gerade gesackt waren, aber beim Blick auf die schreiend bunten Darstellungen der beiden Kontrollschirme hatte es ihm erst recht den Magen umgedreht. Dazu ging ihm das Gepolter einer hinter den Sitzen herumrollenden Flasche auf den Geist, aber er traute sich nicht, sich umzudrehen. Wer wusste, was er da finden würde.

»There!«, brüllte Henk und zeigte an Lemberg vorbei in die Tiefe, wobei die Cessna nach rechts kippte. *»Your airport!«*

»My airport«, murmelte Lemberg. »Gott sei Dank!«

Aber Henk hörte seine Entgegnung schon nicht mehr; er hatte sich die Kopfhörer übergestülpt und quäkte »Charly-Alpha-Tango« und anderes Zeug ins Mikro. Was auch immer er damit meinte, am Boden schien man damit einverstanden zu sein, denn plötzlich riss er das Steuer herum und flog eine aberwitzig enge Kurve, um gleich danach in den Sturzflug überzugehen. Das Kloster Maria Frieden tauchte unter ihnen auf und wurde rasend schnell größer. Lemberg sah sich schon in der Kräuterlikörküche der Trappistinnen aufschlagen. Am liebsten hätte er geschrien. Dafür hatte Henk seinen Spaß.

»Stuka!«, brüllte er Lemberg zu und grinste. *»Stuka!«*

Lemberg schloss die Augen. Kurz darauf veränderte sich das Gefühl in seiner Magengrube, ähnlich wie wenn man auf der Achterbahn durch die Senke braust, und die Maschine setzte nach zwei Hopsern auf.

Steifbeinig kletterte Lemberg aus dem Flieger. Als er seine Tasche vom Rücksitz nahm, sah er, was die ganze Zeit im Flugzeug herumgerollt war: eine Flasche Hollandse Graanjenever, in der noch eine Neige schwappte.

Schommer wartete im Schatten des fünfgeschossigen Towers. Canisius hatte den mittlerweile Dreiunddreißigjährigen bei der Gründung der SOKO von der Kripo Frankfurt abgeworben, wo Schommer als ein Ass im Observieren gegolten hatte. Eine Qualität, die ihn auch heute noch auszeichnete. Seine schulterlangen blonden Haare hatte er zu einem Zopf zusammengebunden, und sein Kinn zierte ein Dreitagebart. Bekleidet war er wie zumeist mit Jeansanzug und Westernstiefeln. Dass er schwul war, sah man ihm nicht an, obwohl er ungewöhnlich lange Wimpern hatte, aber die hatten andere Männer auch. Lemberg zum Beispiel. Nur dass er seine nicht mit Mascara färbte. Sie gaben sich die Hand.

»Frieren Sie?«, fragte Schommer. »Ihre Hand ist eiskalt.«

»Geht so«, sagte Lemberg. »Warten Sie schon lange?«

»Vielleicht eine halbe Stunde. Ich hab mir die Zeit mit Zuschauen vertrieben.« Schommer zeigte auf einen schwarzen Hubschrauber, der am anderen Ende des Flughafens wilde Steig- und Sinkflugübungen veranstaltete und sich dabei auch noch im Kreis drehte. Das Ding klang aus der Entfernung wie eine Mischung aus Kreissäge und Kompressor. »Heli-Flugunterricht. Könnte mir auch gefallen.«

Während sie zu dem jenseits des Hangars abgestellten Golf gingen, donnerte Henk über die Piste hinweg und wackelte dabei mit den Tragflächen. Dann zog er die Cessna steil nach oben in den frühlingsblauen Himmel. Lemberg winkte ihm nicht nach.

Die Tasche stellte er auf die Rückbank, da Schommer im Kofferraum immer seine Taucherausrüstung spazieren fuhr, für die er zu Hause keinen Platz hatte. Eigentlich war es nicht üblich, dass Privatkram im Dienstwagen transportiert wurde, aber da Schommer dank der Ausrüstung Lemberg und der Kollegin Noll einmal das Leben gerettet hatte, wurde darüber generös hinweggesehen. Die Fahrt ging in Richtung Schleiden. Schommer lenkte lässig mit zwei Fingern. Die Temperaturanzeige im Armaturenbrett zeigte 16,5 Grad an.

»Auch wenn es komisch klingt«, sagte Lemberg, »könnten Sie die Heizung anmachen?«

»So schlimm?«

Lemberg nickte.

Schommer betätigte die erforderlichen Drehknöpfe. »Der Wagen hat auch Sitzheizung.«

»Her damit.«

Als Lemberg seine Füße wieder zu spüren begann, sagte er: »Erzählen Sie mal.«

»Der Tote heißt Elmar Steinbeck«, sagte Schommer. »Siebenundfünfzig Jahre alt, Frauenarzt mit Praxis in Monschau, wohnhaft in Woffelsbach, verheiratet, drei Kinder und sowohl Bruder des Monschauer Bürgermeisters als auch des schwarzen Kandidaten für das Amt des Ministerpräsidenten in NRW.«

»So weit hatte Canisius mich bereits informiert. Wie wurde er ermordet?«

»Jemand hat ihm mit einer Schrotflinte den Kopf weggeschossen. Zumindest die vordere Hälfte.«

»Wie?«

»Steinbeck war auf seinem Hochsitz. Er war passionierter Jäger, so viel wissen wir inzwischen. Laut Spurenlage ist der Täter an die Leiter herangetreten. Als Steinbeck dann – wie wir vermuten – nach unten geblickt hat, hat der Mörder abgedrückt.«

»Ist schon was über die Tatzeit bekannt?«

»Um vier Uhr früh ist er von zu Hause aufgebrochen, um elf wurde er gefunden. Da hatten schon allerlei Vögel an ihm gepickt.«

»Wer hat ihn gefunden?«

»Ein Landwirt, der in der Nähe wohnt. Steinbecks Frau hatte ihn angerufen, da ihr Mann überfällig war und sie ihn nicht auf seinem Handy erreichen konnte. Da hat er nachgesehen und die Polizei angerufen. Keine Viertelstunde später waren wir am Tatort.«

Lemberg blickte ungläubig zur Seite. »Wen meinen Sie mit wir?«

»Die Kollegin Berrenrath-Noll und mich.«

»Wie haben Sie das denn angestellt?« Die Kurven runter nach Schleiden setzten Lemberg arg zu. Sein Magen war noch nicht wieder in Form. Er hätte wer weiß was für einen Cognac gegeben. Aber Schommer trank nicht, zwecklos, ihn zu fragen. Nachträglich ärgerte er sich, Henk nicht den Genever geklaut zu haben. »Haben Sie sich beamen lassen?«

»Wir waren gerade auf dem Weg nach Monschau«, sagte Schommer, »als die Meldung über Funk kam. Da sind wir gleich hin.«

»Weswegen? Ich meine, weswegen wollten Sie nach Monschau? Liegt noch ein Kapitalverbrechen vor?«

»Wie man es nimmt.« Schommer musste auf einer Brücke stoppen, vor ihnen staute sich der Verkehr wegen einer Baustelle; unter ihnen gurgelte die Olef. »Steinbeck, in dem Fall der Bürgermeister, ist gestern ein Verkehrsrowdy über den Fuß gefahren. Zuvor hatte der Kerl im Streit um einen Parkplatz einen anderen Verkehrsteilnehmer tätlich angegriffen. Das haben Steinbeck und der Simmerather Bürgermeister, die zusammen unterwegs waren, mitbekommen und sind dem Bedrängten zu Hilfe geeilt.«

»Ist der Bürgermeister verletzt?«

»Nein, aber der Simmerather hat was abgekriegt. Ihm wurde ein Zahn ausgeschlagen.«

»Seit wann ist die SOKO für Schlägereien zuständig?«

»Der Kriminaloberrat meinte, der Fall könnte wegen der anstehenden Landtagswahlen unter Umständen eine politische Dimension haben, und hat darauf bestanden, dass wir uns der Sache annehmen. So etwas könnte man nicht irgendwelchen beschränkten Dorfpolizisten überlassen.«

»Hat er das wörtlich gesagt?«

»Wortwörtlich.«

Die Fahrt ging weiter. Schommer schaffte die Ampel bei Gelb-Rot.

»Das haben Sie doch hoffentlich so nicht weitergegeben?«

»Ich werd mich hüten. Bei den etablierten Dienststellen ist die SOKO als Konkurrenzunternehmen schon unbeliebt genug.«

»Eine Schlägerei zwischen einem Verkehrsrowdy und zwei Bürgermeistern«, brummte Lemberg. »Als ob wir nichts anderes zu tun hätten.«

»Wem sagen Sie das.« Zum Überholen eines Sattelzugs schaltete Schommer das Automatikgetriebe von Hand zurück. Der Golf machte einen Satz. »Kollegin Berrenrath-Noll meinte allerdings, Canisius' Fürsorglichkeit sei eher auf seine Mitgliedschaft im Lions Club zurückzuführen. Die Gebrüder Steinbeck gehören dem Verein offenbar auch an.«

»*We serve.*«

»Wie bitte?«

»*Wir dienen*. Der Leitspruch der Lions. Bezieht sich anscheinend in erster Linie aufs Händewaschen.«

»Eine die andere, meinen Sie? – Ist doch überall so.«

Die Fahrt ging rauf nach Schöneseiffen. Hinter dem Ort wurde die Straße besser, und Schommer beschleunigte auf deutlich über hundert.

»Wurde dieser Schläger wenigstens erwischt?«, fragte Lemberg.

»Nein, er konnte türmen. Wir wissen nur, dass er einen Mitsubishi Pajero mit belgischem Kennzeichen gefahren hat, von dem auch bloß die Buchstabenkombination bekannt ist: AMK. Die Ziffern hat sich in dem Durcheinander keiner gemerkt. Auch die Beschreibung des Flüchtigen ist mehr als dürftig. Ging wohl alles ein bisschen schnell für die alten Knaben. Die belgischen Kollegen sind aber an der Sache dran.«

Die Straße führte in den Wald, und umgehend wurde es kühler.

»Als wir den Kriminaloberrat dann noch über den Mord an Steinbecks Bruder informiert haben, war für ihn die Sache eindeutig: Beide Fälle stehen in Zusammenhang miteinander und sind Teil eines politischen Komplotts. Deshalb hat er Sie auch aus dem Urlaub zurückbeordert. Tut mir verdammt leid.«

Lemberg blickte aus dem Seitenfenster. Was Maggie wohl gerade machte? Ihm fiel ein, dass er vergessen hatte, sie wie versprochen gleich nach der Landung anzurufen. So mutig sie für gewöhnlich war, fliegen war nicht ihre Sache.

»Wohin fahren wir eigentlich?«, fragte er.

»Zum Tatort, den wollen Sie doch immer sehen.«

»Ist das Opfer noch dort?«

»Nein, die Leiche ist bereits auf dem Weg in die Gerichtsmedizin. Aber wir haben ein paar schöne Polaroids gemacht. Einige davon liegen im Handschuhfach, wenn Sie wollen.«

Lemberg entnahm dem Fach die Aufnahmen. Der Anblick, den der Ermordete bot, war scheußlich. Lemberg fühlte sich an Bilder von Opfern aus Kriegsgebieten erinnert. Die Nahaufnahmen waren noch herber. Wäre da nicht der Kragen des Jagdrocks gewesen, es hätte sich auch um ein beliebiges Stück Kadaver handeln können. Für einen Moment ertappte er sich bei dem Gedanken, irgendeine Kreatur könnte zurückgeschlagen und sich an dem Jäger gerächt haben. Für den Mord an Mutter Bache, Vater Keiler oder Bruder Frischling.

Sie verließen den Wald, die Landschaft weitete sich, und es bot sich ihnen ein fantastischer Weitblick übers Heckenland. Nach wenigen hundert Metern bog Schommer rechts in einen Feldweg ein.

»Da vorne«, sagte er. »Da vorne ist es.«

4

Der Tatort lag am Rande eines Ausläufers des Staatsforstes Monschau. Nur einige wenige Bäume hatten es bisher geschafft, Andeutungen von Blättern auszutreiben. Da war die Natur selbst auf dem Hoge Berg im rauen Klima Texels schon weiter gewesen.

Auf der benachbarten Weide erhob sich eine Reihe von Windkraftanlagen. Turmhohe Masten, die bis knapp auf Baumhöhe von unten nach oben heller werdend grün lackiert waren. Im gleichen Farbton waren die Spitzen der Rotorblätter gestrichen, was im Betrieb wahrscheinlich einen netten optischen Effekt ergab. Trotz des frischen Windes drehte sich nur ein einziger der Rotoren träge, so als hätten die Anlagen mit Rücksicht auf die Untat zu ihren Füßen den Betrieb eingestellt. Aber wahrscheinlich lag es nur wieder an der Technik. Wie auch immer, wenigstens wurde so die Butter im Kühlschrank nicht hart.

Unweit des Hochsitzes stand ein Streifenwagen. Auf den Vordersitzen saßen zwei Uniformierte, die mit Thermoskanne und Butterbrotdosen hantierten. Trotz der Spiegelung im Seitenfenster konnte Lemberg die Kollegin Noll auf der Rücksitzbank ausmachen. Sie hatte ihr Handy am Ohr. Als Lemberg gegen die Scheibe klopfte, fuhr sie wie ertappt zusammen, legte das Telefon zur Seite und stieg aus.

Bekleidet war sie wie üblich mit einem Hosenanzug, diesmal einem dunkelbraunen aus derart derbem Stoff, dass er in seiner Strapazierfähigkeit einem Teppichboden sicher in nichts nachstand. Darunter trug sie einen beigen Rolli. Perlen in den Ohrläppchen bildeten den Schmuck. Wirkte sie normalerweise dank ihrer wenn auch in den Hüften kräftigen, so doch sportlichen Figur und ihres brünetten Kurzhaarschnitts eher jünger als zweiundvierzig, hätte Lemberg sie heute glatt auf jenseits der fünfzig geschätzt. So übernächtigt hatte er die Kollegin noch nie gesehen. Für die Tränensäcke hätte sich sogar Horst Tappert geschämt.

»Ich hab nichts dagegen, wenn Sie vom Diensthandy aus Privatgespräche führen«, sagte Lemberg. »Deswegen brauchen Sie nicht so zu erschrecken.«

»Sehr witzig, Herr Kollege«, sagte sie und zerrte am Saum ihrer Jacke, als sei diese hochgerutscht.

»Hat die Spurensicherung den Hochsitz schon freigegeben?«

»Selbstverständlich! Wissen Sie, seit wann wir bereits hier sind?«

»Es war nicht meine Idee, meinen Urlaub abzubrechen.«

Lemberg schlüpfte unter dem rot-weißen Absperrband hindurch und stieg die Sprossen der Leiter hinauf. Süßlicher Geruch schlug ihm entgegen. Oben riskierte er nur einen kurzen Blick. Beinahe der gesamte Boden des Hochsitzes und auch die Sitzbank waren dunkel verfärbt. Steinbeck musste nahezu ausgeblutet sein. Ein paar früh geschlüpfte Fliegen taten sich an den klebrigen Überresten gütlich. Lemberg kletterte wieder runter. Zwischenzeitlich waren die beiden Uniformierten ausgestiegen und hatten sich zu Noll gesellt. Der längere der beiden trug seine Mütze vorschriftsmäßig, der kürzere hatte sie in den Nacken geschoben und kaute noch.

»Mahlzeit«, sagte Lemberg. Und dann zu Noll: »Hat sich der Arzt zum Todeszeitpunkt geäußert?«

»Nein«, sagte sie spitz. »Ich habe ihn auch nicht gedrängt. Er will sich aber noch heute Abend telefonisch melden.«

»Weiß die Frau des Opfers schon Bescheid?«

»Nein. Ich dachte, wir machen das gemeinsam.«

»Wo ist der Landwirt? Wie heißt er eigentlich?«

»Busch. Ich hab seine Aussage bereits aufgenommen.«

»Das war nicht die Frage.«

In Nolls Augen blitzte es kurz auf wie entferntes Wetterleuchten, und sie presste die Lippen aufeinander.

»Soll ich ihn holen?«, fragte der Kurze, während er mit dem Nagel des kleinen Fingers Essensreste zwischen den Schneidezähnen entfernte. »Er wohnt gleich da, auf dem Buchenhof.«

»Fahren wir hin«, sagte Lemberg.

Sie folgten dem Streifenwagen die Bundesstraße ein Stück zurück und bogen am Waldrand in eine schmale Straße ein. Rechter Hand erstreckte sich ein Parkplatz. Zwei Menschen in weißen Overalls dirigierten einen am Kran hängenden silbergrauen Porsche auf die Ladefläche eines Abschleppwagens, während zwei weitere damit beschäftigt waren, Abdrücke von Reifenspuren zu nehmen.

»Steinbecks Wagen?«, fragte Lemberg.

»Steinbecks Wagen«, sagte Noll vom Rücksitz.

Der Hof erwies sich als ein Sammelsurium unterschiedlicher Gebäude, die scheinbar planlos errichtet worden waren und wie hingewürfelt zueinander standen. Ein Hund undefinierbarer Rasse kläffte wie irre, zerrte an seiner Kette und scheuchte damit einige Hühner auf. Schommer hielt den Wagen an, und sie stiegen aus. Die Uniformierten gesellten sich zu ihnen.

»Herrscht nicht noch Stallpflicht für Geflügel?«, fragte Lemberg in die Runde.

»Woher soll ich das wissen?«, antwortete Noll keifig, um dann spöttisch fortzufahren: »Möchten Sie, dass ich das Veterinäramt benachrichtige?«

»Wir erledigen das schon«, sagte der Uniformierte, der die Mütze schon wieder im Nacken sitzen hatte.

Mit bemerkenswertem Geschick betätigten sich er und sein Kollege als Hühnertreiber und scheuchten das Federvieh in eine Umzäunung, die von einem Netz überspannt war. Aus dem Stall kam ein vierschrötiger Mann in blauer Latzhose und mit Gummistiefeln auf sie zu. Seine letzte Rasur lag einige Tage zurück, und die Haare ließ er sich von jemandem schneiden, der ursprünglich etwas anderes gelernt hatte. Die Mistgabel behielt er in der Hand. Man konnte ja nie wissen.

»Sie schon wieder?«, fragte er mit Blick auf Noll.

»Mein Kollege Lemberg«, sagte sie. »Herrn Schommer kennen Sie ja bereits. Herr Lemberg hat noch einige Fragen.«

»Ich hab doch schon alles gesagt, was ich weiß.«

»Herr Busch, erzählen Sie mir doch mal, wie das heute Morgen abgelaufen ist«, sagte Lemberg.

»Also …« Busch kratzte sich am Kopf. »Der Doktor ist in aller Frühe gekommen. Ich war gerade bei der Katzenwäsche, weil ich zum Melken musste, als ich den Porsche gehört habe.«

»Haben Sie Steinbeck gesehen?«

»Nein. Aber ich kenn das Motorgeräusch. Fährt doch hier sonst keiner 'nen Porsche.«

»Was war weiter?«

»Was war weiter?« Buschs Kopf juckte schon wieder. »Irgendwann rief dann die Frau Doktor an. Ihr Mann sei nicht zu erreichen, ich solle doch mal nachsehen, ob sein Wagen noch da sei. Das hab ich dann gemacht.«

»Standen zu dem Zeitpunkt noch andere Fahrzeuge auf dem Parkplatz?«

»Nein, kein einziges.«

»Haben Sie in der Zeit vom Eintreffen Steinbecks bis zum Anruf seiner Frau Schüsse gehört?«

»Kann sein, kann nicht sein. Es ist Jagdsaison, da knallt es dauernd. Da achten wir schon gar nicht mehr drauf.«

»Wer ist ›wir‹?«

»Na, meine Frau und ich.«

»Vielleicht hat sie etwas gehört.«

»Meine Frau ist gehbehindert«, sagte Busch, als würde das irgendwas erklären.

Lemberg setzte an, aber Noll fiel ihm ins Wort. »Frau Busch hat nichts gehört, ich habe sie bereits danach gefragt.«

»Lebt sonst noch jemand auf dem Hof?«

»Nur der Sohn«, sagte Noll. »Aber der liegt sturzbetrunken im Bett. Wir haben versucht, ihn zu wecken – zwecklos.«

»Kurz vor drei ist er heimgekommen und hat den Flur vollgekotzt«, sagte Busch. »Ich musste ihn die Treppe raufschleppen, allein hätte er es nicht geschafft.«

»Also gut«, sagte Lemberg. »Was haben Sie gemacht, nachdem Sie festgestellt hatten, dass der Porsche noch auf dem Parkplatz stand?«

Busch blies die Backen auf und ließ die Luft langsam entweichen. »Ich bin dann runter zum Hochsitz. Schon von Weitem hab ich gesehen, dass da was nicht stimmt, wegen der Krähen und so. Da lag er dann. Das ganze Gesicht war weg. Ich hab sofort auf der Wache angerufen.«

Die Uniformierten nickten.

»Frau Steinbeck haben Sie nicht informiert?«, fragte Lemberg.

Busch druckste herum. »Das hab ich nicht fertiggebracht. Ich dachte, das machen besser andere, die so was gewöhnt sind. Als das Telefon später wieder geklingelt hat, bin ich gar nicht erst rangegangen.«

»Kam Steinbeck oft zum Jagen?«

»Zwei-, dreimal die Woche, je nachdem.«

»Kam er immer allein, oder brachte er hin und wieder jemanden mit?«

»Nur allein. ›Wenn ich Gesellschaft will, geh ich in die Kneipe‹, hat er immer gesagt.«

»War er ein guter Jäger?«

»Meistens hat er ganz ordentlich was erlegt. Manchmal kam er aber auch nur, um ...«

»Ja?«

»Na ja, um abzuschalten, um sich auszuruhen. Zweimal musste ich ihn wecken, weil er auf dem Hochsitz eingeschlafen war. Das kann gefährlich werden, gerade im Winter. Da ist man schnell erfroren, selbst im Sack.«

»Wie war Ihr Verhältnis zu Steinbeck?«

»Warum fragen Sie das?«

»Weil ich es wissen will.«

»Ist ja schon gut«, brummte Busch. »Bestens. Der Doktor war immer sehr großzügig.«

»Wie hat sich das geäußert?«

»Wenn im Revier was auszubessern war, hab ich das gemacht. Er hat nie nach einer Rechnung gefragt, hat immer bezahlt, was ich verlangt habe. Meistens hat er sogar noch was draufgelegt.«

»Haben Sie ihn bei den Abrechnungen übers Ohr gehauen?«

Busch wirkte menschlich enttäuscht. »So etwas dürfen Sie nicht sagen.«

»Und sonst?«

»Was sonst?«

»Ob Sie sonst noch was für ihn getan haben.«

Buschs Kopfjucken war hartnäckig. Vielleicht benutzte er das falsche Shampoo. »Na ja, einmal im Jahr bin ich für ihn zur Mosel runter und hab 'nen Hänger voll Trester geholt. Das hat er sich immer ordentlich was kosten lassen. Nun ist das alles vorbei. Hoffentlich kriegen Sie das Schwein.«

»Wir haben bisher noch alle gekriegt. Wozu brauchte er den Trester? Hat er Schnaps gebrannt?«

»Unsinn! Der Doktor doch nicht. Er hat damit die Wildschweine angefüttert. Die Viecher sind ganz wild nach dem Zeug.«

»Damit er sie leichter abknallen konnte?«

Busch zuckte die Achseln. »Na ja.«

»Sonst ist Ihnen in der letzten Zeit nichts aufgefallen? Unbekannte Fahrzeuge? Jemand, der sich auffällig umgeschaut hat?«

»Hier kommen doch andauernd Leute zum Wandern her. Da fällt keiner auf. Außerdem tut sich die Arbeit nicht von selbst. Ich hab nicht viel Zeit, rumzugucken. Und mein Sohn ist mir auch keine große Hilfe. Die Kollegin hat ihn ja gesehen, den Taugenichts.«

»Das war's für den Moment«, sagte Lemberg. »Vielen Dank, Herr Busch.«

Busch drehte sich um und stiefelte zurück zum Stall, geknickt, als hätte er auf seinem eigenen Hof nichts mehr zu sagen. Lemberg winkte Schommer heran, der etwas abseitsgestanden hatte.

»Da wir nicht Skat spielen wollen, ist einer von uns dreien zu viel«, sagte Lemberg zu den beiden Kollegen. »Frau Noll, Sie können sich ein Taxi nach Dorsel nehmen. Die Kollegen von der Wache nehmen Sie bestimmt mit nach Monschau.«

»Wieso ich?«, fragte Noll empört. »Das ist mein Fall.«

»Sie glauben doch nicht, dass ich von Texel zurückgekommen bin, um hier die zweite Geige zu spielen«, sagte Lemberg. »Außerdem – was ist mit Ihren Kindern? Wir werden hier übernachten müssen.«

»Die sind versorgt«, sagte Noll mit einem kleinen Überschlag in der Stimme. »Und mein Für-alle-Fälle-Köfferchen habe ich auch dabei.«

»Ich hab nichts weiter als das, was ich am Leib trage«, sagte Schommer mit entschuldigend ausgebreiteten Armen.

»Dann nehmen Sie aber Ihren Taucherkram aus dem Kofferraum«, sagte Lemberg. »Vielleicht brauchen wir den Platz noch. Und dann geht's nach Woffelsbach.«

5

Sie passierten gerade den Loipenparkplatz am Ortseingang von Rohren, als Lembergs Handy die Marseillaise anstimmte. Maggie war am anderen Ende.

»Maggie, sorry, ich wollte dich gerade –«

»Du hast den Flug also überlebt?«, fragte sie. »Dann ist es ja gut.«

Damit war die Verbindung unterbrochen. Lemberg betrachtete das Gerät, als sei es defekt. Dann schüttelte er den Kopf und steckte es zurück in seine Lederjacke. Gerne hätte er noch gefragt, was sie gerade machte, wie das Wetter war und was sie heute Abend zu essen gedachte. Vielleicht sogar, ob sie ihn vermisste. Er hatte es vermasselt. Er hätte anrufen müssen. Es würde einige Mühe kosten, das wieder einzurenken.

»Ihre Frau?«, fragte Noll.

»Wo müssen wir lang?«, gab er zurück.

»Da vorne rechts ab«, sagte sie und tippte auf die Karte auf ihrem Schoß. »Ich kann aber auch das Navi einschalten, falls Sie mir nicht glauben.«

»Ich mag die Stimme nicht.«

»Es soll inzwischen auch Geräte mit sonoren Männerstimmen geben.«

»Ein Chinese wär lustig. ›In fünfhundelt Meteln lechts lum, lechts lum, nicht geladeaus.‹«

»Sind Sie eigentlich Rassist, Kollege Lemberg?«

»Nicht mehr als Sie eine Zicke.«

In Dedenborn wurde gerade die Fahrbahn erneuert, was sie zu einem Ampelstopp zwang, da die Straße nur noch einspurig war. Noll nahm ihr Motorola zur Hand und drückte auf die Taste für Wahlwiederholung. Kaum hatte sie das Handy am Ohr, legte sie auch schon wieder auf. Das wiederholte sich bis Woffelsbach zweimal.

Linker Hand bereitete sich die Natur zaghaft auf das Frühjahr vor, rechter Hand erstreckte sich der Rursee. Eine ganze

Flotte von Segelbooten war auf dem Gewässer unterwegs, aber keines kam recht voran. Der Stausee war berüchtigt für seine lausigen Windverhältnisse.

»Erstaunlich, wie viele Leute an einem normalen Tag Zeit haben, ihrem Hobby nachzugehen«, sagte Lemberg, während sie durch den kleinen Ort rollten.

»Was haben Sie gesagt?« Noll hatte nicht zugehört. »Wir müssen in Richtung Kläranlage abbiegen.«

Auf Nolls Anweisung fuhr Lemberg bis zur Wendeplatte, drehte und hielt nach kurzem Rückweg am Fuß einer hoch am Berg thronenden Villa. Hinter dem schmiedeeisernen Tor der Zufahrt standen ein silberner BMW-Geländewagen mit völlig überdimensionierten Rädern, der aussah wie aus dem Hot-Wheels-Programm von Mattel, und ein dunkler Audi der Prokuristenklasse. Von hier unten hatte das Haus etwas Respektheischendes, was auch durch das verspielte Balkongeländer, das nur auf den Einfall eines Zuckerbäckers zurückgehen konnte, nicht gemildert wurde.

Auf Lembergs Klingeln meldete sich eine Männerstimme durch die Gegensprechanlage. Nachdem Lemberg sich und Noll vorgestellt hatte, schwang das Tor fernbetätigt auf, und sie stiegen die Treppe empor zur seitlich gelegenen Haustür, wo der zu der Stimme gehörende Mann bereits wartete. Er hatte ein Allerweltsgesicht mit einem grauen Schnäuzer, unter dem eine Reihe Jackets hervorlugten, wobei die Eckzähne vielleicht ein bisschen zu lang geraten waren. Bekleidet war der Mann mit einer grauen Tuchhose und einem schwarzen Wildlederblouson. Schwer stützte er sich auf eine Krücke. Lemberg schätzte ihn auf Mitte fünfzig.

»Angenehm«, sagte er. »Steinbeck. Gunnar Steinbeck. Ich bin der Bruder des Opfers.«

»Sie wissen es also schon?«, fragte Lemberg.

»Ja, kommen Sie rein.«

»Woher?«

»Tja, die Wege sind hier kurz. Und als Bürgermeister ... Aber gehen Sie doch erst einmal durch.«

Gerade durch und zwei Stufen hinab landeten sie in einem

Wohnzimmer von den Ausmaßen einer Turnhalle. Die Einrichtung wirkte kostspielig, aber völlig willkürlich zusammengestellt, als hätte der Eigentümer in jedem Geschäft einfach das Teuerste geordert. Hinter der bodenlangen Gardine vor den nach vorne liegenden Glastüren zeichnete sich das Zuckerbäckergeländer des Balkons ab. Die Aussicht auf den See musste von dort fantastisch sein. Aber deswegen waren Lemberg und Noll nicht gekommen.

Auf einem cremefarbigen Ledersofa krümmte sich eine kleine Frau in einem schwarzen Kostüm und heulte wie ein Schlosshund. Bei Nolls und Lembergs Eintreten blickte sie nur kurz auf, um dann erneut ein zerknülltes Taschentuch an ihre Augen zu pressen. Neben dem Sofa stand eine hochgewachsene Frau mit einem außergewöhnlich langen Hals, um den sie jede Nubierin beneidet hätte. Ihre Bekleidung bestand aus einem sandfarbenen Rock, einem gleichfarbenen Twinset und schwarzen Schuhen mit flachen Absätzen. Kastanienbraunes Haar im Pagenschnitt umrahmte ein Gesicht mit slawischen Zügen. Sie wirkte gefasst, hatte aber offenbar ebenfalls geweint, wie ihre geröteten Augen verrieten. Neben dem Sofa lag ein elegant wirkender brauner Hund mit übereinandergelegten Vorderpfoten, um dessen Kopf ein Verband geschlungen war, aus dem die Schlappohren herausguckten. Ein seltsamer Anblick. Gunnar Steinbeck übernahm die Vorstellung der Damen.

»Meine Frau Elfriede«, sagte er und wies mit seiner Krücke auf die Frau auf dem Sofa. »Sie hat nahe am Wasser gebaut. – Meine Schwägerin Romy, die Frau meines verstorbenen Bruders.«

»Ermordeten«, korrigierte Romy Steinbeck, und da Elfriede Steinbeck erneut aufschluchzte, zischte sie: »Nun reiß dich doch mal zusammen. Man könnte meinen, Gunnar sei das Opfer, wenn man dich hört.«

»Unser Beileid«, sagte Lemberg. »Besteht die Möglichkeit, dass Sie uns ein paar Fragen beantworten, Frau Steinbeck? Das könnte entscheidend für die baldige Ergreifung des Täters sein.«

»Ich kann noch mehr für Sie tun«, sagte Romy Steinbeck und

rang ihre Hände. »Ich kann Ihnen sagen, wer meinen Mann ermordet hat.«

*

Lemberg, Noll und Gunnar Steinbeck hatten sich auf die drei zur Garnitur gehörenden Sessel verteilt, wobei Steinbeck denjenigen gewählt hatte, der dem Barwagen am nächsten stand. Romy Steinbeck hatte sich zu ihrer Schwägerin aufs Sofa gesetzt, allerdings mit deutlichem Abstand.

»Sie wollten uns mitteilen, wer Ihren Mann ermordet hat, Frau Steinbeck«, sagte Lemberg, da die Witwe es allzu spannend machte.

»Mein erster Mann«, sagte Romy Steinbeck. »Peter-Josef Krings.«

Gunnar Steinbeck gab ein verächtliches Grunzen von sich und griff nach einem Glas und einer Karaffe mit bernsteinfarbenem Inhalt.

Seine Frau starrte ihre Schwägerin mit großen Augen an und bekam einen Schluckauf.

»Wie kommen Sie darauf?«, fragte Lemberg.

»Er war gestern hier, hat wilde Drohungen ausgestoßen und auf unser Haus geschossen«, sagte Romy Steinbeck. »Die Leuchte neben der Haustür ist dabei zu Bruch gegangen. Krings ist noch immer derselbe Wüterich wie eh und je. Auch das Gefängnis hat ihn offenbar nicht gebessert.«

»Haben Sie die Polizei verständigt?«

»Nein, ich habe lediglich meinen Mann in der Praxis angerufen, um ihm die Entscheidung zu überlassen. Elmar meinte, Krings hätte sich nur abreagieren wollen und würde sich schon wieder beruhigen.«

»Wusstest du das?«, fragte Elfriede ihren Mann.

»Nein«, sagte er ins Glas. »Aber ich habe mit so etwas gerechnet.«

»Du und deine –« Ein erneuter Schluckauf kam ihr dazwischen.

»Gab es einen Grund für diesen – nennen wir es mal Anschlag seitens Ihres Exmannes?«, fragte Lemberg.

»Vielleicht sollte ich es dem Herrn Kommissar erklären«, kam Gunnar Steinbeck seiner Schwägerin zuvor. »Peter hat bis vor Kurzem im Gefängnis gesessen. Ich glaube, er wurde sogar erst letzten Freitag entlassen.«

»Das erklärt noch nichts«, sagte Lemberg. »Vielleicht könnten Sie etwas deutlicher werden.«

Romy Steinbeck presste kurz die Lippen aufeinander, dann sagte sie: »Krings hat jahrelang unsere gemeinsame Tochter missbraucht. Dafür hat er neun Jahre gesessen.«

»Sie sprachen von wilden Drohungen. Was genau hat er gesagt?«

»Dass er uns alle umbringen wird für das, was wir ihm angetan haben. Er war allerdings betrunken, das konnte ich an seiner Stimme hören.«

»Macht er Sie für seine Verurteilung verantwortlich?«

»Er hat bis zuletzt behauptet, unschuldig zu sein, obwohl die Beweislage eindeutig war. Da er glaubt, ich hätte unsere Tochter seinerzeit dazu gedrängt, ihn anzuzeigen, gibt er mir die Hauptschuld.«

»Konnten Sie erkennen, mit was für einer Waffe er geschossen hat?«

»Mit einem Jagdgewehr.«

»Kennen Sie sich mit so etwas aus?«

»Sowohl Krings als auch mein jetziger Mann waren Jäger.«

Neunundneunzig Prozent aller Frauen hätten von ihrem Mann, der keinen halben Tag tot war, in der Gegenwartsform gesprochen und wären dann zusammengezuckt. Romy Steinbeck hatte damit keine Probleme.

»Wenn er im Gefängnis war, sind seine Waffen doch sicher eingezogen worden.«

»Soweit ich weiß, hat Klaus-Peter sie verkauft«, sagte Gunnar und setzte hinzu, als er Lembergs fragenden Blick bemerkte: »Klaus-Peter ist Peters Sohn aus erster Ehe.«

»Hatte Krings denn einen Grund, auch Ihren Mann zu hassen? So sehr, dass er deswegen zu einem Mord fähig wäre?«

Romy lächelte verkrampft. »Krings unterstellte Elmar immer, mich ihm weggenommen zu haben. Dass ich ihn aus freien Stücken verlassen habe, wollte er nicht wahrhaben.«

»Damit musste er aber doch rechnen, nach dem, was er seiner Tochter angetan hat.«

»Ich habe Krings vorher verlassen. Ich meine, bevor Nicole ihn angezeigt hat.« Sie hüstelte kurz in ihre Hand. »Es gab genug Gründe.«

Lemberg hob fragend die Brauen. Gunnar Steinbeck kam seiner Schwägerin zu Hilfe.

»Romy hat insgesamt drei Kinder, zwei Töchter von Peter Krings und einen Sohn von meinem Bruder«, sagte er. »Der Kleine war der Grund, warum Romy Peter verlassen hat. Sie wollte ihm kein Kuckucksei ... na, Sie wissen schon.«

»Meine Güte, Gunnar«, fuhr Romy Steinbeck auf. »Das interessiert den Kommissar doch nicht.«

»Doch, doch«, sagte Lemberg. »Mich interessiert alles. Wären Sie so freundlich und würden mir die Stelle zeigen, wo sich die zerschossene Leuchte befand?«

»Da ist nichts zu sehen. Ich habe alles weggefegt.«

»Auch das Projektil?«

»Die Kugel, meinen Sie? Nein, nur die Scherben. Die Kugel ist von der Hauswand abgeprallt und wird irgendwo gelandet sein. Ein Stück Putz ist herausgebrochen.«

»Dann muss sie ja noch irgendwo sein. Wir werden sie suchen lassen. Veranlassen Sie das, Kollegin Noll? Und geben Sie die Fahndung nach Krings raus.«

Noll nickte und zückte ihr Handy.

»Sie wollen mir die Polizei ins Haus schicken?«, fragte Romy Steinbeck.

»Die Spurensicherung. Die Polizei ist ja schon da.«

»Das möchte ich aber nicht.«

»Das mag sein, aber ich ermittle in einem Mordfall, da lassen sich gewisse Unannehmlichkeiten nicht vermeiden. Kannte Krings den Hochsitz Ihres Mannes?«

»Das weiß ich nicht.«

»Peter und Elmar waren im selben Jagdverein«, sagte Gunnar Steinbeck. »Wie die meisten von uns. Da weiß man, wo die anderen ansitzen.«

»Gehören Sie dem Verein auch an?«

»Sie fragen das mit einem Unterton, als würde mich das verdächtig machen.«

»Ich wäre zufrieden, Sie beantworteten meine Frage, statt auf Untertöne zu achten.«

Gunnar Steinbeck straffte im Sitzen die Schultern. »In der Tat bin ich Mitglied des Vereins oder besser gesagt der Genossenschaft. Allerdings nur passiv.«

»Wie sieht es mit Waffen aus?«

»Nein. Keine.«

»Die Spurensicherung ist unterwegs«, sagte Noll.

»Sehr gut«, sagte Lemberg. »Weiß jemand von Ihnen, wo Krings sich seit seiner Entlassung aufhält?«

Alle drei verneinten.

»Klaus-Peter ist der einzige Verwandte, den er hat«, sagte Gunnar Steinbeck. »Aber ich bezweifle, dass der seinen Vater bei sich aufgenommen hat.«

»Hat Krings keine Freunde?«

»Seit dem Prozess gewiss nicht mehr.«

»Wie ist er denn überhaupt hierhergekommen? Haben Sie eine Ahnung, Frau Steinbeck?«

»Als ich ihm mit der Polizei gedroht habe, ist er abgehauen«, sagte Romy Steinbeck. »Kurz darauf habe ich ein Motorrad gehört.«

»Krings fährt Motorrad?«

»Es könnte die Maschine von Klaus-Peter gewesen sein. Eine Enduro. Jedenfalls klang sie so.«

»Haben Sie die Adresse des Stiefsohnes?«

»Er wohnt Am Alten Garten in Kalterherberg. Da hatte sein Vater früher ein Bauunternehmen.« Gunnar Steinbeck warf einen Blick auf seine Armbanduhr. »Aber um die Zeit dürfte er noch in der Bank sein. Er arbeitet in der Raiffeisenbank in Monschau.«

Nachdem Lemberg die Angaben notiert hatte, sagte er: »Der auf das Haus abgegebene Schuss und die Drohungen bedeuten nicht zwangsläufig, dass Krings Ihren Mann ermordet hat, Frau Steinbeck. Das ist Ihnen doch klar?«

»Wer sonst sollte so etwas tun? Elmar war sehr beliebt.«

Elfriede Steinbeck unterstützte diese Einschätzung durch eifriges Kopfnicken. Ihr Mann war da anderer Meinung.

»Na ja«, brummte der Bürgermeister, was ihm vernichtende Blicke von beiden Frauen eintrug.

»Was wollen Sie damit sagen?«, fragte Lemberg.

»Nichts Konkretes«, sagte Gunnar Steinbeck. »Aber jeder, der erfolgreich ist, hat automatisch Neider. Unsere Familie, die schon immer sehr exponiert war, bildet da keine Ausnahme.«

Da weiter nichts kam, erhob Lemberg sich und sagte: »Das wäre es für den Moment. Wenn Sie noch ein neueres Foto Ihres Mannes für uns hätten, Frau Steinbeck.«

»Wozu?«

»Wir wüssten gerne, wie er ausgesehen hat.«

»Kann man ihn nicht mehr …«

»Leider nein. Trotzdem muss ich Sie bitten, ihn zu identifizieren.«

»Das kann ich nicht.« Romy Steinbeck schüttelte entschieden den Kopf. »Dazu bin ich nicht fähig.«

»Kann ich das nicht übernehmen?«, fragte Gunnar Steinbeck.

»Sie dürfen Ihre Schwägerin gerne begleiten. Dürfte ich Sie jetzt um das Foto bitten?«

Kurz darauf hielt Lemberg ein Porträtfoto in der Hand, das Elmar Steinbeck in Jägermontur zeigte. Unter dem grünen Hut war ein gut geschnittenes Gesicht zu erkennen. Dunkle Augen, ein markantes Kinn mit Grübchen und schmale Lippen, sanft gebogen vom Lächeln eines Erfolgsmenschen. An seiner Seite saß der Hund, allerdings ohne Verband. Lemberg und Noll verabschiedeten sich und sagten, sie fänden allein hinaus.

Gerade als sie die Haustür öffnen wollten, kam eine junge Frau in einem weißen Pyjama die Treppe aus dem oberen Stockwerk herunter. Sie war barfuß und hatte ein aufgedunsenes Gesicht wie eine starke Trinkerin. Ihre Lippen wurden von einem glückseligen Lächeln umspielt, aber ihr Blick war völlig leer. Lemberg nickte ihr zu, aber sie nahm ihn überhaupt nicht wahr und verschwand in einem der angrenzenden Räume.

»Was war denn mit der los?«, fragte Lemberg, als sie zum Wagen gingen.

»Frau Steinbeck war außergewöhnlich gefasst«, sagte Noll. »Kühl, beinahe emotionslos.«

»Ich meine die junge Frau, die uns eben über den Weg gelaufen ist. Die war doch nicht ganz bei sich.«

»Eigenartig wirkte sie, ja.«

»Die hatte doch irgendwelche Drogen genommen.« Lemberg öffnete die Fahrertür und stieg ein. »Sie kennen sich doch mit so was aus.«

»Haha«, machte Noll und lächelte so falsch, dass es beinahe schon wehtat. »Sie haben mir doch gesagt, Sie hätten früher gekifft.«

»Gekifft hab ich ein paarmal. Aber das hab ich Ihnen bestimmt nicht erzählt.«

»Doch, auf der Weihnachtsfeier. Als Sie betrunken waren.«

»Daran kann ich mich nicht erinnern.«

»Das glaube ich Ihnen gerne.«

»Was habe ich denn sonst noch alles erzählt?«

»Lassen wir das lieber.«

Das mit dem Blackout irritierte Lemberg nun doch. Hoffentlich hatte er nicht zu viel Mist gequatscht. Oder Schlimmeres. Aber wahrscheinlich ließ Noll ihn nur im Ungewissen, um ihn zu demütigen. Im Augenblick war das sowieso nicht zu klären. Also ließ er den Motor an und drückte den Wählhebel auf D. »Was war nun mit ihr? War das die missbrauchte Tochter?«

»Gut möglich. Vielleicht muss sie noch Medikamente nehmen. Psychopharmaka. Wäre nicht ungewöhnlich.«

Sie hatten Woffelsbach noch nicht verlassen, als Noll erneut versuchte, jemanden anzurufen. Wiederum vergeblich.

»Was telefonieren Sie eigentlich die ganze Zeit?«, fragte Lemberg.

»Das ist privat. Sie hatten doch nichts dagegen.«

»Scheint aber nicht erfolgreich zu sein.«

»Konzentrieren Sie sich lieber auf die Straße.«

6

Düster war es im engen Tal der Rur, trotzdem war noch kein Fenster Monschaus erleuchtet. Offenbar hatten sich die Einwohner den mauen Lichtverhältnissen angepasst. Lemberg stellte sie sich als Mutanten mit makigroßen Augen vor. Die wenigen, die auf der Straße unterwegs waren, sahen allerdings nicht so aus. Das mussten die Touristen sein.

Die Raiffeisenbank lag jenseits der Rur unterhalb eines ruinenhaften, einstmals sicher wehrhaften Mauerwerks. Die Eingangstür war geschlossen, was, wie das Schild mit den Öffnungszeiten bestätigte, seine Richtigkeit hatte. Ein Blick durch die Fenster und zwischen zwei schlampig zugezogenen Vorhängen hindurch verriet jedoch, dass noch jemand da war. Lemberg klopfte gegen die Scheibe.

Nach dem fünften Klopfen wurden die Vorhänge ein Stück weiter auseinandergeschoben, und das Gesicht eines kleinen, nahezu kahlköpfigen, angstgrinsenden Mannes erschien. Eifrig schüttelte er den Kopf und tippte auf seine Armbanduhr. Lemberg drückte seinen Ausweis gegen die Scheibe, was den Mann dazu bewog, zu nicken und in Richtung Eingang zu deuten.

Unzählige Schlösser wurden entriegelt, bis die Tür schließlich spaltbreit geöffnet wurde.

»Ja bitte?«, fragte der Angstgrinser.

»Wir würden gerne mit Herrn Krings sprechen«, sagte Lemberg.

»Herr Krings ist bereits gegangen. Tut mir leid.«

»Wissen Sie, wo wir ihn finden können?«

»Er wird wohl zu Hause sein«, sagte der Bankmensch. »Hier ist er morgen früh ab neun wieder zu sprechen.«

»Können Sie uns wenigstens sagen, wo sich die Praxis von Dr. Steinbeck befindet?«

Ein gekrümmter Zeigefinger schob sich durch den Spalt. »Gleich dort drüben. Haus Nummer 18.«

Lemberg ließ seinen Blick dem Finger folgen. »Der große Kasten mit dem Eiscafé?«

»Ja, ja. Genau.«

Vor dem Eiscafé, das einfallsreich »Capri« hieß, standen die Stühle aufeinandergestapelt die Hauswand entlang. Der Zugang zu Steinbecks Praxis befand sich an der Seite zur Rur. Versagten die Künste des Arztes, konnte man in der Kirche gleich nebenan um Beistand bitten. Ein großer mit Tesa an der Tür befestigter Zettel wies mit einer Handschrift, die mit ihrem Schwung und ihren ornamentalen Großbuchstaben auch gut zum Verfassen einer Einladung zum Opernball getaugt hätte, darauf hin, dass die Praxis vorübergehend geschlossen sei. Vorübergehend war gut.

Die Frau, die auf Lembergs hartnäckiges Klingeln öffnete, trug einen weißen Kittel, weiße Gesundheitsschuhe und mochte um die fünfzig sein. Sie hatte schulterlange braune Haare, ein attraktives Gesicht und einen flackernden, irren Blick. Lemberg meinte, eine leichte Fahne wahrzunehmen, als sie sich nach seinem Begehren erkundigte. Noll und er wiesen sich aus und wurden hereingebeten.

»Ilona Manderscheid«, sagte die Frau und sank schwer auf einen Drehstuhl hinter einem bogenförmigen Schreibtisch, auf dem sich neben einem Bildschirm und einem Drucker unzählige Patientenakten und Zettelkästen türmten. Mitten in dem Wust standen ein leerer Kaffeebecher mit dem Werbeaufdruck einer Krankenkasse und ein Süßstoffspender. »Wie Manderscheid. Ich bin Dr. Steinbecks Sprechstundenhilfe. Ich weiß gar nicht, wo mir der Kopf steht.«

Sicherheitshalber griff sie sich an die Frisur, wie um zu überprüfen, ob der Kopf überhaupt noch da war.

»Ich muss alle Termine für die nächsten Tage absagen.«

»Nur für die nächsten Tage?«, fragte Lemberg. »Das wird nicht reichen.«

Eine Weile starrte Frau Manderscheid ihn ungläubig an, dann wanderten ihre Mundwinkel wie in Zeitlupe nach unten, und ihre Augen füllten sich mit Tränen. Schluchzend sank sie mit dem Kopf auf einen der Stapel und heulte die oberste Akte voll. Müller, Astrid, geb. am 23.09.1979. Bei »Geburtstermin« stand noch ein Datum.

»Sie haben ein Taktgefühl, da ist alles dran«, zischte Noll und drängte sich an ihm vorbei hinter den Schreibtisch. Sanft legte sie der Sprechstundenhilfe die Hände auf die Schultern und sprach beruhigend auf sie ein. Da Lemberg eh nicht verstand, was sie sagte, ging er nach nebenan.

Das Behandlungszimmer wurde von einem dieser Stühle dominiert, die man als normaler Mann so selten zu Gesicht bekommt wie Frauen ein Pissoir. Für einen Moment war er versucht, darauf Platz zu nehmen, fürchtete aber, Noll könnte ihn dabei überraschen. Außerdem reichte ihm die Erinnerung an seinen letzten Zahnarztbesuch, bei dem ihn der Dentist mit seinem Spezialfauteuil in die Position eines Astronauten beim Start befördert hatte. Ansonsten war der Raum wie erwartet ausgestattet. Ein Schreibtisch mit dem obligatorischen Laptop, ein Regal mit Fachliteratur, links und rechts davon zwei abstrakte Aquarelle in edlen Rahmen und eine Reihe farbiger Schautafeln, die das Innenleben des weiblichen Unterleibs aus verschiedenen Blickwinkeln zeigten. Auf dem Schränkchen darunter stand ein zusammengestecktes Unterleibsmodell aus Kunststoff für die, die es dreidimensional besser verstanden. Lemberg flippte mit dem Finger dagegen, und ein Teil fiel ab. Er nahm es in die Hand, um es wieder zu befestigen, als eine Stimme in seinem Rücken sagte: »Ach, da sind Sie.«

Langsam drehte er sich um und ließ das Plastikteil dabei in seiner Jackentasche verschwinden. Noll stand auf der Schwelle.

»Frau Manderscheid hat sich beruhigt«, sagte sie. »Wir können ihr jetzt unsere Fragen stellen. Ich glaube, ich sollte das übernehmen.«

»Natürlich, werte Kollegin«, sagte Lemberg. »Ich werde mich aufs Zuhören beschränken.«

Frau Manderscheid musste etwas eingenommen haben, das sie auf einer rosa Wolke schweben ließ, denn sie trug ein Welt-lass-dich-umarmen-Gesicht zur Schau. Hoffentlich beeinträchtigte das nicht ihr Erinnerungsvermögen.

»Wie haben Sie von Dr. Steinbecks Tod erfahren, Frau Manderscheid?«, fragte Noll, nachdem sie ihren Taschenrecorder eingeschaltet hatte.

»Als Dr. Steinbeck heute Vormittag nicht zur Sprechstunde erschien, habe ich bei ihm zu Hause angerufen«, sagte Frau Manderscheid schleppend wie ein Plattenspieler mit durchrutschendem Treibriemen. »Seine Frau sagte mir, er sei noch nicht von der Jagd zurück und sie lasse bereits nach ihm suchen. Sobald sie Genaues wüsste, würde sie mich informieren.«

»Um wie viel Uhr war das?«

»Um kurz nach zehn. Von halb elf bis zwölf haben wir allgemeine Sprechstunde. Nachmittags nur nach Vereinbarung.«

»Klang Frau Steinbeck besorgt?«

»Eigentlich nicht.«

»Und wann haben Sie erfahren, dass Dr. Steinbeck etwas zugestoßen ist?«

»Das muss gegen halb elf gewesen sein. Unser Bürgermeister, der Bruder Dr. Steinbecks, hat mich persönlich informiert. Ich habe gleich alle Patientinnen nach Hause geschickt und versucht, die Nachmittagstermine abzusagen. Ich war wie vor den Kopf geschlagen und habe nur noch funktioniert.« Sie grinste entrückt. »Das Leben muss ja weitergehen.«

»Das haben Sie richtig gemacht«, sagte Noll. »Sagen Sie, Frau Manderscheid, hatte Dr. Steinbeck irgendwelche Feinde?«

»Der Herr Doktor? Wo denken Sie hin! Dr. Steinbeck war eine Seele von Mensch und überaus beliebt. Immer war er für seine Patientinnen da. Bei Tag und bei Nacht. Sicher gab es den einen oder anderen Ehemann, der auf ihn eifersüchtig war, aber das war ja auch kein Wunder. Schließlich war Dr. Steinbeck ein ausgesprochen attraktiver Mann.«

»Ist es mit einem der eifersüchtigen Ehemänner mal zu einer Auseinandersetzung gekommen?«

»Nein, nein. Der Herr Doktor hatte ein Händchen dafür, mit schwierigen Situationen fertig zu werden.«

»Wie ist der gestrige Tag verlaufen? So wie immer, oder gab es irgendeinen ungewöhnlichen Vorfall? Vielleicht einen Anruf, der den Doktor beunruhigt hat?«

»Nein, nichts dergleichen. Es war ein Tag wie immer.« Zwei

Querfalten machten sich auf Frau Manderscheids Stirn breit. »Doch, da war etwas. Aber ich glaube nicht, dass das etwas mit seinem Tod zu tun hat.«

»Wir wüssten dennoch gerne, worum es dabei ging.«

»Nun ja, Dr. Steinbeck hatte eine lautstarke Auseinandersetzung mit Norbert Lambertz.«

»Wer ist dieser Lambertz?«

»Ein Hotelier aus der Stadt.«

»Wieso haben die Männer gestritten?«

»Das kann ich Ihnen nicht sagen. Die Türen sind gepolstert, und ich pflege nicht zu lauschen. Jedenfalls hat Herr Lambertz sich ohne Rücksicht auf die wartenden Patientinnen vorgedrängt und den Doktor gleich angeschrien.«

»War Lambertz' Frau Patientin bei Steinbeck?«, mischte Lemberg sich ein. »Er selbst wird ja wohl kaum in der Kartei stehen.«

Frau Manderscheid brauchte einen Moment, bis sie Lemberg gefunden hatte, der an der Wand lehnte. »Seine Frau, seine Tochter – eigentlich sind alle Frauen Patientinnen beim Herrn Doktor.«

»Ist er der einzige Frauenarzt am Ort?«, fragte Lemberg weiter und ignorierte Nolls tödlichen Blick.

»Nein, Dr. Weber praktiziert ebenfalls in Monschau.«

»Und wen behandelt er, wenn alle Frauen zu Steinbeck kamen?«

Die Frage überforderte Frau Manderscheid. Hilfesuchend blickte sie zu Noll.

»Können Sie uns sagen, wie wir Herrn Lambertz erreichen?«, übernahm sie erneut die Befragung.

»Das ist ganz einfach, das brauche ich Ihnen nicht einmal aufzuschreiben. Das Hotel Rurhof ist in der Kirchstraße. Sie können es gar nicht verfehlen.« Frau Manderscheids Blick trübte sich ein. »Wo sollen die Frauen nur alle hin? So viele stehen kurz vor der Niederkunft.«

»Wie wäre es mit Dr. Weber?«, fragte Lemberg. »Der freut sich bestimmt.«

Jetzt guckte die Sprechstundenhilfe richtig böse.

»Danke, Sie waren uns eine große Hilfe«, sagte Noll schnell. »Ich denke, Sie sollten jetzt nach Hause gehen. Der Tag war hart genug.«

Als sie vor das Haus traten, sagte Lemberg: »Die übernachtet bestimmt in der Praxis, glauben Sie mir!«

»Nein, das glaube ich Ihnen nicht«, sagte Noll. »Nehmen wir den Wagen, oder gehen wir zu Fuß?«

»Ich hab einen Mordshunger.« Lemberg blickte sich um. »Ob es hier irgendwo eine Frittenbude gibt?«

»Zum Hotel Rurhof gehört ein Restaurant«, sagte Noll. »Vielleicht können wir dort auch übernachten.«

»Was Sie alles wissen«, sagte Lemberg.

*

Der Rurhof erwies sich als verschiefertes fünfgeschossiges Gebäude, rechnete man die beiden Etagen unter der Dachschräge mit. Flaggen aller Touristen Länder flatterten an den Fenstern im ersten Stock. Im Empfangsraum gab es einen Kamin, der vom Format geeignet war, darin ein Wildschwein zu grillen. Davor luden drei lederbezogene Sessel durchgefrorene Gäste zum Aufwärmen ein. Da kein Feuer brannte, waren die Sessel unbesetzt. So üppig der Kamin war, so mickrig war das Pult der Rezeption. Es reichte gerade mal, um sich dahinter zu verstecken.

Ein untersetzter Mann mit vollem, penibel gescheiteltem grauem Haar lehnte daran und blätterte in einer Kladde. Professionell lächelnd blickte er auf, wobei er routiniert an den Knoten seiner Krawatte griff. Lemberg hätte das Leben seines Hundes darauf verwettet, dass der Mann ein Toupet trug.

»Gnädige Frau, der Herr, womit kann ich Ihnen dienen?«

»Wir ermitteln im Mordfall Elmar Steinbeck«, sagte Lemberg, »und würden gerne mit Norbert Lambertz sprechen.«

»Er steht vor Ihnen.« Lambertz' Miene verdüsterte sich. »Schrecklich, was Elmar zugestoßen ist.«

»Wie haben Sie davon erfahren?«

»Von seiner Sprechstundenhilfe. Sie hat bei uns angerufen.

Meine Tochter hatte heute Nachmittag einen Termin bei ihm. Da sie zu Hause nicht zu erreichen war, hat Frau Manderscheid es bei uns versucht. Ricarda war zufällig hier.«

»Wir rätseln noch, weswegen Sie gestern mit Steinbeck aneinandergeraten sind.«

»Wie?« Für ein bis zwei Wimpernschläge verlor der Hotelier die Contenance. »Hat Frau Manderscheid Ihnen –«

»Worüber haben Sie gestritten?«

Lambertz schluckte. »Jetzt, wo diese schreckliche Sache passiert ist, tut es mir natürlich unendlich leid, dass unsere letzte Begegnung so … Aber das konnte ja niemand ahnen.«

»Sie haben meine Frage noch nicht beantwortet, Herr Lambertz.«

Lambertz' Wangenmuskulatur begann zu pumpen. Schließlich räusperte er sich. »Elmar und ich sind im gleichen Jagdverein, ich bin der Zweite Vorsitzende. Unser Gespräch hatte vereinsinterne Gründe.«

»An denen wir lebhaft interessiert sind, wie Sie sich sicher vorstellen können.«

»Ich sehe nicht, was –«

Lemberg liftete die Brauen. »Reden Sie nicht um den heißen Brei herum, Herr Lambertz. Kurz und knapp – worum ging es?«

»Ich weiß nicht, ob mir Ihr forsches Auftreten –«

»Herr Lambertz!«, sagte Lemberg scharf. »Darf ich Sie daran erinnern, dass wir in einem Mordfall ermitteln? Wir stellen unsere Fragen nicht zum Vergnügen.«

Lambertz prüfte erneut den Sitz seines Binders. Der saß tadellos.

»Nehmen wir doch Platz«, sagte er und wies auf das Sesseltrio. »Das Büro ist derzeit leider unbenutzbar.«

»Nein danke.« Lemberg blickte ostentativ auf seine Uhr.

Lambertz legte seine Hände nebeneinander auf das Pult. Gepflegter konnten Männerhände nicht sein. Vielleicht hätte man hier und da noch ein Härchen zupfen können.

»Ich hatte gestern die unangenehme Pflicht, meinen Jagdfreund Elmar rügen zu müssen. Mir war nämlich zu Ohren gekommen, dass er sich zum wiederholten Mal gesetzeswidrig verhalten hatte.«

Lemberg beließ es bei einem fragenden Blick. Lambertz verstand, dass er das näher erläutern musste.

»Jagdwaffen sind auf dem Weg von zu Hause zum Revier ungeladen und gesichert mitzuführen. So schreibt es das Jagdrecht verbindlich vor. Elmar hat sich nicht zum ersten Mal nicht an diese Vorschrift gehalten. So kam es vorvergangene Woche, wie es irgendwann einmal kommen musste. Elmar hat seine Gewehre geladen und ungesichert im Fußraum hinter den Sitzen seines Sportwagens stehend transportiert. Auf dem Rücksitz befand sich außerdem sein Hund. Während der Fahrt muss das Tier an den Anzug des Drillings gekommen sein. Ein Schuss löste sich, verletzte den Hund erheblich am Kopf und durchschlug die Heckscheibe des Porsche.«

»Vorvergangene Woche ist das bereits passiert?«, fragte Lemberg. »Da haben Sie sich mit Ihrem Wutausbruch aber Zeit gelassen.«

»Ich habe erst am Wochenende zufällig davon erfahren. Elmar hatte verständlicherweise kein Aufhebens davon gemacht.«

»Und dann sind Sie am nächsten Tag in seine Praxis gestürmt?«

»Mir ist der Kragen geplatzt, ja. Wie gesagt, das war nicht der erste Verstoß dieser Art.«

»Wie hat Steinbeck reagiert?«

»Er hat versucht, die Sache herunterzuspielen. Schließlich sei niemandem etwas passiert. Nur seinem Hund. Das hat mich noch mehr erzürnt. Elmar besitzt einen wundervollen Hund. Einen Weimaraner. Viel zu schade für einen Ignoranten wie ihn.«

»Haben Sie ihm das so gesagt?«

»Genau so.« Lambertz' Schläfenadern schwollen an. Offenbar durchlebte er die Auseinandersetzung noch einmal. »Und zu Recht. Außerdem hatte Elmar erneut Schwarzkittel angekirrt. Das ist gemäß den Satzungen unseres Vereins unzulässig. Wie übrigens überall. Und er hat wiederholt mit einem Nachtsichtgerät geschossen. Auch deswegen habe ich ihm Vorhaltungen gemacht.«

»Was bedeutet das? Ankirren?«

»Er hat die Tiere mit ausgebrachtem Trester angelockt.«

»Um sie leichter abschießen zu können?«

Lambertz nickte.

»Und das ist verboten?«

»Das ist einfach nicht waidgerecht. Hätte er einen Wildacker angelegt, nun ja. Aber so – nein.«

»Was bedeutet das nun wieder?«

»Dass er im Schussfeld zum Beispiel Kartoffeln angepflanzt hätte.«

»Für mich hört sich das so oder so nach Kirmesbudenballerei an. Hat er durch diese Ankirrerei und die Verwendung eines Restlichtverstärkers denn mehr erlegt als andere? Sie zum Beispiel?«

»Meine Rüge bezog sich nicht auf die Strecke, die Elmar gemacht hat. Es ging lediglich um die Art und Weise –«

»Das habe ich verstanden«, unterbrach ihn Lemberg. »Hat Steinbeck sich auch in diesem Punkt uneinsichtig gezeigt?«

»Er hat mich ausgelacht.« Lambertz wippte auf den Fußballen, was ihn für einen Moment zwei Finger breit größer machte. »Hat mich wie einen dummen Jungen behandelt. Daraufhin habe ich ihn einen elenden Hundsfott genannt. – Verzeihung, gnädige Frau.«

»Haben Sie ihm gedroht?«

»Mit einer außerordentlichen Vorstandssitzung – ja.«

»Hat ihn das beeindruckt?«

»Im Gegenteil. Er hat entgegnet, uns für den Fall aus dem Vereinsheim zu werfen.«

»Hätte er das Recht dazu gehabt?«

Lambertz schnaubte leise, aber vernehmbar. »Was heißt hier Recht? Das Haus gehört ihm. Beziehungsweise seiner Frau Mutter, aber die alte Dame hat schon immer getan, was Elmar von ihr verlangt hat. Er ist, ich muss wohl sagen, er war ihr Lieblingssohn. Da fällt mir ein, ich habe Frau Steinbeck noch gar nicht kondoliert.«

Seine Hand bewegte sich in Richtung Telefon, brach die Bewegung aber ab und kam zurück, als Lemberg sagte:

»Das macht man nicht per Telefon, das macht man persönlich. Was hat Steinbeck eigentlich mit den Viechern gemacht, die er erlegt hat? Hat er sie alle gegessen?«

»Elmar war Vegetarier. Das heißt, Fisch hat er gegessen. Aber kein Fleisch. Er hat die Tiere verkauft.«

»Die Praxis lief gut, haben wir gehört.«

Lambertz lächelte wissend. »Die Steinbecks haben noch nie einen Taler liegen gelassen. Obwohl sie es wirklich nicht nötig haben.«

»Dann war Elmar Steinbeck unbeliebt?«

»Das habe ich nicht gesagt. Insbesondere in der Damenwelt genoss er … Aber ich glaube, Sie sind eher an Fakten als an Tratsch interessiert.«

»Sie meinen, er war ein Schürzenjäger? Er wäre nicht der erste Frauenarzt, der sein Hobby zum Beruf gemacht hat.«

Lemberg überhörte Nolls tadelndes Schnalzen.

»Wir waren alle einmal jung«, sagte Lambertz und machte ein Gesicht, als schmerze ihn die Erinnerung. »Elmar vielleicht ein bisschen länger als wir.«

»Tja, die Vergänglichkeit der Jugend. Was anderes, Herr Lambertz – haben Sie noch zwei Zimmer frei?«

»Sie wollen hier übernachten?«

»Haben Sie etwas dagegen?«

»Natürlich nicht.« Lambertz zog die Kladde heran und strich die Seite glatt. »Mal sehen …«

»Ich hätte gerne eine ungerade Zimmernummer«, sagte Noll.

Lemberg blickte verblüfft zur Seite. Er hatte gar nicht gewusst, dass die Kollegin abergläubisch war. Bevor er das entsprechend kommentieren konnte, tauchte ein blasser junger Mann im Durchgang neben dem Kamin auf. Er war mittelgroß, sportlich gebaut wie gekleidet und hatte streichholzkurzes schlohweißes Haar. Da er eine durchaus gesunde Gesichtsfarbe hatte, schloss Lemberg eine Pigmentstörung aus und tippte auf eine modische Torheit. Wo auch immer eine solche Frisur jetzt modern sein mochte.

»Entschuldige, ich wollte nicht stören«, sagte der Weißhaarige und wandte sich wieder ab.

»Klaus-Peter Krings, mein Schwiegersohn«, sagte Lambertz. »Die Herrschaften sind von der Kriminalpolizei.«

»Das trifft sich ja ausgezeichnet, Herr Krings«, sagte Lemberg. »Wir hätten da nämlich ein paar Fragen.«

7

Im Büro des Hotels herrschte Chaos. Eine Wand war mit Umzugskartons zugestellt; gelbe Klebezettel wiesen darauf hin, was sich in dem jeweiligen Behältnis befand. Gegenüber standen Dutzende von Aktenordnern nach Jahreszahlen sortiert auf dem Fußboden. Die Wand darüber diente als provisorische Pinnwand, an der Zettel und Formulare mit Reißzwecken befestigt waren. Einer der hier Tätigen hatte ein Faible für Markierungsstifte. Alle handelsüblichen Neonfarben waren vertreten. Wand Nummer drei war unterhalb eines riesigen goldgerahmten Fotos, das das Hotel als handkolorierte Luftaufnahme zeigte, die Tapete abhandengekommen. In Schienbeinhöhe quoll ein gewaltiger Kabelsalat aus der Wand. Einige Kabel endeten im Nichts, andere führten quer durch den Raum zu dem Schreibtisch unter dem Fenster. Dessen Arbeitsfläche teilten sich zwei Flachbildschirme, ebenso viele Tastaturen und Mäuse und ein Haufen CD-ROMs. Daneben lagen irgendwelche Listen, auf denen sich ebenfalls der Markierungsteufel ausgetobt hatte. Der unvermeidliche Rechner – ganz in Schwarz – stand unter dem Tisch. Das einzige Sitzmöbel im Raum war ein fünfbeiniger Drehstuhl.

»Ich kann Ihnen leider keinen Sitzplatz anbieten«, sagte Klaus-Peter Krings. »Wir stellen derzeit auf Computer um.«

»Ist das nicht ein bisschen spät?«, fragte Lemberg und schnupperte. Von irgendwoher drangen Essensgerüche in den Raum. Zwiebelbraten, da war Lemberg sich sicher. Prompt lief ihm das Wasser im Mund zusammen.

»Die Verantwortlichen dieses Hauses sind neuen Techniken gegenüber nicht sehr aufgeschlossen«, sagte Krings.

»Bedeutet das, es gibt nur ein Plumpsklo im Hof?«

Krings lächelte pflichtschuldig. »Der Teil der Modernisierung ist bereits abgeschlossen. Das Büro ist die letzte Baustelle.«

»Kümmern Sie sich um den Computerkram?«

»Nebenbei, ja. Hauptberuflich arbeite ich in einer Bank.«

»Das ist uns bekannt. Wo haben Sie das gelernt? Das mit den Computern, meine ich.«

»Ich habe einige Semester Informatik studiert, bis die Sache mit meinem Vater passiert ist. Ich nehme an, Sie wissen auch davon.«

Lemberg nickte. »Sie liefern uns das Stichwort. Wir suchen Ihren Vater und dachten, Sie könnten uns vielleicht sagen, wo er sich aufhält.«

»Wieso suchen Sie ihn schon wieder? Vater wurde erst am Freitag entlassen. Er hat seine Strafe verbüßt. Bis zum letzten Tag.«

»Er hat gestern auf Elmar Steinbecks Haus geschossen.«

»Vater? Das kann nicht sein. Mit was für einer Waffe?«

»Mit einem Jagdgewehr.«

»Unmöglich«, sagte Krings. »Mein Vater besitzt keine Waffe.«

»Er wurde erkannt. Außerdem soll er mit einem Motorrad unterwegs gewesen sein, einer Enduro. So eine Maschine besitzen Sie doch?«

»Das Motorrad steht seit Jahren abgemeldet im Stall. Es sollte mich wundern, wenn es anspringen würde. Und was die Waffen betrifft – die habe ich samt und sonders nach seiner Verurteilung verkauft. Ihm wurde ja der Jagdschein auf Lebenszeit entzogen. Der Erlös hat einen Teil der Anwaltskosten gedeckt.«

»An wen haben Sie die Waffen verkauft?«

»Eine Schrotbüchse an meinen Schwiegervater, die anderen an Heribert Palm, einen Vereinskameraden meines Vaters.«

Noll schrieb mit. Lemberg hätte niemals zugegeben, dass er gerne mit ihr zusammenarbeitete, aber auf ihre Notizen war Verlass.

»Haben Sie Ihren Vater seit seiner Entlassung gesehen?«, fragte er weiter.

Krings ließ sich mit seiner Antwort Zeit, als erwöge er, ob sich eine Lüge lohne.

»Am Freitagabend stand er plötzlich vor der Tür«, sagte er schließlich. »Ich war total überrascht. Ich hatte seinen Entlassungstermin völlig vergessen. Oder verdrängt.«

»Was wollte er?«

»Er hat gefragt, ob er bei uns übernachten könnte. Für ein, zwei Tage.«

»Und? Hat er?«

»Ich habe ihm das verweigert. Ich habe ihn gar nicht erst ins Haus gelassen. Meine Frau wäre damit nicht einverstanden gewesen, und auch ich wollte ihn nicht unter unserem Dach haben. Vater und ich hatten nie ein besonders enges Verhältnis, auch nicht vor seiner Verurteilung, nicht einmal, als ich noch klein war. Auch kein wirklich schlechtes, damit Sie mich nicht falsch verstehen. Ich kann ihm nicht vorwerfen, dass er sich auf seine Art keine Mühe gegeben hätte, mir ein leidlich guter Vater zu sein, aber meine hauptsächliche Bezugsperson war immer meine Mutter. Stattdessen habe ich ihm hundert Euro gegeben. Die hat er mir aber vor die Füße geworfen und ist abgezogen.«

»Hat er gesagt, wohin er wollte?«

Krings verneinte kopfschüttelnd.

»Hat er außer Ihnen andere Verwandte? Oder Freunde? Bekannte? Irgendjemanden, bei dem er unterkriechen könnte?«

»Keine Verwandten, keine Freunde, niemanden. Mein Vater hat sich nie viel aus zwischenmenschlichen Beziehungen gemacht. Und seit seiner Verurteilung ... das können Sie vergessen. Im Umkreis von zwanzig Kilometern würde niemand ein Stück Brot von ihm nehmen.«

»Hatten Sie während seiner Haftzeit Kontakt zu ihm? Haben Sie ihn mal besucht?«

»Ich habe das mal erwogen, den Gedanken aber schnell wieder verworfen. Durch das, was er meiner Stiefschwester angetan hat, hat er so viel kaputt gemacht – nein, ich wollte ihn nicht mehr sehen.«

»Hat man Sie spüren lassen, dass Sie der Sohn eines verurteilten Kinderschänders waren?«

Krings atmete tief ein und aus. »Nicht mehr, als man erwarten konnte. Es hat solche und solche Reaktionen gegeben. Ich hatte es mir eigentlich schlimmer vorgestellt. Wahrscheinlich habe ich von dem Ansehen profitiert, das meine Mutter in Monschau genossen hat. Sie war bei allen sehr beliebt, und ich sehe ihr ähnlich.«

»Ihre Mutter war die erste Ehefrau Ihres Vaters?«

Wieder nickte Krings. »Sie ist an Krebs gestorben, als ich noch klein war. Nach ihrem Tod hat Vater sich stark verändert. Sie war die Liebe seines Lebens, ihren Tod hat er nie verwunden.«

»Was meinen Sie mit verändert?«

»Vater war schon immer ein schwieriger Mensch, aber nach ihrem Tod wurde er völlig unberechenbar. Ich selber habe das altersbedingt nicht so mitgekriegt, aber alle, die ihn kannten, haben das erzählt. Er hat von Natur aus eine gewalttätige Ader, er war immer jähzornig, aber das hatte er im Griff, solange meine Mutter lebte. Danach hat er die Kontrolle über sich verloren. Als er dann auch noch anfing zu trinken, war alles vorbei.«

»Hat er Sie geschlagen?«

»Nein, nie. Wie gesagt, ich sehe meiner Mutter ähnlich.«

»Wen dann?«

»Zumeist hat er aus nichtigen Gründen Wirtshausschlägereien angezettelt. Eine Zeit lang haben sie ihm das durchgehen lassen, aber irgendwann war Schluss. Er wurde angezeigt und zweimal wegen Körperverletzung zu Bewährungsstrafen verurteilt. Danach ist er kaum noch aus dem Haus gegangen und hat seine Wut an meiner Stiefmutter und den Mädchen ausgelassen. Wobei er die Mädchen nicht geschlagen hat, wohl aber Romy.«

»Und die hat sich das gefallen lassen?«

Krings zuckte die Schultern. »Für sie war das der Preis, den sie zahlen musste, um seinen Namen zu tragen. Romy stammt aus ziemlich beschissenen Verhältnissen, mein Vater war für sie das große Los. Ich glaube, sie wusste von Anfang an, dass er sie nur geheiratet hat, damit ich wieder eine Mutter bekam.«

»Wie verstehen Sie sich mit Ihrer Stiefmutter?«

»Es geht so. Falsch – wir haben keinen Kontakt.«

»Und anfangs?«

»Ich wollte keine Ersatzmutter, und sie wollte eigentlich kein Stiefkind. Sie wollte eigene Kinder, die sie dann ja auch bekommen hat. Von da an konnte ich mehr oder weniger machen, was ich wollte. Aber ich mach ihr keine Vorwürfe. Es war für beide Seiten nicht einfach.«

»Irgendwann hat Ihre Stiefmutter sich dann mit Elmar Steinbeck eingelassen«, sagte Noll.

»Wenn man sich verbessern kann.« Krings lächelte freudlos.

»War Dr. Steinbeck vorher bereits verheiratet? Wir wissen nicht allzu viel über ihn.«

»Nein, und niemand hat damit gerechnet, dass er diesen Schritt jemals tun würde. Elmar – wir haben uns trotz des Altersunterschieds geduzt – war das, was man einen Lebemann nennt. Viele Freundinnen, ständig den neuesten Sportwagen, ein flottes Leben. In Monschau hieß es, jetzt sei er alt geworden, als er Romy geheiratet hat.«

»Sie erwartete immerhin ein Kind von ihm.«

»Er hat zwei Kinder, für die er Alimente bezahlt hat.«

»Ist das ein Gerücht?«

»Ich arbeite in der Bank, bei der er sein Konto unterhält. Außerdem hat er nie einen Hehl daraus gemacht.«

Ohne dass es geklopft hätte, wurde die Tür zum Nebenzimmer geöffnet, und eine Frau in einer rosafarbenen Latzhose und ein Kind mit überproportional großem Kopf und debilem Gesichtsausdruck traten ein. Aufgrund seiner Körpergröße schätzte Lemberg den Jungen auf fünf oder sechs.

»Meine Frau Ricarda, mein Sohn Torben, unser Sorgenkind. Das sind Frau Noll und Herr Lemberg von der Kripo«, sagte Krings.

Ricarda Krings nickte ihnen zu und hielt den Buben druckvoll an den Schultern zurück, als dieser auf Lemberg zugehen wollte. So wie man Kinder daran hindert, einen fremden Hund anzufassen. Dabei musterte sie Lemberg aus ihren eng stehenden Augen derart misstrauisch, als hätte man ihr gesteckt, er leide an Vogelgrippe.

»In Steinbecks Haus ist uns heute Ihre Stiefschwester über den Weg gelaufen«, sagte Lemberg. Der Begriff »Sorgenkind« hatte ihn daran erinnert, dass er diese Begegnung noch ansprechen wollte. »Sie wirkte – wie soll ich sagen – geistesabwesend.«

»Sie meinen sicher Nicole«, sagte Krings. »Sie ist diejenige, die ... Sie wissen schon. Sie ist depressiv und muss starke Psychopharmaka mit erheblichen Nebenwirkungen nehmen. Sie hat bereits zwei Selbstmordversuche hinter sich.«

»Wie alt ist sie?«

»Fünfundzwanzig.«

»Lebt sie bei Ihrer Stiefmutter?«

»Beide Mädchen, auch Nadine, die Jüngere, und Marius, Romys Sohn mit Elmar. Nadine studiert in Aachen, Marius geht noch zur Schule. Er ist erst elf.«

»Etwas anderes: Wo waren Sie heute Morgen zwischen vier und elf Uhr?«

»Im Bett«, sagte Ricarda Krings schnell.

»Bis um elf?«, fragte Lemberg erstaunt.

Krings lächelte. »Bis sieben. Um Viertel vor acht bin ich dann zur Arbeit gefahren. Dort war ich von acht bis eben. Mein Chef wird Ihnen das bestätigen.«

»Warum fragen Sie ihn das?«, fragte Ricarda feindselig.

»Das ist Polizeiroutine«, erklärte ihr ihr Mann.

»So ist es«, sagte Lemberg. »Immer dieselbe Leier.«

»Wir haben mit Dr. Steinbecks Tod nichts zu tun«, sagte Ricarda bestimmt.

»Das hat auch niemand behauptet. Trotzdem – Sie wohnen doch in Kalterherberg.« Lemberg malte mit dem Zeigefinger den imaginären Straßenverlauf in die Luft. »Von dort wäre es nur ein kurzer Umweg bis zu Steinbecks Hochsitz. Sie wissen doch, wo der Hochsitz steht?«

»In etwa«, sagte Krings. »Um wie viel Uhr wurde er denn erschossen?«

Lemberg blickte zu Noll.

»Wie Ihnen bekannt ist, Herr Kollege, warten wir noch auf das Ergebnis der gerichtsmedizinischen Untersuchung«, sagte sie.

»Na dann«, meinte Krings.

»Wann haben Sie von seinem Tod erfahren?«, fragte Lemberg.

»Gegen Mittag. Plötzlich ging die Nachricht wie ein Lauffeuer durch die Stadt. Ich weiß gar nicht mehr, wer mir zuerst davon erzählt hat. Dabei hieß es zunächst, Elmar sei bei einem Unfall ums Leben gekommen. Er war als rasanter Autofahrer bekannt.«

»Er war ein Raser«, sagte seine Frau.

»Wann haben Sie ihn zuletzt gesehen?«

»Irgendwann letzte Woche. Ich glaube, am Freitag war er in der Bank.«

»Haben Sie miteinander gesprochen?«

»Nichts Privates, falls Sie darauf abzielen. Ich habe ihm lediglich Geld ausgezahlt.«

»Ich glaube, das war's«, sagte Lemberg. »Haben Sie noch Fragen, Kollegin?«

»Nein.«

Als sie sich an der Rezeption die Zimmerschlüssel aushändigen ließen – Noll bekam tatsächlich ein Zimmer mit einer ungeraden Nummer –, sagte Lemberg: »Ich geh jetzt was essen. Begleiten Sie mich?«

»Nein«, sagte Noll und streckte die Hand aus. »Ich brauche den Wagen.«

»Wozu?«

»Privat. Ich hoffe, Sie haben nichts dagegen.«

Lemberg legte den Schlüssel in ihre Handfläche. »Fahren Sie vorsichtig.«

Noll lächelte, als kündige sich eine Kolik an, und wandte sich ab. Lemberg blickte ihr nach. So sah keine Frau aus, die voller Vorfreude auf dem Weg zu einem Dorffest war, um sich einen strammen Kerl vom Lande aufzureißen. Vielmehr wirkte seine Stellvertreterin, als hätte sie einen Kondolenzbesuch zu machen.

8

Die Cessna stürzte lotrecht vom Himmel. Lemberg hing schwer in seinem Gurt, stemmte die Beine gegen den Boden und tastete vergeblich nach einem Haltegriff.

»Stuka!«, brüllte Henk vergnügt. *»Stuka!«*

Jetzt begann die Maschine auch noch zu trudeln wie ein Ahornsamen.

»Abfangen!«, schrie Lemberg, weil er das mal in einem Film gehört hatte. »Abfangen!«

»Ra-ta-ta-ta-ta!« Henk imitierte die Bordkanone. *»Stuka!* Geil!«

Als hätte jemand auf die Zoomtaste bei Google Earth gedrückt, raste der Flughafen auf sie zu.

»Ma-schi-ne hoch-zie-hen«, krächzte Lemberg mit letzter Kraft. »Ab-fan-gen!«

Gleichzeitig sah er, wie Henk seinen Gurt löste, sich eine Art Rucksack umschnallte und die Kabinentür aufstieß.

»Have a nice trip«, rief er und sprang aus der Maschine.

Lemberg versuchte noch, ihn zurückzuhalten, aber es war zu spät. Ein Fetzen Thermojacke in der Faust war alles, was ihm blieb. Und schon wieder hatte jemand die Zoom-Taste betätigt. Noch eine Stufe, und Maßstab 1:1 würde anliegen. Lemberg öffnete den Mund, um zu schreien, aber in dem Moment zersplitterte die Frontscheibe, und ein eisiger Orkan erstickte jeden Laut.

Keuchend und schweißgebadet wachte er auf.

Das Zimmer war hell erleuchtet. Er hatte vergessen, das Licht zu löschen. Das Glas Wein, das er auf dem Nachttisch abgestellt hatte, lag in einer roten Lache zerbrochen auf dem Boden. Die Fensterflügel standen offen, feuchtkalte Rurtalluft blähte die Gardine und wirbelte durch den Raum. Außerdem klopfte irgendwer nonstop an die Zimmertür.

»Kommissar Lemberg, bitte öffnen Sie! Es ist dringend!«

Lemberg schlug die Bettdecke zurück, rollte sich von der

Matratze und stand auf. Seine Beine zitterten von der Anstrengung, mit der er sich am Bettende abgestützt hatte. Steifbeinig stolperte er zur Tür, drehte den Schlüssel erst in die falsche, dann in die richtige Richtung und öffnete. Der Chef des Hauses stand in einem Trenchcoat und mit schief sitzendem Toupet vor ihm. Unter dem Mantel lugten gestreifte Pyjamahosen und Filzpantoffeln hervor.

»Was ist denn?«, fragte Lemberg heiser. Seine Zunge war rau wie eine Massagebürste.

»Es brennt!«, sagte Lambertz aufgeregt. »Die Praxis von Dr. Steinbeck steht in Flammen. Sie sollen sofort kommen.«

»Wieso haben Sie nicht angerufen?«

»Die Telefonanlage ist außer Betrieb. Wir stellen doch auf Computer um.«

»Okay. Wecken Sie meine Kollegin Noll. In einer Minute bin ich unten.«

»Frau Noll ist nicht auf ihrem Zimmer.«

»Was? Wo steckt sie denn?«

Lambertz hob fragend die Schultern und versuchte gleichzeitig, an Lemberg vorbei ins Zimmer zu gucken.

»Sie spinnen wohl«, sagte Lemberg und schlug die Tür zu.

In Hemd, Hose, Hush Puppies und die Lederjacke zu schlüpfen war eine Sache von Sekunden. Dienstwaffe und Handy komplettierten die Ausrüstung. Jeweils eine Stufe überspringend eilte Lemberg die Treppe hinunter. Keine fünf Minuten nach dem abrupten Ende seines Albtraums befand er sich inmitten eines Pulks Schaulustiger, der sich vor der Absperrung zwischen dem Capri und der Touristeninformation drängte. Die Sperre wurde von dem uniformierten Kollegen, der schon am Hochsitz dabei gewesen war, bewacht. Lemberg zwängte sich durch die Menge, winkte dem Kollegen zu und durfte passieren. Im Laufschritt überquerte er die Brücke und fand sich vor der Raiffeisenbank in einem Durcheinander von Feuerwehr-, Polizei- und Notarztfahrzeugen wieder, die der Szenerie mit ihren Blaulichtern etwas Kirmeshaftes verliehen.

Gelbe Flammen schlugen aus den Fenstern der Praxis und dem Hauseingang. Im Stockwerk darüber waren die Scheiben geborsten, und dunkler Qualm walzte heraus. Die Feuerwehr hatte insgesamt vier Schläuche auf die rechte Gebäudehälfte gerichtet. Mit einem fünften wurde die linke Seite eingenebelt, um ein Übergreifen der Flammen zu verhindern. Selbst auf die Entfernung war die Hitze schier unerträglich. Zwischen den Fahrzeugen entdeckte Lemberg den anderen Uniformierten vom Tatort. Wieder hatte er die Mütze in den Nacken geschoben. Lemberg tippte ihm auf die Schulter. In aller Seelenruhe wandte der Kollege sich um.

»Scheiße, was?«, sagte er.

»Wo ist der Einsatzleiter?«

»Soll ich ihn holen?«

»Ja.«

Der Mützenträger stiefelte davon und kam umgehend mit einem der Feuerwehrleute zurück. Der Einsatzleiter war klein, bullig und rotgesichtig und erinnerte Lemberg an Red Adair.

»Brandt«, sagte er und streifte den rechten Handschuh ab. Sie gaben einander die Hand. Der Mann hätte als Catcher Karriere machen können. »Was gibt's, Herr Kommissar?«

»Was meinen Sie? Brandstiftung?«, fragte Lemberg und prüfte möglichst unauffällig, ob er die Finger noch bewegen konnte. Die nächsten Tage würde er vermutlich mit links schreiben müssen.

»Ohne den Ermittlungen vorgreifen zu wollen – so wie sich das Feuer ausgebreitet hat, sieht es nach Brandbeschleuniger aus.«

»Konnten Sie schon ins Gebäude?«

Brandt verzog den Mund. »Unmöglich. Da drin herrschen sechs- bis achthundert Grad.«

»Ich fürchte, die Sprechstundenhilfe könnte sich in der Praxis aufgehalten haben.«

»Die Manderscheid? Nee. Die ist dahinten.« Brandt wies über die Schulter. »Der Notarzt versorgt sie. Die Nerven.«

Lemberg musste ein Gewirr von Schläuchen und Kabeln übersteigen, bis er den Kleinbus mit dem Malteserkreuz erreicht hatte. Frau Manderscheid saß in einem Tragestuhl und blickte mit angstgeweiteten Augen auf das ihr angelegte Blutdruckmessgerät, als könnte es jeden Moment explodieren. Ein grauhaariger

Sanitäter mit einer Frisur wie Hansi Hinterseer führte die Messung durch. Nachdem das Gerät aufgehört hatte zu piepsen, nahm er die Ohrbügel ab und schüttelte den Kopf.

»Alles in Ordnung, gute Frau«, sagte er beruhigend. »Ist nur die Aufregung.«

»Lemberg, SOKO Eifel«, sprach Lemberg den feschen Veteranen an. »Ist Frau Manderscheid in der Lage, mir ein paar Fragen zu beantworten?«

»Nur zu.«

»Hallo, Frau Manderscheid«, sagte Lemberg. »Erinnern Sie sich an mich?«

Sie erinnerte sich, das war ihr anzusehen, denn sie guckte biestig.

»Waren Sie in der Praxis, als das Feuer ausgebrochen ist?«

»Sie glauben wohl auch, ich hätte kein Privatleben, wie?«, fauchte sie.

»Wie kommt es, dass Sie bereits hier sind?«

»Ich wohne über der Praxis.«

»Haben Sie irgendetwas Verdächtiges bemerkt, bevor das Feuer ausgebrochen ist?«

»Ich pflege nachts zu schlafen und nicht am Fenster zu sitzen und hinauszustarren«, sagte sie verkniffen.

»Wie sind Sie denn heil aus dem Haus herausgekommen?«

»Im ganzen Haus sind Rauchmelder installiert. Die sind zwar nicht vorgeschrieben, aber sinnvoll.«

»Hallo, Chef«, sagte jemand in Lembergs Rücken.

Der Kollege mit der unvorschriftsmäßig sitzenden Mütze. Neben ihm stand eine ältere in eine derbe Decke gehüllte Dame, deren Frisur sich in einem Stadium fortgeschrittener Auflösung befand. Mit riesigen Augen fixierte sie Lemberg durch ihre Weitsichtigenbrille.

»Das ist die Frau Walter«, sagte der Uniformierte. »Sie hat was gehört.«

»Ja bitte?«

»Also«, sagte Frau Walter und ruckte mit dem Kopf in Richtung rechtes Rurufer, »ich wohne gleich da drüben. Es war kurz nach Mitternacht. Ich hatte mir gerade ein Glas warme Milch gemacht, weil ich nicht schlafen konnte. Ich stand also am Fenster und hab die Milch getrunken, und da habe ich plötzlich gesehen, wie es beim Dr. Steinbeck brannte.«

»Und was haben Sie gehört?«

»Die Sirenen.«

»Sonst nichts?«

»Zunächst nur die Sirenen.« Sie beugte sich vor und machte ein Verschwörergesicht. »Aber dann auch ein Motorrad.«

»Sind Sie sicher?«

»Ich mag alt sein, junger Mann, aber hören kann ich wie eine Fledermaus.«

»Wie hat das Motorrad denn geklungen? Machen Sie das Geräusch doch mal nach.«

»Wie macht denn ein Motorrad?«, fragte sie den Uniformierten.

»Brrrm!«, machte er.

Sie nickte. »Genau so.«

»Gesehen haben Sie die Maschine aber nicht, oder?«

»Nein, nur gehört. Nur gut, dass der Schutzmann mich gefragt hat, ob ich vielleicht ein Motorrad gehört hätte. Ich hätte es glatt vergessen.«

»Wer hat Sie danach gefragt? Er?«

Sie nickte erneut.

Lemberg fasste den Kollegen am Arm und zog ihn ein Stück zur Seite. »Haben Sie schon mal was von Suggestivfragen gehört?«

»Hä?«

»Das dachte ich mir. Nennen Sie mir Ihren Namen.«

»Meinen Namen?«

»Ihre Eltern werden Ihnen doch irgendeinen Namen gegeben haben.«

»Müller. Johannes Müller. Aber alle nennen mich nur Hans.«

»Kollege Hans Müller, ich werde Sie gleich morgen zu einer Nachschulung in Sachen Zeugenbefragung anmelden. Mindestens sechs Wochen Bayerischer Wald, das schwöre ich Ihnen.«

Die Marseillaise ertönte in der linken Innentasche von Lembergs Lederjacke. Er holte sein Handy hervor und hielt sich das andere Ohr zu, da das Knistern der Flammen ohrenbetäubend war.

»Noll hier«, meldete sich seine Kollegin. »Ich bin in zehn Minuten da.«

»Wo stecken Sie, zum Teufel?«

»In zehn Minuten. Übrigens – der junge Krings hat mich gerade angerufen. Sein Motorrad wurde gestohlen.«

»Das fällt dem mitten in der Nacht ein?«

»Genaueres konnte ich nicht verstehen. Die Verbindung war miserabel. Bis gleich.«

Lemberg ließ sich von der Auskunft mit Krings junior verbinden. Der war gleich beim ersten Klingeln am Apparat.

»Tut mir leid«, sagte er. »Ich weiß, wie spät es ist. Aber ich dachte, Sie sollten es sofort erfahren. Meine Maschine ist weg.«

»Wann haben Sie das bemerkt?«

»Vor einer guten Viertelstunde. Ich konnte nicht schlafen und war im Stall, um mir ein Bier zu holen. Da hab ich gesehen, dass sie weg ist.«

Noch einer, der nicht hatte schlafen können. Vielleicht lag es an dem engen Tal. Obwohl, Krings wohnte ja außerhalb.

»Sie rühren sich nicht von der Stelle«, sagte Lemberg. »Und Sie fassen in dem Stall nichts an. Wir sind gleich bei Ihnen.«

Ohne eine Antwort abzuwarten, kappte Lemberg die Verbindung und steckte das Handy weg. Als er wieder aufblickte, stand ein Mann mit schulterlangen, fettigen schwarzen Haaren vor ihm und lächelte ihn mit schiefem Gebiss an.

»Raimund-Maria Brisk«, sagte der Mann. »Aachener Nachrichten. Sie sind Kommissar Lemberg?«

Lemberg nickte. »Der rasende Reporter. Sie sind zu schnell. Wir tappen noch völlig im Dunkeln.«

»Auch in Sachen Mordfall Dr. Steinbeck?«

»Auch in Sachen Mordfall Dr. Steinbeck.«

Brisk machte ein erstauntes Gesicht. »Darf ich das so schreiben?«

»Warum nicht?«

»Weil das keinen guten Eindruck macht«, sagte Brisk. »Die Leute wollen wenigstens etwas von einer heißen Spur lesen.«

»Damit kann ich nicht dienen.«

In der Traube der Gaffer machte sich Unruhe breit. Ein großer dicker Mann in Kniebundhosen und Lodenjacke schob sich hinkend durch die Menge und fuchtelte mit einem Stock in der Luft herum. Hinter ihm her trippelte eine kleine Frau, die bestimmt nur ein Drittel von ihm auf die Waage brachte.

»Das ist Bieler«, sagte Brisk. »Der Vorsitzende des Jagdvereins.«

Keine fünf Schritte von Brisk und Lemberg entfernt blieb Bieler stehen, stützte sich schwer auf seinen Stock und starrte in die Flammen. Sein fleischiges Gesicht war vor Erregung puterrot; eine Färbung, die der Flammenschein noch verstärkte.

»Das waren die verfluchten Tierschützer!«, rief er keuchend. »Das verfluchte Pack, das mich und auch Steinbeck auf dem Gewissen hat.«

»Dieter!«, rief die Frau und zupfte an seiner Jacke. »Denk an deinen Blutdruck.«

Unwillig schüttelte Bieler sie ab und schwang drohend den Stock. »Diese Saubande! Diese verfluchten Terroristen. An die Wand stellen sollte man –«

Als hätte ihn der Blitz getroffen, knickte Bieler plötzlich ein und schlug der Länge nach hin. Die kleine Frau wurde mitgerissen, landete aber sanft auf seinem Bauch. Mit einem Satz waren Lemberg und Brisk bei ihm, ebenso der Sanitäter und ein Mann in einem orangefarbenen Overall, auf dessen Rücken der fluoreszierende Aufdruck »Notarzt« prangte. Versiert knöpften die Profis Bielers Jacke, Weste und Hemd auf und legten seinen linken Arm frei. Dann nahm der Arzt ein Stethoskop zur Hand und horchte, ob noch Leben in dem üppigen Leib war. Viel konnte es nicht sein, denn der Sanitäter rannte zum Wagen und kam umgehend mit einem Köfferchen zurück, ähnlich dem, das Lembergs Hausarzt beim letzten Belastungs-EKG vorsorglich neben das Ergometer gestellt hatte. Bieler musste reanimiert werden. Die kleine Frau, die vergeblich versucht hatte, Bieler zu bremsen, stand von zwei Geschlechtsgenossinnen gestützt abseits und machte ein Gesicht, als sei das mit der Witwenschaft schon beschlossene Sache. Lemberg und Brisk zogen sich zurück.

»Wen meinte der mit ›verfluchte Tierschützer‹?«, fragte Lemberg den Reporter.

»Vor dreizehn Jahren hat eine Gruppe militanter Tierschützer hier in der Gegend Anschläge auf Hochsitze und Jagdhütten verübt«, sagte Brisk. »Unter anderem hat die Gruppe die Leiter von Bielers Hochsitz angesägt, sodass er abgestürzt ist und sich die Hüfte gebrochen hat. Seitdem hinkt er und ist noch unleidlicher als früher.«

»Hat die Gruppe auch auf Menschen geschossen? Ich meine Jäger.«

»Ganz im Gegenteil – die Tierschützer haben an den betreffenden Objekten Warnschilder angebracht mit dem Hinweis, dass die Hochsitze unbenutzbar seien. Auch bei Bieler, nur hat es in der Nacht vor seinem Unfall einen Orkan gegeben, der das Schild abgerissen und in eine benachbarte Schonung geweht hat.«

»Konnte die Gruppe dingfest gemacht werden?«

»Einen haben sie erwischt und wegen Sachbeschädigung zu einer Bewährungsstrafe verurteilt. Der Vorwurf der vorsätzlichen Körperverletzung wurde wegen der Warntafeln fallen gelassen. Bieler ist nach dem Urteil beinahe Amok gelaufen und wollte ihn erschießen. Die Namen der anderen hat der Verurteilte übrigens nie verraten. Insgesamt muss die Gruppe aus vier oder fünf Aktivisten bestanden haben.«

»Wissen Sie denn noch, wie der hieß, der erwischt wurde?«

»Sie fahnden derzeit nach seinem Vater. Der junge Krings war derjenige, der es ausbaden musste.«

Schon wieder Krings. Erwartet hatte Lemberg das nicht, aber es verblüffte ihn auch nicht. Ein Grund mehr, sich noch einmal mit dem jungen Mann zu unterhalten.

Während er auf Noll wartete, beobachtete er, wie sich zwei Feuerwehrmänner in silberglänzenden Spezialanzügen, die sie wie Astronauten auf dem Mond aussehen ließen, auf den Weg in das Inferno machten, um nach Opfern zu suchen. Die Brandursache würde später von Spezialisten der Polizei geklärt werden.

Kurz darauf wurde Bieler abtransportiert. Dem ernsten Gesichtsausdruck des Arztes nach zu urteilen, stand es nicht gut um den dicken Jäger. Mit Blaulicht jagte der Notarztwagen davon, Frau Bieler durfte mitfahren. Lemberg hörte den Hubschrauber, den sie angefordert hatten. Der würde Bieler irgendwo, wo er landen konnte, übernehmen und nach Aachen fliegen.

Endlich tauchte Noll auf. Lemberg nahm sie gleich beim Arm und führte sie weg.

»Wo wollen Sie mit mir hin?«, fragte sie.

»Wir machen einen Hausbesuch. Oder haben Sie den Tank leer gefahren?«

*

Lemberg hatte auf dem Beifahrersitz Platz genommen und Noll das Steuer überlassen. Sie fuhr konzentriert und zügig, nahm die Kurven aber eckig, als beständen sie aus mehreren kurzen, durch Knicke verbundenen Geraden. Ein Fahrstil, der ihm Übelkeit verursachte, zumal sein Körper noch mit der Verdauung des Zwiebelbratens und der anderthalb Flaschen Spätburgunder beschäftigt war. Dazu kam, dass Noll intensiv nach Bratfett roch. Lemberg kurbelte das Seitenfenster ein Stück runter.

»Wo haben Sie sich denn rumgetrieben?«, fragte er. »Haben Sie sich einen Frittenbudenbesitzer angelacht?«

»Ich war privat unterwegs.«

»Schlaf brauchen Sie wohl nicht?«

»Solange ich meine Arbeit tue, kann Ihnen das doch egal sein.«

»Wie haben Sie von dem Brand erfahren?«

»Ich habe den Funk abgehört.«

Sie passierten den Ortseingang von Kalterherberg. Wenig später zweigte rechter Hand die Straße »Am Alten Garten« ab, die sich an ihrem ausgebauten Ende zu einem rechteckigen Platz erweiterte. Auf der einen Längsseite wurde der Platz von einer Lagerhalle begrenzt, vor der Bagger unterschiedlicher Größen abgestellt waren, auf der kurzen von einem zweigeschossigen Bürogebäude. Der Halle gegenüber lagen ein paar Wohnhäuser. Vor einem der Häuser brannte eine auf alt getrimmte Straßenlaterne und beleuchtete eine aufgehübschte Fachwerkfassade.

»Das muss es sein«, sagte Lemberg.

Sie brauchten nicht zu klingeln, Klaus-Peter Krings erwartete sie bereits an der Haustür. Er trug einen Biene-Maja- oder Borussia-Dortmund-Bademantel, je nachdem, wofür man sich mehr interessierte, und machte ein ernstes Gesicht, als sei jemand schwer erkrankt. Er führte sie direkt ins Wohnzimmer, in dem sämtliche Lichtquellen brannten. Ricarda Krings saß, mehrere Kissen im Rücken, quer mit hochgelegten Beinen auf einem Klippan-Sofa mit rotem Bezug, guckte so misstrauisch wie beim letzten Mal und sagte keinen Ton. Dafür wurden sie schwanzwedelnd von einem schwarz-weißen Cockerspaniel begrüßt, dessen Kopf in einem Trichter steckte. Im ersten Moment dachte Lemberg, der Hund hätte sich durch einen Lampenschirm gefressen.

»Cookie, mach Platz«, sagte Krings, und tatsächlich trollte sich der Hund an Frauchens Seite. Lemberg wurde neidisch. »Bitte setzen Sie sich doch.«

Noll und Lemberg nahmen in Wippsesseln Platz, die ebenfalls von Ikea waren, und Krings versank in einem Sitzsack. Kaum hatte Lemberg sich gesetzt, kam der Cocker zu ihm. Lemberg kraulte seinen Rücken, obwohl das Tier übel stank.

»Sie hat sich in Pferdemist gewälzt«, sagte Ricarda Krings und machte dabei ein schadenfrohes Gesicht.

Lemberg zog seine Hand zurück. »Vor einer knappen Stunde ist die Praxis von Dr. Steinbeck in Flammen aufgegangen. Wo waren Sie zu der Zeit?«

Sowohl Krings als auch seine Frau machten ein erschrockenes Gesicht.

»Im Bett«, stammelte Klaus-Peter Krings, nachdem er mehrmals geschluckt hatte. »Allerdings schlaflos. Deswegen bin ich –«

»In den Stall und haben sich ein Bier geholt«, sagte Lemberg. »Das sagten Sie bereits.«

»Hatte der Brand eine natürliche Ursache?«, fragte Krings. »Sie verstehen schon.«

»Vermutlich nicht. Wir gehen im Augenblick von Brandstiftung aus.«

»Aber das macht doch keinen Sinn. Ich meine, jetzt wo Elmar tot ist, kann man ihm mit einem Brandanschlag doch nicht mehr schaden.«

»In der Tat«, sagte Lemberg. »Viele Fragen, bisher wenige Antworten. Kommen wir auf Ihr Motorrad zu sprechen. Kann es sein, dass die Maschine bereits seit Freitag verschwunden ist? Seit Ihr Vater hier war?«

»Nein, am Sonntag war sie noch da. Sonntagnachmittag, um genau zu sein. Da habe ich im Stall nach Werkzeug gesucht und sie gesehen.«

»Sie sagten, die Maschine sei nicht fahrbereit gewesen.«

»Na ja, sie ist nicht angesprungen, als ich es zuletzt versucht habe. Ich nehme an, es lag an der Batterie.«

»Dann hätte man sie ja anschieben können.«

»Vielleicht. Ich hab's nicht versucht.«

»Ist der Stall abgeschlossen?«

»Das schon.«

»Was soll das heißen?«

»Der Schlüssel liegt auf einem Brett über der Tür.«

»Ihr Vater weiß das?«

»Sicher. Der Schlüssel lag schon immer da.«

»Um was für ein Modell handelt es sich?«

»Eine DR Big. Eine Suzuki. Eine Enduro.«

»Farbe?«

»Metallic-grün mit orangefarbenen Flammen auf dem Tank. Selbst lackiert.«

»Kennzeichen?«

»Sie ist ja stillgelegt.«

»Aber Sie haben Papiere? Wegen der Fahrgestellnummer.«

»Natürlich.«

»Dann holen Sie sie.«

Während Krings unterwegs war, fragte Lemberg dessen Frau: »Kann Ihr Schwiegervater Motorrad fahren?«

»Und wie. Er ist früher Motocross-Rennen gefahren.« Dazu schnaubte sie, als sei Motocross etwas Unanständiges. Vielleicht war es das für sie ja auch. »Zumindest bis er Mariele geheiratet hat. Das war seine erste Frau, die Mutter meines Mannes.«

Krings kam zurück und übergab den Fahrzeugbrief an Noll. Dazu ein Prospekt, mit dem sie nichts anzufangen wusste. Per Handy gab sie die Daten durch. Als sie damit fertig war, fragte Lemberg:

»Wie wir erfahren haben, waren Sie vor Jahren ein militanter Tierschützer, Herr Krings. Mitglied einer Gruppe, die unter anderem Hochsitze demoliert hat. Kann es sein, dass die Gruppe wieder aktiv geworden ist?«

Krings versuchte, die Beine übereinanderzuschlagen, was in dem Sitzsack misslang. Also streckte er sie aus, wobei er so tat, als hätte er das gleich vorgehabt.

»Sie glauben doch nicht, dass jemand aus der Gruppe irgendetwas mit Elmars Ermordung oder der Brandstiftung zu tun hat«, sagte er und klang verbittert.

»Das ist wirklich unerhört«, mischte sich Ricarda ein. »Klaus-Peter und die anderen hatten edle Ziele. Oberste Priorität hatte, dass niemand bei den Anschlägen zu Schaden kommen durfte. – Wie kommen Sie überhaupt darauf? Das hat Ihnen doch bestimmt Bieler gesteckt, der alte Faschist.«

»Na, na, na«, sagte Lemberg. »Bleiben Sie mal auf dem Teppich, Frau Krings. Da Sie sich so echauffieren – haben Sie auch zu der Gruppe gehört?«

Ricarda Krings lief rot an. »Was versuchen Sie, mir da zu unterstellen? Ich –«

»Meine Frau war weder Mitglied der Gruppe, noch hatte sie je Kenntnis von einer unserer Aktionen«, sagte Krings entschieden. »Damals waren wir beide noch mit anderen Partnern liiert, und meine Frau lebte am Niederrhein. Also lassen Sie sie bitte aus dem Spiel.«

In dem Moment schlug Ricarda die Hand vor den Mund und unterdrückte ein Würgen.

»Wird dir wieder schlecht, Liebling?«, fragte Krings besorgt, befreite sich aus dem Sitzsack und eilte an die Seite seiner Frau.

»Es geht schon wieder.« Ricarda lächelte verkrampft. »Ich glaube, ich sollte mich wieder hinlegen.«

»Soll ich dich begleiten?«

»Nicht nötig. Klär du die Angelegenheit mit dem Kommissar.«

»Vielleicht kann Ihre Frau den Hund mitnehmen«, sagte Lemberg und warf Noll einen fragenden Blick zu.

Die schüttelte den Kopf über so viel Ignoranz und formte mit den Lippen stumm das Wort »schwanger«. Lemberg verstand. Aber wie hätte er es wissen sollen? Maggie hatte während ihrer Schwangerschaften nie Probleme gehabt.

Krings half seiner Frau beim Aufstehen und begleitete sie bis zur Tür. Auf ein Kommando folgte der Cocker seinem Frauchen, und Krings setzte sich wieder, diesmal auf das frei gewordene Sofa. Jetzt, wo er bequem die Beine hätte übereinanderschlagen können, versuchte er es erst gar nicht.

»Meine Frau ist zurzeit etwas angespannt«, sagte er. »Wie das immer mal vorkommen kann. Sie kennen das vielleicht.«

In dem Moment wurde die Tür geöffnet, und ein etwa zehnjähriges Mädchen trat schlaftrunken in den Raum. Sie ging zum Sofa, setzte sich neben Krings und kuschelte sich an ihn.

»Was ist los, Klaus?«, fragte sie.

»Geh wieder ins Bett, Patricia«, sagte er und schob sie sanft von sich. »Die Leute sind von der Polizei. Mein Motorrad wurde gestohlen.«

»Kann ich bei euch schlafen?«

»Natürlich. Mama ist schon im Bett. Ich komme auch gleich.«

Die Kleine verschwand, und Krings sagte: »Patricia stammt aus der ersten Ehe meiner Frau. Wir hatten beide schon einen Fehlversuch.«

Lemberg nahm einmal an, der sogenannte Fehlversuch sollte sich auf die Ehe und nicht auf das Kind beziehen.

»Um es kurz zu machen, Herr Krings«, sagte er. »Wir würden gerne mit Ihren ehemaligen Kampfgenossen sprechen, um jeden Verdacht auszuräumen.«

»Kampfgenossen!«, sagte Krings ätzend. »Ihre Wortwahl gefällt mir nicht, Herr Lemberg. Das klingt für mich nach Terroristen. Wir nannten uns Wildlife Guardian Angels, und Gewaltlosigkeit war unser oberstes Prinzip.«

»Wildlife Guardian Angels.« Lembergs Anerkennung troff

nur so vor Ironie. »Da haben Sie aber ganz schön dick aufgetragen. Wie auch immer – wir würden den anderen Engeln gern ein paar Fragen stellen.«

»Ich dachte, Sie halten meinen Vater für den Mörder.«

»Wir ermitteln in alle Richtungen. Was ist nun?«

Krings schüttelte den Kopf. »Ich habe die Namen vor Gericht nicht genannt, und ich werde sie auch Ihnen nicht nennen. Tut mir leid.«

»Damals ging es um Pipifax wie angesägte Leitern, diesmal geht es um Mord. Ich glaube nicht, dass Ihre Ganovenehre in diesem Fall angebracht ist.«

Aus dem Augenwinkel sah Lemberg, wie Noll verständnislos den Kopf schüttelte. Wahrscheinlich war er ihr wieder mal nicht diplomatisch genug. Aber Krings schien das anders zu sehen. Statt pikiert zu sein, wog er das Für und Wider von Lembergs Ansinnen ab.

»Darüber muss ich noch mal in Ruhe nachdenken«, sagte er schließlich. »Und ich möchte erst mit den Ehemaligen sprechen und sie um ihr Einverständnis bitten. Kann ich Sie morgen früh anrufen?«

»Am besten noch heute.«

Lemberg nannte ihm seine Handynummer, Nolls hatte er ja bereits. Krings notierte die elf Ziffern auf den Rand einer Fernsehzeitung.

»Haben Sie damals nichts davon mitbekommen, dass Ihr Vater Ihre Stiefschwester missbraucht hat?«, fragte Lemberg, nachdem Krings den Kuli zur Seite gelegt hatte.

»Ich war siebzehn, als das anfing. Da habe ich schon nicht mehr zu Hause gewohnt. Damals gab es erhebliche Spannungen, sodass ich zum Bruder meiner Mutter nach Trier gezogen bin.«

»Wie lange hat der Missbrauch angedauert?«

»Genau weiß ich das nicht. Aber das kann Ihnen sicher sein damaliger Anwalt, Dr. Engel, sagen. Er wohnt am Mühlenberg in Monschau.«

Das war alles aus Lembergs Sicht. Auch Noll hatte keine zusätzlichen Fragen. Krings brachte sie noch zur Tür. Als sie in den Wagen stiegen, erlosch die Außenleuchte.

»Meine Güte«, sagte Lemberg, der diesmal fuhr. »Sie sind ja ganz schön rumgekommen.«

»Wie kommen Sie darauf?«

»Der Tageskilometerzähler. Nun mal Hand aufs Herz: Wo waren Sie denn?«

»Kümmern Sie sich um Ihren eigenen Kram«, sagte Noll bissig und starrte aus dem Seitenfenster.

9

Lemberg hatte es gleich nach dem Aufwachen versucht. Dann noch einmal nach dem Duschen, und jetzt, auf dem Weg zum Frühstück, probierte er es erneut. Aber Maggie blieb für ihn unerreichbar. Dass sie noch schlief, war unwahrscheinlich. Sie war sauer auf ihn und hatte ihr Handy deswegen abgestellt. Also sprach er einen kurzen Gruß in die Mobilbox, fügte zwei Sätze über die Entwicklung des Falls hinzu und gab sich optimistisch, selbigen noch vor Ende der Woche abzuschließen. Dabei hoffte er, dass seiner Stimme nicht anzumerken war, dass er daran selbst nicht glaubte.

Außer einer dicken Frau und einem dünnen Mann war Noll der einzige Gast im Frühstücksraum. Die Dicke und der Dünne waren zweifelsfrei Niederländer. Sie redete auf ihn ein, er ließ es über sich ergehen und machte ein Gesicht, als habe er alle Hoffnung fahren lassen, im Diesseits noch die ersehnte Ruhe zu finden. Typisch Protestant. Still leiden, statt mal ordentlich auf den Putz zu hauen. Noll hatte schon wieder ihr Handy am Ohr. Als sie Lemberg erblickte, steckte sie es schnell weg und setzte ein falsches Lächeln auf. Irgendetwas war da im Busch.

Lemberg bestellte bei einer schnuckeligen Bedienung ein Frühstück mit Spiegeleiern und Speck, einem Kännchen Kaffee und dazu einen doppelten Weizenbrand.

»Trinken Sie jetzt schon zum Frühstück?«, fragte Noll.

»Vor dem Frühstück«, sagte Lemberg. »Kreislauf, Magen – suchen Sie es sich aus.«

»Sie wissen, wohin das führt?«

Lemberg musterte Noll eingehend. Sosehr sie sich auch bemühte, so souverän und kaltschnäuzig wie gewöhnlich zu wirken, gelang ihr das nur unvollkommen. Ihre Lider flatterten, und ihre Bewegungen waren fahrig. Außerdem hatte sie Nägel gekaut, das war deutlich zu sehen. Auch sonst wirkte sie, als hätte sie bestenfalls zwei Stunden geschlafen, und das zudem schlecht. Viel mehr Zeit war ihnen allerdings auch nicht geblieben.

»Sie wissen, dass Sie sich mir jederzeit anvertrauen können, Frau Kollegin, falls Sie ein Problem haben.«

»Natürlich. Sie sind ja für Ihre verständnisvolle und einfühlsame Art bekannt.«

Lemberg kippte seinen Doppelten und schnitt sein mit Speck und Spiegelei belegtes Brot an. Noll hatte nur Kaffee bestellt.

»Sind Sie auf Diät?«, fragte Lemberg kauend. »Nicht dass es Ihnen schaden würde.«

»Sagte der Mann, der im letzten halben Jahr mindestens zehn Kilo zugenommen hat. Haben Sie schon mal was von Arteriosklerose gehört?«, fragte sie und deutete auf die Eier, deren Eigelbe Lemberg gerade mit der Gabel zerstach und auslaufen ließ.

»Das ist, wenn es in den Knien knackt.«

»Das ist Arthrose. Mein Gott, sind Sie ungebildet.«

»Haben Sie etwa Abitur?«

»Sie vielleicht nicht?«

Lemberg spülte mit einem Schluck Kaffee runter, was er gekaut hatte. »Da man sich mit Ihnen nicht vernünftig unterhalten kann, schlage ich vor, wir beschränken unser Gespräch auf das Dienstliche. Was halten Sie davon?«

»Meinetwegen gern.«

Noll leerte ihre Tasse.

»Darf ich Ihnen nachschenken?«, fragte Lemberg und legte seine Hand an den Henkel ihres Kännchens.

»Nein danke.«

»Kaffee hat keine Kalorien.«

»Ich dachte, wir hätten gerade eine Vereinbarung getroffen.«

»Stimmt«, sagte Lemberg und machte eine entschuldigende Geste in Richtung seines Kopfes, als hätte er Schwierigkeiten mit dem Gedächtnis. »Haben wir denn was Dienstliches?«

»Während Sie noch geschlafen haben, habe ich einige Telefonate geführt«, sagte Noll. »Die Fahndung nach Peter-Josef Krings sowie dem gestohlenen Motorrad ist bislang erfolglos verlaufen.«

»Wer hätte das gedacht.«

»Außerdem liegt das Obduktionsergebnis Elmar Steinbeck

vor. Der Gerichtsmediziner hat sich auf sechs Uhr plus-minus als Todeszeitpunkt festgelegt.«

»Plus-minus was?«

»Das Übliche.«

»Und was soll das sein?«

»Was ist denn plus-minus beim Todeszeitpunkt das Übliche?«

»Eine Stunde.«

»Genau. Sie wissen es also doch. Des Weiteren habe ich für Sie um zehn Uhr einen Termin bei Dr. Engel vereinbart.«

Lemberg warf einen Blick auf seine Armbanduhr. »Dann kann ich ja in Ruhe zu Ende frühstücken.«

»Ferner habe ich mit den Kollegen gesprochen, die den Brand in Steinbecks Praxis untersuchen. Sie wollten sich noch nicht abschließend äußern. Unter der Hand hat man mir aber mitgeteilt, es seien Spuren eines Brandbeschleunigers gefunden worden. Vermutlich ein Molotowcocktail.«

Lemberg brummte zufrieden. »Hat der junge Krings sich schon bei Ihnen gemeldet?«

»Nein. Bei Ihnen? Oder haben Sie wieder mal vergessen, den Akku Ihres Handys aufzuladen?«

»Der Witz ist lange übers Verfallsdatum. Das ist einmal passiert. Ein einziges Mal.«

Offenbar hatte Noll vom Reden einen trockenen Mund bekommen, denn nun schenkte sie sich den Rest an Kaffee ein und rührte um, obwohl sie weder Milch noch Zucker hinzugefügt hatte. Auch eine Möglichkeit, seiner Anspannung Herr zu werden.

»Heribert Palm, an den Klaus-Peter Krings den überwiegenden Teil der Waffen seines Vaters verkauft hat, ist übrigens der Filialleiter der Raiffeisenbank«, sagte sie, führte die Tasse mit beiden Händen zum Mund und nahm einen Schluck. Sie trank wie ein Spatz.

»Den werde ich mir mal vorknöpfen.« Lemberg legte sein Besteck zur Seite. »Irgendwas von Bieler gehört?«

»Ach so. Der Mann ist leider verstorben. Bereits im Heli auf dem Weg nach Aachen.«

»Heli! Was soll denn die blöde Verniedlichung? So ein Ding heißt Helikopter oder Hubschrauber. Ich sag ja auch nicht Nolli zu Ihnen.«

»Der Vergleich ist so was von daneben.« Noll seufzte und stand auf. »Schieben wir es mal auf den Alkohol auf nüchternen Magen. Falls Sie nichts dagegen haben, befrage ich jetzt Herrn Lambertz nach dem von ihm erworbenen Schrotgewehr.«

»Er soll Ihnen eine Liste mit allen Schrotflintenbesitzern des Vereins zusammenstellen«, rief Lemberg ihr nach.

Noll winkte wedelnd über die Schulter, ohne sich umzuwenden.

»Nach dem Termin beim Anwalt geh ich zur Bank«, sagte Lemberg. »Da treffen wir uns.«

Aber das hörte Noll schon nicht mehr.

*

Kaum hatte er das Hotel verlassen, stieg Lemberg Brandgeruch in die Nase. Beißender Geruch wie früher im Urlaub, wenn man im Zelt neben dem runtergebrannten Lagerfeuer aufgewacht war.

Lembergs Gedanken schweiften ab zu der Zeit vor sechzig Jahren. Bombenangriffe mit anschließendem Feuersturm, der ganze Innenstädte in Schutt und Asche gelegt hatte. Wie penetrant mochte das erst gerochen haben? Noch dazu der Gestank der verkohlten Leichen. Der zumindest war ihnen hier erspart geblieben.

Der Weg zum Mühlenberg führte an dem Haus mit dem Eiscafé und Steinbecks Behandlungsräumen vorbei. Das Gemäuer sah stabil aus, aber das konnte täuschen. Die Praxis hatte jedenfalls Totalschaden erlitten, und Frau Manderscheid würde sich nicht nur einen neuen Arbeitgeber, sondern auch eine neue Wohnung suchen müssen. Vielleicht kam sie ja bei dem anderen Frauenarzt unter.

Zwei Ermittler in weißen Schutzanzügen und mit Mundschutz kletterten durch die schwarzen Trümmer. Ein dritter mit einem Labrador oder Golden Retriever an der Leine wartete vor dem Gebäude. Ein Brandspürhund, dessen Nase mal eine Pause brauchte. Zu fragen hatte Lemberg sie im Augenblick nichts, also überquerte er die Rur. Mitten auf der Brücke meldete sich sein Handy. Statt wie erhofft Maggies Stimme zu vernehmen, meldete sich Albrecht Canisius.

»Wie steht die Schlacht, alter Junge?«, fragte er launig. »Wie war die Fahrt von Texel? Problemlos durchgekommen?«

»Bis auf ein paar Luftlöcher bestens«, sagte Lemberg.

»Scherzbold! – Also, wie ist der Stand der Dinge?«

»Vergangene Nacht ist Steinbecks Arztpraxis abgebrannt. Sieht verdammt nach Brandstiftung aus.«

»Ach du liebe Güte! Wenn das in Düsseldorf bekannt wird! Erkennst du nun die politische Dimension des Ganzen?«

»Das ist doch Blödsinn. Nichts deutet in diese Richtung.« Dass eventuell militante Tierschützer die Zündler waren, sagte Lemberg vorsichtshalber nicht, sonst würde Canisius noch glauben, die Grünen steckten dahinter. »Die Ermittlungen laufen auf Hochtouren, Albrecht. Bisher allerdings ohne greifbares Ergebnis.«

»Roger, mir sitzt der persönliche Referent des designierten Ministerpräsidenten von Nordrhein-Westfalen im Genick. Wir brauchen Ergebnisse. Wenigstens eine heiße Spur.«

»Tut mir leid, so weit sind wir noch nicht.«

»Brauchst du mehr Personal? Soll ich dir Wagner und Klaes schicken?«

»Nein, lass die beiden, wo sie sind. In Dorsel ist genug zu tun. Wir kommen schon voran. Nur zaubern können wir nicht.«

»Versuch es wenigstens, Roger. Ich verlass mich auf dich. Und gib mir morgens und abends einen Lagebericht.«

»Was sollte morgens anders sein als am Abend zuvor? Irgendwann muss ich auch mal schlafen.«

»Morgens und abends«, beharrte Canisius. »Ehe ich es vergesse: Steinbeck – Jürgen, der Oppositionsführer – wird heute Nachmittag in Monschau eintreffen, um seiner Mutter Adele in diesen schweren Stunden beizustehen. Ich schlage vor, du stößt dazu.«

»Wozu das?«

»Den Mann wird ein enormes Presseaufgebot begleiten«, sagte

Canisius in einem Tonfall, als sei Lemberg schwer von Begriff. »Versuch es so zu drehen, dass du der alten Dame – sie muss an die neunzig und entsprechend vertrottelt sein – vor der versammelten Presse dein Beileid aussprichst. Und immer schön lächeln, sobald du eine Kamera siehst. Nur im entscheidenden Augenblick machst du ein betroffenes Gesicht. Verstanden? Der Referent heißt übrigens Wuttke, Udo Wuttke. Vor dem musst du dich in Acht nehmen, der ist ein ganz forsches Bürschchen. Typ Wadenbeißer. Hast du das notiert?«

»Sicher«, sagte Lemberg, obwohl er kein Wort aufgeschrieben hatte. »Den Termin bei der Frau Mama kannst du vergessen. Entweder ich treibe die Ermittlungen voran, oder ich mache den Kasper. Beides zugleich geht nicht.«

»Das eine ist so wichtig wie das andere, Roger. Delegiere, was du kannst. Wie schlägt sich Berrenrath-Noll?«

»Heroisch wie immer. Um noch einmal auf den Besuch bei der Mutter Steinbeck zu sprechen zu kommen, Albrecht: Das ist Politik und mithin dein Ressort.«

»Ich habe heute Nachmittag einen Termin bei meiner Physiotherapeutin.«

»Dann sag ihn ab und lass dich von Edda herkutschieren. Monschau ist wunderschön. Und erst die Luft.« Lemberg sog den Brandgeruch hörbar ein. »Herrlich!«

*

Mittwoch war in Monschau Markttag. Vier Verkaufswagen verteilten sich auf der Freifläche an der Rur, wo sonst die umliegenden Cafés ihre Tische und Stühle aufstellten. Straßen mit dem Namen Mühlenberg gab es zwei, einen Oberen und einen Unteren Mühlenberg. Der Obere war der erste, also versuchte es Lemberg dort zuerst. Entgegen seiner Erwartung hatte er Glück. Eine an die Fassade der Nummer 4 geschraubte, auf Glanz polierte Messingtafel bestätigte ihm, dass er richtig war.

Das Gebäude war ein tipptopp erhaltenes, schmales viergeschossiges Fachwerkhaus. Nicht so schmal wie manches Haus in Amsterdam, wo sich die Bewohner mit dem Querschlafen schwertaten, aber ob es sinnvoll war, eine Tischtennisplatte aufzustellen, war fraglich. Doch hinter den Mauern wurde ja auch nicht Pingpong gespielt, sondern dem Recht auf die Sprünge geholfen. Die Sprossenfenster des Erdgeschosses waren vergittert; die Stufe vor dem Eingang hatte man mit einer gummibelegten Eisenrampe entschärft. Eine nette Geste für Klienten, die auf Inlinern oder mit dem Rollstuhl anrückten. Die Haustür war aus edlem Holz und mit einem Ring zum Klopfen ausgestattet, den Lemberg benutzte. Eine Frau um die dreißig mit der Figur eines Fotomodells öffnete. Ihre Augen verbarg eine Sonnenbrille.

»Lemberg«, sagte Lemberg und zeigte seinen Ausweis vor. »Ich habe einen Termin bei Herrn Engel.«

»Bitte«, sagte die Frau mit rauchiger Stimme. »Folgen Sie mir.«

Hüftschwingend ging sie voran. So wie sie aussah, wäre Lemberg ihr überallhin gefolgt, auch in sein Verderben. Auf einem Umweg durch den hinteren Teil des Hauses führte sie ihn in ein Vorzimmer, das bis auf wunderschönes, auf Hochglanz poliertes Parkett im Fischgrätmuster so aussah, wie man es vom Vorzimmer einer mittelprächtigen Anwaltskanzlei erwartete. Sie bat ihn, einen Moment zu warten, und verschwand im Nebenzimmer. Der Raum war düster bis finster und strahlte so viel Frohsinn aus wie ein Zeugnis mit drei Fünfen. Lemberg wettete mit sich selbst, dass hier zum letzten Mal gelacht worden war, als dem Tapezierer sein Frühstücksbrötchen in den Kleistereimer gefallen war. Der Moment zog sich ein wenig in die Länge, aber schließlich kam das Fotomodell zurück und sagte, Dr. Engel erwarte ihn.

Der Anwalt hatte die Möbel seines Zimmers auf denselben Katalogseiten gefunden wie die des Vorzimmers und dazu gleich ein halbes Dutzend Drucke impressionistischer Gemälde bestellt. Manet, Monet, Cézanne und Degas, die gängigen Motive in preisgünstigen Holzimitatrahmen. Der Laptop auf dem Schreibtisch war der, der zuletzt bei Aldi im Angebot gewesen war.

Engel selbst war noch jung – Lemberg schätzte ihn auf Mitte bis Ende dreißig – und machte einen sportlichen Eindruck. Blond, schmales Gesicht, aber kräftige Kiefer, gerade Nase und schmale Lippen. Ein Frauentyp, der ein schwarzes Sakko mit grauer Weste trug, darunter ein weißes T-Shirt mit Stehkragen. Einen beträchtlichen Teil seines Honorars trug er ins Sonnenstudio. Lächelnd reichte er im Sitzen seine Hand über den Tisch. Lemberg beugte sich vor, schüttelte sie und sah dabei, dass Engel im Rollstuhl saß. Der bemerkte seinen Blick.

»Ein Motorradunfall«, sagte Engel. »Mit zwanzig. Bitte, nehmen Sie Platz.«

Der Klientensessel war mit Kunstleder bezogen, eine Vorsichtsmaßnahme, falls jemand dreckige Hosen hatte. Als Lemberg saß, sagte er:

»Mein Sohn spart auf einen Scooter.«

»Schicken Sie ihn vorbei, ich rede es ihm aus. Möchten Sie Kaffee?«

»Wenn Sie einen mittrinken, gern.«

Über die Gegensprechanlage, die Bestandteil der Telefonapparatur war, bat Engel um zwei Tassen Kaffee. Dann verschränkte er die Hände vor dem Bauch.

»Sind Sie auch mal gefahren?«, fragte er.

»Nur kurz«, sagte Lemberg. »Ich kann mich kaum noch daran erinnern.«

»Was für eine Maschine?«

»Eine Vespa PX.«

»Das ist aber kein Motorrad.«

»Aber ich habe sie geliebt.«

»Sie sagen das mit einem tragischen Unterton. Haben Sie sie zu Schrott gefahren?«

»Sie wurde mir gestohlen. Ausgerechnet in Italien. Dabei haben die dort genug von den Dingern.«

»Das Leben ist ungerecht.«

»Sie sagen es.«

Das Fotomodell brachte den Kaffee. Als sie vorbeiging, bemerkte Lemberg, dass sie auch noch gut roch. Eine Frau ohne erkennbaren Makel.

»Haben Sie es bemerkt?«, fragte Engel, da Lemberg ihr nachgesehen hatte, bis die Tür ins Schloss gefallen war.

»Was?«

»Sandra ist blind. Wir sind die Kanzlei der Versehrten.«

»Macht sich das steuermindernd bemerkbar?«

Engel lachte. »Ein wenig. Ihre Sekretärin sagte, es geht um den Fall Peter-Josef Krings.«

Nur gut, dass Noll ihn nicht begleitet hatte. Bei der Bezeichnung Sekretärin hätte sie einen Schreikrampf bekommen.

»So ist es. Er wurde vergangenen Freitag entlassen und steht schon wieder auf unserer Fahndungsliste.«

Engel zeigte zum Fenster. »Der Brand?«

»Eventuell. Zunächst einmal suchen wir ihn im Zusammenhang mit der Ermordung des Frauenarztes Elmar Steinbeck. Ich nehme an, Sie haben davon gehört.«

»Gestern, beim Bäcker. Ziehen Sie Krings als Täter in Betracht?«

»Zumindest hat er sich verdächtig gemacht. Würden Sie ihm den Mord und die Brandstiftung zutrauen?«

»Ich bin kein Psychologe. Seinerzeit habe ich Krings als impulsiv, jähzornig, leicht reizbar kennengelernt. Ein Mord wie der an Steinbeck, bei Nacht und Nebel auf seinem Hochsitz, setzt eine gewisse Planung voraus. Ob Krings dazu in der Lage gewesen wäre? Den Verstand dazu hätte er, aber es würde nicht seinem Wesen entsprechen. Sagen wir mal so, wäre ihm Steinbeck zufällig auf der Straße über den Weg gelaufen, hätte ich Krings durchaus zugetraut, ihn spontan zusammenzuschlagen.«

»Ist er während des Prozesses ausgerastet?«

»Des Öfteren. Als seine Frau im Zeugenstand war, drohte er sogar, handgreiflich zu werden. Aus seiner Sicht verständlich: Sie hatte ihm Hörner aufgesetzt, sie hatte ihn verlassen, und sie hatte nach seinem Dafürhalten den Prozess gegen ihn angestrengt. Der Vorsitzende sah das natürlich anders und hat ihn abführen lassen.«

»Krings hat am Montag auf Steinbecks Haus geschossen.«

»Dann war da wohl noch aufgestaute Wut, die ein Ventil brauchte.«

»War Krings seit seiner Entlassung bei Ihnen?«

»Noch am selben Tag.«

»Welchen Eindruck hat er dabei gemacht?«

»Auf mich wirkte er wie ein Mann, der sein Schicksal angenommen hat.«

»Keine Wut, keine Rachegelüste?«

»Er hat sich diesbezüglich nichts anmerken lassen. Ich habe ihn aber auch nicht darauf angesprochen.«

»Um ihn nicht erst auf den Gedanken zu bringen?«

»Der Mann steht vor der Aufgabe, den Rest seines Lebens sinnvoll zu gestalten, sofern das noch möglich ist.«

»Hat er etwas über seine Pläne verlauten lassen?«

»Ich habe ihn danach gefragt, aber er hatte keine. Zumindest keine konkreten. Er wollte sich allerdings Arbeit suchen, das hat er geäußert.«

»Als was?«

»Krings ist gelernter Koch.«

»Ich dachte, er hatte ein Bauunternehmen.«

»Trotzdem hat er Koch gelernt.«

»Wissen Sie, wo er sich bewerben wollte?«

»Er sagte, sein Geld würde für zwei Wochen reichen, bis dahin müsste er etwas gefunden haben. Ich habe ihm noch geraten, Monschau zu verlassen und irgendwo anders neu anzufangen. Am besten in der Anonymität einer Großstadt. Hier würde es doppelt schwer für ihn.«

»Er ist wie alt? Mitte fünfzig?«

»Siebenundfünfzig.«

»Nicht einfach in dem Alter.«

»Nie einfach nach neun Jahren Gefängnis.«

Lemberg angelte nach seiner Tasse. Der Kaffee war stark. Engel rührte seinen nicht an.

»Wer hat Krings wegen des sexuellen Missbrauchs angezeigt?«, fragte Lemberg, nachdem er die Tasse wieder abgestellt hatte. Erst jetzt fiel ihm auf, dass sie das gleiche Service zu Hause hatten. »Alt Rotterdam« oder »Alt Amsterdam« hieß das Dessin. Bei seinem letzten Aufenthalt in Mainz hatte er versehentlich eine Tasse zerbrochen.

»Die Tochter. Krings hat allerdings behauptet, Nicole sei von seiner Exfrau dazu angestiftet worden. Bis zuletzt ist er dabei geblieben, er sei das Opfer einer Verschwörung.«

»Er hat also kein Geständnis abgelegt?«

»Nein, obwohl ich ihm dringend dazu geraten habe. Quasi

mit Engelszungen habe ich auf ihn eingeredet.« Bei der Anspielung auf seinen Namen ließ Engel ein Lächeln aufblitzen. »Solche Schuldeingeständnisse werden normalerweise strafmindernd gewertet. Außerdem hätte das Nicole erspart, vor Gericht aussagen zu müssen. Aber Krings ist stur geblieben.«

»Er hat also auch nicht versucht, sich damit rauszureden, der Geschlechtsakt sei mit dem Einverständnis des Opfers erfolgt?«

»Nein, er hat rundweg abgestritten, Nicole jemals berührt zu haben. Dabei sprachen sämtliche Gutachten gegen ihn.«

»Was waren das für Gutachten?«

»Ein medizinisches, das bestätigte, dass Nicole Krings keine Jungfrau mehr war. Ein –«

»Entschuldigen Sie, wenn ich nachfrage: Wurden Spermaspuren gefunden?«

»Nein. Die Anzeige wurde mehr als ein halbes Jahr nach dem letzten Übergriff erstattet. – Ferner ein Gutachten zur Glaubwürdigkeit der Klägerin und ein psychologisches Gutachten, das Nicole eine Persönlichkeitsstörung infolge des jahrelangen Missbrauchs attestierte.«

»Wie lange wurde sie missbraucht?«

»Vier Jahre, von ihrem zwölften bis zu ihrem sechzehnten Lebensjahr. Dann wollte Krings sich Nicoles Aussage zufolge der damals vierzehnjährigen Nadine zuwenden. Um ihrer Schwester ihr eigenes Schicksal zu ersparen, hat Nicole ihn angezeigt.«

»Zeugen gab es keine?«

»Nein.«

»Hat Frau Steinbeck sich zu den Beschuldigungen eingelassen?«

»Frau Steinbeck hat widersprüchliche Aussagen gemacht. Sie hatte vor Gericht nicht ihren besten Tag, war ziemlich durcheinander und wohl auch eingeschüchtert von der Gegenwart ihres Exgatten. Zunächst behauptete sie, völlig ahnungslos gewesen zu sein, dann wollte sie einen Verdacht gehegt haben, konnte aber nicht begründen, wieso. Mehr als eine Ahnung kann es meiner Meinung nach nicht gewesen sein. Nicole hingegen sagte aus, sie hätte ihrer Mutter erst nach Ende der Übergriffe davon berichtet, woraufhin die ihr geraten habe, ihren Vater anzuzeigen. Der genaue Ablauf blieb ungeklärt. Diese Widersprüche hat Krings natürlich als Beweis für seine Verschwörungstheorie angeführt.«

Lemberg massierte sein Kinn mit Daumen und Zeigefinger. »Die Anzeige wurde doch erstattet, als Frau Krings ihren Mann bereits wegen Steinbeck verlassen hatte. Welchen Sinn hätte es ergeben, da noch eine Verschwörung zu inszenieren? Oder war Geld im Spiel?«

»Um Geld ist es nie gegangen. Zum Zeitpunkt der Trennung war Krings bereits so gut wie bankrott.«

»Da bleiben viele Fragen offen.«

»Sie sagen es.«

»Hat Krings sich am Freitag noch einmal zur Schuldfrage geäußert?«

»Er hat in einem Nebensatz gesagt, ich wisse ja, dass er unschuldig gesessen habe.«

»Wie bewerten Sie das?«

»Gar nicht.«

»Hand aufs Herz: Hielten oder halten Sie ihn für unschuldig?«

»Kein Kommentar. Meine Aufgabe war es, dafür zu sorgen, dass er einen fairen Prozess bekam.«

»Hat er den bekommen?«

»In Anbetracht der Umstände, dass ihn sämtliche Zeitungen vorab verurteilt und als das Monster von Monschau bezeichnet haben – ja. Mehr konnte ich für ihn nicht tun.«

»Hat man Sie bedroht, weil Sie seine Verteidigung übernommen haben?«

Engel lächelte. »Ich habe keine Angst vor anonymen Drohungen. Das gehört zum Geschäft eines Strafverteidigers.«

Lemberg stemmte sich aus dem Sessel. »Danke für Ihre Zeit und den Kaffee.«

»Keine Ursache. Ich hoffe, ich konnte Ihnen weiterhelfen.«

»Das wird sich zeigen.«

Lemberg war bereits an der Tür, als Engel sagte: »Vergessen Sie nicht, Ihren Sohn vorbeizuschicken.«

*

In der Schalterhalle der Raiffeisenbank herrschte jene Mischung aus schlechter Luft und gedämpften Gesprächen, die Lemberg zutiefst verabscheute. Wie man an so einem Ort sein Leben lang arbeiten konnte, war ihm schleierhaft. Er sah sich um. Vom jungen Krings war nichts zu sehen. Entweder machte er heute blau, oder er hatte sich bei Lembergs Eintreten irgendwo verkrochen. Vielleicht war er aber auch nur mit dem Fegen des Tresorraums an der Reihe.

Lemberg steuerte einen der Plätze an, an denen man sich beraten lassen konnte. Eine Frau um die vierzig mit diskreter Aufmachung und einem noch diskreteren Gesicht hakte Positionen auf einer Liste ab. Obwohl sie ihn bemerkt hatte, machte sie noch vier weitere Häkchen, bevor sie aufsah und ihn taxierte. Sie schätzte wohl den Betrag, um den es ging. Offenbar war ihr Lemberg bestenfalls für fünf Euro gut, denn ihre Miene changierte ins Säuerliche.

»Ja bitte?«

»Palm«, sagte Lemberg und zeigte seinen Ausweis vor. »Den Filialleiter. Wo finde ich ihn?«

Sie nahm ihm den Ausweis aus der Hand und studierte die eingeschweißte Plastikkarte eingehend von vorne und hinten. Es fehlte nur, dass sie reinbiss, um sie auf Echtheit zu prüfen.

»Sind Sie angemeldet?«, fragte sie und reichte ihm die Karte mit zwei Fingern zurück.

»Das ist nicht nötig«, sagte Lemberg. »Es geht um Mord.«

Das saß. Auf der Stelle bemühte sie sich um ein verbindliches Gesicht. Da sie das anscheinend länger nicht geübt hatte, geriet es so, als unterdrücke sie die Beschwerden, die ihr ein vereiterter Backenzahn bereitete.

»Direktor Palm ist in einem Kundengespräch. Das kann noch dauern.«

»Bitten Sie ihn einfach, das Gespräch für einige Minuten zu unterbrechen.«

»Ich weiß nicht ... Direktor Palm hat mich angewiesen, ihn keinesfalls zu stören.«

»Ich kann ihn selbst anrufen.« Lemberg machte Anstalten,

nach ihrem Telefon zu greifen. »Sie müssen mir nur die Nummer nennen.«

Schützend hielt sie ihre Hände über den Apparat. »Das wäre gegen die Vorschrift. Ich werde es versuchen. Einen Moment bitte.«

Sie nahm den Hörer und tippte ein paar Ziffern. Nach einer schier unendlichen Weile, in der die Bank schon wieder Zigtausende an Zinsen verdient hatte, meldete sich jemand am anderen Ende der Leitung. Unterdrückt murmelte sie Unverständliches in die Muschel. Dabei ließ sie Lemberg nicht aus den Augen, als fürchte sie, er könne jeden Moment etwas Unvorschriftsmäßiges tun. Zum Beispiel in den Bottich mit dem Hydrokulturfarn pinkeln.

»Der Herr Direktor ist gleich so weit«, sagte sie und wirkte erleichtert.

»Wunderbar«, sagte Lemberg.

Einen Augenblick später flog im Hintergrund eine in die hölzerne Wandverkleidung eingelassene Tür auf, und eine wohlproportionierte Dame in einem für ihre Maße zu knappen Kostüm stürmte heraus. Der leicht hochgerutschte Rock und ihre derangierte Frisur sprachen Bände. Während sie durch die Schalterhalle zum Ausgang eilte, erschien Palm im Türrahmen und grinste wie ein Äffchen. Er war noch kleiner, als Lemberg ihn in Erinnerung gehabt hatte. Ein Blick auf seinen Ringfinger bestätigte, dass er verheiratet war.

»Weiß Ihre Frau, was Sie hier treiben?«, fragte Lemberg, als er an Palm vorbei das Direktorenzimmer betrat.

»Wie bitte?« Palms Stimme überschlug sich. Hastig schloss er die Tür.

Neben der erwarteten Ausstattung mit Schreibtisch und so weiter hing an einer der Wände ein überdimensionales Foto des Bankgebäudes. Darunter stand ein knallroter lederner Zweisitzer, ein echter Eyecatcher, dessen eines Rückenpolster nach vorne gekippt war. Lemberg zeigte darauf.

»Und das ist bestimmt Ihre Könnten-Sie-mir-nicht-noch-ein-bisschen-Zahlungsaufschub-gewähren-Couch, stimmt's?«

Palm flatterte in den Schutz seines Schreibtischs, kletterte in seinen Direktorensessel, in dem er wirkte wie ein Kind hinter dem Lenkrad von Papas Auto, und starrte Lemberg entgeistert an.

»Was wollen Sie?«, japste er. »Sie sind doch Kriminalbeamter, oder nicht?«

»War doch nur ein Scherz«, sagte Lemberg und zwinkerte. »Geht mich ja auch nichts an. Darf ich?«

Wortlos wies Palm auf die beiden Sessel vor dem Tisch. Dann strich er sich mit der Handfläche über die ihm verbliebenen Haare. Lemberg nahm Platz.

»Um es kurz zu machen«, sagte er, »Sie haben vor einigen Jahren Ihrem Mitarbeiter Klaus-Peter Krings eine Reihe von Jagdwaffen abgekauft, die dessen Vater gehört haben. Ist das richtig?«

Erleichtert atmete Palm auf, und seine Gesichtszüge entspannten sich.

»In der Tat«, sagte er mit einem kleinen Kiekser in der Stimme. »Ich bin passionierter Waffensammler, und Krings besaß ein paar ausnehmend schöne Stücke. Unter anderem eine Bockdoppelflinte mit vergoldetem Abzug und einer Gravur mit feinen englischen Arabesken, ferner eine Repetierbüchse mit geradem Schaftrücken und graviertem Abzugbügel sowie gravierter Laufwurzel, dazu einen Drilling mit durchbrochenem Verschlusshebel und poliertem Nussbaumschaft. Ach ja, und eine –«

Lemberg bremste seinen Redefluss mit erhobener Hand. »War auch eine Schrotflinte dabei?«

»Eine Bockdoppelflinte ist eine Schrotflinte, wobei der Begriff Schrotflinte –«

Lemberg hatte erneut die Hand erhoben. »Wo ist das Ding?«

»Bei mir zu Hause. Im Waffenschrank.«

»Besitzen Sie noch mehr Waffen, aus denen man Schrotpatronen abfeuern kann?«

»Fünf insgesamt.«

»Alle fünf Flinten werden sich unsere Techniker noch heute ansehen. Sie fassen die Dinger bis dahin nicht an. Ist das klar?«

»Gütiger Himmel! Welchen Verdacht hegen Sie? Ich habe in den vergangenen sechs Monaten mit keiner der Waffen geschossen.«

»Gehen Sie nicht zur Jagd?«

»Doch, nur nimmt mich mein Beruf in letzter Zeit derart in Anspruch, dass ...« Er bemerkte Lembergs dreckiges Grinsen und schluckte den Rest des Satzes runter.

»Sind Sie auch Mitglied in dem Verein, dem Steinbeck, Bieler und Lambertz angehören?«

Er nickte. »Ich bin der Kassenwart. Entsetzlich, was meinem Vereinskameraden Dr. Steinbeck zugestoßen ist. Und dann auch noch das unerwartete Ableben unseres Vorsitzenden Bieler. Wie soll der Verein das nur verkraften?« Hilflos ließ er die Schultern hängen.

»Seit wann arbeitet Klaus-Peter Krings bei Ihnen?«

»Seit sechs Jahren. Zu unserer vollsten Zufriedenheit, wie ich betonen möchte.«

»Hat Bieler nicht protestiert, als Sie ihn eingestellt haben?«

Palm wand sich in seinem Sessel. Platz dazu hatte er mehr als genug.

»Recht war ihm das nicht, das hat er deutlich zum Ausdruck gebracht. Man muss das verstehen, immerhin war er seit dieser unseligen Aktion der jugendlichen Naturfreunde gehbehindert. Aber was sollte ich tun? Ich stand gewissermaßen zwischen den Fronten. Auf der einen Seite Bieler, der Krings ablehnte, auf der anderen Seite die Familie Steinbeck, die – wenn ich mal so sagen darf – den jungen Krings unter ihre Fittiche genommen hatte. Artilleriebeschuss von beiden Seiten.« Er machte eine Pause, in der er sich selbst leidtat.

»Und die Steinbecks haben die Schlacht gewonnen.«

Palm zuckte die Achseln. »Wenn Sie es so bezeichnen wollen.«

»Wieso haben die Steinbecks sich überhaupt für Krings starkgemacht?«, fragte Lemberg.

»Die Familie Steinbeck hat ihre soziale Verantwortung für ihre Mitmenschen schon immer sehr ernst genommen.«

»Wohltäter also.«

»Ja. Außerdem war Krings' Qualifikation über jeden Zweifel erhaben, es gab keinen sachlichen Grund, seine Bewerbung abzulehnen. Das hat letztendlich auch Bieler eingesehen. Schließlich musste der junge Mann ja resozialisiert werden.«

Lemberg blickte erneut betont auf das knallrote Lottersofa. »Und dafür haben die Steinbecks ausgerechnet Ihr Institut als geeignet angesehen?«

Palm wurde doch tatsächlich rot. Nicht so rot wie das Sitzmöbel, aber immerhin.

»Welcher Teil der Familie Steinbeck war denn so an Krings' Wohlergehen interessiert?«

»Der verstorbene Dr. Steinbeck. Genauer gesagt seine Gattin. Sie hat sich Vorwürfe gemacht, dass Klaus-Peter ihretwegen auf die schiefe Bahn« – bei den beiden letzten Worten deutete er fingerwinkend Gänsefüßchen an; eine Geste, die Lemberg hasste – »geraten sei, da es zwischen ihr und Klaus-Peter zu Differenzen gekommen war, nachdem sie seinen Vater geheiratet hatte. Das war rührend, wenn auch sicher reichlich übertrieben. Aber so sind die Frauen nun einmal. In ihren Herzen alle Mütter. Jedenfalls hat sie ihren zweiten Mann – eben Dr. Steinbeck – gebeten, sich doch für den Jungen zu verwenden. Was dieser auch getan hat.«

»Gelernt hat Krings aber nicht bei Ihnen?«

»Nein, er hat seine Ausbildung in Trier abgeschlossen, konnte dort aber aufgrund von Rationalisierungsmaßnahmen nicht übernommen werden.« Palm seufzte herzergreifend. »Ein Thema, das uns noch bevorsteht. Ich darf gar nicht daran denken.«

»Um wie viel Uhr ist Krings gestern zur Arbeit erschienen?«

»Pünktlich wie immer. Auf Pünktlichkeit wird in diesem Institut außerordentlichen Wert gelegt.«

»Und das heißt?«

»Um sieben Uhr fünfundfünfzig. Fünf Minuten vor der Zeit ist des Soldaten Pünktlichkeit. Haha.«

»Haha«, machte auch Lemberg und wusste nicht, warum. Wahrscheinlich lag es am Schlafmangel. »Wo steckt er heute? Ich habe ihn draußen nicht gesehen.«

»Krings bat mich heute Morgen telefonisch um einen Tag Urlaub. Derart kurzfristige Urlaubsanträge werden in unserem Haus nicht gerne gesehen, aber in Anbetracht der besonderen Umstände ... nun ja.«

»Man ist ja auch nur Mensch.«

»Genau.« Palm strahlte über den Tisch, als hätte sich Lemberg urplötzlich als ein Bruder im Geiste entpuppt. »Sie sagen es, werter Kommissar.«

»Wie war Ihr persönliches Verhältnis zu Elmar Steinbeck?«

»Freundschaftlich wäre übertrieben, geschäftsmäßig untertrieben. Irgendwo dazwischen.«

»Wann haben Sie ihn zuletzt gesehen?«

»Steinbeck? Am Montag. Genau, da war er in der Bank und hat eine Überweisung getätigt.«

»Vorgestern? Krings sagte mir, er hätte ihn hier zuletzt am Freitag gesehen.«

»Das mag sein. Krings war am Montag nicht im Institut, er hatte einen Tag Urlaub. Möbelkauf. Die jungen Leute richten sich neu ein.«

In den Tiefen von Lembergs Lederjacke ertönte die Marseillaise. Er zog sein Handy heraus und meldete sich.

»Hier spricht Vater«, sagte eine Männerstimme.

»Vater?«

»Dein Vater Arnold, Roger. Störe ich dich bei der Arbeit?«

»Nein, nein.« Lemberg war verwirrt. Dass sein Vater ihn anrief, war so selten wie Schnee im Juli. »Was kann ich für dich tun?«

»Ich möchte dich für morgen Abend zum Essen einladen. Vorausgesetzt, du hast Zeit.«

Lemberg memorierte seinen Terminkalender. »Was verschafft mir die Ehre?«

»Ich möchte dir jemanden vorstellen. Dein Bruder René kommt auch. Er ist für einige Tage im Lande.«

Lemberg überlegte, wie lange er seinen Vater nicht gesehen hatte. Acht, neun Monate waren seit ihrer letzten Begegnung mindestens ins Land gegangen. Wann René ihm zuletzt über den Weg gelaufen war, vermochte er nicht einmal grob abzuschätzen. Das musste Jahre her sein.

»Kann ich nun mit dir rechnen?«

»Ja, natürlich. Wen willst du mir denn vorstellen?«

»Kleine Überraschung«, sagte Arnold Lemberg. »Also morgen um sieben. Und versuche bitte pünktlich zu sein, damit das Essen nicht verkocht.«

Lemberg ließ das Nokia in die Innentasche zurückgleiten und erhob sich. Palm stand ebenfalls auf und räusperte sich.

»Ich hoffe, keine schlechten Nachrichten«, sagte er.

»Das kommt darauf an«, sagte Lemberg.

»Worauf?«

»Was es zu essen gibt.«

10

Es begann zu regnen. Lemberg schloss den Reißverschluss seiner Lederjacke und schlug den Kragen hoch. Zwei Arbeiter in Blaumännern waren damit beschäftigt, die Fensterlöcher von Steinbecks Praxis provisorisch mit zurechtgesägten Spanplatten zu verschließen. Ihre Hammerschläge und Flüche schallten durch das Rurtal. Das Kollegentrio in seinen Tyvek-Anzügen hatte zusammengepackt und war verschwunden. Jetzt war Laborarbeit angesagt.

Gleich auf den ersten Metern der Kirchstraße ertönte die französische Nationalhymne erneut. Helena Wagner von der Dienststelle Dorsel war am anderen Ende. Sie war gerade mal dreißig, ledig und kinderlos und hatte die hübschesten Beine der Abteilung. Canisius hatte sie seinerzeit vom K1 der Kripo Koblenz zur SOKO geholt. Ein echter Gewinn, nicht nur optisch.

»Hallo, Chef«, sagte sie. »Die Kollegen von der Spusi haben das Projektil gefunden, das auf das Haus des Ermordeten abgefeuert wurde. Völlig deformiert. Ein Vergleich ist somit hinfällig. Ich hoffe, Sie haben noch nicht alle Flinten Monschaus einsammeln lassen.«

»Sie rufen gerade noch rechtzeitig an«, sagte Lemberg. »Gibt es auch erfreuliche Neuigkeiten?«

»Leider nein. Die Fahndung nach Krings läuft, aber bisher ohne Ergebnis. Aber Sie wissen ja, das kann sich minütlich ändern.«

»Sonst alles okay bei euch?«

»Sie kennen uns doch.«

»Deswegen frage ich ja.«

»Ach so, ein Typ von der Gewerkschaft war da und hat den ›Polizeispiegel‹ und ein paar Broschüren verteilt.«

»Ist denn irgendwer von uns Mitglied?«

»Alle. Sie etwa nicht?«

»Bis jetzt nicht.«

»Dann wird es aber höchste Zeit. Gemeinschaft macht stark.«

Am Empfang im Hotel Rurhof stand jemand, den Lemberg bisher nicht kannte, von dem er aber sofort wusste, um wen es sich handelte. Frau Lambertz. Sie hatte das gleiche Gesicht und die gleichen eng stehenden Augen wie ihre Tochter. Im Gegensatz zu Ricarda Krings mit ihrer muffigen Miene strahlte die Frau Mama jedoch ansteckende Fröhlichkeit aus.

»Grüß Gott, Herr Kommissar«, sagte sie mit einem Zungenschlag, der seinen Ursprung deutlich südlich der Donau hatte. »Ich bin die Resi Lambertz.«

»Also die Chefin«, sagte Lemberg und ergriff die hingestreckte Hand. Sie hatte einen Händedruck wie ein Mann.

»Lieber die Mutter des Hauses in Abwandlung der Mutter der Kompanie. Möchten Sie einen Tisch? Wir haben heute eine wunderbare Barbarie-Entenbrust auf Brombeer-Mandarinen-Sauce mit Kroketten und Salat.«

»Das hört sich verführerisch an. Vielleicht später. Sie sind aber nicht von hier?«

»Ja mei, man wird's wohl ewig raushören, obwohl ich schon im vierunddreißigsten Jahr im Land bin. Ich hab's inzwischen aufgegeben, das kaschieren zu wollen.«

»Woher stammen Sie?«

»Aus Wiesing im Inntal. Unterhalb vom Achensee gelegen.«

»Das gibt es doch nicht!«

»Wieso?«

»Da hab ich als Kind mit meinen Eltern Urlaub gemacht. In der Rofansiedlung. 1969 war das. Die erste Mondlandung haben wir in Wiesing geguckt. Wie hieß die Familie gleich? Busch oder Kusch.«

»Vielleicht Tusch? Max Tusch?«

»Genau.«

»Den gibt's noch immer. Der Max muss jetzt in den Achtzigern sein. Aber wohlauf. Er geht noch jeden Tag mit seinem Hund spazieren.«

»Und gegessen haben wir immer in der Waldruh. Ich meistens den Hirtenteller.«

Sie strahlte. »Auch die gibt's nach wie vor. Die hat vor zwei Jahren mein Bruder übernommen.«

»Die Welt ist ein Dorf. Dann hat Ihr Mann Sie sozusagen als Urlaubssouvenir mitgebracht?«

»Von wegen. Ich bin mit achtzehn von zu Hause weg. Bei uns gab's damals nur wenig gescheite Arbeit. Da hat meine Freundin Mariele gesagt, komm doch nach Monschau, bei uns kriegst du sofort eine Anstellung. Und so bin ich hier gelandet.«

»Mariele? Meinen Sie damit die erste Frau von Peter-Josef Krings?«

»Ja, ein Engel war sie. Nun ist sie schon lange tot. Am Krebs gestorben.«

»Wie kam es zu der Freundschaft?«

»Sie war mit ihren Eltern in der Sommerfrische bei uns. Gerade so wie Sie mit den Ihren. Da wir im gleichen Alter waren, haben wir uns angefreundet. Meinen Mann hab ich erst hier im Haus kennengelernt. Er war der Juniorchef und ich das Mädchen für alles. Schließlich auch für ihn.«

»Eine echte Romanze.«

Ihr Strahlen wich einem wehmütigen Zug, als sei davon wenig übrig geblieben.

»Bald werden Sie ja wieder Großmutter«, sagte Lemberg, um sie wieder aufzuheitern. »Dann kommt neues Leben in die Bude.«

Damit gab er ihr unerwartet den Rest. Ihre Miene trübte sich vollends ein, als hätte er ihr verkündet, sie hätte statt drei Wochen Dubai all-inclusive eine Paddeltour auf der Perlenbachsperre gewonnen.

»Es ist bereits der dritte Enkel«, sagte sie schwer. »Da ist's schon Routine.«

»Der dritte?«

Sie zählte an den Fingern ab. »Eigentlich sogar der vierte. Mein Schwiegersohn hat ja noch einen Buben aus erster Ehe, der allerdings bei seiner Mutter lebt, sodass wir ihn nur selten sehen. Dann hat meine Tochter ein Mädel aus ihrer ersten Beziehung, und gemeinsam haben sie den Torben, den Sie, glaub ich, schon kennengelernt haben. Und jetzt ist das Nächste unterwegs. Man ist erst beruhigt, wenn sie gesund auf der Welt sind.«

»Sie meinen, wegen Torbens Behinderung?«

Sie nickte und wich seinem Blick aus. »Die Kinder hätten nie heiraten dürfen.«

Lemberg zog die Stirn kraus.

»Ich schwätz zu viel«, sagte sie, straffte sich und strahlte wieder. Dann legte sie einige zusammengeheftete DIN-A4-Bögen auf das Pult und schlug mit der flachen Hand darauf. »Die Unterlagen hat Ihre Kollegin, die Frau Noll, dagelassen. Mit der Bitte, sie an Sie weiterzugeben.«

Lemberg war irritiert. »Ist meine Kollegin nicht im Hotel?«

»Nein. Während sie sich mit meinem Mann unterhalten hat, wurde sie angerufen und sagte, sie müsse sofort weg.«

»Wissen Sie, ob sie den Wagen genommen hat?«

»Ja, gewiss doch.«

Lemberg nahm sein Nokia zur Hand und wählte Nolls Handy an. Nach dem zehnten Läuten gab er auf.

»Stimmt was nicht?«, fragte Frau Lambertz.

»Schon gut. Könnte ich ein Bier haben?«

»Aber sicher. Ich bring's gleich.«

Lemberg schnappte sich die Unterlagen, ging nach nebenan und setzte sich an denselben Tisch, an dem er gefrühstückt hatte. Wo steckte die blöde Kuh denn nun schon wieder? Langsam hatte er von Nolls Extratouren die Nase voll. Sie hatte sich gefälligst abzumelden, wenn sie irgendwelchen Privatvergnügungen nachzugehen gedachte. Und sie hatte erreichbar zu sein.

Auf den Bögen waren die Mitglieder des Jagdvereins mitsamt ihren Waffen aufgelistet. Jeder besaß mindestens drei Flinten. Alles in allem hätte man mit dem Arsenal eine Privatarmee ausrüsten können. Wehe dem Tag, an dem die öffentliche Ordnung zusammenbräche.

Frau Lambertz brachte das bestellte Bit vom Fass, strich die Schürze glatt und setzte sich Lemberg gegenüber. Gierig nahm er einen Schluck, dann noch einen, und schon war das halbe Glas leer. Frau Lambertz registrierte das, sagte aber nichts.

»Wissen Sie, wo Ihr Schwiegersohn sich aufhält? Werkelt er wieder am Computerprogramm?«

»Ich hab ihn heut noch nicht gesehen. Ich nehm an, er ist auf der Arbeit.«

Lemberg schüttelte den Kopf. »Palm hat ihm einen Tag Urlaub gegeben.«

»Dann weiß ich's auch nicht.«

»Sie haben doch sicher seine Privatnummer parat.«

Frau Lambertz ratterte die Ziffernkombination runter, und Lemberg tippte. Auch im Hause Krings ging niemand ans Telefon. Lemberg legte das Handy auf den Tisch und nahm wieder den Ausdruck zur Hand.

»Das sind ja Unmengen an Waffen«, sagte er.

»Die Mannsbilder und ihre Jagdleidenschaft«, kommentierte Frau Lambertz.

»Sie wissen nicht zufällig, wie viele Gewehre der Vater Ihres Schwiegersohnes besessen hat?«

Sie verneinte. »Aber es müssen einige gewesen sein. Der Peter war ein echter Waffennarr. Zwei Schränke voll soll er gehabt haben. Er ist ja auch ständig nach Belgien gefahren, um sich die neuesten Modelle zu kaufen.«

»Wieso Belgien?«

»Dort sind sie billiger, und man konnte sie ohne Formalitäten kaufen. Früher zumindest. Wie's heute ist, weiß ich nicht.«

»Sie meinen, illegal? Ohne sie registrieren zu lassen?«

»In Belgien ist das schon legal gewesen. Das haben alle gemacht.«

»Auch Ihr Mann?«

Frau Lambertz schlug die Hand vor den Mund. »Hoffentlich hab ich mich jetzt nicht verplappert. Ich hol Ihnen lieber noch ein Bier.«

»Mir kann man nie genug erzählen.«

Während die Mutter des Hauses unterwegs war, um ein weiteres Bit zu zapfen, zündete Lemberg sich eine Zigarre an. Sein Blick folgte dem Rauch, der zur Zimmerdecke aufstieg. Vielleicht eine der letzten, die er sich im öffentlichen Raum anstecken konnte, sollte das geplante Rauchverbot durchkommen. Im Geist sah er sich und andere im Untergrund lebende Raucher bereits bei einem konspirativen Treffen in einem ehemaligen Westwallbunker, wo Zigarren und Zigaretten zu abenteuerlichen Preisen gehandelt und an Ort und Stelle weggequalmt wurden. Asche fiel auf den Ausdruck, den Lambertz erstellt hatte, und lenkte Lembergs Aufmerksamkeit wieder auf die Arbeit. Falls es stimmte, dass die ganze Jägerbande im Besitz illegaler Waffen war, war die Aufstellung der angemeldeten Flinten reine Makulatur. Auf einmal schmeckte ihm seine Tropenschatz nicht mehr. Da nirgendwo ein Aschenbecher zu sehen war, nahm Lemberg die Blumen aus dem Väschen, das neben Salz- und Pfefferstreuer in der Tischmitte stand, stopfte die Zigarre hinein, dass es zischte, und steckte die Blumen zurück.

Überraschenderweise brachte Klaus-Peter Krings das frische Bier.

»Resi sagte mir, Sie wollten mich sprechen«, sagte er und stellte das volle Glas vor Lemberg hin.

»Setzen Sie sich doch.«

Nachdem der junge Krings saß, sagte Lemberg: »Wie viele Gewehre hat Ihr Vater besessen?«

»Ich dachte, Sie wollten mich fragen, ob ich mit meinen ehemaligen Freunden von den WGA gesprochen hätte.«

»Dazu kommen wir später.«

»Sieben habe ich an Palm verkauft, eins an meinen Schwiegervater, also acht insgesamt.«

»Wie viele hat Ihr Vater darüber hinaus illegal gehortet?«

»Wie kommen Sie denn darauf? Von illegalen Waffen ist mir nichts bekannt.«

»Er ist doch öfter nach Belgien gefahren und hat dort Gewehre gekauft, die er nicht hat registrieren lassen.«

»Davon weiß ich nichts.«

»Sicher?«

»Hören Sie, Herr Kommissar, ich weiß nicht, was Sie mir unterstellen wollen, aber ich habe mich nie für die Jagd oder irgendetwas, was damit zusammenhängt, interessiert. Mir war das ganze Thema von Anfang an zuwider, obwohl mein Vater immer wieder versucht hat, mich dafür zu begeistern. Als Kind hat er mich ein paarmal gezwungen, ihn zu begleiten, aber spätestens seit meinem zehnten Lebensjahr bin ich nie wieder mit ins Revier gegangen. Ich esse nicht einmal Fleisch, ich esse überhaupt nichts, was Augen hat.«

»Wie Steinbeck«, sagte Lemberg. »Der war auch Vegetarier. Sieht man mal von Fisch ab.«

»Das ist mir neu.«

»Das hat mir Ihr Schwiegervater erzählt.«

»Von mir aus«, maulte Krings.

»Im Haus Ihres Vaters haben Sie also über die genannte Anzahl hinaus keine weiteren Gewehre gefunden?«

»Das habe ich Ihnen doch bereits gesagt.«

»Wenn nicht im Haus, wo könnte er sie sonst aufbewahrt haben?«

Krings zuckte die Achseln. »Keine Ahnung. Im Stall und im Lager jedenfalls nicht. Da hätte ich sie im Laufe der Zeit entdeckt.«

»Besaß Ihr Vater so etwas wie einen Zweitwohnsitz? Vielleicht ein Jagdhaus? Oder könnte er sie bei einem Bekannten untergebracht haben?«

»Er hatte tatsächlich mal eine Hütte. Irgendwo in Belgien. Aber die hat er lange vor seiner Verurteilung aufgegeben.«

»Wo steht die Hütte?«

»Keine Ahnung. Ich war nie da.«

»Hat er nie davon gesprochen?«

»Ich weiß nur, dass er vor ewigen Zeiten im Raum Amel eine Jagd gepachtet hatte. Denkbar, dass die Hütte dazugehörte. Das ist alles, was ich weiß.«

»Wer könnte sonst darüber Bescheid wissen? Ihre Stiefmutter?«

»Glaube ich nicht. Aber Sie können sie ja fragen.«

Lemberg ließ sich Romy Steinbecks Nummer in Woffelsbach geben. Auch dort hob niemand ab. Offenbar waren alle in den Fall Verwickelten an diesem Vormittag ausgeflogen.

»Gut«, sagte Lemberg. »Anderes Thema. Sie haben also mit Ihren ehemaligen Mitstreitern gesprochen. Ergebnis?«

»Ich habe nur drei erreicht. Der vierte ist derzeit in Chile. Alle drei haben für die Tatzeit ein Alibi.«

»Sie Dummschädel sollen nicht versuchen, meine Arbeit zu tun«, schnauzte Lemberg. »Die Fragen stelle ich zum gegebenen Zeitpunkt. Die drei sind also bereit, eine Aussage zu machen?«

Krings war pikiert, das sah man ihm deutlich an.

»Jetzt spielen Sie hier mal nicht die beleidigte Leberwurst. Was ist nun?«

»Sie sind einverstanden, sich mit Ihnen zu treffen«, knurrte Krings mit zusammengebissenen Zähnen.

»Kein Treffen. Ich will die Namen und Anschriften. Auch von dem, der angeblich im Ausland ist.«

»So war das aber nicht vereinbart.«

»Wir haben überhaupt nichts vereinbart, Freundchen«, sagte Lemberg und hielt Krings den ausgestreckten Zeigefinger vors Gesicht. »Sie pfuschen mir in mein Handwerk. Das werde ich mir nicht bieten lassen. Also schreiben Sie mir gefälligst die Namen auf.« Er drehte die Liste um, schob sie Krings zu und kramte seinen Kugelschreiber hervor.

Zögerlich griff Krings nach dem Stift und kritzelte vier Vor- und Zunamen nebst den dazugehörigen Adressen auf das Papier.

»Das kann ja kein Mensch lesen«, fuhr ihn Lemberg an. »Noch mal, in Druckbuchstaben.«

Krings bebte vor unterdrücktem Zorn, tat aber, was Lemberg verlangte.

In dem Moment ging die Tür auf, und eine vertraute Stimme sagte: »Da bist du ja, Roger.«

Die Ankömmlinge waren Edda und Albrecht Canisius, er schwer auf zwei Krücken gestützt.

»Hallo, ihr beiden«, sagte Lemberg und nahm Krings den Stift ab. »Machen Sie, dass Sie wegkommen.«

*

»Haben wir noch Zeit für einen Imbiss?«, fragte Canisius, nachdem er umständlich die Krücken beiseitegestellt, Mantel und Schal abgelegt und schnaufend Platz genommen hatte.

Die wenigen Meter vom Auto bis ins Hotel hatten ihn völlig außer Atem gebracht. Das lag zum einen an seiner Gehbehinderung, eine Spätfolge der Wirbelsäulenstauchung, die er bei dem Hubschrauberabsturz erlitten hatte, zum anderen aber auch an seinem deutlich sichtbaren Übergewicht. Lemberg war regelrecht erschrocken, wie füllig sein Vorgesetzter innerhalb kürzester Zeit geworden war. Dabei war es gerade mal acht Wochen her, dass sie sich gesehen hatten. Gertenschlank war Albrecht nie gewesen, aber jetzt sah er aufgedunsen aus wie der späte Georges Pompidou. Womöglich lag das an den Medikamenten, die er einnehmen musste. Edda hatte Lemberg davon am Telefon erzählt. Nur Albrechts Garderobe war nach wie vor vom Feinsten. Maßware vom Hals bis zu den Füßen.

»Für einen Salat und eine Suppe wird es reichen«, sagte Edda, nachdem sie einen Blick auf ihre Armbanduhr geworfen hatte.

Lemberg bekam den obligatorischen Wangenkuss, half ihr aus dem Mantel und trug ihn zur Garderobe. Albrecht bestand darauf, dass sein Mantel an seiner Seite auf der Bank liegen blieb.

An Eleganz überbot Edda ihren Angetrauten sogar noch. Ein pastellfarbenes, seidig schimmerndes, in der Taille leicht gerafftes knielanges Kleid, eine schlichte Perlenkette nebst passendem Armband und eine Frisur, die nur ein wahrer Meister seines Fachs in Farbe und Sitz so natürlich hinbekam, machten sie zur Grande Dame. Ein Ledertäschchen rundete die Ausstattung ab. Sie war zwei oder drei Jahre jünger als Albrecht, das hieß, dass sie demnächst ihren Sechzigsten feiern würde. Finanziell war sie unabhängig und töpferte aus Leidenschaft. Überall in der Münstereifeler Villa stolperte man über die ausladenden Objekte, die sie eigenhändig brannte und bemalte. Unlängst hatte sie in Mainz ausgestellt; die Eröffnung hatte der Kulturminister des Landes höchstpersönlich vorgenommen. Maggie, die eingeladen gewesen war, hatte Lemberg davon berichtet. Die Familien waren seit der gemeinsamen Zeit beim BKA freundschaftlich verbunden. Mal mehr, mal weniger, nach Franks Tod war man sich längere Zeit aus dem Weg gegangen. Inzwischen hatte sich das Verhältnis weitgehend normalisiert.

Frau Lambertz persönlich nahm die Bestellung auf. Das mit dem Salat und der Suppe war kein Witz gewesen. Edda hatte Albrecht, der eine Vorliebe für Schweinebraten mit Klößen und andere Deftigkeiten hatte, auf Diät gesetzt. Lemberg solidarisierte sich mit ihm, indem er ganz auf feste Nahrung verzichtete und noch ein Bier bestellte.

Bis zum Eintreffen der gemischten Salate und der Gemüsesuppe mit frischen Kräutern, die Frau Lambertz angepriesen hatte, setzte Lemberg Albrecht über die am Vormittag durchgeführten Befragungen in Kenntnis. Hatte Albrecht früher Wert darauf gelegt, nur im Groben informiert zu werden, wollte er diesmal alles ganz genau wissen und nervte mit Nachfragen zu belanglosen Einzelheiten. Gleichzeitig kramte er ständig in seinen Taschen, ohne je etwas herauszunehmen. Lemberg warf Edda einen fragenden Blick zu, dem sie aber auswich, indem sie angelegentlich die Stickereien der Tischdecke untersuchte. Als das Grünfutter und das Bier gebracht wurden, atmete Lemberg auf. Kaum hatte er den ersten Schluck genommen, klingelte sein Handy. Die Anruferin war erneut Wagner.

»Es gibt eine Spur von Krings«, sagte sie. »Er wurde beim Tanken am ›Old Smuggler‹ in Losheim gesehen. Und er ist tatsächlich mit einem Motorrad unterwegs. Der Beschreibung nach könnte es sich um die gestohlene Suzuki handeln.«

»Ist jemand an ihm dran?«

»Leider nein. Die Kassiererin hat die Kollegen erst verständigt, als er schon wieder weg war. Er ist in Richtung Losheimer Graben gefahren.«

Lemberg rief sich die Straßenkarte ins Gedächtnis. Losheimer Graben konnte bedeuten, dass Krings nach Büllingen in Belgien oder am Weißen Stein vorbei nach Hellenthal wollte. Oder er war irgendwo abgebogen und gurkte durch die Wälder.

»Wann war das?«

»Getankt hat er um kurz vor halb eins. Ist keine Viertelstunde her.«

»Informieren Sie die Belgier und die Kollegen, die für Hellenthal und Umgebung zuständig sind. Schleiden oder Kall, irgendwo da muss es eine Dienststelle geben.«

»Schon geschehen«, sagte sie.

Edda und Albrecht starrten Lemberg erwartungsvoll an. Albrecht hatte sogar aufgehört zu kauen. Ein Streifen geraspeltes Weißkraut hing ihm aus dem Mund, was ihn aussehen ließ wie einen Karpfen, der die Angelschnur durchgebissen hatte.

»Krings«, sagte Lemberg, nachdem er die Verbindung gekappt hatte. »Er kurvt mit dem Motorrad im Grenzgebiet herum.«

»Gut, dass wir das noch vor dem Treffen mit Steinbeck erfahren«, sagte Albrecht mit vollem Mund und spuckte den Krautfaden über den Tisch. Der Faden blieb in den Blümchen hängen.

»Also wirklich, Albrecht«, sagte Edda, nahm die Vase, klaubte den Weißkohlstreifen aus den Blüten und legte ihn auf ihren Tellerrand. Dann begann sie, die Blumen neu zu arrangieren. »Wer hat euch Hübsche denn so lieblos eingestellt?«

»Weiß Steinbeck überhaupt, dass ihr in Monschau seid?« Lembergs Frage war an Albrecht gerichtet, obwohl er Edda beobachtete.

»Ich hatte zunächst erwogen, ihm das mitzuteilen, habe mich dann aber dagegen entschieden«, sagte Albrecht. »Er hätte mich nur an einen abgeschiedenen Ort bestellt, um mich dort zur Schnecke zu machen, weil wir den Mörder seines Bruders noch nicht gefasst haben. Wuttke hatte Andeutungen gemacht, dass Steinbeck die Ermittlungen zu schleppend verliefen. Vor der versammelten Presse wird Steinbeck das nicht wagen. Was die sich überhaupt vorstellen! Es sind gerade einmal vierundzwanzig Stunden seit dem Mord vergangen. Der Mörder von Olof Palme ist bis heute nicht gefasst. Und ob dieser ... wie hieß er noch gleich? Dieser Kerl, der Kennedy erschossen hat.«

»Sirhan B. Sirhan«, sagte Lemberg.

»Warum geht denn das nicht?«, murmelte Edda, zog den Strauß aus dem Väschen und sah hinein. Zu sehen war nichts, in der Vase war es finster.

»Nicht den Kleinen«, sagte Albrecht. »JFK.«

»Lee Harvey Oswald«, sagte Lemberg.

Edda platzierte das Sträußchen mit der gleichen Behutsamkeit auf ihrer Serviette, mit der man ein schlafendes Baby in sein Bettchen legt. Dann begann sie, mit dem Zeigefinger in der Vase herumzupulen.

»Lee Harvey Oswald«, wiederholte Albrecht. »Genau. Ich verwechsle den immer mit diesem ... mit diesem ...«

»Mit wem?«, fragte Lemberg.

»Da steckt was drin«, sagte Edda. »Aber ich kriege es nicht zu fassen.«

»Der Kerl, der den Dings auf dem Gewissen hat«, sagte Albrecht. »Diesen ... Verdammt, wie hieß er denn?«

»Wenn ich wüsste, wen du meinst, Albrecht, könnte ich dir helfen«, sagte Lemberg.

»Wenn ich wüsste, wen ich meine, könnte ich mir selbst helfen!«, bellte Albrecht. »Edda, hilf du mir doch!«

»Gib mir mal dein Taschenmesser, Albrecht«, sagte Edda.

Albrecht klopfte sämtliche Taschen ab, konnte das Messer aber nicht finden. Lemberg atmete auf.

»Hier, nimm meine Gabel«, sagte Albrecht. »Mir ist der Appetit ohnehin vergangen. – Mobutu! Joseph-Désiré Mobutu! Den hab ich gesucht.«

»Wie kann man denn Mobutu mit Kennedy verwechseln?«, fragte Lemberg.

Edda stocherte mit der Gabel in der Vase herum.

»Nicht mit Kennedy, mit Oswald«, sagte Albrecht. »Mobutu war doch verantwortlich für die Ermordung Patrice Lumumbas.«

Eddas Gesicht war anzusehen, dass sie erfolgreich gewesen war. Irgendetwas hatte sie aufgespießt. Behutsam zog sie die Gabel hoch.

»Selbst mit Oswald«, sagte Lemberg. »Was haben die beiden denn gemeinsam?«

»Mir geraten sie halt durcheinander«, sagte Albrecht. »Passiert dir so etwas nie?«

»Nie«, sagte Lemberg.

Im gleichen Augenblick, in dem Edda die halbe Zigarre aus der Vase fischte, ertönte die Marseillaise. Wagner zum Dritten.

»Das Motorrad ist vor dem Friedhof in Monschau-Kalterherberg abgestellt«, sagte sie. »Eine Streife ist vor Ort. Die Kollegen fragen, wie sie vorgehen sollen.«

»Was um alles in der Welt ist das?«, fragte Edda angewidert.

»Nicht aus den Augen lassen«, sagte Lemberg. »Falls Krings auftaucht – verhaften. Ich bin in fünf Minuten da.«

»Albrecht, sieh dir das mal an«, sagte Edda. »Was kann das sein?«

»Eine Zigarre«, sagte Lemberg. »Krings ist in Kalterherberg auf dem Friedhof. Kann ich euren Wagen haben? Noll ist mit dem Golf unterwegs.«

»Gib ihm die Schlüssel, Edda«, sagte Albrecht.

»Und wie kommen wir –«

»Die Schlüssel, Edda! Dienst geht vor.«

Edda legte den durchweichten Stumpen auf ihrem Salat ab, ließ ihre Handtasche aufschnappen und nahm den Schlüssel heraus. Canisius fuhr nach wie vor einen Untertürkheimer.

Lemberg grabschte nach dem Schlüssel, steckte sein Handy ein und sagte: »Bis gleich!«

»Schnapp ihn dir, Roger!«, rief Albrecht und drückte beide Daumen, dass die Gelenke knackten. »Und nun zu deinem Problem, Liebste.«

*

Da Edda den Benz gefahren hatte, musste Lemberg den Sitz erst einmal auf seine Körpergröße einstellen. Vergebens tastete er vorne und an der Seite nach einem Verstellhebel, bis er begriff, dass der Wagen über eine elektrische Sitzverstellung verfügte. Die Tasten dafür fanden sich an der Fahrertür, und ihre Symbolik war auch ohne vorheriges Studium der Betriebsanleitung verständlich. Endlich mal ein Entwicklungsingenieur, der praxisgerecht gedacht hatte.

Innerhalb kürzester Zeit hatte er Monschau verlassen und befand sich auf der Landstraße. Die Strecke war kurvenreich, aber irgendjemand hatte dafür gesorgt, dass die Bordsteinkanten abgeschrägt waren, sodass man die Kurven räubern konnte. Das tat Lemberg so lange, bis er auf einen roten VW Käfer mit gelben Kotflügeln auflief. Seit ewigen Zeiten hatte er keinen Käfer mehr gesehen, aber rechte Wiedersehensfreude wollte dennoch nicht aufkommen, da der Krabbler sich deutlich unterhalb der erlaubten Höchstgeschwindigkeit bewegte. Dafür hämmerte Musik in einer Lautstärke aus der Kiste, dass Lembergs Bauchdecke trotz geschlossener Fenster ins Schwingen kam. Überholen war wegen des Gegenverkehrs unmöglich, und zur Seite scheuchen konnte er den Trödler auch nicht, da Albrechts Benz weder über Blaulicht noch Sirene verfügte. Der Wagen des obersten Leiters der SOKO Eifel war so zivil wie der eines Standesbeamten. Lemberg setzte seine Hoffnung auf den Abzweig nach Kalterherberg.

Wie es der Teufel wollte, hatte die rollende Disco denselben Weg. Lemberg nutzte das Mehr an Pferdestärken, das der Benz hatte, und beschleunigte den Käfer gleich nach dem Abbiegen aus. Ein langhaariger Bursche thronte auf dem Fahrersitz, neben ihm eine verträumt lächelnde Achtzigjährige. Vermutlich freute sich die betagte Dame, dass sie zum ersten Mal seit Jahren wieder Musik ohne Hörgerät hören konnte. Glück hat so viele verschiedene Gesichter.

Ehe er sich versah, hatte Lemberg Kalterherberg erreicht. Linker Hand ragte der Eifeldom in den flanellgrauen Himmel. Gleich dahinter befand sich die Zufahrt zum Friedhof. Der Passat der uniformierten Kollegen parkte im Schatten des benachbarten Steak- und Weinhauses neben einer Sammlung von Gartenbrunnen, deren Machart eindeutig Geschmackssache war. Lemberg stellte den Benz dazu und lief die Zufahrt hinauf. Auf dem heckengesäumten Friedhofsparkplatz stand ein einziges Fahrzeug – die gesuchte Suzuki. Das Nummernschild war mit Draht befestigt und wurde anderenorts bestimmt schon heiß vermisst. Die Kollegen standen mit den Mützen in den Händen an der Ecke der neuzeitlich gestalteten Friedhofskapelle, die sich nur wenige Meter hinter der Pforte befand. Müller lugte um die Ecke und spähte über das Gräberfeld. Der andere, dessen Namen Lemberg noch immer nicht erfragt hatte, entdeckte ihn und winkte ihn heran.

»Wo steckt er?«, fragte Lemberg.

Müller bedeutete ihm, einen Blick um die Ecke zu werfen. »Sehen Sie den einzelnen hohen Baum am Ende? Genau davor steht der Engel, und da ist auch Krings.«

Den Baum konnte Lemberg ausmachen, auch den Kopf der Skulptur, nur Krings sah er nicht.

»Okay«, sagte Lemberg. »Ich schnapp ihn mir. Einer von Ihnen geht zum Motorrad und legt es sicherheitshalber lahm.«

»Und wie?«

»Reißen Sie das Zündkabel ab.«

Geduckt lief Lemberg in den Schutz eines einzelnen frei stehenden Baums, der die Form eines Hinkelsteins hatte, und überlegte, wie er vorgehen sollte. Der Hauptweg war geteert, die Wege zwischen den einzelnen steingefassten Grabstellen gekiest. Über den Kies zu laufen würde Lärm machen. An Besuchern entdeckte er lediglich zwei ältere Frauen, jede an einem anderen Ende des Friedhofs, beide fernab der Krings'schen Grabstelle. Von hier aus sah er auch den Engel in voller Größe. Eine schneeweiße lebensgroße Frauengestalt mit angelegten Flügeln und gefalteten Händen. Er musste sich auf die Zehenspitzen stellen, um auch den Bereich davor einsehen zu können. Tatsächlich – auf der Grabplatte vor der Figur kniete ein Mann mit gesenktem Haupt. Das musste Krings sein.

Eine der beiden Friedhofsbesucherinnen hatte sich aufgerichtet und blickte misstrauisch zu ihm herüber. Jetzt hielt auch die zweite in ihrer Tätigkeit inne und wandte den Kopf in seine Richtung. Klar, dass er mit seinem Verhalten auffiel wie ein Papagei im Hühnerstall. Sollte er auch noch von Grabstein zu Grabstein schleichen, würden sie wahrscheinlich mit ihren Harken auf ihn losgehen oder um Hilfe schreien. Blieb nur die auffällig-unauffällige Variante.

Lemberg verließ seine Deckung und nahm den geteerten Weg wie ein ganz normaler Besucher, ließ den Engel dabei aber nicht aus den Augen. Als er die Stelle erreicht hatte, an der sich der Weg teilte, kam auch der nach wie vor kniende Krings in sein Blickfeld. Zügig, aber ohne Hast ging Lemberg auf ihn zu. Er war keine zwanzig Schritte von ihm entfernt, als Krings den Kopf hob und in seine Richtung blickte. Im ersten Moment dachte Lemberg, er hätte den Falschen vor sich. Anders als auf dem Fahndungsfoto, das der Erkennungsdienst geliefert hatte, war Krings bartlos. Vom Nieselregen nasses Haar klebte an seiner Stirn. Er sah aus wie ein Mann, den man mit einem Fußtritt aus einem Albtraum geweckt hatte.

»Hallo, Herr Krings«, sagte Lemberg und zog die SIG Sauer aus dem Holster. »Lemberg, SOKO Eifel. Bleiben Sie einfach knien und nehmen Sie die Hände hinter den Kopf.«

Katzengleich sprang Krings auf, rannte am Engel vorbei zur Umfriedungshecke und zwängte sich hindurch, Lemberg ihm nach. Ein Anger von den Ausmaßen eines Fußballfeldes erstreckte sich vor ihnen, freies Schussfeld für Lemberg.

»Krings, bleiben Sie stehen!«, rief Lemberg und drückte die Knie durch. »Bleiben Sie stehen, oder ich schieße!«

Krings lief, was seine Beine hergaben. Lemberg gab einen Warnschuss ab, der zwei Krähen aufscheuchte. Krings lief weiter. Lemberg legte auf ihn an und zielte auf seine Beine. Während er noch die Verhältnismäßigkeit seines Tuns mit sich selbst diskutierte, schoss Müller wie eine Rakete an ihm vorbei und rief »Den krieg ich!« über die Schulter. Lemberg nahm die Waffe runter. Krings verschwand auf der anderen Seite der Weide hinter einem dort abgestellten Wohnanhänger. Es sah so aus, als wollte er in Richtung Malmedyer Straße.

Lemberg lief zurück zum Wagen. Von dem zweiten Kollegen war nichts zu sehen. Wahrscheinlich versuchte er, Krings den Weg abzuschneiden. Die uniformierten Kollegen kannten sich hier mit Sicherheit bestens aus. Lemberg startete den Mercedes und bog auf die Bundesstraße ein.

Langsam, zwischen alle Häuser und in jeden Garten spähend, fuhr er in Richtung belgische Grenze. Nicht nur von Krings war nichts zu sehen, auch sonst befand sich niemand auf der Straße. Am Nieselregen konnte es nicht liegen, die Kalterherberger waren Ärgeres gewöhnt. Nicht umsonst wurde Kalterherberg im Wetterbericht regelmäßig als Vergleichsort mit den größten Schneehöhen und den schärfsten Nachtfrösten NRWs herangezogen. An der Einmündung zur nächsten Straße entdeckte Lemberg immerhin einen Hund. Irgendetwas schien mit dem Tier nicht zu stimmen. Es kauerte in merkwürdiger Haltung auf dem Bürgersteig. Außerdem trug es Uniform. Lemberg jagte den Wagen quer über die Straße, sprang raus und kniete neben dem Mann nieder.

»Was ist denn mit Ihnen passiert?«, fragte er Müller, der sich den Schädel hielt.

»Krings hat mir eins übergezogen.«

»Brauchen Sie einen Arzt?«

»Nee, geht schon.«

»Kommen Sie, ich helfe Ihnen auf.«

»Lassen Sie mal, ich bleib noch 'n bisschen hier unten.«

»Wie Sie meinen.« Lemberg richtete sich auf und blickte nach links und rechts. »Konnten Sie sehen, in welche Richtung er gelaufen ist?«

Der Kollege Müller schüttelte den Kopf, was er umgehend bereute. »Keine Ahnung.«

In dem Moment schoss ein Wagen mit hochdrehendem Motor aus Richtung Norden an ihnen vorbei. Es war der grün-silberne Passat. Am Steuer saß Krings.

»Verflucht!«, sagte Lemberg und machte, dass er zurück in den Mercedes kam. Zurückstoßen und dem Passat hinterherjagen waren eins.

Krings nahm gleich den nächsten Abzweig zur Linken und trat mächtig aufs Gas. Eine Weile ging es mehr oder weniger geradeaus, dann folgte eine scharfe Rechtskurve. Der Passat brach aus, aber Krings fing den Wagen gekonnt ab. Der Kerl konnte nicht nur Motorrad fahren. Lemberg nutzte wie gewohnt die volle Straßenbreite, die Bürgersteige eingeschlossen.

Ab der Kurve verlief die Straße schnurgerade bis zum Horizont. In Windeseile kletterte die Tachonadel auf über hundertachtzig. Bäume wischten vorbei wie Fahrleitungsmaste am ICE-Fenster. In der Ferne begann sich Wald abzuzeichnen. Nach Lembergs Gefühl musste dort hinten Belgien beginnen.

Plötzlich flammten die Bremslichter des Passat auf, und der Polizeiwagen begann zu schwänzeln. Lemberg latschte ebenfalls auf die Bremse, löste sie aber gleich wieder und zog links am Passat vorbei, als Krings unerwartet hart in die Eisen stieg. Die Straße ging ansatzlos von Asphalt in Schotter über; keine fünfzig Meter voraus befand sich ein Erdwall, der die Fahrbahn blockierte. Lemberg bremste, was die Wade hergab, aber das ABS konnte auf dem losen Untergrund nicht seine gedachte Wirkung entfalten. Nicht einmal das an Maschinengewehrfeuer erinnernde Knattern setzte ein. Lemberg hatte das Gefühl, mit unverminderter Geschwindigkeit auf den Wall zuzurasen. Im letzten Moment ließ er das Lenkrad los und nahm den Fuß von der Bremse.

Der Anprall war weniger heftig als befürchtet. Vielleicht lag es auch daran, dass die Gurte ihre Arbeit gut machten. Sie fingen ihn ab, ohne in sein Fleisch zu schneiden. Nur der Airbag hatte den Unfall verschlafen und schlummerte weiter im Lenkrad.

Mit der Schnauze zeigte der Mercedes in den verregneten Himmel. Lemberg hing schwer im Sitz und sah gerade noch, wie Krings am rechten Seitenfenster vorbeilief. Aus dem Wagen zu kommen kostete einige Mühe, da die Tür sich gegen die Schwerkraft nur mit viel Kraftaufwand und noch mehr Fluchen öffnen ließ. Als Lemberg endlich draußen war, stand er in einem Schlammloch, während Krings gerade jenseits des Erdwalls im Wald verschwand. Den Wall zu übersteigen war unmöglich, da er mit quer liegenden Baumstämmen gekrönt war. Also machte Lemberg es wie Krings und umging das Hindernis, wobei er einen rot-weiß gestreiften Pfosten passierte, der ihm signalisierte, dass er sich nunmehr im Königreich Belgien befand.

Geradeaus führte die Verlängerung der Straße als Schotter- und Sandpiste – wie Lemberg vermutete – geradewegs ins militärische Sperrgebiet des Camp Elsenborn. Eine Vermutung, die zur Gewissheit wurde, als er am Wegesrand ein Schild mit aufgemaltem Totenkopf entdeckte. »Danger de Mort« und »Lebensgefahr« stand dort. An einem baumhohen Pfosten daneben hing eine weiße Tonne, die mittels eines Seilzugs gehisst worden war. Bedeutete »Tonne oben« nun Risiko oder nicht? Die Antwort erfolgte auf der Stelle, als aus der Ferne Geschützdonner zu vernehmen war.

Lemberg nahm sein Handy heraus und führte die notwendigen Gespräche.

11

Edda und Albrecht saßen noch immer oder schon wieder am selben Tisch, nur dass ihnen diesmal die Kollegin Noll Gesellschaft leistete. Alle drei hatten Kaffeetassen und leer gegessene Kuchenteller vor sich stehen und machten Gesichter, als hätten sie soeben erfahren, dass ihre Bausparverträge geplatzt waren. Den mitgenommensten Eindruck machte Noll. Bei Lembergs Anblick stieß sie das Milchkännchen um, das glücklicherweise leer war. Lemberg nahm sich den letzten freien Stuhl, setzte sich und zog Schuhe und Socken aus. Dass sich das nicht gehörte und er damit alle Voraussetzungen für eine solide Erkältung schuf, war ihm egal. Er konnte dieses Gefühl, durchs Watt zu wandern, einfach nicht länger ertragen.

»Mein Gott, Roger, wie siehst du denn aus?«, fragte Edda.

»Du hast ihn nicht«, sagte Albrecht matt.

»Ich habe ihn nicht«, sagte Lemberg und bückte sich, um seine Zehen zu massieren.

»Was ist passiert?«

»Er ist entkommen, ganz einfach.« Lemberg richtete sich wieder auf und fasste in wenigen Sätzen zusammen, was sich auf dem Friedhof und danach abgespielt hatte.

»Hättest du ihn nicht erschießen können?«, fragte Albrecht allen Ernstes.

»Glaubst du nicht, dass uns das eine schlechte Presse eingebracht hätte?«

»Und was ist mit dem Wagen?«

»Er ist fahrbereit«, sagte Lemberg und legte den Schlüssel auf den Tisch. »Aber ihr müsst ihn ausbeulen lassen und mal durch die Waschstraße fahren. Ach ja, und er zieht nach links. Aber daran gewöhnt man sich rasch.«

»Das gute Stück«, sagte Edda. »Wir haben ihn erst letztes Jahr gekauft.«

»Ich verstehe trotzdem nicht, wie Krings den Streifenwagen an sich bringen konnte«, sagte Albrecht.

»Ganz einfach«, sagte Lemberg. »Die Jungs von der Kavallerie haben den Schlüssel stecken lassen.«

»Diese Dorftrottel!« Albrecht schlug kraftlos mit der Faust auf den Tisch. Edda legte ihre Hand auf die seine, aber er schüttelte sie unwirsch ab. »Und du glaubst, er ist in Belgien?«

»Gleich hinter dem Zaun liegt ein Truppenübungsplatz der belgischen Armee. Camp Elsenborn. Dort ist er verschwunden.«

»Sind die Belgier informiert?«

»Das hab ich als Erstes gemacht. Vielleicht kriegen sie ihn ja. Viel Hoffnung habe ich allerdings nicht. Krings muss das Gebiet wie seine Westentasche kennen. – Und was habt ihr so erlebt? Ihr seht aus, als wäre die Suppe versalzen gewesen.«

»Nicht nur die Suppe«, sagte Albrecht düster. »Der ganze Tag war eine Katastrophe. Wir hätten nie herkommen dürfen.«

»Geteiltes Leid ist halbes Leid«, sagte Lemberg. »Lass hören.«

»Steinbecks Personenschützer haben uns abgefangen, bevor wir überhaupt in seine Nähe kommen konnten. Dabei hat es ein Gerangel gegeben. Einer dieser Kerle hat Edda geschubst, woraufhin ich ihm eins mit der Krücke übergezogen habe. Ausgerechnet in dem Augenblick hat einer der Fotografen auf den Auslöser gedrückt. Die Szene wird morgen auf allen Titelseiten zu sehen sein. Ich werde zum Gespött des ganzen Landes werden.«

»Albrecht war so tapfer«, sagte Edda und klang verliebt. Diesmal ließ er es zu, dass sie seine Hand drückte.

»Hast du überhaupt nicht mit Steinbeck gesprochen?«

»Daran war nach dem Vorfall kein Denken mehr. Wir können froh sein, dass wir mit heiler Haut davongekommen sind. Das haben wir ausgerechnet Wuttke zu verdanken, der uns aus den Klauen dieser Gorillas befreit hat. Aber nur, um mich anschließend unter vier Augen gehörig runterzuputzen.«

»Unter sechs Augen«, sagte Edda.

»Die Ermittlungsergebnisse seien absolut unbefriedigend, hat er gebellt. Die SOKO habe zum wiederholten Male ihre Unfähigkeit und Überflüssigkeit unter Beweis gestellt. Ab sofort werde das LKA den Fall übernehmen. Noch heute würden Spezialisten aus Düsseldorf in Monschau eintreffen. Und so weiter und so weiter. Es war demütigend.«

»Weißt du, wer aus Düsseldorf die Ermittlungen leiten soll?«

»Meissner.«

»Doch nicht etwa *der* Meissner?«

»Genau der. Der größte Schleimscheißer, der mir je untergekommen ist.«

»Seit wann ist der denn beim LKA?«

»Keine Ahnung. Ich weiß nur, dass es sich tatsächlich um unseren speziellen Freund handelt. Wuttke hat es mir bestätigt.«

Meissner hatte seinerzeit beim BKA eine Abteilung geleitet, die mit Canisius' Sondereinheit in Konkurrenz gestanden hatte. Mehrfach war Lemberg heftig mit dem gebürtigen Sachsen aneinandergeraten, hatte dabei aber nur selten den Kürzeren gezogen, da er sich hundertprozentig auf Canisius' Rückendeckung hatte verlassen können. Aber das waren andere Zeiten, und vor allem war es ein anderer Canisius gewesen. In seiner derzeitigen Verfassung konnte er nicht einmal mehr einen Parkwächter beeindrucken. Meissner würde es eine diebische Freude bereiten, Lemberg alles heimzuzahlen, was er damals hatte schlucken müssen.

»Unsere Dienststelle steht auf dem Spiel, Roger«, jammerte Canisius. »Mein Lebenswerk.«

»Unser aller Job«, sagte Lemberg und sah Noll an. Die starrte verloren vor sich hin wie jemand, der einen Tag zu früh zu einer Geburtstagsparty erschienen ist. Lemberg fragte sich, ob sie überhaupt begriff, worum es ging. »Du musst dich an den Bundesinnenminister wenden, Albrecht. Schließlich war die SOKO seine Idee.«

»Das habe ich umgehend getan. Aber in Berlin ist der Vorwahlkampf schon im Gange, und der Mann hat andere Sorgen. Er könne derzeit nichts für uns tun, sagte er, wir müssten unsere Arbeit schon allein machen.«

»Wenn Sie mich bitte entschuldigen«, krächzte Noll und erhob sich schwankend. Sie musste sich tatsächlich an der Tischplatte festhalten. »Mir ist nicht gut.«

Ohne Canisius' Einverständnis abzuwarten, verließ sie den Raum.

»Was hat sie?«, fragte Edda. »Geht ihr das so nahe?«

»Hormonelle Probleme«, sagte Lemberg.

»Spricht sie mit dir über so etwas?«

»Den ganzen Tag.«

»Die Frauen von heute.« Edda schüttelte den Kopf. »Wir haben das mit uns selbst ausgemacht.«

»Was ist nun?«, fragte Lemberg. »Räumen wir das Feld?«

»Die Entscheidung überlasse ich dir«, sagte Albrecht. »Mir reicht es für heute. Komm, Edda, lass uns fahren.«

Was war nur aus dem Albrecht Canisius von einst geworden? Stahl sich davon und überließ es Lemberg, die Kapitulationsurkunde zu unterzeichnen. Lemberg schnappte sich seine Schuhe, stopfte die Socken hinein und ging zur Rezeption, wo Frau Lambertz im Gästebuch radierte. Als sein Schatten auf das Buch fiel, blickte sie auf.

»Zwei Flaschen Wein«, sagte Lemberg. »Entkorkt.«

»Was darf es denn sein?«, fragte sie verdattert. »Wir hätten da –«

»Wurscht«, sagte Lemberg. »Irgendeinen trockenen.«

In seinem Rücken schlichen Edda und Albrecht davon wie die Geschlagenen einer Streitmacht. Kurz spürte Lemberg eine Hand auf seiner Schulter. Es war wohl die von Edda, aber er drehte sich nicht um. Dann fiel die Eingangstür ins Schloss. Das Ende eines Kapitels.

Frau Lambertz brachte ihm zwei Flaschen Riesling von der Mosel, wunschgemäß mit gezogenen und wieder aufgesetzten Korken. Eine Rebsorte, die Lemberg normalerweise nie trank. Aber auch daran war er selbst schuld. Die Zeit war offenbar reif, darüber nachzudenken, ob er nicht doch bei einem Sicherheitsunternehmen anheuern sollte. Der Riesling würde ihm dabei helfen.

In seinem Zimmer ließ er sich aufs Bett fallen, zog den Korken mit den Zähnen heraus und trank eine halbe Flasche in wenigen Zügen. Dann stellte er die Flasche auf den Nachttisch, streckte sich aus und versuchte, seine Gedanken zu ordnen. Aber in seinem Kopf schwirrte ein Bienenvolk. An grundsätzliche Überlegungen war nicht zu denken. Seine Lider wurden schwer, und der Schlaf senkte sich wie ein Leichentuch über ihn.

*

»Ja, ja, ja«, rief Lemberg und schlurfte zur Tür.

Gunnar Steinbeck, der Bürgermeister, stand im Flur, die Hand, mit der er geklopft hatte, noch immer gehoben.

»Was wollen Sie?«

»Mutter möchte Sie sprechen.«

»Was für eine Mutter?«

»Meine. Und die meiner Brüder.«

Lemberg hielt sich den Kopf. Hinter seinen Schläfen toste ein Wasserfall. »Wie spät ist es?«

»Sechzehn Uhr fünfundfünfzig.«

»Ist Ihr prominenter Bruder schon wieder weg?«

»Mit Sicherheit. Er steckt doch mitten im Landtagswahlkampf.«

»Zehn Minuten«, sagte Lemberg. »Warten Sie unten.«

Eine Viertelstunde sowie eine eiskalte Dusche später stand Lemberg an der Rezeption und rief Steinbecks Namen. Der kam umgehend aus der Küche gehumpelt und kaute auf irgendetwas herum.

»Die Resi hat mir ein Stück Schweinebraten spendiert«, sagte er mit vollem Mund.

»Wo wohnt Ihre Frau Mutter?«, fragte Lemberg, als sie auf der Straße standen.

»Im Haus zum Turm in der Stadtstraße«, sagte Steinbeck. Als Lemberg sich in Bewegung setzte, fragte er: »Haben Sie keinen Wagen?«

»Das ist doch gleich um die Ecke, oder nicht?«

Steinbeck hob seine Krücke. »Mit dem Ding läuft es sich schlecht.«

»Ich hab den Schlüssel nicht«, sagte Lemberg und warf einen Blick in den Golf, der unmittelbar vor dem Haus abgestellt war.

Der Schlüssel steckte, und die Türen waren nicht verriegelt;

außerdem war das Seitenfenster trotz des Regens halb heruntergekurbelt. Noll musste völlig von der Rolle sein. Jetzt reichte es Lemberg aber. Noch heute würde er sie sich vorknöpfen.

»Steigen Sie ein.«

Steinbeck saß noch nicht ganz, als er bereits eine CD in der Hand hielt. »Darf ich die einlegen?«

»Was ist das? Sie hören doch hoffentlich keinen Gangsta-Rap?«

»Anna Maria Kaufmann«, sagte Steinbeck andächtig. »›Don't cry for me Argentina‹. Sie hat letztes Jahr auf der Burg die Evita gesungen.«

»Meinetwegen. Aber leise.«

»Wo ist denn der Player?«

»Das weiß ich doch nicht«, sagte Lemberg und fuhr los.

»Hier, gucken Sie«, sagte Steinbeck und hielt Lemberg ein Foto vors Gesicht. »Das sind wir beide. Mit Widmung.«

Das Foto war völlig abgegriffen. Es zeigte die Kaufmann in einer rosafarbenen Hose mit weißem T-Shirt und Häkeltop, die Haarpracht von einem gepunkteten Band zusammengehalten. Neben ihr stand Gunnar Steinbeck in den gleichen Klamotten, die er jetzt und offenbar immer trug, und schmachtete sie an. Im Hintergrund zogen dunkle Wolken auf.

»AMK, das sind ihre Initialen«, sagte Steinbeck.

»Was Sie nicht sagen.«

»Ja, sonst hätte ich mir kaum das Nummernschild gemerkt.«

»Welches Nummernschild?«

»Das des belgischen Pajero, der mir über den Fuß gefahren ist.«

Lemberg stöhnte auf. »Wo müssen wir denn nun hin?«

»Ach je, wir sind schon vorbei.«

Lemberg setzte mit heulendem Motor zurück.

»Stopp! Wir sind da. Hier wohnt Mutter.«

Lemberg stieg aus, aber Steinbeck blieb sitzen.

»Was ist mit Ihnen? Möchten Sie, dass ich Ihnen die Tür aufhalte?«

»Ich warte im Wagen. Mutter möchte Sie allein sprechen. Wenn Sie nichts dagegen haben, höre ich mir so lange die CD an.«

Steinbeck zeigte auf einen Schlitz zwischen Lüftungsreglern und Funkgerät. »Sie haben doch einen.«

»Haben Sie als Bürgermeister eigentlich nichts zu tun?«

»Ich bin krankgeschrieben.«

»Sie fassen mir aber außer dem CD-Spieler nichts an«, sagte Lemberg. »Weder das Funkgerät noch sonst irgendwas. Ist das klar?«

»Ist klar.«

Ein Schild unter dem Erker im ersten Stock des Hauses wies darauf hin, dass es im Garten einen Brunnen-Skulpturen-Park gab. Lemberg warf einen Blick hinein. Schwimmende Metallkugeln trieben auf einem Tümpel mit schlammfarbenem Wasser. Die Sonnenuhr davor war stehen geblieben, weil der Himmel bedeckt war. Dann waren da noch ein wasserspeiendes Krokodil, ein lebensgroßer Querflöte spielender Knabe mit Hut, einige Wasserspiele und anderer Tinnef. Besser gefielen Lemberg da schon die beiden riesigen Spinnen aus Metall, die an der Hauswand befestigt waren. Ein nettes Mitbringsel für Maggie, die sich vor Kampfhunden nicht fürchtete, aber an Arachnophobie litt.

Auf sein Klingeln öffnete eine vom Alter gebeugte Frau mit großer Nase und großen Ohren, die an die neunzig sein musste. Gekleidet war sie wie ein Hausmädchen aus einem Biedermeierfilm. Schwarzes Kleid, gestärkte weiße Schürze, weißes Häubchen.

»Frau Steinbeck?«, fragte Lemberg nicht ohne Zweifel.

»Herr Lemberg, nehme ich an«, sagte die Alte. »Bitte mir zu folgen.«

Mit erstaunlicher Behändigkeit führte sie ihn eine blitzblank gebohnerte ausgetretene Treppe hinauf, die in ihrer Steilheit denen auf der Fähre nach Texel in nichts nachstand. An der Wand des Zwischenpodestes hingen neun überdimensionale Spiegeleier aus Plastik. Die Ränder knusprig, das Eigelb noch flüssig. Lemberg bekam Hunger.

»›Huhnstage‹ von Frank N. Hoffmann«, leierte die Alte wie eine Museumsführerin, die die Tour zum tausendsten Mal machte.

Im ersten Stock hing ein tischtuchgroßes Foto gleich neben dem Fenster, das nach Lembergs erstem Dafürhalten ein Allerweltsgehölz zeigte. Irritierend war nur, dass die Bäume eine unnatürliche Symmetrie aufwiesen und sowohl im Boden wie im Himmel wurzelten. Auf den zweiten Blick entpuppte sich der Himmel dann ebenfalls als Boden, eine Art Gegenboden. Lemberg kniff die Augen zusammen und verfluchte den Riesling.

»Eine Aufnahme der Stelen-Projekte von Norbert Conzen, zweifach gespiegelt«, sagte seine Führerin und stieß eine zweiflügelige Tür auf, die in einen großzügig geschnittenen Salon führte.

»Bitte einzutreten und zu warten«, sagte sie, ließ ihn vorbei und schloss die Flügel hinter ihm.

Hier also wohnte Mutter. Auf Tapeten schien die Dame keinen Wert zu legen, denn die Wände waren nur gespachtelt und gestrichen beziehungsweise bemalt. Zumeist ornamental, aber auch mit Säulen, was dem Raum einen Hauch von italienischem Palazzo bescherte. Es fehlte nur der Schimmel, um dem Ganzen Authentizität zu verleihen.

Bis auf einen Meter Abstand zu den Wänden war der Boden mit einem derben beigefarbenen Teppich ausgelegt, der beim Barfußlaufen bestimmt die Durchblutung anregte. Auf dem Teppich standen vier moderne, aber völlig unterschiedlich gestylte Zweisitzer im Karree, alle in schrecklichen Farben, der schlimmste in Schock-Orange. Zwei schwarze Kuschelkissen verstärkten die Augenfolter noch. Der Tisch im Zentrum der Sitzgelegenheiten bestand aus einer quadratischen Glasplatte, schusssicher dimensioniert, die von einem Metallgeflecht getragen wurde. Darüber hing eine durchsichtige Lampe, die eine ungewöhnlich große, auf alt getrimmte Glühbirne zur Schau stellte. Die einzigen Schrankmöbel waren zwei weiße Türme, jeder mit sieben Schubladen. Einen Fernseher, eine Hi-Fi-Anlage, Zeitschriften oder Bücher suchte Lemberg vergeblich.

Er warf einen Blick aus dem Fenster. Steinbeck saß brav im Auto und trommelte mit den Fingern auf dem Armaturenbrett. Plötzlich wandte er den Kopf, blickte zu Lemberg herauf und winkte ihm zu. Lemberg widerstand dem Impuls, zurückzuwinken.

Mutter ließ sich Zeit.

Dann erspähte Lemberg doch noch etwas. Sieben rahmenlose Farbfotos hinter Glas, die untereinander neben dem Fenster hingen. Alle im Zigarrenkistenformat. Aufnahmen aus der Zeit, als die drei Söhne noch klein und niedlich oder zumindest jung gewesen waren. Einmal eselreitend hinauf zum Drachenfels, dann strahlend wie die Lottokönige zwischen Reifen und einem offenen Garagentor in Begleitung eines Mannes mit Halbschalenhelm, der aussah wie Graf Berghe von Trips. Ein Bild tiefer zünftig gekleidet auf irgendeinem Berggipfel. Inmitten der Knirpse ein Baum von einem Kerl, der entfernt an Schalck-Golodkowski auf Diät erinnerte. Das war vermutlich der Herr Papa. Lemberg versuchte, die drei Bengel zuzuordnen. Demnach war Elmar der Mittlere gewesen.

»Haben Sie ihn entdeckt, Herr Kommissar?«

Lemberg fuhr herum wie ertappt. Ihm stand eine für ihren Jahrgang ungewöhnlich große, bestimmt einen Meter achtzig messende, schlanke Frau gegenüber, die sich kerzengerade hielt. Ihr langes, schmales Gesicht wurde von lackschwarzem Haar eingerahmt. Sie sah aus wie eine Siebzigjährige, die sich gut gehalten hatte, was jedoch rein rechnerisch nicht sein konnte. Aber von neunzig und vertrottelt, wie Albrecht gefaselt hatte, konnte auch nicht die Rede sein. Die Wahrheit mochte wie so oft irgendwo dazwischen liegen. Bekleidet war sie mit einem Rollkragenpulli, einer weit geschnittenen Hose und flachen Schuhen. Alles in Schwarz, passend zur Frisur und dem Anlass angemessen. Schmuck trug sie keinen.

»Zunächst einmal mein Beileid, Frau Steinbeck«, sagte Lemberg.

Sie dankte ihm mit einem knappen Nicken. »Nehmen Sie doch bitte Platz, Herr Kommissar. Natascha wird uns gleich Tee servieren.«

Da Lemberg die Wahl hatte, setzte er sich auf das orangefarbene Sofa. So entzog es sich wenigstens seinem Blick. Die Polster waren ausgesprochen nachgiebig, sodass er das Gefühl hatte, bis auf den Boden zu sinken.

»Elmar ist der mit den runtergerutschten Kniestrümpfen«, sagte Lemberg.

»Ja. Sie sind jeweils zwei Jahre auseinander. Gunnar, Elmar, Jürgen – in dieser Reihenfolge. Elmar wäre nächsten Monat siebenundfünfzig geworden.«

Soweit Lemberg wusste, hatte Elmar Steinbeck die siebenundfünfzig bereits erreicht gehabt. Aber bei drei Kindern konnte man schon mal durcheinanderkommen.

»Was kann ich für Sie tun, Frau Steinbeck?«

Ehe sie seine Frage beantworten konnte, schob das betagte Hausmädchen einen antiken Teewagen ins Zimmer. Die Rollen des Gefährts hatten kaum mehr Durchmesser, als der Teppich hoch war. Prompt blieb sie an der Kante hängen. Lemberg kämpfte sich aus seinem Zweisitzer und eilte ihr zu Hilfe. Den Wagen erst vorne, dann hinten anhebend hievte er ihn über die Kante.

»Dann können Sie den Rest auch machen«, sagte die Alte und ließ ihn stehen.

Frau Steinbeck lachte laut und glockenhell auf, was Lemberg angesichts des Trauerfalls einigermaßen seltsam fand.

»Dann zeigen Sie mal, was Sie können, Herr Kommissar.«

Lemberg bugsierte den Teewagen neben den Tisch, wobei er verteufelt ins Schwitzen kam, teilte die Tassen aus und schenkte ein. Halb voll, wie seine Mutter es ihm beigebracht hatte.

»Zwei Stücke Zucker bitte, Herr Kommissar.«

Auch diesen Wunsch erfüllte Lemberg. Als er endlich wieder saß, wiederholte er seine Frage.

Frau Steinbeck rührte um, trank einen winzigen Schluck und stellte ihre Tasse wieder ab. Dann legte sie die Hände in den Schoß und blickte ihm direkt in die Augen.

»Ich habe beschlossen, eine Belohnung zur Ergreifung des Mörders meines Sohnes auszusetzen«, sagte sie. »In Höhe von hunderttausend Euro.«

»Ein stolzer Betrag«, sagte Lemberg.

»Machen Sie sich darüber keine Sorgen, Herr Kommissar«, sagte Frau Steinbeck. »Ich bin keine arme Frau, und in meinem Alter hat man keine kostspieligen Wünsche mehr.«

»Eine Belohnung auszuloben lohnt nur, wenn der Täter Mitwisser hat, die man dadurch animieren könnte, ihn zu verpfeifen. Unabhängig von der Höhe und unabhängig davon, ob der Auslobende sich das leisten kann.«

»Auch – wie pflegen Sie zu sagen – Hinweise aus der Bevölkerung, die zur Ergreifung des Täters führen, wären mir diesen Betrag wert.«

»Hätte jemand etwas Sachdienliches bemerkt, hätte er sich bereits gemeldet«, sagte Lemberg. »Mit der Belohnung locken Sie nur Leute an, die nichts wissen, aber aus Geldgier behaupten, Informationen zu haben.«

»Versuchen Sie bitte, mich zu verstehen, Herr Kommissar. Ich kann nicht herumsitzen und nichts tun. Das war noch nie meine Art. Da ich den Mörder nun einmal nicht persönlich jagen kann, ist das Aussetzen einer Belohnung die einzige Möglichkeit für mich, aktiv zu werden.«

»Ich möchte Sie nur davor bewahren, sich falsche Hoffnungen zu machen. Außerdem würden uns getürkte Hinweise nur die Arbeit erschweren, da wir diesen Spuren ebenfalls nachgehen müssten.«

»So ganz uneigennützig sind Ihre Einwände demnach doch nicht.«

»Ich habe dem, was ich gesagt habe, nichts hinzuzufügen. Die Entscheidung liegt ganz bei Ihnen, Frau Steinbeck.«

Sie überdachte das Gesprochene, ohne Lemberg dabei aus den Augen zu lassen.

»Sie gehen also von einem Einzeltäter aus?«, fragte sie schließlich.

»Wir wissen weder, ob der Täter ein Mann oder eine Frau war, noch wissen wir, ob es einer oder mehrere waren. Das ist der Stand der Dinge.«

»Aber Sie suchen doch nach Peter-Josef Krings, oder wurde ich da falsch informiert?«

»Krings hat am Montag auf das Haus Ihres Sohnes geschossen und sich vor kaum mehr als einer Stunde seiner Festnahme durch Flucht entzogen. Das macht ihn verdächtig, ist aber noch kein Beweis, dass er der Täter ist.« Lemberg probierte den Tee. Der war inzwischen fast kalt. »Kennen Sie Krings persönlich?«

»Peter war ein Freund meines jüngsten Sohnes Jürgen. Ein

wildes, jähzorniges Kind, schon sein Vater war im Ort als Wüterich verschrien.« Ihr Blick legte noch einmal an Eindringlichkeit zu. »Oder bin ich bei Ihnen nur an der falschen Adresse?«

»Wie meinen Sie das?«

»Mein Sohn hat angedeutet, dass er dafür sorgen will, dass man Ihrem Kommissariat den Fall entzieht und die Ermittlungen dem Landeskriminalamt überträgt.«

»Davon habe ich auch gehört.«

»Vielleicht sollte ich mich mit meinem Ansinnen an den künftigen Ermittlungsleiter wenden. Was meinen Sie?«

»Das bleibt Ihnen unbenommen, Frau Steinbeck.«

Adele Steinbeck kniff die Augen zusammen. »Geben Sie sich immer so schnell geschlagen?«

Lemberg konnte sich ein Schmunzeln nicht verkneifen. »Das ist eine politische Entscheidung, auf die ich keinen Einfluss habe. Ich bin weisungsgebunden.«

»Was spricht dafür, dass das Landeskriminalamt den Fall übernimmt?«

»Nichts.«

»Sie glauben also, mein Sohn betreibt diesen Wechsel nur, um vor der Öffentlichkeit Tatkraft zu demonstrieren?«

»Ich kenne Ihren Sohn nicht persönlich, Frau Steinbeck, daher weiß ich nicht, was ihn zu diesem Schritt bewogen hat.«

»Sie sind mit Ihren Äußerungen sehr vorsichtig.«

»Ich bin seit fünfundzwanzig Jahren bei der Polizei«, sagte Lemberg. »Daraus ergeben sich nicht unerhebliche Pensionsansprüche.«

»Ich verstehe.«

Langsam wurde es dunkel im Salon, düster war es ohnehin gewesen. Die Sonne, die den ganzen Tag nicht in der Lage gewesen war, die Wolkendecke zu durchdringen, ging allmählich unter. Wäre Lemberg der Hausherr gewesen, hätte er spätestens jetzt das Licht eingeschaltet, aber Frau Steinbeck sah das wohl anders. Lemberg blickte zum Fenster. Offenbar hatte es aufgehört zu nieseln. Wenigstens etwas.

»Ich kenne meinen jüngsten Sohn dafür umso besser und weiß, was ich von ihm zu halten habe«, meldete Frau Steinbeck sich unvermittelt. »Was ich von beiden mir verbliebenen Söhnen zu halten habe.«

Lemberg hatte zwar auch eine Meinung, aber die behielt er für sich.

»Elmar war derjenige, der meinem Mann am ähnlichsten war. Nicht nur im Aussehen, sondern in seiner ganzen Art. Man sollte nicht glauben, dass drei Kinder aus dem gleichen Stall derart unterschiedlich sein können, aber so ist es. Eines der Geheimnisse des Lebens. Wie gesagt, Elmar war wie Manfred – lebensfroh, tatkräftig, ein Frauenheld, eben ein ganzer Mann. Meine beiden anderen Söhne sind eher pflaumenweich, wenn Sie verstehen, was ich meine, Herr Kommissar.«

»Ich versuche, mir ein Bild zu machen«, sagte Lemberg.

»Mein Mann hat mich mehr als einmal betrogen, seine Affären waren unzählig.« Sie sprach leise und bedächtig, beinahe wie zu sich selbst, als wolle sie sich der Richtigkeit ihrer Erinnerungen vergewissern. »Ich kann nicht sagen, dass ich darunter nicht gelitten hätte, aber er war es mir wert. Ich wusste bereits bei unserer Hochzeit, dass ich ihn nie für mich allein haben würde, aber das habe ich in Kauf genommen. Meine Eltern haben diese Heirat missbilligt, vor allem meine Mutter. Sie hat mich eindringlich vor Manfred gewarnt. Ihre Befürchtungen haben sich erfüllt, aber auch meine Träume. Auf die eine oder andere Weise zahlt jede Frau für die Art von Mann, den sie sich ausgesucht hat. – Was für eine Art von Mann sind Sie, Herr Kommissar?«

»Das müssten Sie meine Frau fragen.«

Trotz der bescheidenen Lichtverhältnisse sah Lemberg, dass sie ein Auge zusammenkniff. So intensiv war er lange nicht gemustert worden. Aber er hielt es aus. Allerdings wünschte er sich, sie behielte ihre Einschätzung für sich. Er war nicht darauf erpicht, Neues über sich zu erfahren. Jedenfalls nicht hier und heute.

»Wann werden Sie den Mörder Elmars gefasst haben?«

»Wie Sie bereits gesagt haben, werde ich aller Wahrscheinlichkeit nach abgelöst.«

»Setzen wir den Fall, Sie würden die Ermittlungen fortführen.«

»Ich müsste lügen, würde ich mich auf einen Zeitpunkt festlegen.«

»Aber Sie würden ihn fassen?«

»Auf jeden Fall.«

»Das heißt, Sie haben bisher alle Mörder gefasst, die Sie gejagt haben?«

»So ist es. Wobei Sie Ergreifung nicht mit Verurteilung gleichsetzen dürfen. Einer wurde aus Mangel an Beweisen freigesprochen, obwohl ich von seiner Schuld überzeugt war.«

»Hadern Sie deswegen mit sich?«

»Nein, aber manchmal träume ich davon.«

Erneut unterbrach Frau Steinbeck das Gespräch und übte sich in Nachdenklichkeit. Lembergs Magen knurrte vernehmlich in die Stille hinein.

»Ich bin eine geborene Elbers«, sagte sie schließlich, als Lemberg schon nicht mehr damit rechnete. »Ich weiß nicht, ob Ihnen der Name etwas sagt. Bei den Elbers handelt es sich um eine der alteingesessenen Tuchmacherfamilien Monschaus.«

Lemberg ließ das mal so stehen.

»Zwei meiner Söhne sind bis über beide Ohren verschuldet«, fuhr die alte Dame fort. »Einer, weil er eine dumme, geltungsbedürftige und verschwenderische Frau geheiratet hat, der andere, weil es ihn immer wieder an den Roulettetisch zieht. Die beiden haben versucht, mein Elternhaus in der Eschbachstraße hinter meinem Rücken zu verkaufen. Elmar hat davon erfahren und seine Brüder zur Rede gestellt. Daraufhin hat es einen fürchterlichen Streit gegeben, bei dem es sogar zu Handgreiflichkeiten gekommen sein muss. Ich habe erst im Nachhinein davon erfahren.«

»Damit treten Ihre Söhne Gunnar und Jürgen in den Kreis der Tatverdächtigen ein.«

»Deswegen habe ich Ihnen das nicht erzählt, Herr Kommissar. Ich halte beide nicht für fähig, einen Brudermord zu begehen.«

»Meine Erfahrung …«, setzte Lemberg an, hielt aber inne. »Weshalb sonst?«

»Können Sie sich das nicht denken, Herr Kommissar?«

12

Gleich nachdem Lemberg Gunnar Steinbeck beim Rathaus abgesetzt hatte, versuchte er, Albrecht Canisius in Münstereifel zu erreichen. Gemeldet hatte sich nur der Anrufbeantworter, auf dem Lemberg seine Bitte um dringenden Rückruf hinterlassen hatte. Bestimmt fuhr Edda mit dem beschädigten Benz vorsichtiger als sonst, aber trotzdem hätten sie schon zu Hause sein müssen. Im Hotel duschte er ausgiebig, bereits zum dritten Mal an diesem Tag. Langsam entwickelte sich sein Aufenthalt für die Lambertz zum Verlustgeschäft. Während er seinen letzten Satz frische Wäsche anzog, genehmigte er sich einen Schluck Riesling. Der hatte inzwischen Zimmertemperatur, was ihn vollends ungenießbar machte. Als Lemberg seine Jeans gürtete, erklang die Marseillaise.

»Edda hier«, sagte Edda. »Entschuldige bitte, Roger, ich habe eben erst bemerkt, dass der Anrufbeantworter blinkt. Was gibt es denn?«

»Ich muss dringend mit Albrecht sprechen. Es gibt eine neue Entwicklung im Fall Steinbeck.«

»Das wird nicht gehen, Roger. Wir haben uns gestritten, was gottlob nur alle Jahre vorkommt, und er hat sich mit einer Flasche seines besten Cognacs im Schlafzimmer eingeschlossen. Ich bin gerade dabei, mir das Gästebett zu beziehen.«

»Und wenn er vollgekifft auf dem Dachfirst säße, Edda, ich muss ihn sprechen. Es geht um das Überleben der SOKO, sag ihm das bitte.«

Edda seufzte. »Ich werde es versuchen. Bleib dran.«

Lemberg hörte mehrfach Eddas Knöchel auf Holz und ihre Stimme. Ob Albrecht Antwort gab, war nicht auszumachen.

»Er reagiert nicht«, sagte Edda schließlich. »Ich weiß nicht, was ich machen soll.«

»Tritt die Tür ein«, sagte Lemberg.

»Das meinst du doch nicht im Ernst.«

»Dann schrei um Hilfe. Oder drück auf den Knopf vom Rauchmelder. Auf irgendetwas muss er ansprechen.«

»Nun gut«, sagte sie. »Ich werde über den Balkon klettern.«

Lemberg lauschte intensiv, um mitzubekommen, was sich tat. Er wusste, dass der Balkon vor dem Schlafzimmer lag und gut drei Meter über der Terrasse schwebte. Wie Edda dort hinaufkommen wollte, entzog sich allerdings seiner Vorstellungskraft. Hoffentlich versuchte sie es nicht am Rankgitter, das an der Hauswand befestigt war. Er hatte es wenig solide wirkend in Erinnerung.

Erst klapperten Absätze, dann hörte Lemberg Edda keuchen, als schleppe sie einen Blumenkübel durch die Gegend. Es folgte ein Poltern, auf das er sich keinen Reim machen konnte. Ein Moment unheilvoller Ruhe wurde von erneuten Anstrengungslauten Eddas abgelöst. Denen lauschte Lemberg so lange, bis ein spitzer Schrei an sein Ohr drang.

»Edda?«, fragte er besorgt.

Als Antwort vernahm er einen nur schwach unterdrückten Fluch, wie er ihn Edda niemals zugetraut hätte. Dann raschelte es, als ob sich jemand durch eine Hecke zwängte, und ein Gegenstand fiel mit Donnerhall zu Boden. Das mobile Empfangsteil.

»Roger?«, fragte Edda außer Atem. »Bist du noch dran?«

»Ja. Was ist passiert?«

»Der Hörer ist mir aus dem Kittel gerutscht. Ich bin jetzt auf dem Balkon. Bleib dran.«

Energisches Klopfen gegen eine Scheibe, das Quietschen einer Tür und wüste Schimpftiraden krönten das Hörspiel. Immer mal wieder vernahm Lemberg Albrechts Stimme, der aber nicht recht zu Wort zu kommen schien. Letztendlich meldete er sich.

»Roger? Was soll das? Warum jagst du Edda die Leiter hoch?« Er klang vorwurfsvoll und hatte den Zungenschlag eines Angetrunkenen. »Sie hätte sich beinahe den Hals gebrochen. Die Leiter stand mit einem Fuß im Beet und ist zur Seite gekippt.«

»Ist sie verletzt?«

»Er will wissen, ob du verletzt bist«, echote Albrecht dumpf.

»Er soll dir lieber sagen, weswegen er anruft«, kam Eddas Stimme aus der Ferne.

»Du sollst mir lieber ... Weswegen rufst du an?«

Lemberg fasste zusammen, was Adele Steinbeck ihm über ihre Söhne Gunnar und Jürgen erzählt hatte. Von deren Versuch, sich durch den klammheimlichen Verkauf des mütterlichen Elternhauses zu sanieren, sowie die Gründe, warum die Pleitegeier über beider Häupter kreisten.

»Deiner Meinung nach ist also Jürgen Steinbeck der Spieler«, sagte Albrecht auf einmal hellwach. »Wieso er und nicht der Bürgermeister?«

»Weil sie den mit seinen Klamotten nicht ins Casino lassen würden.«

»Aber Jürgen Steinbeck ist bekannt wie der sprichwörtliche bunte Hund.«

»Vielleicht klebt er sich einen Bart an und fährt ins benachbarte Ausland, nach Spa oder Knokke.«

»Das wäre ja ein dickes Ding. Ich kläre das und setze ihn unter Druck. Du bleibst in Monschau und an dem Fall dran, bis ich dich anrufe.«

»Das LKA wird versuchen, in Dorsel an unsere bisherigen Ermittlungsergebnisse zu kommen.«

»Ich werde sofort Kontakt mit Klaes aufnehmen und ihn anweisen, sich mit der Mannschaft zu verschanzen. Gute Arbeit, Roger. Noch was – sollte Meissner inzwischen in Monschau auftauchen, lass dich um Himmels willen nicht provozieren.«

»Niemals.«

»Und lass dein Handy eingeschaltet. Ich melde mich.«

Der Ball rollte. Lemberg zog sich fertig an, steckte Handy, Dienstwaffe und die übrigen Accessoires ein und ging zu Noll. Sie reagierte weder auf Anklopfen noch auf Rufen. Entweder lag sie besinnungslos im Bett, oder sie war ausgeflogen.

Im Grafenkeller, dem Restaurant des Hotels, ließ Lemberg sich einen Tisch anweisen und bestellte Bier und das beworbene Lammcarré mit Prinzessbohnen und Herzoginkartoffeln. Außer ihm waren noch zwei Paare anwesend. Die Holländer, die er vom Frühstück kannte, und ein schweigsames Gespann, das nach einem Pastoren- oder Lehrerehepaar aussah. Gleich als das erste Bier kam, bestellte er ein zweites und trank mit langen Zügen.

Ganz allmählich wich die Anspannung, die sich tagsüber aufgebaut hatte, und er war in der Lage, sich wieder auf die offenen Fragen im Fall Steinbeck zu konzentrieren.

Dabei rangierte eine Frage an erster Stelle: Warum, zum Teufel, war die Praxis nach Steinbecks Ermordung abgefackelt worden? Das ergab keinen Sinn. Dass die beiden Straftaten in keinem Zusammenhang standen oder von zwei verschiedenen Tätern begangen worden waren, schloss Lemberg aus. Der einzige Grund für die Brandstiftung, der ihm einfallen wollte, war, dass der Täter dadurch versucht hatte, Spuren zu vernichten. Aber was für Spuren? Erst recht, wenn man von der Annahme ausging, dass Peter-Josef Krings der Täter war. Welche Art von Spuren sollte der ehemalige Knastbruder in Steinbecks Behandlungsräumen hinterlassen haben?

Sein zweites Bier wurde gebracht, und gleichzeitig betrat Noll im Hintergrund das Gewölbe. Sie entdeckte ihn und kam, wenn auch zögernd, an seinen Tisch. Den Eindruck, den sie machte, als mitgenommen zu bezeichnen, wäre eine glatte Untertreibung gewesen.

»Darf ich?«, fragte sie.

»Nur zu.«

Sie hängte ihre voluminöse Umhängetasche über die Lehne des benachbarten Stuhls und setzte sich.

»Unser Abschiedsessen?«, fragte sie.

»Warten Sie es ab«, sagte Lemberg. »Geht es Ihnen besser?«

»Ich habe einen Spaziergang gemacht. Danke.«

Er berichtete ihr von den Ungereimtheiten, die sich für ihn aus der zeitlichen Abfolge des Mordes und der Brandstiftung ergaben, und fragte sie, ob die Patientenkartei samt und sonders in Flammen aufgegangen sei.

»Von der ist nur Asche übrig geblieben«, sagte Noll.

»Und was ist mit der Festplatte des Rechners?«

»Die Kollegen versuchen, sie zu restaurieren. Beziehungsweise die Daten wieder lesbar zu machen. Sie ist zwar durch die Hitzeeinwirkung stark deformiert, aber Festplatten können wohl einiges aushalten.«

»Sechs- bis achthundert Grad war sie ausgesetzt, meinte der

Einsatzleiter der Feuerwehr«, sagte Lemberg. »Unvorstellbar. Aber hoffen wir das Beste. Einen anderen Ansatzpunkt haben wir nicht.«

»Was ist mit Sicherungskopien?«

»Was soll damit sein?«

»Vernünftige Menschen lagern sie an einem anderen Ort. Das könnte doch sein.«

»Wenn, dann müsste die Manderscheid darüber Bescheid wissen. Kümmern Sie sich gleich morgen früh mal darum. Sie können es ja besser mit ihr.«

»Wo ist sie denn untergekommen?«

»Unsere Dorfsheriffs werden das sicher wissen. – So, und jetzt trinken wir erst einmal einen doppelten Schnaps, damit Sie wieder auf die Beine kommen. Und dann erzählen Sie mir, was Sie bedrückt.«

Lemberg bestellte lediglich mit Gesten, die der Kellner im Dunkel am anderen Ende des Kellers aber richtig zu deuten schien. Jedenfalls nickte er. Als Lemberg die Hände wieder runternahm, sah er, dass Meissner den Raum betrat.

»Das LKA ist im Anmarsch«, sagte er.

Meissner steuerte ohne Umwege auf sie zu. Er sah genauso aus, wie Lemberg ihn in Erinnerung hatte. Alles an ihm war schmal. Der Kopf, die Augen, die Nase, die Lippen, der ganze Kerl. Verpackt war der Schmale in einen grauen Anzug, ein weißes Hemd und eine gedeckte Krawatte. Neu war nur das silberne Headset, das an seinem linken Ohr klemmte. Technisch war Meissner schon immer up to date gewesen. Und er war nicht allein. Hinter ihm liefen zwei Typen, die aussahen, als hätten sie vergessen, die Kleiderbügel aus den Jacken zu nehmen.

»Der Kollege Lemberg«, sagte Meissner launig, die Linke lässig in der Hosentasche. Er war hörbar um Hochdeutsch bemüht, aber sein sächsischer Dialekt schlug noch immer durch. »Was machen Sie denn noch hier? Die letzten Spesengroschen verfressen?«

»Hallo, Meissner«, sagte Lemberg und äffte Meissners Tonfall nach. »Und Sie? Urlaub oder Sprachkurs?«

»Freundchen, Ihnen werden Ihre dummen Scherze noch vergehen. Ab sofort sind Sie raus aus dem Fall. Das LKA übernimmt, und Sie händigen mir umgehend die Ermittlungsakte aus. Auch wenn sie noch so dünn ist.« Dazu lachte er meckernd und drehte sich beifallheischend zu seinen Begleitern um. Die lächelten wie dressiert.

»Ich weiß nicht, was Sie meinen, Meissner«, sagte Lemberg. »Dass Sie und Ihre beiden Kasper hier irgendwas übernehmen, ist mir völlig neu. Vielleicht versuchen Sie es mal über den Dienstweg. Dienstweg kennen Sie doch? Sie an Ihren Chef, der an meinen und dann – eventuell – mein Chef an mich.«

Jetzt bekam Meissners Fassade doch Risse. »Haben Sie schon mal was von Behinderung der Ermittlungen gehört, Lemberg?«

»Ja, im Augenblick hindern Sie die Kollegin und mich an der Fortsetzung unseres Dienstgesprächs. – Ach, ich habe Sie ja noch gar nicht bekannt gemacht. Kollegin Noll, das ist der Kollege Meissner vom LKA. Die Kollegin Noll.«

»Wir kennen uns bereits«, sagte Meissner und nickte knapp in Nolls Richtung.

»Wir sind uns mal während eines Fortbildungsseminars begegnet«, sagte Noll.

»Was für ein Fortbildungsseminar?«, fragte Lemberg. »Aufrechtes Gehen?«

Schlangenartig stieß Meissners Hand vor und packte Lemberg am Kragen seiner Lederjacke. Die Kraftklopse im Hintergrund strafften die Schultern.

»Hoho«, sagte Lemberg und grinste feist. »In Gegenwart von Zeugen?«

Meissner ließ den Kragen los und strich ihn mit dem Handrücken glatt. »Ich wusste gar nicht, dass Sie ein derartiges Mimöschen sind, Lemberg.«

»Die Rechnung für die Reinigung schicke ich Ihrem Vorgesetzten, Meissner. Wenn die Jacke nicht Sondermüll ist. Und nun machen Sie einen Abflug.«

»Zum Frühstück will ich Sie hier nicht mehr sehen«, sagte Meissner und unterstrich das Gesagte mit vorgestrecktem Zeigefinger. »Die Akte können Sie an der Rezeption hinterlegen. Versiegelt selbstverständlich. Frau Noll – es war mir ein Vergnügen.«

Lässig, wie er gekommen war, zog er wieder ab, seine beiden Stiefelknechte im Schlepp.

»So etwas habe ich noch nie erlebt«, sagte Noll. »Blödes Machogetue. Wie die Pimpfe auf dem Schulhof. Ich dachte, Sie schlagen sich jeden Moment. Mussten Sie ihn dermaßen provozieren?«

»Ich musste Canisius lediglich versprechen, mich nicht provozieren zu lassen«, sagte Lemberg. »Ah, da kommen ja unsere Kurzen.«

Der Kellner brachte die bestellten doppelten klaren Brände.

»Hatten Sie Schwierigkeiten mit den Herrschaften?«, fragte er besorgt und warf einen Blick über die Schulter.

»Keineswegs«, sagte Lemberg. »Das waren Freunde.«

»Ach so. Na, dann zum Wohle. Ihr Essen kommt gleich. Möchte die Dame auch speisen?«

»Später«, sagte Noll und berührte ihr Schnapsglas mit zitternden Fingern.

»À la vôtre«, sagte Lemberg und kippte seinen Doppelten.

Noll starrte in ihr Glas.

»Was ist mit Ihnen? Runter damit. Der wird Ihnen guttun.«

Ansatzlos schleuderte Noll den Schnaps in Lembergs Gesicht. Dann ließ sie das Glas fallen, schlug die Hände vors Gesicht und begann hemmungslos zu schluchzen. Lemberg griff nach seiner Serviette und tupfte sich ab. Glücklicherweise hatte er nichts in die Augen bekommen.

»Was sollte das denn?«, fragte er und stellte das umherkullernde Glas wieder hin. »Drehen Sie jetzt völlig durch?«

»Tun Sie doch nicht so!«, rief Noll. »Sie wissen doch genau, was mit mir los ist. Deswegen haben Sie das mit dem Schnaps doch gemacht!«

Das Pastorenehepaar hielt mitten im Kauen inne und blickte zu ihnen herüber. Ebenso der Holländer. Seine Frau hörte sogar auf zu quatschen.

»Ich weiß überhaupt nicht, wovon Sie reden«, sagte Lemberg.

»Ich bin Alkoholikerin!«, schrie Noll mit verzerrtem Gesicht. »Jawohl, Alkoholikerin. Aber das ist jetzt auch egal. Meine Kinder sind wahrscheinlich schon in Asien.«

»Wir trinken alle mal einen über den Durst«, sagte Lemberg verdattert. »Was hat das denn mit Ihren Kindern zu tun?«

Noll riss ihre Tasche auf, zog eine Packung Papiertaschentücher heraus und schnäuzte sich wild. Dann zerknüllte sie das Tuch in ihrer Faust, als wollte sie es umbringen. Schwer schluckend rang sie nach Fassung.

Wie ein Geist stand auf einmal der Pastor am Tisch.

»Darf ich Ihnen unsere Hilfe anbieten, gnädige Frau?«, fragte er. »Meine Gattin und ich sind Abstinenzler und beraten in solchen Fällen.«

»Verschwinden Sie«, sagte Lemberg. »Wir therapieren uns selbst.«

»Ich darf doch bitten! Ich spreche mit der Dame, nicht mit Ihnen.«

Lemberg zeigte ihm seinen Dienstausweis. »Wenn Sie sich nicht umgehend auf Ihren Platz verkrümeln, lasse ich Sie einbuchten.«

»Entschuldigen Sie, mein Kollege ist ein Arschloch«, sagte Noll. »Aber ich komme schon zurecht, danke.«

Lautlos, wie er gekommen war, kehrte der Pastor an seinen Tisch zurück, wo er und seine Frau die Köpfe zusammensteckten.

»Danke für Ihre Aufrichtigkeit«, sagte Lemberg. »Aber nun mal der Reihe nach. Außer dass Sie ein Alkoholproblem haben, habe ich nichts kapiert.«

Noll benutzte ein weiteres Taschentuch, dann war sie in der Lage zu sprechen.

»Ich bin seit drei Jahren trockene Alkoholikerin«, sagte sie stockend. »Damit erpresst mich mein geschiedener Mann.«

»Wie kann man denn damit jemanden erpressen? Wenn Sie trocken sind, sind Sie trocken, und basta.«

»Wenn das so einfach wäre. Holger hat gedroht, dem Kriminaloberrat eine entsprechende Mitteilung zu machen. Meine Krankheit habe ich Canisius nämlich bei der Bewerbung verschwiegen. Ich hatte Angst, er könnte sie als Grund ansehen, mich abzulehnen. Dabei wollte ich doch unbedingt weg aus Düsseldorf.«

»In Ihrer Personalakte steht kein Wort davon.«

Der Kellner brachte Noll unaufgefordert eine Flasche Mineralwasser und schenkte ihr ein. Dabei warf er Lemberg einen Blick zu, der pure Verachtung ausdrückte. In diesem Leben würden sie keine Freunde mehr werden. Noll trank gierig, bevor sie fortfuhr.

»Zum Ende meiner Düsseldorfer Zeit hatte ich derart viele Überstunden angesammelt, dass ich sechs Wochen Urlaub am Stück nehmen konnte. Die habe ich auf eigene Kosten in einer therapeutischen Klinik in der Schweiz verbracht. Seitdem bin ich trocken.«

»In Düsseldorf hat davon keiner was gemerkt?«

»Bei uns wurde allgemein sehr viel getrunken. Da ist das nicht weiter aufgefallen.«

Lemberg brummte. »Und was hat das mit Ihren Kindern zu tun?«

Aus dem Nichts schossen Noll die Tränen in die Augen, und ihr ganzer Körper begann zu beben. Lemberg war einen Moment versucht, ihre Hand zu ergreifen, unterließ es aber doch. Die Kollegin besaß viel Talent, Dinge falsch zu verstehen.

»Ich habe die Kinder vereinbarungsgemäß übers Wochenende zu ihrem Vater nach Eupen gebracht«, sagte sie, nachdem sie sich wieder im Griff hatte.

»Ich dachte, Ihr Ex wohnt in Neuss.«

»Vor einem Jahr ist er nach Eupen zu seiner Freundin gezogen, einer Thailänderin, und hat dort ein Motorradgeschäft eröffnet. Am Sonntagabend hätte er die Kinder zurückbringen sollen, aber er ist nicht gekommen. Zuerst dachte ich, sie hätten eine Panne gehabt oder einen Unfall, und habe wie wild herumtelefoniert. Niemand war zu erreichen. Die Handys der Kinder waren ausgeschaltet. Um Mitternacht habe ich es nicht mehr ausgehalten und bin nach Belgien gefahren. Holger hat mir frech ins Gesicht gesagt, die Kinder hätten sich entschieden, bei ihm zu bleiben. Den Zutritt zur Wohnung hat er mir verweigert. Ich konnte nicht einmal mit ihnen sprechen.«

»Das haben Sie doch nicht hingenommen?«

»Natürlich nicht. Ich habe ihm gedroht, die Polizei zu rufen, wenn er die Kinder nicht sofort herausgibt. Da hat er mir eine Ohrfeige verpasst und gesagt, dann werde er meinem Chef erzählen, dass ich Alkoholikerin bin, was mich zweifellos den Job kosten würde. Und dass er erneut das Sorgerecht beantragen würde. Was das bedeutet hätte, war mir klar. Ich als allein lebende Alkoholikerin ohne Job gegen den Vater der Kinder, der in einer festen Beziehung lebt und einer geregelten Arbeit nachgeht. Da braucht es nicht viel Fantasie, um sich auszumalen, wie die Richter den Fall entscheiden würden.«

Sie griff erneut nach ihrem Glas. Weil sie zu hastig trank, musste sie aufstoßen.

»Entschuldigung. An dem Abend bin ich erst mal nach Hause gefahren, wobei ich an die Fahrt keinerlei Erinnerung habe. Am nächsten Tag habe ich dann pausenlos versucht, die Kinder auf ihren Handys zu erreichen, aber er muss sie ihnen wohl abgenommen haben. Am Montagabend habe ich dann Holger selbst angerufen und ihn gebeten, noch einmal in Ruhe und vernünftig über alles zu reden. Aber er hat einfach aufgelegt.«

Ihr Glas war leer, und Lemberg schenkte ihr nach. Sie trank wie eine Verdurstende.

»Dann kam mir plötzlich ein furchtbarer Verdacht: Die Kinder hatten nach einem ihrer letzten Besuche erzählt, Holger plane, mit seiner Freundin nach Thailand auszuwandern. Er hatte schon immer ein Faible für Südostasien. Fast jeden Urlaub haben wir da unten verbracht. Dabei vertrage ich das Klima nicht, und das verdammte Viehzeug, das dort summt und krabbelt, ekelt mich. Auf einmal war mir klar, was Holger vorhat: Er will die Kinder mitnehmen. Die Abreise muss unmittelbar bevorstehen. Deshalb habe ich in den Nächten von Montag auf Dienstag und von gestern auf heute das Haus beobachtet. In der ersten Nacht ist mir nichts aufgefallen, aber gestern Abend sah ich meine schlimmsten Befürchtungen bestätigt: Sein Geschäft ist völlig leer geräumt, kein einziges Motorrad steht mehr im Schaufenster. Stattdessen klebt ein »Zu vermieten«-Schild auf Französisch an der Scheibe. Im Asienladen seiner Freundin nebenan liegt zwar noch Ware, aber das muss nichts heißen. Den kann jemand aus ihrer Verwandtschaft übernehmen. Zahllose Geschwister,

Vettern und Cousinen wohnen mit in dem Haus. Als ich das gesehen habe, hab ich Sturm geklingelt, aber niemand hat geöffnet. In meiner Not habe ich dann versucht, die Haustür mit dem Dietrich zu öffnen, hab sie aber nicht aufgekriegt. Kurz darauf fuhr ein Streifenwagen vorbei, da habe ich vorsichtshalber gemacht, dass ich wegkam.«

Noll hüstelte.

»Heute Morgen erhielt ich einen Anruf. Niemand war am anderen Ende, nur Stimmengemurmel war zu hören, das aber zu leise war, um es verstehen zu können. Trotzdem bin ich sicher, dass das meine Kinder waren. Sie müssen meine Nummer gewählt und den Hörer hingelegt haben, damit ich mithören konnte. Wir haben nämlich mal einen Film gesehen, in dem ein Mädchen auf diese Weise die Polizei zu Hilfe geholt hat. Ich bin dann in Windeseile nach Eupen gefahren. Im Asienladen stand eine Frau, die ich noch nie gesehen habe. Sie hat so getan, als würde sie mich nicht verstehen, hat nur auf Französisch geradebrecht. Als dann jemand das Haus verlassen hat, bin ich schnell durch die Haustür geschlüpft. Auf halber Treppe stand mir plötzlich ein Asiate mit einem Klappmesser gegenüber und hat mich bedroht. Ich musste mich zurückziehen und habe vom Wagen aus in Zaventem angerufen. Morgen in aller Herrgottsfrühe gibt es eine Verbindung via London nach Bangkok. Ob sie darauf gebucht sind, weiß ich nicht, das wollte man mir nicht sagen.«

Noll machte eine Faust und presste sie vor ihre Lippen.

»Ich bin dann zurück ins Hotel, in mein Zimmer und wollte sterben. Und jetzt weiß ich überhaupt nichts mehr.«

Wieder liefen Tränen.

»Warum sind Sie denn nicht dort geblieben und haben mich verständigt?«, fragte Lemberg.

»Und dann?«

»Hätten wir Ihre Kinder da rausgeholt.«

»Mit welchem Recht? Das ist Ausland, dort haben wir keine Befugnisse.«

»Wollen Sie warten, bis Ihre Kinder in Thailand sind, Sie Närrin? Los, auf geht's. Wenn wir Glück haben, kommen wir noch rechtzeitig.«

Als sie aufstanden, kam der Kellner mit einem silbernen Tablett auf sie zu.

»Das Lammcarré auf Rahmsauce mit Prinzess-«

»Packen Sie es ein«, sagte Lemberg. »Ich ess das Zeug unterwegs.«

*

Der Golf flog mit Fernlicht durch die Nacht. Lemberg lenkte mit einer Hand, in der anderen hielt er das Stielkotelett und riss immer wieder Stücke mit den Zähnen ab. Die Aluschale, in die der Kellner die Sachen umgepackt hatte, balancierte er auf den Knien. Zum wiederholten Mal kam der Wagen auf dem holprigen Asphalt ins Schlingern.

»Meine Güte, müssen Sie während der Fahrt essen?«, fragte Noll. »Wir landen noch im Wald.«

»Das sind meine ersten Bissen seit dem Frühstück«, sagte Lemberg mit vollem Mund. »Sie hatten wenigstens den Kuchen.«

»Das war Diätkuchen. Frau Canisius hatte wegen ihres Mannes für uns alle Diätkuchen bestellt.«

»War er nicht gut?«

»Wie Diätkuchen eben schmeckt.«

Ein Schlagloch hob sie aus den Sitzen, dass sie mit den Köpfen gegen das Dach knallten.

»Verfluchte Dreckspiste«, schimpfte Lemberg.

»Das ist die N67. Die Einheimischen nennen sie ›Highway to Hell‹.«

Ein Tier kreuzte die Fahrbahn, war aber schnell genug, um zu entkommen.

»Hase oder Kaninchen?«, fragte Lemberg.

»Wie?«

»Das Vieh eben. Hasen sind die mit den großen Ohren.«

»Ich habe überhaupt nichts gesehen. Haben Sie es überfahren?«

»Nein. – Scheiße!«

»Was ist?«

»Die Schale ist auf den Boden gefallen. Sehen Sie doch mal nach.«

»Ich kann doch jetzt nicht zwischen Ihren Füßen –«

»Dann lassen Sie es halt.« Lemberg warf den Knochen auf das Armaturenbrett. »Im Handschuhfach muss eine Rolle Küchenpapier sein.«

Noll wühlte in dem Fach. »Hier ist nichts.«

»Dann geben Sie mir eines Ihrer Tempos.«

»Die sind in der Tasche. Die ist zwischen die Sitze gerutscht. Da komm ich jetzt nicht dran.«

»Heiliger Strohsack!« Notgedrungen wischte Lemberg seine fettigen Finger an der Hose ab. »Was ist Ihr Ex eigentlich für ein Typ? Ich weiß nur, dass er wie Sky du Mont aussieht.«

»Wie kommen Sie denn darauf?«

»Ist das nicht der Kerl, dessen Foto Sie in der Schublade haben?«

»Wie kommen Sie dazu, in meiner Schublade herumzuschnüffeln?«

»Das war damals, als Sie uns abhandengekommen waren.«

»Das ist ja die Höhe!«

»Regen Sie sich ab. Das hätten Sie im umgekehrten Fall genauso gemacht. Wie ist Ihr Holger denn nun?«

»Ich rede nicht gern über ihn.«

»Jetzt wäre es aber vielleicht hilfreich. Kann er zufällig Karate oder so was? Oder hält er sich einen Pitbull?«

»Er hat jahrelang Kickboxen gemacht. Darin war er sogar richtig gut. Er hat bei Bezirksmeisterschaften oder wie das heißt mehrmals Pokale gewonnen.«

»Das wird ja ein lustiger Besuch. Sonst noch was, was ich wissen müsste?«

»Ich glaube nicht.«

Sie umkurvten einen Kreisverkehr, danach führte die Straße bergab durch einen Außenbezirk Eupens. Jenseits des Tals folgte eine Bergaufpassage. Als sie den Anstieg geschafft hatten, sagte Noll: »Da vorne rechts ab.«

Zwischen mehrgeschossigen Häusern, die schon bessere Zeiten gesehen hatten, rollten sie erneut bergab. Eupen schien keine Stadt für Radfahrer zu sein. Nahm man die Familie Merckx mal aus. Aber die wohnte, soweit Lemberg wusste, woanders.

»Das ist die Rue Neuve. Hinter dem Knick auf der linken Seite ist das Geschäft.«

Lemberg verlangsamte das Tempo, was den hinter ihm Fahrenden veranlasste, die Lichthupe zu betätigen.

»Da ist es«, sagte Noll und wies nach links.

Im Erdgeschoss des Hauses befanden sich drei Schaufenster. Auf dem ersten wurde mit aufgeklebten Buchstaben für »Fruits et Legumes« und »Boissons fraîches« geworben. Im Laden brannte noch Licht. Die beiden anderen lagen im Dunkeln. Auch der Suzuki-Leuchtschrift darüber hatte man den Stecker gezogen.

»Ich hab immer hier rechts in der Gasse geparkt. Da ist meistens was frei.«

Die Gasse, die natürlich auch steil anstieg, hielt tatsächlich einen Parkplatz bereit. Lemberg rangierte den Golf zwischen einen Geländewagen und eine umgestürzte Mülltonne. Dann beugte er sich zur Seite und entnahm dem Handschuhfach einige Plastikfesseln und sein Mäppchen mit Dietrichen, die er zusammen in der Jacke verstaute.

»Das ist seiner«, rief Noll und zeigte auf den Geländewagen vor ihnen.

»Sicher?«

»Ja, ich erkenne ihn an der Reserveradabdeckung. Sie müssen also noch hier sein.«

Lemberg stieg aus. Niemand trieb sich auf der Straße herum. Einige Fenster umliegender Häuser waren erleuchtet, aber kein Gaffer hing auf der Fensterbank. Lemberg ging neben dem rechten Vorderrad des 4 x 4 in die Hocke und ließ die Luft aus dem Reifen. Das wiederholte er reihum. Als er damit fertig war, warf er einen Blick auf das Kennzeichen. Reine Polizistengewohnheit. AMK 937. Lemberg stutzte.

»Hören Sie mal«, sagte er zu Noll, die zwischenzeitlich ebenfalls ausgestiegen war. »Das könnte die Karre sein, die Steinbeck über den Fuß gefahren ist.«

»Ist das ein Pajero?«

»Nein, aber ein Hyundai Galopper. Die sind baugleich. Mein Nachbar in Mainz fährt auch so einen. Ein anderes Fabrikat, deswegen konnten die Belgier den Halter nicht ermitteln.«

Lemberg verriegelte den Wagen, und sie gingen bis zur Hauptstraße. Zwei, drei Leute waren unterwegs, mehr nicht.

»Bei dem Griechen habe ich immer gesessen, bis sie zugemacht haben«, sagte Noll.

»Gegessen hab ich schon«, sagte Lemberg, fasste Noll am Ellbogen und schob sie über die Straße. »Wo wohnt er?«

»Oben links.«

Der Eingang befand sich zwischen dem Asia Store und dem ausgedienten Motorradgeschäft. Die Haustür bestand aus drahtverstärktem Glas, das Schloss sah durchschnittlich kompliziert aus. Der Anzahl der Klingelschilder nach wohnten zehn Parteien in dem Haus, aber nur drei waren beschriftet. Alle mit europäisch anmutenden Namen.

»Schirmen Sie mich ab«, sagte Lemberg und machte sich an die Arbeit.

Zehn Sekunden benötigte er, der erste Dietrich hatte gepasst.

Im Flur zeichneten sich schemenhaft Fahrräder, ein Kinderwagen und anderer Kram ab. Ohne Licht zu machen, schlichen sie die Treppe hinauf. Der Geruch fremdartiger Gewürze hing in der Luft. Lemberg zog seine Waffe und entsicherte sie.

»Was haben Sie vor?«, flüsterte Noll.

»Was wohl? Lebt Ihr Ex mit seiner Freundin allein in der Wohnung?«

Sie bestätigte.

»Wie viele Schlösser hat die Tür?«

Noll musste nachdenken. »Nur eins. Der Riegel ist kaputt. Es sei denn, er hat ihn repariert.«

»Wie ist die Wohnung aufgeteilt?«

»Ein langer Flur. Links das WC, gegenüber das Schlafzimmer. Neben dem WC die Küche, geradeaus durch das Wohnzimmer. Zwischen Wohn- und Schlafzimmer ist der Raum, in dem die Kinder schlafen.«

»Öffnen die Türen zu den Räumen oder zum Flur hin?«

Wieder musste Noll überlegen. »Nach innen. Glaube ich.«

Sie waren angekommen. Ein wenig Licht fiel vom Hinterhof durch eine gesprungene, verdreckte Scheibe ins Treppenhaus. Dazu kam der Streifen, der unter der Tür durchschien. Genug, um sich ein Bild zu machen. Lemberg lauschte an der Wohnungstür. Kein Laut war zu vernehmen.

»Ich kümmere mich um ihn, Sie sich um die Freundin«, flüsterte er. »Dann holen Sie die Kinder, bringen sie zum Auto und lassen den Motor an.«

Ohne ihr Einverständnis abzuwarten, trat er einen Schritt zurück und verpasste der Tür einen Tritt gleich neben dem Schloss. Der Erfolg war überwältigend. Nicht nur die Tür flog aus den Angeln, der halbe Rahmen brach gleich mit aus dem Mauerwerk. Putz rieselte, und eine Staubwolke stand in der Luft. Die eingeschaltete Flurlampe pendelte, und ihr Schirm versah die Szenerie mit gespenstigen Schatten. Lemberg kletterte über die Trümmer.

Aus dem Kinderschlafzimmer kam eine überraschend hochgewachsene Asiatin in einem langen blumengemusterten Gewand, sah ihn und begann sofort wie am Spieß zu schreien. Im gleichen Moment knallte Lemberg eine Tür gegen den linken Arm. Er warf sich mit der Schulter dagegen und riss sie gleich wieder auf. Holger Berrenrath lag mit offenen Hosen auf dem plüschigen Klovorleger und schien besinnungslos zu sein. Lemberg steckte die SIG Sauer in den Gürtel, packte Berrenrath, drehte ihn auf den Bauch und fesselte ihm die Hände hinter dem Rücken. Dann schleifte er ihn in den Flur. Er kam gerade noch rechtzeitig, um zu sehen, wie Noll die Thailänderin mit einem Kinnhaken zu Boden schickte. Schlagartig herrschte Ruhe.

Lemberg nahm den noch immer besinnungslosen Berrenrath auf die Schulter und schleppte ihn ins Wohnzimmer. Nolls Ex hatte in etwa seine Größe, wog aber glücklicherweise weniger. Trotzdem war es eine arge Viecherei, bis er ihn aufs Sofa verfrachtet hatte. Von seiner Ähnlichkeit mit Sky du Mont war nicht viel übrig geblieben. Denkbar, dass er sich für das Foto nur hatte zurechtmachen lassen, wie einst Helmut Kohl fürs Wahlplakat auf Peter Pasetti getrimmt worden war. Oder es lag daran, dass Berrenraths Stirn in Rekordzeit anschwoll, wo ihn der Badetuchhaken der Tür getroffen hatte. Er würde mit einem Hühnerei vor dem Kopf nach Thailand reisen müssen. Vielleicht galt so etwas dort als Glückssymbol. Mit flatternden Lidern öffnete er die Augen und blickte sich benommen um.

»Wer sind Sie?«, stammelte er. »Was wollen Sie? Das ist Hausfriedensbruch. Und Körperverletzung.«

»Maul halten«, sagte Lemberg und baute sich vor ihm auf. »Sie hören mir jetzt gut zu, Berrenrath, denn ich sage es Ihnen nur einmal: Sollten Sie sich einem Ihrer Kinder je wieder auf weniger als fünfzig Kilometer nähern, loche ich Sie ein. Haben Sie das kapiert?«

»Ich habe Besuchsrecht.«

»Das ist verfallen.«

»Das haben Sie nicht zu entscheiden.«

»Wetten, dass?«

»Woher nehmen Sie sich das Recht?«

»Sie haben am vergangenen Sonntag in Monschau eine Schlägerei wegen eines Parkplatzes angezettelt, in deren Verlauf Sie dem Bürgermeister von Simmerath einen Zahn ausgeschlagen haben.«

»So ein Quatsch! Haben Sie Beweise?«

»Außerdem haben Sie den Bürgermeister von Monschau angefahren und dabei lebensgefährlich verletzt.«

»Lebensgefährlich verletzt!«, spie Berrenrath. »Der Blödmann ist mir doch noch hinterhergehumpelt …«

Lemberg grinste. »Ich sehe, wir haben uns verstanden.«

Im Hintergrund führte Noll die Kinder aus der Wohnung. Berrenrath versuchte, an Lemberg vorbeizublicken.

»Malu!«, rief er. »Was soll das? Komm her und lass uns reden!«

Auf dem Couchtisch lagen aufgefächert vier British-Airways-Tickets. Viermal Brüssel–London–Bangkok, Abflug in knapp zehn Stunden. Zwei davon waren auf Maike und Malte ausgestellt. Lemberg zerriss die Tickets der Kinder und steckte die Schnipsel ein. Die beiden anderen Flugscheine warf er Berrenrath in den Schoß.

»Sehen Sie zu, dass Sie den Flieger nicht verpassen«, sagte er. »Und beten Sie darum, dass die Maschine pünktlich abhebt. Exakt zur Startzeit werde ich die belgische Polizei informieren, dass Sie der gesuchte Verkehrsrowdy von Monschau sind. *Have a nice trip* und kommen Sie nie wieder.«

Lemberg verließ die Wohnung, verfolgt von den hasserfüllten

schwarzen Augen der Thailänderin, die wieder zu sich gekommen war. Noll stand, beide Kinder eng an sich gepresst, wie Mutter Courage auf dem Treppenabsatz.

»Was ist los?«, fragte Lemberg. »Warum sitzen Sie nicht im Auto?«

Noll deutete mit dem Kopf die Treppe hinab. Zwei Asiaten in Trainingshosen und schwarzen Kunstlederjacken blockierten die Stufen. Der eine fuchtelte mit einem Tonfa rum, der andere ließ einen Teleskopschlagstock in seine Handfläche klatschen. Lemberg ging auf sie zu, wobei er die Lederjacke zurückschlug, damit sie seine Waffe sehen konnten.

»Aufenthaltsgenehmigung!«, sagte er scharf. *»Permis de séjour!«*

Die beiden warfen sich einen kurzen Blick zu und machten, dass sie wegkamen.

Fünf Minuten später saßen sie im Wagen und fuhren in Richtung Grenze. Diesmal lenkte Lemberg mit beiden Händen.

13

Lemberg saß in Rick's Café Américain in Casablanca, trank einen Pastis und beobachtete seine große Liebe Ilsa Lundt, wie sie so tat, als läge ihr etwas an Rick Blaine oder Victor László. Immer wieder, wenn die Kamera nicht gerade auf sie gerichtet war, warf sie ihm einen kurzen, zärtlichen Blick zu. Jetzt zwinkerte sie sogar. Lemberg zwinkerte zurück und nahm einen Schluck. Verflucht noch mal, das Leben war schön.

Plötzlich sprang eine Gruppe deutscher Offiziere auf und stimmte »Die Wacht am Rhein« an. Zwei Textzeilen ließ man die Teutonen gewähren, dann konterten die anwesenden Emigranten lautstark mit der »Marseillaise« und erhoben sich. Auch Lemberg wurde von ihrer Freiheitssehnsucht mitgerissen, sprang auf und stimmte lauthals in den Text ein.

»Allons enfants de la patrie, le jour de gloire est arrivé! Contre nous de la tyrannie –«

In dem Moment flog die Sicherung raus, weil einer der Scheinwerfer geplatzt war. Alle standen im Dunkeln. Lemberg kämpfte gegen den Strom der panisch dem Ausgang Zustrebenden an. Immer wieder wurde er angerempelt, strauchelte, kam wieder auf die Beine, bis er endlich den Platz erreicht hatte, an dem er Ilsa zuletzt gesehen hatte. Aber sie war verschwunden.

»Ilsa!«, schrie er. »Ilsa! Ilsa …!«

Lemberg saß keuchend und mit rasendem Herzen im Bett. Irgendwer hatte die Sicherung wieder reingeschraubt, denn es war taghell im Zimmer. Dumpf dröhnte ein Gong in seinem Schädel, und er hatte ein Gefühl im Mund, als hätte Maggie ihm einen ihrer pinkfarbenen Pluschpantoffeln zwischen die Zähne gestopft. Und noch immer wurde die Marseillaise gespielt. Er stützte sich auf den Ellbogen, griff nach dem Handy und krächzte seinen Namen.

»Na endlich«, vernahm er Albrechts Stimme wie aus einer anderen Welt. »Wo steckst du?«

»Bei der Arbeit«, sagte Lemberg und warf einen Blick auf seinen Reisewecker. Es war neun. An welchem Tag, hätte er nicht auf Anhieb sagen können.

»Dein Riecher war goldrichtig, *old boy*«, sagte Albrecht unnötig laut. »Jürgen Steinbeck ist spielsüchtig. Er war deswegen bereits in psychologischer Behandlung, aber die scheint nicht gefruchtet zu haben. Schulden hat er bis über beide Ohren. Letztes Jahr soll er in Las Vegas allein an einem Wochenende fünfzigtausend verjubelt haben. Außerdem scheint er an illegalen Pokerpartien teilzunehmen.«

»So einen Ministerpräsidenten braucht das Land. Hast du mit ihm gesprochen?«

»Vor einer Stunde, nachdem ich alle Fakten zusammenhatte. Über Zerhacker, niemand konnte mithören. Die Sache wasserdicht zu machen hat mich die ganze Nacht gekostet.« Albrecht gähnte demonstrativ. »Und ich habe bei niemandem mehr was gut. Ich musste sämtliche Gutscheine einlösen. Aber ich hab den Burschen am Haken.«

»Nicht traurig sein, Albrecht, du hast es für einen guten Zweck getan. Wie geht es weiter?«

»Dem LKA wird der Fall umgehend entzogen. Ich nehme an, dass Steinbeck in diesen Minuten mit dem Präsidenten telefoniert. Gleich danach wird Meissner zurückgepfiffen. Ihr könnt also weitermachen wie bisher.«

»Was wird aus Steinbecks Kandidatur?«

»Soweit ich ihn verstanden habe, will er sich ganz nach amerikanischem Vorbild öffentlich zu seiner Sucht bekennen und eine Therapie machen. Danach wird man sehen. So wie ich ihn kenne, wird er unserem Land nicht verloren gehen. Klar ist aber auch, dass wir bei seiner Partei für die nächsten hundert Jahre ausgeschissen haben. Wir können uns zukünftig keine Panne mehr leisten. Wir stehen sozusagen unter besonderer Beobachtung.«

»Kein Problem«, sagte Lemberg. »Wir haben alles im Griff.«

»Was anderes: Hast du die Bild-Zeitung schon gesehen? Ich bin auf der Titelseite großformatig abgelichtet.« Canisius lachte und zitierte: »›Geschasster Banker attackiert Oppositionsführer. Der ehemalige Vorstandsvorsitzende der WestLB Horst Canisius geht auf den designierten Ministerpräsidenten des Landes Nordrhein-Westfalen Jürgen Steinbeck los. Anscheinend konnte der greise Banker nicht verwinden, dass Steinbeck letztes Jahr federführend seine Ablösung an der Spitze der neuntgrößten Bank Deutschlands betrieben hatte.‹ Und so weiter, und so weiter.«

»Wer hat denn den Bock geschossen?«

»Die Schmierfinken haben mich mit meinem Bruder Horst verwechselt, Roger. Horst ist derzeit an der Côte d'Azur, ich hab ihn sofort angerufen. Er hat auf der Stelle seinen Anwalt eingeschaltet, der will das Drecksblatt auf eine Million verklagen. Mensch, Roger, ich hab mich lange nicht mehr so sauwohl gefühlt! Wie in den alten Zeiten!«

»Wie in den alten Zeiten«, sagte Lemberg. »Gute Arbeit, Albrecht.«

Es kam nicht häufig vor, dass Lemberg seinen Chef lobte, aber hin und wieder musste das sein. Auch Vorgesetzte brauchen Liebe.

Als Lemberg aufstand, merkte er, dass sein Kopf schwerer war als gewöhnlich. Er hatte Mühe, ihn in der Balance zu halten. Von der Zimmertür zog sich eine Kartoffel-Bohnen-Rahmsaucen-Spur bis ins Bad. Seine Hush Puppies standen in der Duschtasse und waren nass wie Moos nach einem Wolkenbruch. Das andere Paar lag noch umgedreht auf dem Heizkörper. Das Leder war bretthart, dafür waren sie trocken.

Lemberg warf die nassen Treter aus der Dusche, stieg in die Kabine und duschte japsend eiskalt, bis er nichts mehr spürte. Dann schraubte er die Temperatur langsam hoch. Als sich das Hummergefühl einstellte, seifte er sich ein und spülte den Schaum dann gründlich ab. Abschließend testete er die Belastbarkeit seines Kreislaufs mit einem erneuten Kälteschock.

Beim Blick in den Spiegel hielt er sich zunächst für einen Fremden. So hatte er noch nie ausgesehen. Alles schien verrutscht. Augen, Nase, Mund. Die Partien dazwischen waren verquollen. Er versuchte, sich zu erinnern, wie es dazu gekommen war.

Er war mit Noll und ihren Kindern ins Hotel gekommen,

Uhrzeit unbekannt. Die Kollegin hatte sich sofort zurückgezogen, da die Kinder hundemüde waren. Lambertz hatte an der Rezeption gestanden und sich gelangweilt oder einsam gefühlt, jedenfalls hatte er Lemberg auf einen Schnaps eingeladen. Ab da setzte die Erinnerung aus. Verdammte Sauferei.

In Ermanglung frischer Wäsche musste Lemberg erneut die Sachen vom Vortag anziehen. Dabei fiel ihm ein, dass er heute Abend bei seinem Vater eingeladen war und vorgehabt hatte, auf dem Weg nach Steineberg in Dorsel vorbeizuschauen. Im Wohnwagen mussten noch mehrere Sätze gewaschener und gebügelter Boxershorts und Shirts liegen. Nachdem er sein Hemd zugeknöpft hatte, vermisste er seine Lederjacke. Die hing über dem offen stehenden Fensterflügel und fühlte sich klamm an. Ein Blick nach draußen bestätigte ihm, was der Wetterbericht für heute angekündigt hatte: bedeckt, aber trocken. Als er die Tür zuziehen wollte, merkte er, dass sein Haustürschlüssel verschwunden war. Er suchte ihn überall, aber er blieb unauffindbar.

Er saß keine Minute am Frühstückstisch, als Frau Lambertz erschien.

»Gut geschlafen, Herr Lemberg?«, fragte sie schelmisch. »Wie gestern einen Doppelten zum Frühstück?«

»Um Himmels willen«, sagte er. »Wie geht es Ihrem Mann?«

»Er liegt noch im Bett und möchte sterben. Was haben Sie denn so lange gemacht? Es war doch bestimmt drei.«

»Geredet, getrunken. Was Männer halt so machen.«

»Über die Weibsbilder hergezogen.«

»Wenn ich es nur noch wüsste«, sagte er. »Übrigens – ich hab meinen Hausschlüssel verlegt.«

»Nicht so schlimm. Das Stubenmädel wird ihn schon finden. Sie hat Erfahrung mit solchen Gästen. Kommen Sie mal mit, ich zeig Ihnen was.«

Resi Lambertz führte ihn durch die Küche in den Hinterhof, in der gerade mal eine Isetta Platz gefunden hätte, und zeigte auf das Fallrohr, das gleich neben der Tür in den Boden führte.

»Schauen Sie, hinter der Schelle hängt ein Schlüssel für alle Fälle«, sagte sie. »Falls Sie Ihren mal unterwegs verlieren sollten. Den Zimmerschlüssel nehmen Sie sich dann vom Brett.«

»Ist das nicht leichtsinnig?«

»Wenn man der Polizei nicht mehr trauen kann, wem dann?«

Auf dem Weg zurück lief ihm Noll über den Weg. Sie stürmte auf ihn zu, umarmte ihn und küsste ihn schmatzend auf die Wange. Lemberg war so verdattert, dass er zur Salzsäule erstarrte.

»Danke«, sagte sie. »Das hatte ich gestern ganz vergessen zu sagen.«

Sie sah prächtig aus. Ausgeschlafen, tränensack- und faltenfrei, und sie roch wunderbar nach irgendeiner Hautcreme. Die Rückkehr ihrer Kinder hatte sie fünf Jahre jünger gemacht. Ach was, zehn.

»An so eine Begrüßung könnte ich mich glatt gewöhnen«, sagte Lemberg.

Sie gab ihn wieder frei. »Das könnte Ihnen so passen, Sie elender Macho.«

»Ehe ich es vergesse, der Fall ist wieder der unsrige. Canisius hat mich eben angerufen. Das LKA muss den Schwanz einziehen. – Wie geht es Ihren Kindern?«

»Malte trauert der Reise ein wenig nach. Sein Vater hatte ihm versprochen, dass er in Thailand nicht zur Schule gehen muss.«

»Man kann es nicht allen recht machen. Sie können sich so lange freinehmen, bis die beiden die Sache verdaut haben.«

»Nicht nötig. Meine Eltern holen Maike und Malte gleich ab und bleiben die nächsten Tage in Blankenheim.«

Wie auf Stichwort betrat ein älteres Ehepaar im Partnerlook die Halle. Noll stellte sie einander vor. Doris und Hubert Noll sahen aus, als würden sie viel Gemüse essen und auch sonst vernünftig leben. Wandern, Wasser treten, wallfahren. Lemberg fragte sich, ob ihm das irgendwann auch mal gelingen würde.

Zurück am Tisch, kehrte die Erinnerung an die durchzechte Nacht fetzenweise zurück. Lemberg fiel ein, dass Lambertz ihm irgendeine merkwürdige Geschichte erzählt hatte. Eine Art Gleichnis, das ihn hatte stutzen lassen. Er erinnerte sich sogar, dass er hatte nachfragen wollen, was Lambertz damit gemeint hatte, aber aus irgendwelchen Gründen war er nicht mehr dazu gekommen. Jetzt hatte er es wieder: Lambertz hatte von einem

Hund erzählt. Einem verrückten Hund, den er mal besessen hatte. Dabei hatte er eine Bemerkung gemacht, die Lemberg seltsam vorgekommen war.

Nur was er gesagt hatte, wusste er nicht mehr. Frau Lambertz brachte sein Frühstück. Den Arterienkillerteller plus Kaffee.

»Hatten Sie mal einen Hund, Frau Lambertz?«, fragte er, während sie das Besteck neben den Teller legte.

»Wir hatten immer Hunde«, sagte sie. »Bis vor ein paar Jahren.«

»Ich meine, einen bestimmten. Einen verrückten.«

»Sie meinen sicher unsere Judy. Die war in der Tat ganz närrisch, hat sich immer die Pfoten zerbissen und solche Sachen. Das Viech war regelrecht geisteskrank. Wir mussten es einschläfern lassen.«

»War sonst noch was mit dem Hund? Ich meine, Ihr Mann hätte in dem Zusammenhang irgendwas erwähnt.«

Sie zuckte die Achseln. »Nur dass sie närrisch war. Sonst nichts. Lassen Sie es sich schmecken.«

Lemberg stocherte mehr lustlos als hungrig in seinem Essen herum, als sein Handy klingelte. Diesmal war die Kollegin van de Sande am Apparat. Sie war Ende zwanzig und glich mehr einem Vollweib als Frau Antje. Den irreführenden Namen hatte sie von ihrem Mann, der als Zivilangestellter in Spangdahlem arbeitete. Canisius hatte sie bei der Gründung der SOKO aus Kleve geholt.

»Im belgischen Bütgenbach wurde in der vergangenen Nacht auf dem Parkplatz des Hotels Vier Jahreszeiten ein Nissan Almera mit niederländischem Kennzeichen gestohlen«, sagte sie. »Die Beschreibung des Diebes könnte auf Peter-Josef Krings passen. Kennzeichen des Fahrzeugs: 59-GP-ZP.«

»Welche Farbe?«

»Schwarz auf gelbem Grund.«

»Haha«, machte Lemberg, während er die Nummer auf seine Papierserviette kritzelte. »Der Wagen.«

»Orange.«

»So was können sich auch nur Holländer kaufen. Wo Sie gerade dran sind, rufen Sie doch mal in Belgien an und fragen Sie, ob es dort so etwas wie unser Katasteramt gibt. Krings hatte vor Jahren eine Jagdhütte in der Nähe von Amel gemietet. Vielleicht haben die was darüber.«

»Mieter werden kaum registriert sein.«

»Aber Eigentümer. Die sollen uns eine Liste aller Hütten schicken.«

»Ich kann's ja versuchen.«

Das würde nichts werden. Van de Sande war in der Lage, den einzigen Rechtschreibfehler in »Krieg und Frieden« zu finden, aber Telefonrecherche war nicht ihr Ding. Lemberg ließ sich von der 11833 mit Romy Steinbeck verbinden. Er wollte schon auflegen, als sie sich doch noch außer Atem meldete.

»Ich komme gerade vom Joggen«, sagte sie. »Fünfzehn Kilometer. Das Leben muss ja irgendwie weitergehen.«

»Sicher«, sagte Lemberg und dachte: So sind die lustigen Witwen von heute. »Wissen Sie etwas über eine Jagdhütte, die Ihr erster Mann vor Jahren bei Amel gemietet hatte?«

»Im Ommerscheid, unweit von Herresbach. Da hatte er eine Jagd gepachtet. Die Hütte gehörte dazu.«

»Liegt Herresbach nicht in der Nähe vom Nürburgring?«

»Keine Ahnung. In Belgien gibt es jedenfalls auch einen Ort dieses Namens.«

»Haben Sie eine Anschrift, oder können Sie mir eine Wegbeschreibung geben?«

»Nein.«

»Waren Sie mal dort?«

»Gott bewahre. Krings hätte das auch nicht erlaubt. Jagen war für ihn Männersache.«

Schon zum zweiten Mal ließ ein entsetzliches Geräusch am anderen Ende der Verbindung Lemberg das Handy vom Ohr nehmen.

»Haben Sie Handwerker im Haus?«, fragte er.

»Das ist der Entsafter. Ich mache mir meinen morgendlichen Fitnessdrink. Heute ein Glas mehr, da ich gleich meinen Mann identifizieren muss.« Sie ließ das wie einen Vorwurf klingen. »War es das? Mein Schwager kommt jeden Moment und fährt mich hin. Ich muss mich noch umziehen.«

»Fällt Ihnen zu der Hütte sonst nichts ein? Irgendein Hinweis, der mir weiterhelfen würde?«

»Nein ... Doch, warten Sie. Peter hat das Wild immer an einen Gastwirt aus Schönberg verkauft.«

»Wie heißt der Mann? Oder das Gasthaus?«

»Patrick Keller. Ein alter Freund von ihm.«

»Ich dachte, Ihr Exmann hatte keine Freunde.«

»Jetzt, wo Sie es sagen ... Außer Patrick hatte er wirklich keinen.«

»Haben Sie Kellers Anschrift?«

»Nein, aber in Schönberg kennt jeder den Patrick. Peter und er sind früher zusammen Motocross gefahren, im Steinbruch von Andler. Inzwischen ist daraus eine riesige Veranstaltung geworden. Die Spinner rasen mit ihren Maschinen den Berg rauf, bis es nicht mehr geht.«

»Hillclimbing«, sagte Lemberg. »Und da macht dieser Patrick mit?«

»Er nicht, aber sein Sohn Gilles. Der spielt dieses Jahr auch den Jesus bei den Passionsspielen von Schönberg. Das stand im Grenz-Echo. Wie gesagt, die Kellers kennt dort jeder. Jetzt muss ich aber.«

Lemberg kramte seine Eifel-Übersichtskarte im Maßstab 1:200.000 hervor. Von Monschau bis Schönberg waren es geschätzte fünfzehn Zentimeter. Das machte umgerechnet eine Stunde Fahrzeit.

Lemberg steckte alles ein, auch die Serviette, und machte sich auf den Weg.

*

Das Deckblatt hatte ein Loch, und die Zigarre zog nicht. Lemberg fluchte und warf sie aus dem Fenster, da der Ascher von Hustinetten-Papierchen überquoll. Schommer lutschte die Dinger, wenn er nicht gerade Kaugummi kaute. Während Lemberg die Landung des Stumpens im Rückspiegel beobachtete, entdeckte er sie. Eine helle Limousine, die ihm schon kurz hinter Monschau aufgefallen war. Nicht weil der Fahrer denselben Weg nahm, sondern weil der Abstand zwischen ihnen immer gleich blieb. Egal ob er langsam gefahren war, weil er die Zigarre angezündet hatte, oder auf der Höhe von Höfen beschleunigt hatte. Der Fahrer der Limousine wahrte gerade so viel Distanz, dass er den Fahrzeugtyp nicht genau erkennen konnte. Aber er tippte auf einen BMW.

Als er die Grenze bei Leykaul passierte, meldete van de Sande sich über Funk.

»Sagen Sie bloß, Sie haben die Liste bereits?«, fragte Lemberg.

»Haha.« Diesmal war sie an der Reihe. »Ich habe gerade den Anruf eines Frauenarztes aus Düren entgegengenommen, der mir eine eigenartige Geschichte erzählt hat.«

»Lassen Sie hören.«

»Der Arzt heißt Matthias Thönnessen und will ein Studienkollege und Freund von Elmar Steinbeck gewesen sein. Heute Morgen hat er aus der Zeitung von Steinbecks Ermordung erfahren. Steinbeck ist letzte Woche mit einigen DNA-Proben bei ihm erschienen und hat ihn gebeten, anhand dieses Materials einen Vaterschaftstest durchführen zu lassen.«

»Das hätte er doch selbst machen können.«

»Eben.«

»Und weiter?«

»Nichts weiter. Mehr wollte Thönnessen mir nicht erzählen. Er wäre aber bereit, mit dem die Ermittlung leitenden Beamten zu sprechen, hat er gesagt. Also mit Ihnen.«

»Glaubt er an einen Zusammenhang zwischen dem Test und Steinbecks Ermordung?«

»Das hat er nicht explizit gesagt, aber für mich klang das so.«

Lemberg erspähte hundert Meter voraus einen Forstweg, bremste ab, scherte ein und hielt an.

»Geben Sie mir mal seine Rufnummer und Anschrift.«

Van de Sande gab das Gewünschte durch, und Lemberg schrieb mit.

»Wo ich Sie gerade an der Strippe habe: Haben Sie die Alibis der Wildlife Guardian Angels überprüfen lassen?«

»Von wem?«

Lemberg wiederholte seine Frage.

»Davon haben Sie mir nie etwas gesagt.«

»Ihnen vielleicht nicht. Fragen Sie mal Wagner.«

Es knackte in der Leitung. Einen Augenblick später noch einmal.

»Auch Helena liegt keine diesbezügliche Anfrage vor«, sagte van de Sande.

»Mist, dann hab ich das vergessen«, sagte Lemberg, kramte den Zettel hervor und gab die Daten der Betreffenden durch. »Die Aussagen brauche ich noch heute. Und verifizieren Sie, ob der eine wirklich in Chile ist.«

»Wird gemacht. Wir bügeln das schon wieder aus.«

»Wir bügeln das schon wieder aus«, äffte Lemberg sie nach, nachdem er aufgelegt hatte. Dann wählte er Thönnessens Nummer. Die Qualität der Verbindung war jämmerlich, aber er wurde verstanden und durchgestellt.

»Nicht am Telefon«, sagte Thönnessen durch die rauschende Leitung. »Sie werden verstehen, ärztliche Schweigepflicht und so.«

»Vor allem ›und so‹. Wo und wann können wir uns treffen?«

»Von mir aus sofort. Ich bin in der Praxis.«

»Eine Stunde werde ich brauchen.«

»Passen Sie auf, in Düren stehen überall Starenkästen.«

»Macht nichts«, sagte Lemberg. »Ich bin die Polizei.«

Er wendete und fuhr zurück. Wieder in Deutschland, fiel ihm auf, dass ihn der BMW weder passiert hatte noch ihm entgegengekommen war. Auch im Rückspiegel war er nicht mehr zu sehen.

14

Immerhin waren die Dürener Geldeintreiber so nett und hatten Radarwarnschilder aufgestellt. Man wusste also, was einem blühte, wenn man sich nicht an die Geschwindigkeitsbegrenzung hielt. Gleich drei Starenkästen zählte Lemberg auf der Fahrt in die Innenstadt. Dazu kamen zwei Politessen, die eifrig am Werk waren, und ein Abschleppwagen, der einen Sünder am Haken hatte. Da musste schön was zusammenkommen. Was sie allerdings mit dem vielen Geld machten, blieb Lemberg schleierhaft. Für die Stadtreinigung verwendeten sie es jedenfalls nicht. Als er aus dem Wagen stieg, den er auf dem Parkplatz des Amtsgerichts abgestellt hatte, latschte er prompt in einen fetten Hundehaufen. Fünf weitere zählte er auf seinem Weg bis zum Verwaltungsgebäude der DAK, wo Thönnessen praktizierte. Vielleicht hatte ja der OB seinen Dienstwagen zu Schrott gefahren und sparte auf einen neuen.

Das DAK-Gebäude sah ziemlich neu aus und beherbergte neben der Krankenkasse eine Reihe von Ärzten, vorwiegend Bronchialheilkundler. Lemberg atmete ein. So schlecht war die Luft in Düren nun auch wieder nicht. Thönnessen residierte ganz oben. Um etwas für seine Fitness zu tun, nahm Lemberg die Treppe. Maggie wäre stolz auf ihn gewesen.

Die Praxis wurde gerade renoviert. Der Boden und die in der Raummitte zusammengeschobenen Möbel waren mit vollgekleckerten Plastikplanen abgedeckt. Steckdosen und Lichtschalter waren abmontiert, Tür- und Fensterrahmen mit Kreppband abgeklebt. Zwei Wände waren bereits in einem annehmbaren Blauton gestrichen, die anderen noch nicht. Überall standen Farbeimer und Malerutensilien herum, der Farbgeruch hielt sich aber in Grenzen. Vielleicht benutzten sie Ökofarbe. Von den Handwerkern war nichts zu sehen. Dafür saß inmitten des Durcheinanders eine gut gelaunte Blondine auf einem Drehstuhl, lackierte ihre Fingernägel und trällerte ein Liedchen. Die Bürogrundausstattung – Telefon, Kaffeemaschine und Radio – hatte auf den

Stufen einer Etagere in ihrer Reichweite Platz gefunden. Ohne allzu großes Interesse sah sie Lemberg an.

»Lemberg«, sagte Lemberg. »Wir haben telefoniert.«

»Sind Sie die Nase?«, fragte sie.

»Die Spürnase, wenn Sie so wollen.«

»Dann gehen Sie durch, der Doktor wartet schon.«

Die Tür zum Sprechzimmer stand offen. Lemberg klopfte kurz, trat ein und zog die Tür hinter sich ins Schloss. Auch hier war alles für die Pinselschwinger vorbereitet. Dr. Thönnessen hatte sich ans Fenster zurückgezogen, wo er ohne Lampe lesen konnte. Sein Drehsessel war ihm geblieben, sein Schreibtisch nicht. Als Ersatz diente ihm ein Campingtisch mit klappbaren Beinen. Darauf lag eine Zeitschrift, die der Gynäkologe angeregt studierte. Wahrscheinlich Fachliteratur. Lemberg bemerkte er erst, als der unmittelbar vor ihm stand.

»Eine Schande«, sagte Thönnessen und hielt Lemberg die Lektüre hin. »Sehen Sie sich das an. Nichts als Silikon.«

Lemberg nahm das Magazin zur Hand. Das Playmate des Monats war brünett und klapperdürr, hatte aber Medizinballbrüste. Lemberg deutete ihr gequältes Lächeln dahin gehend, dass ihr das aufrechte Stehen schwerfiel.

»Wissen Sie, was ich mache?«, fragte Thönnessen. »Ich werde mein Abo kündigen. Ich werde denen schreiben, dass ich den Playboy erst wieder beziehen werde, wenn der Verlag sich verpflichtet, nur noch natürlich gewachsene Frauen abzulichten. So ist das doch eine Zumutung. Was halten Sie davon?«

»Das hört sich nach einer weisen Entscheidung an«, sagte Lemberg und legte das Heft ab.

Thönnessen war ein altersloses, quirliges kleines Kerlchen mit flinken Bewegungen und unruhigen Augen, das Lemberg an ein Eichhörnchen erinnerte. Er hatte kurze schwarze Haare, die zu Berge standen, als hätte er versehentlich in die Steckdose gefasst. Bekleidet war er mit einem weißen Medizinerkittel, der auf den Schultern und der Brust blaue Farbspritzer aufwies. Plötzlich wurde sein Blick starr.

»Treten Sie mal einen Schritt zurück«, sagte er.

Lemberg gehorchte.

»Und jetzt zur Seite drehen, ins Profil.«

Obwohl er ihn nicht sehen konnte, merkte Lemberg, dass Thönnessen aufstand.

»Die andere Seite.«

Auch das tat Lemberg, nicht ohne sich zu fragen, was der Blödsinn sollte.

»Und jetzt wieder zu mir und lächeln.«

»Wie?«

»Lächeln.«

Lemberg lächelte.

»Und jetzt gähnen. – Stärker, reißen Sie den Mund richtig auf.«

Lemberg riss den Mund auf. So weit, dass er Angst bekam, eine Maulsperre zu erleiden.

»Blähen Sie die Nasenflügel.«

Lemberg blähte.

»Und nun einatmen und eine schmale Nase machen.«

Lemberg zog die Nasenflügel ein.

»Vergessen Sie's«, sagte Thönnessen und ließ sich wieder in seinen Sessel fallen. »Von mir kriegen Sie keine Nase wie Brad Pitt. Ich sage Ihnen auch, warum: weil Sie auch sonst nicht aussehen wie Brad Pitt. Das wäre rausgeschmissenes Geld. Sie würden sich nur ärgern. – Tut mir leid, dass ich Ihnen keine Sitzgelegenheit anbieten kann, aber Sie sehen ja, was hier los ist. – Damit Sie mich nicht falsch verstehen: Ich nehme meinen Beruf ernst. Verdammt ernst sogar. Aber gottlob muss ich nicht jeden Mist machen. Ich bin finanziell unabhängig auf die Welt gekommen.«

Er lachte auf.

»Letztens hatte ich eine hier, eine richtige Schwabbeltonne, geschätzte hundertfünfzig Kilo, so eine richtige Sahnetortenvernichtungsmaschine. Wissen Sie, was die wollte? Die wollte, dass ich ihr«, an der Stelle machte er ein ekelhaftes Schlürfgeräusch, »Fett absauge. Fett absaugen bei hundertfünfzig Kilo! Wissen Sie, wie das hinterher aussieht? Hautlappen bis auf die Knie. Die habe ich nach Hause geschickt und ihr gesagt, sie soll weniger fressen und gelegentlich ihren Arsch bewegen. Joggen geht bei der Masse natürlich nicht, würde die Gelenke ruinieren, aber Schwimmen ist möglich. Fett schwimmt schließlich oben! Ha-

haha. Ein halbes Jahr später hätte die glatt fünfzig Kilo runter, ohne Absaugung.«

Lemberg war beim letzten Wort in Bereitschaft, sich die Ohren zuzuhalten, aber Thönnessen unterließ es netterweise, das Geräusch zu wiederholen.

»Hundert zu eins, dass die Tonne umgehend nach Düsseldorf auf die Kö gefahren ist«, fuhr Thönnessen fort. »Da sitzen sogenannte Kollegen, die für Geld alles machen. Die versprechen einer siebzigjährigen Japanerin, dass sie aus ihr eine Heidi Klum machen. Zum Kotzen ist das.«

Auf einmal wurde er ruhiger und blickte ernst. »Wissen Sie, wen ich gerne unters Messer nehme? Oft sogar zum Selbstkostenpreis? Eine, die die Natur oder das Schicksal in den Arsch getreten hat. Eine, die mit solch einem Zinken auf die Welt gekommen ist und sich deswegen nicht vor die Tür traut. Oder eine, die einen Unfall hatte. Verbrennungen, fingerdicke Narben, Ohren ab, die ganze Palette. Brustrekonstruktion nach Amputation sowieso. Aber keine Spielereien. Nicht mit mir.«

»Mich beschleicht das Gefühl, mich in der Tür geirrt zu haben«, sagte Lemberg.

»Nur zu, nur zu. Der Weg nach Düsseldorf steht selbstverständlich auch Ihnen offen.«

»Ich suche den Gynäkologen Matthias Thönnessen.«

»Warum sagen Sie das nicht gleich?« Thönnessen griff nach dem Magazin und lehnte sich zurück. »Ich hab meine Zeit auch nicht gestohlen. Mein Bruder, zweite Etage. Erschrecken Sie aber nicht.«

Lemberg war bereits an der Tür, als Thönnessen ihm nachrief: »Falls es Ihnen noch keiner gesagt hat: Sie sind ein Mann. Was will ein Mann bei einem Gynäkologen?«

»Ich kann keine Kinder kriegen«, sagte Lemberg.

*

Der Eintritt in die Praxis des Gynäkologen Dr. Matthias Thönnessen kam einer Zeitreise gleich. Sechzig Jahre zurück mit einem einzigen Schritt.

Der Bodenbelag bestand aus weißen und braunen Linoleumfliesen, die im Schachbrettmuster verlegt waren, an den Wänden pappte eine gestreifte Tapete, wie sie das Wohnzimmer von Lembergs Großmutter in Namur bis zu ihrem Tod vor wenigen Jahren geziert hatte. Vier orangerote Cocktailsessel mit geschwungenen Rückenlehnen dienten den Wartenden als Sitzmöbel, gruppiert um einen Nierentisch. Der Zeitschriftenständer war aus schwarz lackiertem Metall, hatte einen hölzernen Tragegriff und war mit einer schwarz-roten Kunststofffolie bespannt. Zwei sichtbar Schwangere blätterten angeregt in irgendwelchen Modejournalen. Vermutlich alte Ausgaben der »Constanze«.

Die Sprechstundenhilfe, die in etwa in Lembergs Alter war, residierte hinter einem kirschbaumfurnierten Schreibtisch, auf dem zwei Tütenlampen für die notwendige Beleuchtung sorgten. Ihre Kleidung war up to date, wobei das nicht schlussendlich zu beurteilen war, da sie einen hochgeschlossenen Kittel trug. Vielleicht steckte darunter ein gepunktetes Cocktailkleid. Gepasst hätte es zu ihr, denn bei der schummerigen Beleuchtung hätte man sie glatt für Kim Novak halten können. Überhaupt schien sie ein Faible für Filme vergangener Tage zu haben. Die Wände zierten reproduzierte Filmplakate von »Faust im Nacken«, »Zeugin der Anklage« und »Giganten«. Jetzt verstand Lemberg auch, warum die Telefonverbindung so miserabel gewesen war. Auf dem Schreibtisch stand ein schwarzer Klassiker mit richtiger Wählscheibe.

Lemberg stellte sich vor und wurde gebeten, zu warten. Da er hoffte, dass das nicht allzu lange dauern würde, blieb er an die Wand gelehnt stehen und genoss die Atmosphäre. Eine knappe Viertelstunde verstrich, dann wurde er von einer zweiten Kraft, einem jungen Ding, das stilbrechend bauchfrei trug und im Nabel und der Braue gepierct war, abgeholt und in des Doktors Allerheiligstes geführt. Hier waren die fünfziger Jahre Vergangenheit, die komplette Einrichtung war zeitgenössisch, sah man mal von einer bombastischen verchromten Wurlitzer Musicbox ab, die die Stirnwand des Raums für sich allein beanspruchte.

Dr. Thönnessen erwartete ihn neben seinem Schreibtisch stehend. Da Lemberg bereits den Bruder kennengelernt hatte, hatte er bezüglich des Gynäkologen eine gewisse Vorstellung entwickelt, mit der er jedoch völlig danebenlag. Vor ihm stand eine menschliche Montgolfiere.

»Kommissar Lemberg, ich hatte Sie früher erwartet«, sagte der Dicke mit tadelndem Unterton und reichte ihm seine quallige Rechte. Der Händedruck entsprach dem Griff in Kuchenteig. »Nehmen Sie Platz.«

Lemberg setzte sich und bedauerte, dass er die Eltern der beiden Clowns nicht kennenlernen würde. Wer von den beiden wohl nach der Mutter und wer nach dem Vater schlug?

Thönnessen nahm ebenfalls Platz, wobei sein lederbezogener Lehnstuhl sterbende Geräusche von sich gab.

»Ich kann es noch nicht fassen«, sagte er und tippte mit seinem Zeigefinger, der Lemberg an einen Mastschweinpimmel denken ließ, auf die aufgeschlagene Tageszeitung auf dem Tisch. »Mein Freund Elmar. Wir haben zusammen in Heidelberg studiert, bei Professor Bloch. Dreißig Jahre ist das jetzt her, und die Freundschaft hat bis heute gehalten. Hier.« Mit dem besagten Finger schob er ein Foto über den Tisch. »Letzten Sommer waren wir sogar zusammen in Urlaub, auf Genießerreise in der Toskana.«

Die Aufnahme zeigte Steinbeck und Thönnessen in zwei Korbsesseln sitzend unter der Markise irgendeiner Trattoria. Steinbeck in Jeans und Polohemd mit dem weltmännischen Gesichtsausdruck eines Mannes, für den Geld lediglich ein Wort mit vier Buchstaben ist. Thönnessen trug karierte Shorts und ein Hawaiihemd von der Größe eines Zirkuszeltes. Seine Miene blieb geheim, da sein Gesicht von einem wagenradgroßen Strohhut beschattet wurde.

»Dort haben wir unserem gemeinsamen Hobby gefrönt«, sagte Thönnessen andächtig.

»Hat Steinbeck auch alten Krempel gesammelt?«

»Sie meinen, wegen des Vorzimmers? – Nein, das ist eine Leidenschaft meiner langjährigen Mitarbeiterin. Sie glaubt an Wiedergeburt.«

Was das eine mit dem anderen zu tun hatte, hätte Lemberg gern hinterfragt, fürchtete aber, dass das zu weit führen würde. Stattdessen sagte er:

»Dann ist es die Jagd.«

»Nein, nein. Das ist nichts für mich. Ich sage nur: Biondi Santi, Lisini, Baricci, Castelgiocondo, Poggio di Sotto.«

Lemberg guckte fragend.

»Sangiovese Grosso«, erläuterte Thönnessen, was Lemberg genauso viel sagte.

»Brunello di Montalcino.«

»Rotwein?«, fragte Lemberg.

»Rotwein!«, sagte Thönnessen entrüstet, als hätte Lemberg eine Farbskizze von Picasso eine Buntstiftzeichnung genannt.

»Ihre Erinnerungen in Ehren, Dr. Thönnessen, aber mich interessieren weniger Ihre Sauftouren als vielmehr der Vaterschaftstest, um den Steinbeck Sie gebeten hat.«

Thönnessens Gesicht ging zu wie eine Auster. Lemberg gab ihm Zeit, ermahnte sich aber auch, demnächst taktvoller zu sein. Noll fehlte ihm als Korrektiv. Schließlich entspannte der Dicke sich mit einem Seufzer, der seinem Volumen angemessen war.

»Sie haben recht. Ihre Zeit ist auch mein Geld. Schließlich leben Sie nicht zuletzt von dem, was ich an Steuern entrichte. – Ich hatte bei der Sache von Anfang an kein gutes Gefühl. Dazu müssen Sie wissen, dass Elmar ein Mensch war, der alles leichtnahm, der ein Händchen fürs Leben hatte, den ich nie wirklich ernst erlebt habe, geschweige denn deprimiert. Als er jedoch wegen dieser Geschichte bei mir auftauchte, wirkte er zutiefst besorgt. Dazu kam, dass er mir das Versprechen abnahm, über diese Angelegenheit gegenüber jedermann Stillschweigen zu bewahren. So etwas hatte er nie zuvor von mir verlangt. Ich war völlig perplex. Ein Versprechen, an das ich mich nun aufgrund seines gewaltsamen Ablebens nicht mehr gebunden fühle.«

Thönnessen litt an übertriebenem Speichelfluss, der sich als Schaum in seinen Mundwinkeln zeigte.

»Was wissen Sie über den sogenannten Vaterschaftstest, Kommissar Lemberg?«

»Dass man damit mit einiger Sicherheit feststellen kann, ob ein bestimmter Mann als Erzeuger eines bestimmten Kindes in Frage kommt.«

»Mit einiger Sicherheit ist gut. Wir sprechen hier von einer

99,99999-prozentigen Sicherheit, Herr Kommissar, sofern DNA-Proben von Vater, Mutter und Kind vorliegen, wobei bis zu siebenunddreißig Loci bestimmt werden.«

»Klären Sie mich auf, was ich unter Loci zu verstehen habe.«

»Loci ist die Mehrzahl von Locus. Mit Locus bezeichnet man einen Gen-Ort, mit anderen Worten die Position eines Gens auf einem Chromosom. Haben Sie das verstanden?«

»In etwa.«

»Liegen nur Proben des Vaters und des Kindes vor, beträgt die Sicherheit immer noch 99,999-prozentig, wobei siebzehn Loci bestimmt werden. Beide Werte gelten als hundertprozentig.«

»Wenn man sie aufrundet.«

Thönnessen lächelte gequält. »Das Verfahren, mit dem Sie, das heißt Ihre Kollegen im kriminaltechnischen Labor zur Erstellung des sogenannten genetischen Fingerabdrucks zu arbeiten pflegen, bietet hingegen nur eine Sicherheit von 99 bis 99,5 Prozent.«

Lemberg nickte.

»Elmar brachte mir also drei DNA-Proben. Kopfhaare, einen Abstrich sowie Ejakulat, also Sperma.«

»Drei Proben für einen Test?«

»Das Sperma stammte vom potenziellen Vater, die Haare und der Abstrich von den potenziellen Kindern, einem männlichen und einem weiblichen. Genau genommen hat er mich um zwei Tests gebeten.«

»Um zwei? Hat er Ihnen gesagt, von wem die Proben stammten?«

»Nein. Ich habe ihn auch nicht danach gefragt.«

»Was ist dabei herausgekommen?«

»Dass der Mann der Vater beider Kinder ist.«

»Warum hat Steinbeck nicht auch einen Abstrich oder anderes Material der Mutter mitgebracht? Hat er sich dazu geäußert?«

»Darüber hat er nichts verlauten lassen. Vielleicht hatte er keinen Zugang zu der Frau beziehungsweise den Frauen.«

»Das heißt, die Kinder könnten verschiedene Mütter haben?«

»Durchaus. Sie müssen sich das so vorstellen: Jedes Kind

trägt fünfzig Prozent der DNA des Vaters und der Mutter in sich. Es ist aber nicht festgelegt, welche fünfzig Prozent vererbt werden. Im ungünstigsten Fall weist ein Kind genau die fünfzig Prozent der mütterlichen DNA auf, die das andere nicht erhalten hat. Man hätte also eine DNA-Probe der Mutter haben müssen, um einen sogenannten Mutterschaftstest durchführen zu können. Eine Ausnahme würden gleichgeschlechtliche männliche Geschwister bilden. Bei ihnen hätte bereits die DNA-Probe des Vaters zum Vergleich ausgereicht. Man untersucht einfach die Gen-Orte auf dem Y-Geschlechtschromosom. Da jeder Mann das gleiche Y-Chromosom wie sein Vater hat, würden die Brüder demnach auch identische Merkmale auf ihren Y-Chromosomen tragen. Bei Schwestern würde man jedoch wieder die Probe der Mutter benötigen, da Frauen über kein Y-, sondern nur über zwei X-Chromosomen verfügen.«

»Konnten Sie feststellen, wie alt die Personen waren, denen man die Proben entnommen hat?« Thönnessen schüttelte bereits den Kopf. »Oder kann man das gar nicht feststellen?«

»Nicht anhand einer DNA-Probe«, sagte der Gynäkologe. »Dazu müssten stomatologische oder radiologische Untersuchungen durchgeführt werden, also Zahn- und Knochenanalysen.«

»Wann haben Sie Steinbeck die Testergebnisse mitgeteilt?«

»Am vergangenen Freitag. Telefonisch.«

Lemberg fuhr sich mit dem Zeigefinger über die Lippen.

»Die zeitliche Nähe ist frappierend, nicht wahr?«, fragte Thönnessen. »Woran denken Sie?«

»Steinbeck hat Alimente gezahlt.«

»Für zwei Töchter, ich weiß. Juliane und Tanja, fünfzehn und vierzehn Jahre alt. Kinder, die er mit einer ehemaligen Freundin hat.«

»Könnten die etwas damit zu tun haben?«

»Aber was? Erstens sind es zwei Mädchen, zweitens hat Elmar die Vaterschaft zweifellos anerkannt.«

»Hat er wegen der beiden auch Tests machen lassen?«

»Davon ist mir nichts bekannt. Ich habe auch keinen Grund, das anzunehmen.«

»Sie gehen aber davon aus, dass es sich bei dem Sperma um sein eigenes gehandelt hat?«

»Deswegen habe ich Kontakt zu Ihnen aufgenommen«, sagte Thönnessen. »Mir ist verdächtig, welches Getue Elmar um die Geschichte gemacht hat. Das hätte er nicht getan, wenn es sich um einen x-beliebigen Patienten gehandelt hätte. Außerdem – warum sonst hätte er zu mir kommen sollen? Es ist offensichtlich, dass er nicht wollte, dass die Proben unter dem Namen seiner Praxis ans Labor geschickt wurden.«

»Könnte man noch verifizieren, ob das Material tatsächlich von ihm stammt?«

»Sicher. Sie müssten seinem Leichnam nur eine DNA-Probe entnehmen lassen.«

Lemberg stemmte sich hoch. »Unsere Kriminaltechniker werden sich mit Ihnen in Verbindung setzen.«

Thönnessen erhob sich ebenfalls, wenn auch weitaus mühseliger.

»Wie nimmt Romy seinen Tod auf?«, fragte er schnaufend. »Und sein Sohn?«

»Sie ist gefasst«, sagte Lemberg. »Wie es dem Kind geht, weiß ich nicht. Müsste nicht auch die ehemalige Freundin informiert werden?«

»Das habe ich bereits getan.«

»Sie kennen Sie?«

»Sie auch. Sie sitzt im Vorzimmer. Außerdem sind wir verheiratet.«

»Dann ist ja für alle gesorgt«, sagte Lemberg.

*

Lemberg setzte sich in den Wagen und wählte die Nummer der Kollegin Noll. Sie meldete sich, bevor er sich eine Zigarre anzünden konnte.

»Wohin geht die Reise?«, fragte er, weil im Hintergrund Fahrgeräusche zu vernehmen waren.

»Nach Woffelsbach«, sagte Noll. »Die Kollegen der Wache Monschau sind so nett und fahren mich hin. Steinbeck hat laut

Frau Manderscheid die Sicherungskopien zu Hause aufbewahrt.«

»Seine Frau identifiziert heute die Leiche. Kann sein, dass sie noch nicht wieder zurück ist.«

»Ich habe mit der jüngeren Tochter gesprochen. Sie weiß, wo sich die USB-Sticks befinden. Wo stecken Sie?«

Lemberg berichtete ihr, wo er war und was er dort gemacht hatte. Dann erklärte er Noll, worauf sie bei der Auswertung der Patientenkartei besonders achten sollte. Sie sagte zu, umgehend die Entnahme einer DNA-Probe vom Mordopfer zu veranlassen.

»Ich mach mich jetzt auf den Weg nach Schönberg«, sagte Lemberg. »Wir sehen uns später im Hotel.«

Obwohl ihm der Treibstoff in Düren unverschämt teuer erschien, tankte Lemberg voll. Dann nahm er die B56 in Richtung Zülpich, um von dort auf die Autobahn zu gelangen. Die vermeintliche Verfolgung vom Vormittag wirkte noch nach, sodass er häufiger als gewöhnlich in den Rückspiegel blickte. Aber von einer hellen Limousine war nichts zu sehen.

Als er in Schönberg beim Hotel Zum Burghof auf den Parkplatz rollte, zeigte die Uhr im Armaturenbrett exakt 14.00 Uhr an. Allerdings hatte der Burghof so gar nichts von einer Burg an sich, sondern erinnerte mehr an einen ausgebauten Bungalow. Ein Reklameschild an der Hauswand pries Leffe an, sein bevorzugtes belgisches Bier. Aber er war ja nicht zum Trinken, sondern zum Arbeiten hier. Nachdem er den Wagen verriegelt hatte, ließ er den Blick über die abgestellten Fahrzeuge schweifen. Ein orangefarbener Wagen war nicht darunter. Das wäre aber auch zu schön gewesen.

Das Restaurant war trotz der vorgerückten Stunde noch gut besucht. Allerdings saßen die meisten Gäste bereits bei Kaffee und Digestif und waren mit der Verdauung ihrer Mittagsmahlzeit beschäftigt. Diejenigen, die Ardenner Schinken gegessen hatten, taten sich dabei naturgemäß schwerer als die, die es bei einer Forelle belassen hatten. Lemberg bildete sich ein, den Gesichtern die unterschiedlichen Anstrengungen ansehen zu können.

Auf seine Frage nach Patrick Keller schickte ihn die Bedienung ans Ende des Saals, wo ein weißhaariger Herr in Hemd und Genscher-Pullunder allein an einem Tisch saß. Das rechte Bein hatte er hochgelegt, da es vom Knie abwärts eingegipst war. Keller war bereits der dritte Gehbehinderte, mit dem Lemberg bei diesem Mordfall zu tun hatte. Das war unter statistischen Gesichtspunkten außergewöhnlich.

»Herr Keller?«, fragte Lemberg.

»Ja bitte?«

»Lemberg von der deutschen Kriminalpolizei. Hätten Sie einen Augenblick Zeit?«

Keller wies auf seinen Gips. »Ich bin für jede Abwechslung dankbar. Setzen Sie sich. Darf ich Ihnen etwas anbieten?«

»Nur wenn Sie auch etwas nehmen«, sagte Lemberg und setzte sich Keller gegenüber.

Der Gastwirt wirkte jünger, als es sein weißer Schopf vermuten ließ. Die sechzig hatte er noch nicht erreicht, aber er sollte ja auch in Krings' Alter sein.

»Für mich ist es Zeit für ein Leffe«, sagte er. »Und einen Cognac. Sind Sie dabei?«

»Ich bin dabei.«

Keller hob, ohne sich umzudrehen, kurz den Arm und machte das Victory-Zeichen. Das genügte. Der Mann hatte seinen Laden im Griff.

»Ich dachte immer, deutsche Beamte würden im Dienst nicht trinken.«

»Das wird in billigen Fernsehserien immer so dargestellt. Die Wirklichkeit sieht anders aus. – Hatten Sie einen Motorradunfall?«

»Ich sehe, Sie haben sich vorab informiert. Aber die Zeiten im Sattel sind vorbei. Heute reicht schon die Kellertreppe.«

Die braunen Biere und die französischen Weinbrände wurden gebracht. Leider war das Bier für Lembergs Geschmack zu warm.

»Was führt einen deutschen Ermittler in unser schönes Land?«, fragte Keller und leckte sich den Schaum von den Lippen.

»Ich bin auf der Suche nach Peter-Josef Krings.«

Kellers Miene bekam augenblicklich einen wachsamen Ausdruck. »Ich habe im Radio gehört, dass nach ihm gesucht wird. Aber wieso kommen Sie deswegen zu mir?«

»Sie sind mit ihm befreundet. Das können nicht viele von sich sagen.«

»Sagen wir lieber, ich war mit Peter befreundet. Müsste ich unser derzeitiges Verhältnis beschreiben, würde ich sagen, er ist mir bekannt.«

»Hat er Sie enttäuscht?«

»Er ist mir ein Rätsel«, sagte Keller und fuhr mit der Kuppe des Ringfingers über den Rand seines Glases. »Ein Rätsel, das ich trotz besten Willens nicht in der Lage bin zu lösen.«

»Das haben Sie schön gesagt, bringt mich aber nicht weiter.«

Keller schmunzelte. »Peter und ich kennen uns seit den sechziger Jahren. Damals sind wir zusammen in die Lehre gegangen, im Eifeler Hof in Mürlenbach. Fern der Heimat – in der heutigen Zeit ist die Entfernung natürlich ein Witz – haben wir uns angefreundet, zumal wir die gleichen Interessen hatten: Mopeds, Mädchen und Musik. Er fuhr eine Hercules MK 50 mit drei PS, ich eine Zündapp mit sage und schreibe vier. Heiße Kisten, sechzig, fünfundsechzig Stundenkilometer waren drin. An den Böcken haben wir in unserer Freizeit natürlich rumgeschraubt und sie zu Scramblern umgebaut. Breitere Lenker, kleinere Scheinwerfer, hochverlegte Auspuffanlagen und Stollenbereifung. Damit sind wir dann querfeldein getobt bis zum Rahmenbruch. Später, als das Geld dann für richtige Cross-Maschinen gereicht hat – tschechische 360er CZ –, ging es im Steinbruch von Andler zur Sache. Wenn wir nicht mit den Mopeds unterwegs waren, haben wir Musik gemacht. ›The Sharkies‹ haben wir uns genannt und Rolling-Stones-Songs nachgespielt. Ich war der Sänger der Band, Krings der Gitarrist. Wir sind sogar ein paarmal aufgetreten, bei irgendwelchen Dorffesten. War eine schöne Zeit, wir hatten viel Spaß. Bis Peter seine erste Frau Mariele kennengelernt hat. Von einem Tag auf den anderen habe ich ihn nicht mehr gesehen. Dabei ging es anfangs nur darum, sie Steinbeck auszuspannen. Was ihm auch gelungen ist.«

»Welchem Steinbeck? Es gibt drei.«

»Ich weiß. Mariele war die Freundin von Jürgen, dem Lackaffen. Viel Aufwand hat Peter nicht treiben müssen, um sie rumzukriegen. Vielleicht lag es daran, dass sie mit Jürgen nur gegangen ist, weil sie bei seinem Bruder Elmar nicht landen konnte. Hat man damals so erzählt. Ob es stimmt, weiß ich nicht.«

»Ihretwegen hat Krings sein Motorrad und die Gitarre in die Ecke gestellt?«

»Ich wüsste nicht, dass sie das verlangt hätte. Er hat das von sich aus getan, wie er sein gesamtes Leben geändert hat. Schluss mit dem wilden Leben, Schluss mit Saufen, Schluss mit unserer Freundschaft. Wir haben uns in den Jahren, in denen er mit Mariele zusammen war, vielleicht fünfmal getroffen. Er war nur noch für sie da.«

Lemberg beobachtete, wie eine hübsche junge Kellnerin mit unglaublichem Schwung aus der Küche kam, ein Tablett voller Kaffeekännchen auf dem Unterarm. Wie eine Slalomläuferin, die alles riskieren muss, um noch aufs Treppchen zu kommen, kurvte sie zwischen den Tischen hindurch. Das ging drei Tische gut. Am vierten blieb sie mit dem Fuß an einem Stuhlbein hängen und schlug der Länge nach hin. Das Tablett segelte davon, und das Porzellan ging mit fürchterlichem Getöse in Scherben.

»Ist es eine Rothaarige?«, fragte Keller ungerührt, ohne sich umzusehen.

Lemberg bestätigte.

»Das ist Babette. Ich habe sie ihrem Vater zuliebe eingestellt. Er wollte sie nicht in seinem Geschäft haben. Einen Patzer hat sie noch gut, dann schicke ich sie zurück.«

»Was für ein Geschäft hat er denn?«

»Er handelt mit Glaswaren und Keramik.«

»Oh! Vielleicht wäre sie eine gute Rugby-Spielerin.«

»Ich werde es ihr nahelegen.«

Lemberg benötigte einen Moment, bis ihm wieder einfiel, wo sie stehen geblieben waren.

»Mariele Krings muss ja eine besondere Frau gewesen sein«, sagte er.

»Das war sie. Dabei sah man ihr das gar nicht an. Sie war klein, still und unscheinbar. Hübsch zwar, aber nicht herausragend.

Die personifizierte Macht der Sanftmut habe ich sie genannt. Wäre Peter nicht gewesen, hätte ich mein Glück bei ihr versucht. – Zum Wohle.«

Sie schwenkten ihre Gläser, schnupperten und kippten sie. Der Cognac war samtweich, erst im Magen entfaltete er seine wohltuende Wärme.

»Marieles früher Tod hat Peter wie ein Keulenschlag getroffen«, fuhr Keller nach einer Weile fort. »Ich war bei ihrer Beisetzung dabei. So etwas habe ich weder zuvor noch danach je wieder erlebt. Peter hatte den gesamten Weg vom Dom bis zum Grab mit gelben Rosen – Marieles Lieblingsblumen – auslegen lassen. Das allein muss Tausende gekostet haben. Und dann erst die Grabfigur. Ein Engel. Lebensgroß, aus weißem Marmor, mit Marieles Gesichtszügen. Nachdem der Sarg in die Erde gesenkt worden war, hat er fast eine halbe Stunde am offenen Grab gekniet. Mit mehreren Männern mussten wir ihn schließlich wegführen. Sie war seine große Liebe, zweifellos.«

Keller seufzte.

»Danach haben Peter und ich uns wieder öfter gesehen, sind gemeinsam zur Jagd gegangen. Aber mit ihm war nur noch schwer auszukommen. Seine angeborene Wildheit, die man ihm in jungen Jahren als Sturm- und Drangzeit nachgesehen hatte, ergriff wieder Besitz von ihm, sogar heftiger denn je. Peter soff und prügelte sich bei allen Gelegenheiten, zumeist völlig grundlos. Nichts durfte man sagen, sofort ist er an die Decke gegangen. Seine Aggressivität war teilweise schon abstoßend. Daran hat auch seine zweite Ehe nichts geändert. Und dann ist die Geschichte mit seiner Tochter rausgekommen. Das ist etwas, das ich bis heute nicht verstanden habe.«

»Haben Sie ihm das nicht zugetraut?«

»Niemals.« Keller warf einen schnellen Blick über die Schulter und beugte sich über den Tisch. »Wir waren nach Marieles Tod öfter zusammen im Puff. Nie hat es ein Anzeichen gegeben, dass Peter eine Vorliebe für kleine Mädchen gehabt hätte. In der Beziehung war er völlig normal. Zumindest schien es so.«

»Glauben Sie, er ist zu Unrecht verurteilt worden? Bis zuletzt hat er seine Unschuld beteuert. Sogar noch nach seiner Entlassung.«

»Ich weiß nicht, was ich glauben soll«, sagte Keller kopfschüttelnd. »Peter ist ein rauer Kerl, dem ich allerlei zutraue, aber nicht, sich an einem Kind zu vergehen. Andererseits hat seine Tochter ihn angezeigt. So etwas kann ein Kind sich nicht ausdenken. Das ist unmöglich.«

»Haben Sie mal daran gedacht, dass seine zweite Frau Romy dahinterstecken könnte? Krings ist laut seinem Anwalt der festen Überzeugung, dass sie die Sache inszeniert hat.«

»Auch das kann ich mir nicht vorstellen. Ich kenne Romy zwar nicht gut, aber ich glaube dennoch, sie einschätzen zu können. Sie hat Peter aus Berechnung geheiratet, denn damals war er eine gute Partie. Ich denke, sie hat genau gewusst, worauf sie sich einließ, und hat seine Grobheiten so lange in Kauf genommen, bis sie etwas Besseres gefunden hatte. Damit war das Kapitel Peter für sie abgeschlossen. Ich halte sie nicht für rachsüchtig, nur für pragmatisch. Möchten Sie noch ein Bier?«

Lemberg mochte, sagte aber nein. Der Tag war noch lang.

»Sollte mir Peter in diesem Leben noch einmal über den Weg laufen«, fuhr Keller fort, »werde ich ihn fragen, ob er getan hat, wofür sie ihn eingesperrt haben. Dabei werde ich ihm fest in die Augen sehen, um festzustellen, ob er die Wahrheit sagt.«

»Was ist, wenn Sie erkennen, dass er schuldig ist?«

»Dann werfe ich ihn hinaus, und er braucht sich hier nie wieder blicken zu lassen.«

»Sollte sich das in den nächsten Tagen zutragen, wäre mir lieber, Sie würden mich benachrichtigen. Oder war er bereits bei Ihnen?«

»Nein.«

»Ich habe deshalb gefragt, weil wir vermuten, dass er sich irgendwo hier in der Gegend versteckt hat«, sagte Lemberg. Keller hatte bei seiner Antwort mit keiner Wimper gezuckt, aber Lemberg hätte trotzdem nicht mehr als fünf Cent darauf gewettet, dass der Gastwirt ihm die Wahrheit gesagt hatte. Der Mann ruhte in sich selbst. So leicht war ihm nicht beizukommen.

»Krings hat früher in der Nähe von Herresbach eine Jagd gepachtet, zu der eine Hütte gehörte.«

»Ich weiß«, sagte Keller. »Die Hütte gibt es aber nicht mehr. Sie ist vor Jahren abgebrannt.«

»Ich würde mir die Stelle trotzdem gern ansehen. Können Sie mir den Weg beschreiben?«

»Könnte ich, aber Sie würden den Platz nicht finden. Ich führe Sie hin, wenn Sie möchten.«

»Mit Ihrem Bein?«

»Ich nehme doch an, Sie können einen Mercedes fahren.«

Wie exzellent Lemberg das konnte, behielt er lieber für sich.

*

Der Mercedes war ein Modell G, ein viertüriger Geländewagen, in dem Lemberg hockte wie ein Kutscher auf dem Bock. Ein Automatikgetriebe machte das Fahren zum Kinderspiel. Sie verließen Schönberg ouraufwärts und ließen das Gebäude des Touristik-Eifelzentrums, das zusammen mit einem Kinderspielplatz, einem Kreisverkehr und einer Kirche so etwas wie das Ortszentrum bildete, auf dem anderen Ufer liegen. Schnell stieg die Straße an und führte in den Wald. Die Fahrbahn war schmal. Die Begegnung mit einem Traktor erforderte Augenmaß, das sowohl der grüßende Landmaschinenfahrer als auch Lemberg, der Keller die Grußerwiderung überließ, bewiesen.

Am Straßenrand und in den Waldwegen warteten Unmengen von entasteten und entrindeten Baumstämmen auf den Abtransport. Bruch, der auf das Konto der Frühjahrsstürme ging, wie Keller erklärte. Zum großen Teil aus den wieder aufgeforsteten Bereichen, die 1990 von »Wiebke« und »Viviane« verwüstet worden waren.

Nach wenigen Kilometern endete der Wald rechts der Piste und gab einen fulminanten Blick über die Landschaft frei. Schenkte man dem im Armaturenbrett eingebauten Kompass Glauben, musste der Höhenrücken am Horizont Teil des Monschauer Heckenlandes sein, wo der Fall seinen Anfang genommen hatte. In gewissem Sinn hatte Krings also, sofern er sich tatsächlich hier versteckt hielt, seine alte Heimat im Blick.

Keller bedeutete Lemberg, abzubiegen, und wies dabei auf eine Madonnenfigur in einem kleinen verglasten Schrein – nicht größer als ein Vogelhäuschen –, der an einem Baum hing. Einen Weg konnte man die gewundene Piste, die sie ab hier unter die Ölwanne nahmen, nur mit viel gutem Willen nennen. Die Spurrillen waren knietief; Lemberg konnte das Lenkrad loslassen, die Vorderräder des Geländewagens wurden automatisch geführt. Bereits nach fünfzig Metern war von der Straße, die sie verlassen hatten, nichts mehr zu sehen.

Nach einiger Zeit ging der Laub- in Nadelwald über. Auch hier hatten die Forstleute noch reichlich Arbeit vor sich. Keller ermahnte ihn, den Schwung nicht zu verlieren, als es ein kurzes Stück bergauf ging. Gleich hinter der Kuppe fiel die Piste steil ab, aber die Schlitterpartie ins Tal konnten sie sich sparen. Sie waren am Ziel. Die Strecke wäre mit einem normalen Wagen niemals zu bewältigen gewesen.

Keller schritt auf seinen Stock gestützt voran. Trotz seines eingegipsten Unterschenkels legte er ein Tempo vor, das Lemberg Respekt abnötigte. Nicht einmal fünf Minuten brauchten sie, um die Stelle zu erreichen, wo einst die Jagdhütte gestanden hatte. Lemberg hatte den Eindruck, dass die hier wachsenden Bäume prächtiger gediehen als die umstehenden, und sagte das auch.

»Asche ist ein guter Nährboden«, sagte Keller.

»Sind Sie oft hier?«

»Seit die Hütte abgebrannt ist, nicht mehr.«

»Was war der Grund? Blitzeinschlag?«

»Eine Zigarettenkippe, wie zumeist. Ein paar Halbwüchsige aus dem Ort haben sich hier getroffen und gefeiert. Wenigstens hatten sie den Mumm, die Feuerwehr zu benachrichtigen, nachdem ihre eigenen Löschversuche fehlgeschlagen waren.« Er blickte sich um, als suchte er nach irgendwelchen Erinnerungsmarken. »Sollte nicht, kann aber passieren. Wir waren auch mal jung.«

Lemberg bohrte die Schuhspitze in den weichen Waldboden und stieß prompt auf etwas Hartes. Er grub ein wenig und förderte ein verrostetes Vorhängeschloss zutage.

»Das sollten Sie mitnehmen«, sagte Keller. »Vielleicht sind noch Fingerabdrücke drauf.«

»Tu ich auch. Damit Sie es in die Mülltonne werfen können.«

»Sind Sie etwa so ein Ökofreak?«

»Sie etwa nicht?«, fragte Lemberg zurück und hätte beinahe gelacht. Aus Kellers Mund hatte der Begriff wie die Zugehörigkeit zu einer außerirdischen Spezies geklungen.

Der Gastwirt war mit seinen Gedanken aber schon wieder woanders. Mit dem Stock beschrieb er einen weiten Bogen.

»Eins sage ich Ihnen. Sollte Peter sich irgendwo hier versteckt haben, können Sie lange nach ihm suchen. Im Ommerscheid gibt es tausend Möglichkeiten, sich zu verkriechen. Und die Hälfte davon kennt er. Er braucht sich nur ein Zelt zu kaufen, falls er ein bisschen Geld hat. Oder er gräbt sich zur Not ein Erdloch.«

»Er muss aber auch essen.«

»Er kann Hühner stehlen.«

»Der Mensch lebt nicht vom Huhn allein«, sagte Lemberg. »Die Zeit arbeitet für uns. Leider zu langsam.«

»Ohne konkreten Anhaltspunkt werden die belgischen Behörden kaum bereit sein, das Gebiet zu durchkämmen.«

»Das fürchte ich allerdings auch.«

Aus dem Nichts tauchten zwei Reiter zwischen den Bäumen auf. Ein Mann und eine Frau, halb so alt wie Lemberg, beide im vollen Reiterwichs. Sie grüßten, indem sie die Hände an die Kappen legten. Keller und Lemberg beließen es bei einem Nicken.

»Die sind aus Eimerscheid«, sagte Keller. »Spinner.«

»Gibt es hier irgendwen, den Sie nicht kennen?«, fragte Lemberg.

»Sicher. Die kennen dann aber mich. – Lassen Sie uns fahren. Meine Gäste erwarten, dass ich an den Tischen vorbeischaue und ein paar Worte mit ihnen wechsle.«

Auf dem Rückweg stolperte Lemberg über eine Trinkflasche, wie sie die Bundeswehr benutzte. René hatte früher so ein Ding mit sich rumgeschleppt. Sie befand sich in einem ähnlichen Erhaltungszustand wie das Schloss. Lemberg nahm auch sie mit.

15

Als Lemberg ins Hotel kam, saß Noll am SOKO-Stammtisch, dem Tisch, an dem sie immer frühstückten, vor sich den aufgeklappten Laptop. Sie wirkte konzentriert, als schreibe sie an ihrer Doktorarbeit. Neben dem Rechner stand ein Tablett mit einem Kännchen und einer leeren Tasse, davor ein leer gegessener Kuchenteller.

Lemberg war groggy. Viel Lauferei, aber keine konkreten Ergebnisse. Solche Tage hasste er. Aber was wollte er von einem Donnerstag, seinem persönlichen Pechtag, auch anderes erwarten? Maggie durfte er damit allerdings nicht kommen. Erstens glaubte sie nicht an so etwas wie Unglückstage, und zweitens hatten sie an einem Donnerstag geheiratet. Er saß noch nicht ganz, als Frau Lambertz erschien.

»Darf es ein kühles Blondes sein, Herr Lemberg?«

»Sie sind eine Hellseherin, Frau Lambertz. Gerne ein großes.«

Die Inhaberin verschwand, und Noll schaltete den Laptop auf Stand-by.

»Sie hatten schon beim Reinkommen eine Fahne«, sagte sie. »Haben Sie sich eigentlich mal gefragt, ob nicht auch Sie ein Alkoholproblem haben?«

»Sind Sie neuerdings missionarisch tätig?«, fragte Lemberg. »Außerdem dachte ich, wir wären jetzt dicke Freunde.«

Noll blickte ihn von unten herauf an. »Sie erwarten doch nicht, dass ich Ihnen für den Rest meines Lebens dankbar bin, oder? Wenigstens sollten Sie mal aufschreiben, wie viel Sie pro Tag trinken. Sie würden sich wundern, was da zusammenkommt.«

»Gehen Sie mir nicht auf den Zwirn!«

»Solch eine aufgebrachte Reaktion ist alkoholikertypisch.«

»Hätte ich nichts gesagt, wäre das wahrscheinlich auch typisch gewesen. Also vergessen Sie's. Sollte ich anfangen, unter Brücken zu schlafen, dürfen Sie mich gerne zum Blauen Kreuz schleppen.«

Lemberg zog eine Zigarre aus dem Vorkriegsbrillenetui, das er eigens für den Zweck auf einem Flohmarkt erstanden hatte. Der Verkäufer hatte ihm weismachen wollen, es hätte einst Marlene Dietrich gehört. Lemberg wusste natürlich, dass das Etui weder Babelsberg noch Hollywood gesehen hatte. Hübsch war es trotzdem. Genau drei Zigarren passten hinein. Dies war die letzte. Vor der Fahrt nach Steineberg würde er nachladen müssen.

»Wie weit sind Sie mit der Auswertung der Patientenkartei?«, fragte er und warf das Streichholz in den Aschenbecher, der überraschend auf dem Tisch stand.

Noll hustete filmreif und wedelte den Rauch demonstrativ zur Seite.

»Ich bin beim Buchstaben F«, sagte sie. »Bisher nichts, was uns weiterbringt. Ich erwarte aber auch nicht, einen Hinweis zu finden. Wenn Steinbeck wegen der Tests eine derartige Geheimniskrämerei betrieben hatte, wäre es verwunderlich, hätte er darüber irgendetwas in der Kartei vermerkt.«

»Trotzdem, vielleicht ergibt sich ja irgendein Verdachtsmoment.«

»Deswegen mache ich ja weiter. Wollten Sie nicht heute Ihren Vater besuchen?«

»Heute Abend. Ich muss gleich los. Ich will noch in Dorsel vorbeischauen.«

Frau Lambertz brachte den halben Liter Bier und Lembergs Hausschlüssel.

»Schauen Sie, Herr Lemberg«, sagte sie. »Unsere Anja hat ihn gefunden.«

»Wo war er denn?«

»In der Dachrinne.«

»Wo?«

»In der Dachrinne. Er wird Ihnen aus der Tasche gerutscht sein, als sie aus dem Fenster geschaut haben. Da ist noch was.« Frau Lambertz nahm ein zusammengelegtes Taschentuch aus ihrer Schürzentasche, schlug es auseinander und präsentierte ein rosafarbenes, schwungvoll geformtes Plastikteil von der Größe einer Wäscheklammer. »Gleich daneben hat die Anja noch das entdeckt. Ich weiß nicht, ob das auch Ihnen gehört. Mein Mann meint, es schaut aus wie ... na, ich sag's lieber nicht. Ich dacht mir, es könnt ja auch was Polizeitechnisches sein.«

»Nie gesehen«, sagte Lemberg und wünschte sich gleichzeitig ans andere Ende der Welt.

»Und was machen wir damit?«

»Werfen Sie es in den Müll.«

»Wenn Sie meinen. Es ist also nichts, was Sie vermissen?«

Lemberg verneinte erneut. Er hatte sein Wunschziel erreicht. Nolls Blick brannte auf seinem Gesicht wie die Sonne Australiens.

»Na denn«, sagte Resi Lambertz und ließ das aus Plastilin geformte Schamlippenpaar in den Aschenbecher fallen, den sie mitnahm und durch den vom Nebentisch ersetzte.

»Polizeitechnisch«, sagte Noll in einem Ton, der die gesamte Bandbreite zwischen Abscheu und Amüsiertheit abdeckte.

»Wie meinen Sie?« Lemberg gab sich völlig unbefangen, was ihm nach seinem eigenen Dafürhalten so gut gelang wie sein letzter Handstand beim Polizeisport. »Sagen Sie bloß, Sie wissen, was das war.«

Noll schüttelte langsam den Kopf, was aber nicht als Verneinung gedacht war, und setzte ihren Laptop wieder in Gang. Lemberg warf einen Blick auf seine Uhr.

»Ich muss los«, sagte er, stand auf und nahm sein Glas in die Hand. »Es kann spät werden.«

»Viel Vergnügen«, sagte Noll, ohne von ihrer Tastatur aufzusehen.

Das Bier trank er auf seinem Zimmer. Aus dem Fenster gelehnt und sich fragend, wie ihm dieser Schwachsinn bloß hatte passieren können.

*

Um kurz vor sieben steuerte Lemberg den Golf über die B421 in Richtung Pulvermaar. Er trug frische Wäsche und saubere Garderobe; wegen der Einladung, der ein feierlicher Unterton angehaftet hatte, ausnahmsweise das tabakbraune Cordsakko statt der obligatorischen Lederjacke. Die Zeit hatte sogar gereicht, um den Wohnanhänger zu lüften und sich von den Dauercampern links und rechts beäugen zu lassen.

Noch immer fuhr er mit ausgesprochen zwiespältigen Gefühlen nach Steineberg. Dort war er aufgewachsen, dort stand sein Elternhaus, in dem er nach wie vor blind jeden Lichtschalter fand. Dort hatte er seine Kindheit und Jugend verbracht. Eine Zeit, die ihm wahrscheinlich bis an sein Lebensende wie ein böser Traum vorkommen würde. Hineingeboren in eine Familie von Zeugen Jehovas, was im Dorf schlimmer gewesen war, als hätte die Familie die Krätze gehabt. Wobei Lemberg inzwischen sehr wohl zu differenzieren wusste, wie viel Schuld an der Ausgrenzung die Dörfler trugen und wie viel die Glaubensgemeinschaft und sein Vater, die auf strenge Abschottung von allem Weltlichen geachtet hatten.

Er hatte die Jahre überlebt, seine Mutter nicht. Sie, eine lebensfrohe, gesellige Frau, hatte den Vater im Alter von gerade mal neunzehn Jahren geheiratet und war aus Liebe zu ihm konvertiert. Auf was sie sich damit eingelassen hatte, hatte sie damals nicht überblickt. Und als sie es begriffen hatte, war es zu spät gewesen, da war Lemberg schon geboren und sie mit seinem Bruder René schwanger gewesen. Stück für Stück war aus Simone Lemberg, geborene Leblanc, eine traurige, verhärmte, mut- und hoffnungslose Frau geworden, die mit Mitte dreißig lieber hatte sterben als so weiterleben wollen. Ihrem Erstgeborenen hatte sie sich schließlich in ihrer Verzweiflung anvertraut, und er hatte ihr geraten fortzugehen, statt sich das Leben zu nehmen. Den Ratschlag hatte sie beherzigt und war nur ein Jahr später während eines Gewitters vom Blitz erschlagen worden.

Dass die Mutter die Familie verlassen hatte, hatte Lemberg und seinen Vater endgültig entzweit. Jahrzehntelang hatte der Alte ihm vorgeworfen, die Mutter zu ihrem Schritt getrieben zu haben. Erst vor zwei Jahren, als Lemberg in die Eifel zurückgekehrt war, war es zu einer vorsichtigen Wiederannäherung gekommen. Sie hatten sich ausgesprochen und versucht, einander zu verstehen. Ihr Verhältnis war immer noch schwierig und würde es wohl auch ewig bleiben, trotzdem war es besser denn je. Auch weil der Vater selbst nicht länger den Zeugen Jehovas angehörte, sondern auf seine alten Tage seinen eigenen Weg ging. Inzwischen trafen sie sich regelmäßig, was zwei- bis dreimal pro Jahr bedeutete. Zuletzt hatte der Alte sie sogar einmal in Mainz besucht.

Geblieben war dieses leichte Bauchgrimmen, das Lemberg jedes Mal befiel, wenn er die Autobahn bei Daun verließ. Er verglich es gern mit der Rückkehr an die Stelle der Straße, wo man vor Jahren um Haaresbreite über die Klippen gerast war.

Aber nicht nur seinem Vater würde er begegnen, sondern auch seinem zehn Jahre jüngeren Bruder René. Wie lange hatte er René nicht mehr gesehen? Lemberg musste rechnen und kam auf zwölf Jahre. Kaum zu glauben, dass das so lange her sein sollte. Aber bereits als Kinder hatten sie nicht viel miteinander anfangen können, dafür war der Altersunterschied zu groß gewesen, und als René zehn war, hatte Lemberg das elterliche Haus endgültig verlassen. Hin und wieder hatten sie sich getroffen, aber ihr Verhältnis war immer angespannt gewesen. Auch René hatte ihm stets vorgehalten, die Mutter zum Verlassen der Familie gedrängt zu haben. Einmal war es deswegen sogar zu einer Schlägerei gekommen; nur Maggies energisches Dazwischengehen hatte Schlimmeres verhindert. Danach hatten sie sich noch eine Zeit lang geschrieben, zumeist Ansichtskarten, aber irgendwann war auch das eingeschlafen. Nur über den Vater hatte Lemberg erfahren, wie es René erging. Inzwischen war der Kleine zum Major oder so etwas befördert worden und mit seiner Einheit im Kosovo stationiert. Der eine Polizist, der andere Soldat – erstaunlich, was aus Zeugen Jehovas alles werden kann.

Lemberg bog auf die Landstraße L66 ab – die Route 66 seiner Jugend – und beschleunigte, bis er das Ortseingangsschild erreichte. Das elterliche Haus war eines der ersten zur Rechten. Alles sah aus wie immer, sah man mal von den Blumenkästen vor den erleuchteten Fenstern ab und den neuen Gardinen dahinter. Lemberg parkte im Hof, der nach hinten von der Steinmetzwerkstatt seines Vaters begrenzt wurde. Der Alte war lange in Rente, arbeitete nur noch hin und wieder zum Vergnügen, hatte aber alle Werkzeuge aufgehoben, als hoffte er, eines Tages würde doch noch jemand die Arbeit fortsetzen. Lemberg wäre dafür theoretisch in Frage gekommen, hatte er das Handwerk doch zwei Jahre lang im österreichischen Hallein erlernt, auch wenn er die Ausbildung nicht abgeschlossen hatte.

Im Hof stand bereits ein Fahrzeug, ein silberner Škoda Fabia mit Schweizer Kennzeichen. Vaters Wagen konnte das nicht sein. Zwar hatte der Senior einen Führerschein, aber zum einen sprach die Nummer dagegen, zum anderen hatte der Alte ewig und drei Tage Opel gefahren. Opel, der Zuverlässige. Noch ein Glaubensbekenntnis. Außerdem stand sein Wagen immer im Schuppen. Arnold Lemberg fuhr noch seltener, als sein Erstgeborener Rasen mähte. Einigermaßen gespannt betätigte Lemberg den Klingelknopf.

Eine Frau von maximal einem Meter sechzig Körpergröße öffnete. Sie trug ein dunkelblaues Kleid, an dem eine perlenbesetzte Brosche prangte, die einst Simone Lemberg gehört hatte. Die Frau war erkennbar in den Sechzigern und hatte kurze, schwarz getönte Haare. Dass es sich dabei dennoch um ihre ursprünglich natürliche Haarfarbe handelte, war an ihrem dunklen Teint zu erkennen. Ihre Zähne, die sie im Rahmen eines freundlichen Lächelns zeigte, waren in erstklassigem Zustand. Lemberg ergriff die ihm hingestreckte Hand. Für eine Frau war ihr Händedruck ausgesprochen kräftig.

»Ich bin Renate«, sagte sie. »Du musst Roger sein. Ich schlage vor, wir bleiben beim Du, das macht es einfacher. Komm rein!«

Gleich nach dem Überschreiten der Schwelle merkte Lemberg, dass es im Haus Veränderungen gegeben hatte. Das elende Flurschränkchen und die dazu passende Garderobe waren verschwunden und durch zeitgemäßere Exemplare ersetzt worden. Außerdem war erst kürzlich tapeziert worden; Kleistergeruch hing noch in der Luft.

In der Küche wartete die nächste Überraschung. Die Küchenzeile war bis auf den Herd, der nunmehr ein Ceranfeld hatte, zwar dieselbe wie ehedem, aber die Eckbank, der Tisch, die Stühle und die alte Hängelampe waren nicht mehr da. Ein kleiner quadratischer Tisch aus Kiefernholz mit lediglich zwei Stühlen ließ den Raum größer wirken, die zwei Halogenspots darüber machten ihn heller. Und – oh Wunder – statt des für unausrottbar gehaltenen Kalenders einer Dauner Apotheke hing nun einer mit Landschaftsbildern aus der Bretagne an der Wand. »Golfe du Morbihan« hieß der laufende Monat. Selbst der Bodenbelag war neu. Das allfarbige, durchgelaufene Linoleum, über das sich schon Lembergs Mutter beklagt hatte, war endlich rausgeflogen. Jetzt schritt man federnd über Korkfliesen. Auf dem Herd stand ein Topf, aus dem es verführerisch duftete, und im Backofen brannte Licht.

Im Wohnzimmer erfuhr die Überraschung sogar noch eine Steigerung. Den Raum erkannte Lemberg nicht wieder. Hier war alles neu. Möbel, Tapeten, Teppich, TV, Gardinen und Vorhänge. Und nichts sah billig aus. Der Vater musste tief in die Tasche gegriffen haben. Der Tisch war bereits für vier gedeckt. Mit dem alten Porzellan, das schon immer eine Augenweide gewesen war, und mit Mutters Silberbesteck, das auf Glanz gebracht im Lampenschein funkelte. Daneben standen Wein- und Sherrygläser, die neu sein mussten und über deren Anwesenheit Lemberg höchst erstaunt war.

»Nimm Platz, Roger«, sagte Renate. »Dein Vater wird gleich kommen. Darf ich dir vielleicht einen Sherry anbieten?«

Lemberg konnte nur nicken. Alkohol im Haus seines Vaters. Das war wie das Kamasutra in der Schulbibliothek. Aus einem Geheimfach des neu erworbenen Schranks zauberte Renate eine Flasche Sandeman Medium Dry und schenkte Lemberg ein. Er hob das Glas in ihre Richtung, und während er ein Schlückchen nahm, entschuldigte sie sich mit dem Hinweis, in der Küche nach dem Rechten sehen zu müssen. Ganz die fürsorgliche Hausfrau. Lemberg begann, eine Ahnung zu entwickeln.

Die Ahnung wurde zur Gewissheit, als Arnold Lemberg kurz darauf das Wohnzimmer betrat. Prächtig sah der Alte aus, seine fünfundsiebzig Jahre sah man ihm wirklich nicht an. Auch weil er nicht mehr so ausgemergelt wirkte wie zuletzt, sondern ein paar Kilo zugelegt hatte. Und er trug Jeans. Lemberg schüttelte ungläubig den Kopf, was der Alte aber missverstand.

»Ist etwas?«, fragte er und sah an sich runter.

»Nichts ist«, sagte Lemberg und stand auf. »Aber wo ist deine Mütze?«

»Mütze.« So wie der Alte das sagte, hätte man eine Mütze für etwas Unanständiges halten können.

»Du hast sie sogar in der Badewanne getragen.«

»Behaupte nicht so etwas. Nachher glaubt Renate das noch.«

Sie gaben einander die Hand und umarmten sich nach einigem Hin und Her sogar ungeschickt, weil völlig ungewohnt. Dabei verrutschte Arnolds Goldrandbrille. Auch eine Neuanschaffung. Endlich hatte der Alte sich eingestanden, was seit Langem Tatsache war.

»Setz dich doch«, sagte er.

Also setzte Lemberg sich wieder.

»Ich sehe, Renate hat dir bereits eingeschenkt.«

»Ja, danke.«

»Wenn du nichts dagegen hast, nehme ich auch einen.«

»Was sollte ich dagegen haben?«

Mit übertriebener Vorsicht, als hantiere er mit Nitroglyzerin, füllte Arnold sein Glas. Dann setzte auch er sich, und sie prosteten sich zu. Arnold trank weniger als ein Vögelchen.

»Erzähl – wie geht es dir?«

»Wie immer auf Verbrecherjagd«, sagte Lemberg. »Ich soll dich übrigens von Maggie und den Kindern grüßen.«

Das stimmte zwar nicht, aber Lemberg wusste, dass der Alte das gern hörte. Wie so viele hatte er an Maggie einen Narren gefressen. Während der Jahre, die Arnold und Lemberg nicht miteinander gesprochen hatten, hatte Maggie den Kontakt gepflegt und Arnold Fotos der Kinder geschickt und ihn über ihre Entwicklung auf dem Laufenden gehalten. Lemberg hatte davon erst vor zwei Jahren erfahren.

»Hier hat sich ja einiges geändert«, sagte er und wies durch den Raum.

Arnold strahlte. »Ja, es weht ein frischer Wind in diesem Haus. Dazu gibt es noch mehr zu sagen, aber damit wollen wir warten, bis René eingetroffen ist.« Er stand wieder auf. »Ich habe versprochen, Renate zur Hand zu gehen.«

»Was man verspricht, muss man auch halten«, sagte Lemberg und grinste.

Als der Alte in der Küche verschwunden war, verließ Lemberg seinen Platz und trat ans Fenster. Dunkel war es bereits, was auch sonst, aber Lemberg wusste, was er bei Tageslicht gesehen hätte. Ansteigendes Gelände, er stand gewissermaßen am Fuß der Steineberger Ley, einem Basaltrücken, der sich auf über fünfhundertfünfzig Meter erhob. Vor ein paar Jahren waren noch einige Meter dazugekommen, als man einen knapp dreißig Meter hohen Aussichtsturm draufgesetzt hatte, den Lemberg aber noch nicht erklommen hatte. Aber bestimmt beim nächsten Mal. So hatte er es auch mit dem Kirchturm von Ribe gehalten. Fünfmal hatten Maggie, die Kinder und er Urlaub auf Römö gemacht, und fünfmal hatte er die Besteigung des Turms aufs folgende Jahr verschoben. Glücklicherweise waren sie im sechsten Jahr nach Texel gefahren.

Lemberg ging zurück zum Tisch. Als Wandschmuck war das hochformatige Bild mit den beiden Kranichen erhalten geblieben. Angeblich hatte es ein Japaner gemalt. Es wirkte auch japanisch, nicht zuletzt wegen des kegelförmigen Berges im Hintergrund. Auf der Rückseite stand allerdings »Made in Italy«.

Dazugekommen war ein zweites Bild, genauer gesagt eine Schnitzarbeit, das Wappen von Steineberg. Ein Schwert, ein Piepmatz und drei Steine. Das Ganze in Silber, Grün und Rot. Der Vogel sollte eine Taube darstellen, die wiederum das Symbol für den heiligen Franz von Assisi war, weswegen das Wappen früher niemals ins Haus gekommen wäre. Wie die Zeiten sich doch änderten.

Im Hof blubberte ein Automotor, unverkennbar ein Achtzylinder. Das musste René sein, der schon immer ein Faible für Zuhälterkisten gehabt hatte. Nun konnte er sich so einen Schlitten offenbar leisten. Die Türglocke ging, und kurz darauf gab es ein großes Hallo. Ein Palaver folgte, von dem Lemberg kein Wort verstand, dann kam René ins Wohnzimmer. Breitbeinig, als sei er gerade vom Pferd gestiegen. Er sah feist aus, obwohl er nicht wirklich dick war, sah man einmal von seinem Hals und seinem Oberbauch ab. So wie man halt aussieht, wenn man dreimal am

Tag Fleisch isst. Außerdem merkte Lemberg ihm gleich an, dass er getrunken hatte.

René trug eine schwarze Lederhose mit Fransen, die Hodenkrebs begünstigend eng geschnitten war, und ein weißes Hemd, das bis kurz über dem Bauch offenstand und so den Blick auf goldige Brusthaare und eine schwere goldene Halskette freigab. Seine Frisur war türsteher- und damit bundeswehrgerecht. Das Dauergrinsen, das er schon als Kind gepflegt hatte, musste inzwischen inoperabel sein.

»Mensch, großer Bruder«, sagte er und kam mit ausgebreiteten Armen auf Lemberg zu. »Wie lange ist es her?«

Lemberg wurde umarmt, dass ihm die Luft wegblieb, und auf den Rücken geklopft wie ein treues Pferd. Dann ließ René von ihm ab und schlug ihm mit dem Handrücken vor den Bauch.

»Hast aber mächtig zugelegt, alter Junge.« René zwinkerte feixend. »Hat der Alte sich da was angelacht?«

»Keine Ahnung«, sagte Lemberg. »Ich bin auch gerade erst gekommen.«

Sie setzten sich, und René platzierte sein Handy neben dem Teller. Eines von den neuen Klitzekleinen, für deren Tasten man eine Stecknadel brauchte, die aber so ziemlich alles konnten. Dann nahm er seine Armbanduhr ab und legte sie so dazu, dass er sie im Blick hatte, als müsste er in zehn Minuten schon wieder aufbrechen.

»Was trinkst du da?«

»Sherry.«

René verzog das Gesicht. »Ich hab 'ne Kiste Bier im Auto. Extra mitgebracht. Hier gibt es ja nie was.«

»Warte es ab. Hier stehen Weingläser.«

René schnappte sich das Handy. »Komm, ich mach schnell ein Foto von dir. Du siehst gerade so schön dämlich aus.«

Lemberg hob abwehrend die Hand. »Lass das.«

René ließ es natürlich nicht und knipste Lembergs Hand. Als Lemberg sie runternahm, blitzte es noch einmal.

»Wie läuft es im Kosovo?«, fragte Lemberg.

»Bestens«, sagte René. »Reine Routine. Wir passen halt auf, dass die Affen sich nicht gegenseitig massakrieren.«

»Keine Mafia, die das Land regiert?«

René winkte ab. »Da wird viel Blödsinn geschrieben. Aber rau sind die Brüder schon.«

»Wo bist du stationiert? In Priština?«

»Ne, ne, Prizren. Und du bist zurück in unserer geliebten Eifel, hat der Buschfunk gemeldet?«

»In Dorsel.«

»Nie gehört.«

»Das macht nichts.«

»Wie geht es meiner bildschönen Schwägerin?«

»Die urlaubt auf Texel.«

»Allein?«

»Allein.«

»Na, na, das wird sie aber nicht lange bleiben, so wie sie aussieht.« René lachte. »Oder habt ihr euch getrennt?«

»Nicht dass ich wüsste.«

René lachte schon wieder. »Der Ehemann erfährt es immer als Letzter.«

»Und was macht dein Liebesleben?«

»Mal diese, mal jene. Die Welt ist groß. Kennst mich ja.«

Das stimmte nicht. Lembergs Wissen über Renés Privatleben resultierte aus dem, was der Vater ihm darüber mitgeteilt hatte. Demnach hatte der Bruder eine Vorliebe für reifere Frauen, die sich anscheinend die Klinke seiner Schlafzimmertür in die Hand gaben. Wobei Arnold das natürlich weniger plastisch formuliert hatte.

»Da unten gibt es jede Menge russische Nutten«, sagte René. »Vom Feinsten, sage ich dir. Von denen kann sogar ich noch was lernen.«

»Und ich dachte, ihr liegt abends auf euren Feldbetten, spielt Skat und hört den Soldatensender.«

»Meinst du Radio Andernach? Den Quatsch hört sich doch kein Schwein an. Höchstens mal BFBS oder AFN.«

»Ich dachte mehr an den Soldatensender Belgrad«, sagte Lemberg und begann »Lili Marleen« zu summen.

Zum ersten Mal verschwand Renés Grinsen. »Was soll denn die blöde Anspielung?«

Renate und Arnold beendeten die angeregte Unterhaltung durch ihr Erscheinen. Renate trug eine Suppenterrine, Arnold einen Weinkühler, aus dem eine entkorkte Flasche Weißwein hervorschaute. Während sie die Suppe austeilte, schenkte er ein, sich selbst zuletzt. Dann verschwand Renate noch einmal in der Küche, um ein Schälchen frisch gehackte Petersilie zu holen. Als alle saßen – Renate setzte sich an Lembergs Seite, Arnold nahm neben René Platz –, hob Arnold das Glas, und die anderen taten es ihm gleich.

»Zum Wohle«, sagte der Senior. »Schön, dass die Familie mal wieder beisammen ist.«

»Familie ist gut«, sagte René, bevor er sein Glas in zwei Zügen leerte.

Die Suppe war eine Minestrone. Selbst gekocht, wie Arnold lobend erwähnte. In der Tat war sie heiß und schmackhaft, und die Petersilie gab ihr eine angenehme Frische. Da der Weinkühler in Renés Reichweite stand, bediente er sich selbst, ohne zu fragen.

»Bevor wir zum Hauptgang kommen, möchte ich euch mit Renate bekannt machen«, sagte Arnold so steif wie überflüssig. »Renate, das sind meine Söhne Roger und René.«

Die Angesprochenen taten so, als würden sie sich erst in diesem Augenblick kennenlernen, und tranken auf das Wohl der jeweils anderen. Auch René spielte mit. Arnold strahlte.

»Wie ihr gesehen habt, hat sich hier einiges verändert«, sagte er. »Das habe ich Renate zu verdanken. Sie hat diesem Haus den Mief ausgetrieben, und ich muss sagen, das tut mir gut.«

»Du hast seit letztem Sommer zugenommen«, sagte René.

»Steht dir«, sagte Lemberg.

»Ein wenig«, sagte Arnold verschämt, und Renate ergänzte: »Er war zu mager. Zu viel Gewicht ist für sein Herz nicht gut, zu wenig aber auch nicht.«

Als Hauptgang gab es Lasagne. Dazu eine Flasche Rotwein, dem wiederum René am regsten zusprach. Lemberg beobachtete, wie der Blick des Bruders zunehmend stierer wurde.

»Kommst du aus Italien?«, fragte René über den Tisch. »Minestrone, Lasagne.«

»Mein verstorbener Mann war Italiener«, sagte Renate. »Ich stamme aus der Schweiz.«

»Spricht man da nicht alles im Rachen?«, fragte René und machte dabei Emil Steinberger nach.

»Nicht in Basel«, sagte Renate.

»Wie habt ihr euch kennengelernt?«, fragte Lemberg.

»Bei einer Schiffsreise auf dem Rhein«, sagte Arnold. »Ich wollte schon immer mal den Rhein rauf- und runterfahren. Im letzten Herbst habe ich mir das endlich mal gegönnt.«

»Stimmt, davon hast du erzählt«, sagte Lemberg.

»Mutter war es, die die Reise immer machen wollte«, sagte René.

Arnold ging darauf nicht ein. »Wir haben uns eine Weile geschrieben und auch telefoniert, dann haben wir uns gegenseitig besucht.«

»Und jetzt lebt ihr zusammen?«, fragte René und rollte die Augen in gespielter Entrüstung. »In wilder Ehe?«

»Nein«, sagte Arnold bestimmt. »Renate wohnt nach wie vor in Basel. Aber nicht mehr lange.«

»Sag ich's doch«, sagte René.

Arnold stand so abrupt auf, als hätte es geklingelt.

»Ich möchte dieses Essen zum Anlass nehmen«, sagte er feierlich, »euch mitzuteilen, dass Renate und ich zu heiraten gedenken.«

Alle waren perplex, Renate eingeschlossen, obwohl Arnold sie bestimmt vorher gefragt hatte. Lemberg reagierte als Erster.

»Na, dann herzlichen Glückwunsch«, sagte er, stand auf und gab den Brautleuten die Hand, Renate zusätzlich einen Wangenkuss. »Ich hoffe, ihr wisst, was ihr tut.«

»Für uns beide ist es nicht die erste Ehe«, sagte Renate. »Ich denke, wir wissen, was wir voneinander zu erwarten haben.«

»Heiraten«, knurrte René, der sitzen geblieben war und sich jetzt zurücklehnte. »In deinem Alter. Was soll das? Mutter würde sich im Grabe umdrehen, wenn sie das wüsste.«

»Eure Mutter ist vor über dreißig Jahren gestorben«, sagte Arnold.

»Denkst du nicht daran, wie wir das empfinden?«, fragte René.

»Nein«, sagte Arnold. »Das ist meine Sache.«

»Das glaubst aber auch nur du!« René stellte sein Glas derart heftig ab, dass Stiel und Kelch zerbrachen. Der Schnitt, den er sich dabei zufügte, war tief. Im Nu war die Tischdecke rot von Wein und Blut. Mit links und unter Zuhilfenahme der Zähne schlang er seine Serviette um die verletzte Hand.

»Ich hole ein Pflaster«, sagte Renate und lief hinaus.

»Ich scheiß auf ein Pflaster«, sagte René.

»Du bist betrunken«, sagte Lemberg.

»Halt du dich da raus«, zischte René bösartig. »Du bist an allem schuld. Du hast Mutter damals darin bestärkt, uns zu verlassen.«

»Du redest Stuss«, sagte Lemberg.

René wandte sich an Arnold. »Er hat gesagt, Mutter soll dich verlassen. Hab ich nicht recht?«

»Das Thema ist zwischen Roger und mir ausdiskutiert«, sagte Arnold. »Und du nimmst dich jetzt bitte zusammen.«

Renate brachte das Pflaster und war René behilflich, den Serviettenknoten zu lösen. Widerwillig ließ er sich helfen.

»Lernst irgendeine Frau kennen und präsentierst sie uns als deine Neue«, sagte René, als das Pflaster saß. »Womöglich sollen wir auch noch Mutter zu ihr sagen. Ihren Schmuck trägt sie ja bereits.« Dazu flippte er mit dem Zeigefinger vor die Brosche, dass Renate erschrocken zurückwich.

»Du reißt dich auf der Stelle zusammen!«, sagte Arnold scharf.

»Was sonst, alter Mann?«, fragte René.

»Sonst setze ich dich an die Luft«, sagte Lemberg.

»Entschuldigt mich bitte«, sagte Renate und verließ das Zimmer.

»Das möchte ich sehen«, sagte René und stand auf, wobei sein Stuhl umkippte. »Komm her, Großmaul, zeig's mir.«

Arnold zitterte vor unterdrückter Wut. »In meinem Haus gibt es keine Schlägereien.«

»Dann gehen wir eben vor die Tür«, sagte René. »Komm, Brüderchen, da wirst du dein blaues Wunder erleben.«

»Setz dich wieder hin und halt endlich die Klappe«, sagte Lemberg und nahm wieder Platz.

»He, mein großer Bruder hat die Hosen voll!«, rief René, stützte sich mit der unversehrten Hand auf den Tisch und beugte sich rüber. »Mein ach so starker Bruder hat auf einmal die Hosen gestrichen voll.«

Renate kam im Mantel und mit einer Handtasche zurück.

»Ich fahre nach Hause, Arnold«, sagte sie und gab ihm einen Kuss auf die Wange. »Dann könnt ihr das in Ruhe ausdiskutieren.«

»Du kannst doch heute nicht mehr bis Basel fahren«, sagte Arnold.

»Falls ich müde werde, nehme ich mir unterwegs ein Zimmer«, sagte sie und legte die Brosche auf den Tisch. »Du hättest mir sagen sollen, dass sie deiner Frau gehört hat. Dann hätte ich sie heute Abend nicht getragen.«

»Ich bringe dich zur Tür«, sagte Arnold und ging mit ihr hinaus.

René stellte seinen Stuhl wieder auf, setzte sich und knurrte: »Mit dir bin ich noch nicht fertig, Brüderchen.«

Lemberg entgegnete nichts, sondern trank aus und drehte sein Glas mit Daumen und Zeigefinger, dass die Schliffkanten aufblitzten. Stumm und planlos saßen die Brüder sich gegenüber, wie ein Franzose und ein Finne, die auf einer einsamen Insel gestrandet waren, aber nur ihre Muttersprache beherrschten. Im Hof wurde ein Automotor gestartet. Kurz darauf kam Arnold zurück.

»Ich möchte, dass ihr umgehend mein Haus verlasst«, sagte er.

»Wie?«, fragte René. »Du wirfst uns raus?«

»Wenn du es so nennen willst.«

Lemberg stand auf.

»Tut mir leid, Vater«, sagte er, zögerte kurz, ob er dem Alten die Hand geben sollte, ließ es aber und ging.

Die Nacht war kühl, die frische Luft tat gut. Lemberg atmete bis in die Lungenspitzen ein und ließ die Luft langsam wieder entweichen. Einen Mustang fuhr der Bruder Major. Das neue

Modell, ein Retrodesign, in Rot mit weißen Streifen und mit Reifen breit wie Bierfässer. Gesprächsfetzen wehten durch die offen stehende Haustür an Lembergs Ohr. Der Vater und René diskutierten noch, aber in ziviler Lautstärke. Lemberg schlenderte zu seinem Wagen. Hinter ihm fiel die Haustür ins Schloss, und schnelle Schritte näherten sich.

Der Angriff erfolgte völlig unerwartet. René sprang Lemberg hinterrücks an, drückte ihn nach unten und nahm ihn in den Schwitzkasten. Um Lemberg zu demütigen, zerrte René ihn einmal über den Hof und dann zurück zu den Fahrzeugen. Lemberg konnte sich nur mit Mühe und ständig stolpernd auf den Beinen halten.

»Na, wie ist das, Großmaul?«, fragte René. »Nicht mehr wie früher, als du deinen kleinen Bruder nach Belieben verkloppen konntest.«

Sie standen an der Beifahrerseite des Golf. René riss Lemberg nach vorn und stieß ihn mit dem Kopf dicht neben dem Griff gegen die Wagentür.

»Lass den Scheiß«, keuchte Lemberg.

»Warum? Der Spaß fängt doch gerade erst an.«

Wieder wurde Lemberg gegen die Tür gestoßen. Diesmal so heftig, dass der Wagen sicher eine Delle hatte.

»Du sollst mich loslassen, du Arsch!«

»Halt's Maul, Bulle«, sagte René und ließ den Gong zum dritten Mal ertönen.

Lemberg wurde schwarz vor Augen. Der Kleine musste von Sinnen sein. Mit letzter Kraft ballte Lemberg die rechte Faust und boxte seinem Bruder von unten in die Weichteile. René quiekte und ließ ihn so abrupt los, dass Lemberg zu Fall kam. Stöhnend sank René neben ihm auf die Knie, griff sich zwischen die Beine und lehnte sich mit der Stirn gegen die Seitenscheibe. Lemberg rappelte sich hoch und stützte sich auf die Motorhaube. Es dauerte einen Moment, bis er wieder normal atmen konnte.

Während nach und nach die Lichter im Haus verloschen, saß Lemberg auf dem Kotflügel des Golf und rauchte eine Zigarre. Dreimal schnippte er Asche weg, bis René endlich in der Lage war, aufzustehen. Noch immer hatte er die Hand um seinen Hodensack gelegt.

»Verdammt«, sagte er gepresst. »War das nötig? Die nächsten Tage krieg ich bestimmt keinen hoch.«

»Selbst schuld. Warum hast du Renate angepöbelt?«

»Ach, mir ist dieses verliebte Getue auf den Sack gegangen. Ich kann so was nicht ab. Nicht in dem Alter. Wenn Mutter das sieht.«

»Mutter kann das nicht sehen. Mutter ist tot.«

»Sie ist im Himmel und sieht alles.« René hob den Kopf. Der Himmel war verhangen, kein Stern funkelte. In dieser Nacht konnte sie beim besten Willen nichts sehen. »Vermisst du sie nie?«

»Selten.«

René humpelte die zwei Schritte an Lembergs Seite und setzte sich neben ihn. Der Golf ging noch tiefer in die Federn.

»Ich war erst sechs, als sie uns verlassen hat«, sagte René. »Ein Jahr später war sie tot, und ich durfte nicht mal zu ihrer Beerdigung. Ich wollte damals nicht mehr leben. Ich hab ernsthaft darüber nachgedacht, mich umzubringen. Ich wollte mich vor einen Zug werfen.«

»Ihr Verlust war für uns alle grausam, sicher für dich am schlimmsten.«

»Warum hat sie nicht wenigstens gewartet, bis ich groß war?«

»Dann würde sie heute noch warten.«

René musste lachen, was seinen Weichteilen aber nicht bekam.

»Scheißleben«, sagte er. »Willst du ein Bier?«

»Ist es denn kalt?«

»Ich hab 'ne Kühlbox im Auto. Extra einbauen lassen.«

René ging schwerfällig zum Kofferraum, öffnete den Deckel und kam mit zwei Stubbis zurück. Den Wagenschlüssel benutzte er als Öffner. Sie tranken, und René zündete sich eine Marlboro an.

»Was hat der gekostet?«, fragte Lemberg.

»Fünfzigtausend, so wie er da steht. Scharf, was? Satte dreihundert PS an der Hinterachse.«

»Wie kannst du dir das als Major leisten?«

»Oberstleutnant, bitte.«

»Ist das mehr oder weniger?«

»Ein Rang mehr.«

»Trotzdem.«

»Der Bund zahlt gut.«

»Klar doch.«

»Ich mach halt nebenbei noch ein paar Geschäfte. Sei nicht so neugierig.«

»Ich verstehe.«

»Nichts verstehst du.«

René hatte bereits als Kind eine ausgeprägte merkantile Ader gepaart mit einem seltsamen Verhältnis zu fremdem Eigentum gehabt. So hatte er in der Grundschule Lembergs gesamte Wiking-Modellsammlung an Klassenkameraden verkauft. Natürlich ohne Lembergs Einverständnis einzuholen oder den Erlös zu teilen.

»Gehen wir noch mal rein und entschuldigen uns bei dem Alten?«, fragte René, nachdem er seine Zigarette ausgetreten hatte.

»Das bringt heute nichts. Außerdem liegt er bestimmt schon in den Federn.«

René hielt ihm den Schlüssel mit der blauen Pflaume hin. »Willst du mal 'n richtiges Auto fahren? Ist 'n anderes Feeling als so 'ne Behördenkarre.«

»Muss nicht sein.«

»Komm schon. Der hat Automatik. Da kannst du nicht viel verkehrt machen.«

Der Sitz war passend eingestellt. Offenbar hatten sie doch etwas gemeinsam. Lemberg trat die Bremse, legte den Gang ein und gab behutsam Gas. Der Wagen war eine Wucht.

»Komm, gib mal richtig Stoff«, sagte René.

In Höhe des südlichen Ortsausgangsschildes trat Lemberg das Pedal durch. Der Mustang flog die Landstraße entlang wie eine Kanonenkugel.

»Geil, was?«, rief René.

Unmittelbar vor dem Abzweig nach Demerath stand rechts ein heller BMW auf dem Weg am Waldrand. Der geparkte Wagen tauchte nur für Bruchteile von Sekunden am äußersten Rand des Scheinwerferkegels auf, aber das genügte. Zumal Lemberg sich sicher war, die Insassen erkannt zu haben. Er ging vom Gas und ließ den Mustang rollen.

»Was ist?«, fragte René.

»Hast du den BMW gesehen?«

»Radar? Kann nicht sein. Nicht hier und nicht um die Zeit.«

»Schnüffler«, sagte Lemberg.

»Kollegen von dir?«

»Widerliche Konkurrenz.« Lemberg bremste ab, da sie die Bundesstraße erreicht hatten. »Ich frag mich nur, wie die mir gefolgt sind. Seit Monschau hab ich die nicht mehr gesehen.«

»Dann bist du verwanzt«, sagte René. »Fahr untenrum.«

Lemberg fuhr bergab nach Menden und über die Steininger Straße in den gleichnamigen Ort, sodass sie aus nördlicher Richtung nach Steineberg zurückkehrten. Bewaffnet mit einer Taschenlampe machte René sich auf die Suche, kroch hinten und vorne unter den Golf. So wie er sich bewegte, hatte er keine Beschwerden mehr. Kurz nachdem er zwischen den Vorderrädern verschwunden war, tauchte er wieder auf.

»Na, hab ich's nicht gesagt?«, sagte er und drückte Lemberg ein schwarzes Plastikgehäuse im Format einer Streichholzschachtel in die Hand, an dem eine Diode glomm. »Nicht das neueste Modell. Tut aber seinen Dienst.«

»Dieser Drecksack von Meissner«, sagte Lemberg.

»Wollen wir sie fertigmachen?« In Renés Augen leuchtete die Vorfreude eines notorischen Wirtshausschlägers auf.

»Das gäbe mächtig Ärger«, sagte Lemberg und biss sich auf die Unterlippe. »Ärger, den wir uns im Augenblick nicht leisten können. Gibt es keine elegantere Lösung?«

Ihm selbst wollte keine einfallen, aber René hatte eine Idee.

»Wie wär's, wenn ich den Sender mitnehme und dem General ans Auto pappe?«, fragte er. »Dann ruf ich den MAD an und erzähl denen, dass da zwei verdächtige Typen rumschnüffeln.«

Lemberg grinste. »Hört sich vernünftig an. Und du glaubst, das funktioniert?«

»Klar doch. Du musst nur über Steiningen abrücken. Sonst werden die Brüder misstrauisch.«

»Und du kriegst keine Probleme?«

»Ich bin des Generals Liebling.« René nahm Lemberg den Sender aus der Hand. »Sind wir wieder gut miteinander?«

»Sind wir«, sagte Lemberg und schloss den Bruder in die Arme. »Sind wir.«

16

Lemberg war hundemüde. So müde, dass er dachte, die Straße hinab nach Monschau ins Rurtal führe bergauf. Das Gleiche war ihm einmal vor beinahe dreißig Jahren auf der Autobahn kurz vor Paris passiert. Damals war er allerdings am Steuer eingeschlafen, woraufhin seine Ente in extrem spitzem Winkel in die Mittelleitplanke gefahren war. Das Schleifgeräusch und der Funkenregen der an der Planke entlangschrammenden Kotflügel hatten ihn geweckt. Vor Schreck hatte er das Lenkrad verrissen, war über alle Fahrspuren geschossen und im Graben neben dem Standstreifen gelandet. Dort hatte die Ente ihr Ende gefunden wie auch der gerade begonnene Urlaub. Ironischerweise musste er auf die umgerechnet hundert Mark, die ihm der Schrotthändler für das Wrack gab, auch noch Einfuhrzoll entrichten.

Diesmal ging alles glatt. Lemberg erreichte das Hotel unfallfrei, stellte den Golf ab und ging zur Eingangstür. Die war natürlich seit einer halben Stunde abgeschlossen. Gähnend steckte er die Hand in die Jackentasche. Der Schlüssel war nicht da, auch nicht in der linken Tasche. Auch nicht in den Innentaschen. Auch nicht in den Hosentaschen. Fluchend ging Lemberg zurück zum Wagen und suchte im Handschuhfach, auf dem Boden, zwischen den Sitzen, überall. Der Schlüssel für die Eingangstür blieb verschwunden. Nicht schon wieder! Dabei hatte er aus keinem Fenster geguckt. Aber möglicherweise war ihm der Schlüssel aus der Tasche gerutscht, als René ihn über den Hof gezerrt hatte. Wütend schlug Lemberg die Fahrertür zu. Dann fiel ihm der Schlüssel für Notfälle ein, dessen Versteck Frau Lambertz ihm am Morgen gezeigt hatte.

Erleichtert, doch noch ins Bett zu kommen, ging Lemberg um das Gebäude herum. Der Retter seiner Nachtruhe hing am vorgesehenen Platz. Lemberg sicherte die Tür mit der Fußmatte gegen Zufallen und hängte den Schlüssel zurück. Vielleicht war ja noch jemand so dämlich wie er. Sachte drückte er die Tür ins Schloss und tastete neben dem Rahmen nach dem Lichtschalter, aber da war keiner. Im Schein des roten Pünktchens des Micro Lensers, den er am Ring seines Schweizer Armeemessers trug, suchte er sich den Weg durch die Küche. Soweit sich das bei 0,1 Watt Ausleuchtung beurteilen ließ, war der Raum vorbildlich aufgeräumt; alle Geräte und Flächen präsentierten sich blitzblank. Vielleicht wussten die Gastroschnüffler vom Gesundheitsamt ja auch, wo der Schlüssel hing.

Lemberg steuerte auf die Tür neben dem mannshohen Kühlschrank zu, denn die musste nach seiner Einschätzung auf den Flur und damit zur Rezeption führen. Dabei musste er an einer anderen Tür vorbei, an der ein Messingschildchen mit der Gravur »Privat« angebracht war. Hinter der Tür war eine Unterhaltung im Gang, die nur undeutlich zu verstehen war. Lemberg wollte schon weitergehen – wahrscheinlich saßen die Eheleute Lambertz nach vollbrachtem Tagewerk vor dem Fernseher und sahen sich irgendeinen Spielfilm an –, als ihn ein gekreischtes »Eher bringe ich dich um!« innehalten ließ. Der Satz hätte zwar auch in einem Film vorkommen können, aber Lemberg war sich ziemlich sicher, dass ihn Ricarda Krings ausgestoßen hatte. Vorsichtig legte er das linke Ohr an die Tür und lauschte.

»Nein, nein und nochmals nein!«, schrie Ricarda. »Ich denke gar nicht daran. Der Triple-Test hat keinen Hinweis auf irgendein Risiko ergeben.«

»Dann lass wenigstens eine Fruchtwasseruntersuchung machen«, sagte Resi Lambertz.

»Nein!« Die Tochter schien ihren bockigen Tag zu haben. »Ich habe gelesen, das Risiko sei dabei größer als der Nutzen.«

»Kind, du kannst doch nicht die Augen vor den Tatsachen verschließen.«

»Was für Tatsachen? Nur weil ich einmal ein behindertes Kind zur Welt gebracht habe? Du scheinst zu vergessen, dass ich davor ein gesundes geboren habe.«

»Alles, worum wir dich bitten, ist, das Notwendige zu tun, um das Risiko so klein wie möglich zu halten.« Das sagte eine dritte Person, eine männliche. Lemberg glaubte, dass das Klaus-Peter Krings' Stimme war, war sich aber nicht hundert Prozent sicher.

»Wäre es Gottes Wille, würde ich eben noch ein behindertes Kind bekommen«, fauchte Ricarda. »Aber der Fall wird nicht eintreten. Das spüre ich.«

»Das spürst du!« Jetzt war es eindeutig, dass es sich bei dem Mann um den jungen Krings handelte. »Na wunderbar. Bei so viel Gespür solltest du vielleicht auch unseren Lottoschein ausfüllen.«

»Klaus-Peter!«, schaltete Resi sich ein. »Was soll das denn jetzt?«

»Ich sage dir nur Folgendes«, verkündete Krings drohend, »noch einmal mache ich das nicht mit.«

»Was soll das heißen?«, fragte Ricarda. »Wäre es dir lieber, Torben wäre gar nicht erst zur Welt gekommen?«

»Wenn du es unbedingt hören willst: Ja.«

»Du mieses Schwein!«

»Und ich sage dir noch eins: Wenn du das Kind nicht abtreiben lässt, werde ich dich verlassen.«

»Dann geh doch! Aber sofort!«

Es folgte ein Moment unheilvoller Stille, den Lemberg sich als Austausch hasserfüllter Blicke vorstellte. Dann wurde ein Möbel gerückt, und Schritte kamen in seine Richtung. Rasch huschte er in den Schutz des Kühlschranks und löschte sein Lämpchen. Eine Sekunde später wurde die Tür zum Nebenraum aufgerissen, Klaus-Peter Krings stürmte heraus, durchquerte die Küche und verließ das Haus durch den Hintereingang. Krachend fielen beide Türen zu. Lemberg kehrte auf seinen Horchposten zurück.

»Du hättest nicht noch einmal schwanger werden dürfen«, sagte Resi.

»Als ob ich mir das Kind allein in den Bauch gesetzt hätte!«, schrie Ricarda.

»Wir Weibsbilder müssen auf uns schauen, das hab ich dir immer gesagt. Die Kerle folgen nur der Natur.«

»So ein Quatsch! Das höre ich mir nicht länger an. Auf wessen Seite stehst du eigentlich?«

»Immer auf deiner, Ricarda. Aber du musst auch Vernunft annehmen, wenn es erforderlich ist. Was soll denn aus den Kindern werden, wenn ihr mal nicht mehr seid? Du kannst nicht erwarten, dass Patricia sich zeitlebens um ihre behinderten Geschwister kümmert.«

»Du redest, als sei das mit der Behinderung bereits beschlossene Sache.«

»Weil ich ein schlechtes Gefühl dabei hab. Sei vernünftig, Kind. Noch ist es nicht zu spät.«

»Mutter, ich bin in der sechzehnten Woche. Keine Klinik wird mehr einen Abbruch durchführen.«

»In Holland schon.«

»Ich hasse dich!«, schluchzte Ricarda auf. »Ich hasse euch alle!«

Wieder schrammte ein Möbel über den Boden. Lemberg wollte sich gerade erneut in sein Versteck verziehen, als auf einmal die Deckenbeleuchtung der Küche aufflammte. Norbert Lambertz stand im Rahmen.

»Was tun Sie denn hier?«, fragte er scharf.

»Ich hab meinen Schlüssel verloren«, sagte Lemberg und zeigte zum rückwärtigen Eingang. »Da bin ich hintenrum reingekommen.«

»Hat meine Frau Ihnen den Schlüssel nicht zurückgegeben?«

»Doch, aber er ist schon wieder weg.«

»Sollte er nicht wieder auftauchen, werde ich Ihnen den Schlüssel in Rechnung stellen müssen.«

»Selbstverständlich«, sagte Lemberg und schob sich an Lambertz vorbei. »Gute Nacht.«

»Gute Nacht.«

In Lembergs Kopf rotierte ein Karussell. Auf den Pferdchen und in den Wägelchen saßen seine Gedanken und hatten offenbar Freifahrchips ohne Ende. Selbst als er bereits in den Federn lag, ging der Betrieb munter weiter. In den alten Zeiten war im Inneren ein Pony oder ein Esel angeschirrt gewesen und hatte das Karussell gezogen. Das war zweifelsfrei Tierquälerei gewesen, aber die Viecher hatte man wenigstens zügeln können. Heutzutage wurden die Karusselle mit Strom betrieben, und an den Stecker kam man nicht dran.

Lemberg schloss die Augen, um wenigstens die Schatten des Zimmers auszublenden. Prompt fiel ihm ein, dass er vergessen hatte, Maggie anzurufen. Heute um zehn musste sie das Haus räumen, der Urlaub war zu Ende. Kurz erwog er, sie schlafen zu lassen, dann griff er aber doch zum Handy und wählte ihre Nummer. Wie in den vergangenen Tagen meldete sich lediglich ihre Mobilbox. Des Aufsprechens von Nachrichten und Grüßen überdrüssig sagte er diesmal nichts. Stattdessen zog er sich die Decke über den Kopf und war fünf Minuten später tatsächlich eingeschlafen.

*

Lemberg war sich sicher, dass er bereits wach gewesen war, bevor es geklopft hatte. Zumindest war sein Traumfilm vor dem ersten Fingerknöchelpochen von der Spule gesprungen. In diesem Hotel konnte man einfach nicht schlafen. Sollte er diesen Fall jemals zu Ende bringen, würde er eine Kur beantragen. Eine Schlafkur.

»Wie spät ist es?«, fragte Lemberg, als er die Tür aufriss, noch ehe er wusste, wer oder was ihn dort erwartete.

Noll stand gestiefelt und gespornt auf dem Läufer im Gang. »Halb sieben«, sagte sie.

»Was wollen Sie?«

»Auf Lambertz und den jungen Krings ist geschossen worden. Die Meldung kam gerade rein.«

»Sind sie tot?«

»Verletzt. Wobei man mir über die Schwere der Verletzungen keine genauen Angaben machen konnte.«

»Wo ist das passiert?«

»Auf Lambertz' Hochsitz in Kalterherberg.«

»Geben Sie mir fünf Minuten.«

Exakt nach vier Minuten und dreiundfünfzig Sekunden drehte Lemberg den Zündschlüssel des Golf. Noll hatte mitgestoppt und teilte ihm das Ergebnis mit. Wahrscheinlich wollte sie ihn damit aufmuntern, was ihr jedoch nach Lembergs Seitenblick zu urteilen gründlich misslang. Stattdessen bedeutete er ihr, das Blaulicht aufs Dach zu stellen, und gab Gas. Noll hantierte derweil mit der Straßenkarte.

»Elsenborner Straße«, sagte sie. »Am Eifeldom vorbei und dann die Zweite links.«

»Kenn ich«, knurrte Lemberg. »Da ist mir Krings abgehauen.«

Während der Wagen hinauf nach Kalterherberg flog, kroch linker Hand die Sonne über den Horizont und linste durch ein Loch in der ansonsten geschlossenen Wolkendecke. Der graue Film auf der Innenseite der Frontscheibe war unübersehbar. Noll wischte mit dem angefeuchteten Zeigefinger ein winziges Loch in den Schleier.

»So sieht es auch in Ihrer Lunge aus«, sagte sie. »Nikotin pur.«

»Wollen Sie zu Fuß gehen?«

»Sie haben morgens schlechte Laune, Sie haben abends schlechte Laune und tagsüber sowieso. Ich bewundere Ihre Frau.«

»Ich auch. Meine Frau kann nämlich die Klappe halten.«

Ein gefleckter Mischling, der ohne Frauchen beziehungsweise Herrchen Gassi ging, ließ das Pinkeln sein und fegte kläffend hinter dem Golf her. Zwei Frauen mit Brottüten der Venn-Bäckerei, die dringend bei den Weight Watchers hätten anrufen müssen, starrten ihnen mit offenen Mündern nach. Ein Mann in einem blauen Jogginganzug kippte beinahe vom Rad, als der Luftzug des Golf ihn erfasste. In der Ferne kamen mehrere Blaulichter in Sicht. Zwei Notarztwagen, ein Polizeiwagen, ein orangefarbener Volvo-Kombi mit der Aufschrift »Blutkonserven«, der feuerwehrrote Audi des Brandmeisters und ein ziviler, metallicblauer Peugeot Break säumten den Tatort. Sämtliche Rettungskräfte des Kreises hatten sich eingefunden. Jetzt durfte nirgendwo anders etwas passieren.

Der Hochsitz befand sich unmittelbar an der Straße, unweit der Stelle, wo der Asphalt in Schotter überging. Die Holzkonstruktion war jenseits des Weidezauns an einen Baum angelehnt worden, die Leiter zum Aufstieg fußte jedoch diesseits des Zauns, sodass der Jäger sich beim Übersteigen nicht die Hosen zerriss. Der Kollege Hans Müller, der auch diesmal die Mütze in den Nacken geschoben hatte, stand auf der obersten Sprosse der Leiter, beschirmte seine Augen mit der Hand und spähte über die Weide, die in Richtung Camp Elsenborn trichterförmig zulief. Sein Partner lehnte am Einsatzwagen und drehte sich eine Zigarette. Feuerwehrchef Brandt und drei Sanitäter standen beieinander und schwätzten. Ein weiterer Sani saß in dem Volvo und bohrte in der Nase. Von Lambertz und Krings war nichts zu sehen. Die ganze Szene machte einen entspannten Eindruck.

Als Lemberg und Noll ausstiegen, steckte der Kollege sein Tabakpäckchen ein, kam auf sie zu und grüßte, indem er die Hand an die Mütze legte.

»Morgen, die Herrschaften«, sagte er. »Die Opfer sind in den Sanitätsfahrzeugen. Meinen Sie, wir sollten den Tatort absperren?«

»Nicht nötig«, sagte Lemberg. »Hier läuft außer uns ja niemand rum. Aber verständigen Sie die Spurensicherung.«

»Klar doch.«

Lemberg grüßte in Richtung Brandt und die Sanitäter und warf einen Blick in den ersten Notarzt-Sprinter. Der war bis auf die Einrichtung leer. Dafür herrschte im zweiten Fahrzeug emsige Betriebsamkeit. Zwei Ärzte, die aussahen, als kämen sie gerade aus dem Skiurlaub, kümmerten sich um einen kreidebleichen Norbert Lambertz und einen deutlich gefasster wirkenden Klaus-Peter Krings. Lambertz lag mit seinem Toupet auf dem Bauch auf der Trage, Krings saß auf dem Platz gleich an der Schiebetür. Lemberg stellte Noll und sich den Ärzten vor.

»Eine tiefe Wunde an der Hand«, sagte der Arzt, der gerade die Tropfgeschwindigkeit an Lambertz' Infusion nachregelte. »Die Sehnen scheinen aber unverletzt zu sein. Dazu Verdacht auf Gehirnerschütterung. Wir nehmen ihn auf jeden Fall mit.«

»Ich will aber nach Hause«, sagte Lambertz matt.

»Sie sollten auf den Onkel Doktor hören«, sagte Lemberg und wandte sich an Krings. »Wie geht es Ihnen?«

»Der Blutdruck ist normal«, sagte sein Arzt. »Keine Anzeichen für einen Schock. Von mir aus ist er entlassen.«

Krings stand auf und kletterte aus dem Fahrzeug, wobei er leicht ins Taumeln kam. Lemberg stützte ihn.

»Ich habe noch nicht gefrühstückt«, sagte er und grinste verkrampft. »Ich hab's nie gern, wenn auf nüchternen Magen auf mich geschossen wird.«

»Das wird ja nicht alle Tage vorkommen«, sagte Lemberg.

»Letztes Jahr ist einer morgens in die Bank gestürmt und hat gleich in die Decke geschossen. Da hatte ich auch noch nicht gefrühstückt.«

»Meine Kollegin hat normalerweise immer TUC und BiFi dabei.« Lemberg blickte fragend zu Noll. Sie nickte. »Wollen Sie?«

Krings schüttelte den Kopf. »Es geht schon.«

»Was ist denn nun passiert?«

»Mein Schwiegervater und ich sind um halb sechs los, gegen zehn vor waren wir hier. Da war es noch dunkel.«

»Seit wann gehen Sie mit auf die Jagd?«

»Keine Jagd. Norbert wollte nur nach dem Hochsitz sehen. Er hat am Samstag Jagdgäste, da muss alles in Ordnung sein.«

»Und warum hat er Sie mitgenommen?«

»Wegen Elmars Ermordung. Keiner geht derzeit gerne allein in den Wald.«

Krings sah Lemberg erwartungsvoll an. Der sagte aber nur: »Erzählen Sie weiter.«

»Nun ja, wir haben den Wagen abgestellt, und Norbert ist als Erster rauf auf den Hochsitz. Ich war noch auf der Leiter, als es das erste Mal geknallt hat. Norbert schrie auf, da fiel auch schon der zweite Schuss. Ich hab mich sofort fallen lassen und bin im Straßengraben in Deckung gegangen.« Krings schniefte. »Nicht sehr mutig, ich weiß, aber ich hatte verdammte Angst.«

»Hätte ich genauso gemacht«, sagte Lemberg. »Was geschah weiter?«

»Ich sah, wie Norbert auf die Leiter umstieg. Da hab ich ihm zugerufen, er soll oben bleiben und sich hinlegen. Aber er wollte so schnell wie möglich runter. Da krachte es zum dritten Mal. Vor Schreck hat Norbert losgelassen und ist abgestürzt. Mir genau vor die Füße. Im ersten Moment dachte ich, er hätte sich das Genick gebrochen. Dem war aber Gott sei Dank nicht so. Er hat wohl nur eine Gehirnerschütterung, aber das haben Sie ja bereits vom Arzt gehört. Ich hab dann das Handy rausgekramt und die Polizei verständigt. Uns ist es wie eine Ewigkeit vorgekommen, bis Ihre Kollegen endlich kamen.«

»Von wo kamen die Schüsse?«

»Ich vermute, vom Waldrand jenseits der Weide. Mit Bestimmtheit kann ich das aber nicht sagen.«

»Haben Sie jemanden gesehen oder konnten Sie das Mündungsfeuer ausmachen? Oder haben Sie ein Fahrzeug gehört?«

»Nichts von alledem.«

»Sie sagten, es sei noch dunkel gewesen, als Sie hier eingetroffen sind. Sie tragen dunkle Garderobe, Lambertz ebenfalls. Der Schütze muss ein Nachtsichtgerät benutzt haben.«

»Davon gehe ich aus.«

»Gleich die erste Kugel hat Ihren Schwiegervater getroffen. Wie lange stand er –«

»Nicht die Kugel«, unterbrach Krings ihn. »Ein Holzsplitter. Der Schuss ging in die Brüstung und hat das Holz zersplittern lassen. Der Splitter hat sich ihm dann in die Hand gebohrt.«

»Ich glaube, ich sehe mir das erst einmal an«, sagte Lemberg.

Er überstieg den kleinen Graben, hängte das Sakko über den Zaun und bedeutete Müller, runterzukommen.

»Na, was entdeckt?«, fragte Lemberg.

Müller verzog abschätzend den Mund. »Es wird Regen geben, fürchte ich.«

»Regen?«

Müller wies nach Westen. In der Tat waren die Wolken dort erheblich dunkler als diejenigen über ihnen. Blieb die Frage, woher der Wind kam. Im Augenblick wehte kein Lüftchen. Aber Müller hatte noch etwas auf dem Herzen und druckste herum.

»Was ist los, Müller? Brummt der Schädel noch?«

»Das mit dem Streifenwagen tut mir leid. Ich meine, dass wir den Schlüssel haben stecken lassen. Das wird nicht wieder vorkommen.«

»Schon gut.«

Das war es aber noch immer nicht. Müller blockierte weiter den Zugang zur Leiter.

»Haben Sie noch was auf dem Herzen?«, fragte Lemberg.

»Das mit der Nachschulung … War das Ihr Ernst?«

»Allerdings. Das kann Ihnen nur nützen. Sie wollen doch Karriere machen.«

»Auf keinen Fall«, sagte Müller. »Keine Karriere. Das verspreche ich Ihnen.«

Lemberg liftete seine Brauen. »Sie wollen mir versprechen, zeitlebens die gleiche Arbeit wie jetzt zu tun, nur um nicht in den Bayerischen Wald zu müssen?«

Müller nickte ernsthaft.

»Ich werde darüber nachdenken«, sagte Lemberg.

»Ich bitte darum«, sagte Müller.

Lemberg machte sich an den Aufstieg. Die Sprossen waren feucht von der Nacht und entsprechend rutschig. Oben angekommen stellte er fest, dass der überdachte Hochsitz so gebaut war, dass der Jäger nur im Sitzen hinausschauen und schießen konnte. Stand er, war von ihm nur der Bauch zu sehen. Da Lambertz einen Kopf kleiner war, bei ihm die Brust. Außerdem war es in dem Verhau finster wie in einer Bärenhöhle. Selbst mit einem Restlichtverstärker musste es unmöglich sein, zu erkennen, wer sich gerade in der Kanzel aufhielt.

Lemberg bückte sich und steckte den Kopf durch die Öffnung. Die Kugel hatte die erste Querlatte unterhalb getroffen und ein messerklingengroßes Stück Holz absplittern lassen. Hätte der Schütze zehn Zentimeter höher gezielt, wäre Lambertz jetzt im Himmel. Lemberg warf einen Blick in Richtung des gegenüberliegenden Waldrandes. Drei Hochsitze zählte er auf einer Strecke von abgeschätzten hundertfünfzig Metern. Allesamt heimtückisch, weil kaum auszumachen, zwischen den vordersten Bäumen errichtet. Die armen Viecher, die ahnungslos über die Weide trotteten, hatten keine Chance.

Inspiriert von der friedvollen Natur, die sich vor ihm ausbreitete, schweiften Lembergs Gedanken ab, und er ertappte sich bei der Überlegung, ob es wohl zu diplomatischen Verwicklungen führen würde, wenn ein deutscher Jäger ein belgisches Wildschwein erschoss. Bei Schwarzkitteln bliebe es vermutlich bei der Überreichung einer Protestnote, aber sollte einer der äußerst seltenen und vom Aussterben bedrohten Löwenhähne, des eigentlichen Wappentiers des belgischen Staates, auf der Strecke bleiben, sähe das wahrscheinlich anders aus. Nur gut, dass die Belgier bereits ihre Truppen aus Deutschland abgezogen hatten.

In nördlicher Richtung entdeckte Lemberg mitten auf der Weide eine Feldscheune. Theoretisch hätte der Attentäter auch von dort feuern können, aber dann hätte ihn sein Fluchtweg über freies Feld geführt. Trotzdem, die Kollegen von der Spurensicherung sollten sich auch dort umsehen.

Lemberg zog den Oberkörper zurück und kletterte wieder runter.

»Herr Krings sagte mir gerade, der Hochsitz werde ausschließlich von seinem Schwiegervater benutzt«, sagte Noll, als Lemberg sich wieder zu ihnen gesellt hatte. »Und hin und wieder auch von Gästen, aber nur in Begleitung von Herrn Lambertz. Wer auch immer geschossen hat, konnte also davon ausgehen, dass Norbert Lambertz dort oben stehen würde.«

»Wer wusste davon, dass Sie beide den Hochsitz heute inspizieren wollten?«

»Niemand«, sagte Krings. »Außer meiner Schwiegermutter natürlich. Und meiner Frau. Sonst keiner.«

»Wieso sind Sie so früh losgezogen? Im Dunkeln sieht man doch nichts.«

»Wir müssen nachher beide arbeiten. Außerdem hatten wir Taschenlampen dabei.«

»Ist Lambertz mit eingeschalteter Lampe aufgestiegen?«

»Er hat die Lampe angemacht, als er oben war.«

»Und Sie haben dazu das Horn geblasen, damit auch alle Bescheid wussten.«

»Wie?«

»Vergessen Sie's. Wissen Sie, wem die Hochsitze gehören, die am Waldrand gegenüber stehen?«

»Sicher.« Krings nannte drei Namen, Noll notierte die Angaben.

»Fragen Sie die drei nach ihren Alibis«, sagte Lemberg. »Falls einer keins hat, bringen Sie ihn mit ins Hotel. Außerdem will ich wissen, wer von den verdammten Jägern ein Nachtsichtgerät besitzt. Drohen Sie den Brüdern mit einer Hausdurchsuchung, bei der kein Stein auf dem anderen bleibt. Und ich will sofort diese Wildlife Angels sprechen.«

»War es das?«, fragte Noll.

»Reicht das nicht?«

»Wie wäre es, wenn Sie die Befragung der Ilka Nagel übernehmen würden?« Sie blätterte in ihrem Notizbuch. »Die Dame wohnt in Mützenich. Das liegt beinahe am Weg.«

»Wer ist Ilka Nagel?«

»Der einzige weibliche Wildlife Guardian Angel. Was man so hört, haben Sie doch ein Händchen für Frauen.«

»Und wie wollen Sie hier wegkommen?«

»Ich gehe davon aus, dass die Kollegen Müller und Schmitz so freundlich sind und mich fahren.«

»Schmitz heißt der andere?«

»Schmitz wie Schmitz.«

Noll reichte ihm einen Zettel mit Frau Nagels Anschrift. Kringel reihte sich an Kringel. Eine typische Frauenhandschrift, aber gut lesbar.

»Wollen Sie trotz der Ereignisse zur Arbeit gehen?«, fragte Lemberg den jungen Krings.

»Ich kann nicht schon wieder fehlen. Palm setzt mich sonst noch an die Luft.«

»Grüßen Sie ihn von mir. Und sagen Sie ihm, er soll bei Gelegenheit sein Sofa ölen. Die Federn quietschen.«

Krings guckte verständnislos, traute sich aber nicht, nachzufragen. Lemberg stieg in den Golf und verließ den Tatort. Noch vor dem Ortseingang überholte er den Notarztwagen, der Lambertz in die Klinik kutschierte.

*

Das Haus von Ilka Nagel lag an dem Abzweig, der zu Kaiser Karls Bettstatt führte. Irgendwo weiter oben auf dem Hügel hatte der Große Karl während eines Jagdausflugs eine Nacht im Freien zwischen zwei Felsbrocken verbracht, die man heute noch bestaunen konnte. Angeblich war bei der Gelegenheit der Name Mützenich entstanden. Ein Diener Karls hatte seinem Herrn nämlich seine Mütze als Kopfkissen angeboten, was Karl aber mit den Worten »Die Mütze will ich nicht!« oder so ähnlich abgelehnt hatte. Der Volksmund soll den Satz dann zu Mützenich verkürzt haben. Das Ganze klang so glaubwürdig wie der »10 Kilo weg in 10 Tagen ohne Jo-Jo«-Werbespruch eines Pillendreherunternehmens, den Lemberg unterwegs auf einer Plakatwand entdeckt hatte.

Wenn jemand diese Pillen keinesfalls nötig hatte, dann Ilka Nagel. Sie war ein absoluter Hungerhaken und steckte in einem ausgefransten rosafarbenen Bademantel, der leger geschlossen war und so den Blick auf ein knochiges Dekolleté freigab. Sie mochte Mitte dreißig sein, hatte hängende Augenlider, Zahnfleischschwund und nikotingelbe Finger. Der Hammer waren jedoch ihre Ohrringe. Statt Steckern, Ringen oder Clips trug sie gelbe Ohrmarken wie eine Kuh. Richtig mit Barcode, aber einem fetten »NO!« statt der fünfstelligen Registrierungsnummer. Um ihre Füße strichen zwei getigerte Katzen. Lemberg zeigte seinen Ausweis vor.

»Haben die Nachbarn sich mal wieder beschwert?«, fragte sie und streckte den gereckten Mittelfinger an Lemberg vorbei in Richtung des nebenstehenden Hauses. »Wichser!«

»Vor einer Stunde wurde ein Anschlag auf zwei Männer verübt, die einen Hochsitz inspizieren wollten«, sagte Lemberg. »Den einen kennen Sie: Klaus-Peter Frings.«

»Ach du liebe Güte! Ist er verletzt?«

»Nein, keine Schramme.«

»Puh! Da bin ich aber froh. Komm rein. Ich mach gerade Futter.«

Sie führte Lemberg durch einen Flur, in dem es wer weiß wie stank. Unter den Garderobenhaken standen vier Katzenklos in Reih und Glied. In einem davon hockte eine schwarze Mieze mit halbweißem Gesicht und beobachtete ihn misstrauisch. In der Küche stolperte Lemberg über ein weiteres Klo. Auch hier stank es bestialisch, obwohl das Fenster auf Kipp stand. Der Herd war völlig verdreckt, überall standen ungespülte Töpfe und Pfannen sowie schmutziges Geschirr herum. Auf dem Brett unter dem Fenster türmte sich eine Batterie verschiedenfarbiger Näpfe, die mit Namensschildchen beklebt waren. Ulrike, Gudrun, Jan-Carl und Inge, las Lemberg. Die Namen kamen ihm irgendwie bekannt vor. Figuren irgendeiner Serie, die er mal geguckt hatte, war sein erster Gedanke. Im Augenblick kam er nicht darauf. Eine weiße Perserkatze thronte auf dem Ablauf der Spüle und beschnüffelte verschiedene Konservendosen.

»Verschwinde, Christian«, sagte Frau Nagel und scheuchte den Perser mit einer Handbewegung davon. »Verfressenes Vieh.« Dann nahm sie einen Dosenöffner aus der Schublade und begann, eine Dose nach der anderen zu öffnen.

»Wie viele Tiere haben Sie?«, fragte Lemberg.

»Um die dreißig, genau weiß ich das nicht. Mal sind es mehr, mal weniger. Hier kann jeder kommen und gehen, wie er will.« Ilka Nagel schniefte. »Das mit Klaus-Peter ist ja ein dicker Hund. Wer war der andere?«

»Sein Schwiegervater. Er ist leicht verletzt.«

»Na ja, um den wäre es nicht schade gewesen. Aber Klaus-Peter ...« Sie suchte nach einem bestimmten Löffel, fand ihn und kratzte Futter aus den Dosen in die verschiedenen Näpfe. Ein gewisser Rolf-Clemens war auf halbe Ration gesetzt.

»Wo waren Sie am Dienstagmorgen zwischen fünf und sieben Uhr?«

»Nicht schon wieder«, stöhnte Ilka Nagel auf. »Das hat mich doch schon Klaus-Peter gefragt und irgendeine Bullentrine, die hier angerufen hat. Erst gestern, glaube ich. Redet ihr eigentlich nie miteinander?«

»Schwadronieren Sie nicht. Also?«

»Im Bett«, leierte Nagel. »In meinem verdammten Scheißbett.«

»Allein?«

»Hat mich Klaus-Peter auch schon gefragt. Nein, Hermann war bei mir.«

»Ist das einer Ihrer Kater?«

Sie lachte auf, was klang, als würde jemand in eine Kirmesströte husten. Aber nur kurz, dann ging ihr Lachen in einen echten, heiseren Raucherhusten über.

»Hermann ist auch so eine Art Kater, ja. – Hermann, komm mal! Dein Typ ist gefragt!«

Im hinteren Teil des Hauses wurde eine Tür geöffnet. Statt des erwarteten Hermann erschienen erst einmal unzählige Katzen, die sich an Nagels, aber auch Lembergs Beinen rieben. Lemberg sinnierte, was wäre, würde er an einer Katzenhaarallergie leiden. Zwei besonders dreiste Kandidaten sprangen sofort auf die Spüle. Beiden verpasste Nagel einen Klaps mit dem Löffel.

»Knut! Horst! Macht, dass ihr runterkommt!«

Knut und Horst. In Gedanken ging Lemberg sämtliche Serien durch, die er früher konsumiert hatte. Keine wollte passen. An irgendeiner Stelle lag ein Denkfehler vor.

Der gerufene Hermann riss ihn aus seinen Überlegungen. Bekleidet mit einem Bademantel undefinierbarer Farbe kam er in die Küche geschlurft, auf dem Arm eine Katze, die er im Nacken kraulte. Im Großen und Ganzen sah er aus wie Nagel, war allerdings eher in Lembergs Alter und trug eine dieser schmalen Brillen mit schwarzem Rahmen, die gerade in Mode waren. Dass sein Exemplar fürchterlich schief saß, hatte damit zu tun, dass der linke Bügel mit Heftpflaster geklebt worden war.

»Dr. Baltes«, stellte Nagel vor, indem sie mit dem Löffel auf ihn wies. »Das ist Bulle Lemberg. Hermann, sag ihm, wo ich am Dienstag von fünf bis sieben war.«

»Wir schlafen immer bis kurz vor acht«, sagte Baltes.

»Auch heute?«

»Klar. Wir sind gerade erst aus den Federn. Sieht man doch.«

»Was für eine Art Doktor sind Sie, Herr Baltes?«

»Was tut denn das zur Sache?«

»Nun mach doch kein Getue darum«, sagte Nagel. »Der kriegt das doch sowieso raus. Was ist denn mit Adelheid?«

»Tierarzt«, sagte Baltes. »Holger hat ihr eben eine gepfeffert.«

Adelheid. Holger. Die Erkenntnis stand unmittelbar bevor, das spürte Lemberg.

»Leben Sie hier im Haus?«, fragte er.

»Tut er«, sagte Nagel. »Du kannst es ruhig rumerzählen. Seine Alte weiß Bescheid. Zu Hause hat er nur noch die Praxis. Gefickt wird hier.«

»Haben Sie zufällig auch den Hund von Elmar Steinbeck behandelt?«

»Sicher«, sagte Baltes. »Ich will ihn mir heute noch mal ansehen. Alle vier Tage muss der Verband gewechselt werden. Warum fragen Sie?«

»Nur so«, sagte Lemberg. Das stimmte sogar, denn in Wirklichkeit grübelte er über die Namen der verdammten Katzen.

In dem Moment bog ein Kater um die Ecke, wie Lemberg ihn nur aus Zeichentrickfilmen kannte. Ein Brocken, anderthalbmal so groß wie die anderen. Grau, mit räudigem Fell, vom Leben bereits um ein Auge und ein Ohr gebracht. Wie ein Star marschierte er zwischen seinen Artgenossen hindurch, die respektvoll bis ängstlich zur Seite wichen.

»Oh nein«, sagte Nagel, als sie den Neuankömmling erblickte. »Du solltest Carlos doch nicht reinlassen. Das gibt doch nur wieder Keilerei.«

Carlos. Lemberg fiel es wie Schuppen von den Augen. Nagel hatte ihre Mäusefänger samt und sonders nach Terroristen benannt. Während er sich noch fragte, ob es auch einen Osama gab und wo er sich versteckt halten mochte, klingelte sein Handy. Er ging in den Flur und meldete sich.

»Ich hoffe, Sie sitzen«, sagte Noll. »Vor zehn Minuten wurde Romy Steinbeck entführt. Der Entführer soll einen orangefarbenen Nissan mit niederländischem Kennzeichen gefahren haben.«

»Verdammt!«, sagte Lemberg. »Krings.«

»Sieht danach aus.«

In der Küche gingen die Katzen aufeinander los.

17

Die Pforte wurde von Schmitz bewacht, der eine Zigarette im Mundwinkel hatte, die er aber wegwarf und austrat, als Lemberg auf ihn zukam. Schwungvoll öffnete er das Tor.

»So sieht man sich wieder«, sagte er.

»Sie sagen es«, sagte Lemberg.

Der Kollege Müller hielt ihm die Haustür auf.

»Die Herrschaften sitzen alle im Wohnzimmer«, sagte er. »Immer geradeaus.«

Vier Frauen und ein Hund bevölkerten den weitläufigen Raum. Der Weimaraner mit dem mittlerweile leicht verrutschten Kopfverband lag da, wo er auch beim ersten Mal gelegen hatte. Drei der Damen saßen auf dem cremefarbenen Ledersofa; die beiden Töchter des Hauses und zwischen ihnen eine Frau, die auf der Schwelle zum Renteneintrittsalter stehen mochte. Die Seniorin des Trios trug einen geblümten Haushaltskittel und hielt ein Staubtuch in der Hand. Ihre Frisur war makellos, und ihre Schuhe sahen eher nach großstädtischem Einkaufsbummel mit anschließendem Kaffeehausbesuch statt nach Hausarbeit aus. Zu ihrer Linken saß Nicole, der Lemberg bereits begegnet war. Sie steckte in einem gelb-roten Kaftan mit blauen Ornamenten und war barfuß. Entrückt lächelnd blickte sie ihn an, als sei er aus Glas. Auf der anderen Seite saß ein hübscher blonder Feger in knallengen Jeans und einer weißen Bluse, die gerade so weit aufgeknöpft war, dass man sehen konnte, dass die junge Frau einen schwarzen BH trug. Auch sie lächelte Lemberg an, aber auf eine Art, als würde sie zu einer Einladung auf ein Glas Schampus nicht nein sagen. So richtig besorgt wirkte keine der drei Frauen.

Eher schon die Kollegin Noll, die mit ärgerlicher Miene vor dem Fenster, dessen Gardinen diesmal zur Seite geschoben waren, auf und ab ging und telefonierte. Als sie Lemberg erblickte, beendete sie kurzerhand das Gespräch und kam auf ihn zu.

»Es gab Unstimmigkeiten wegen des Fluchtwagens«, sagte

sie. »Den belgischen Kollegen lagen falsche Informationen zum Wagentyp vor. Angeblich haben sie die ganze Zeit nach einem Ford gesucht.«

»Hat denn wenigstens Klarheit bezüglich Farbe und Kennzeichen geherrscht?«, fragte Lemberg.

»Das ja.« Noll stellte ihm die Frauen auf dem Sofa vor. »Das ist Frau Haas, die die Entführung beobachtet hat. Die Töchter von Romy Steinbeck, Nadine und Nicole. Nadine Steinbeck hat die Polizei benachrichtigt.«

Der Feger lächelte kokett, als er erwähnt wurde. Lemberg zeigte ihr sein Gebiss. Der Kommissar und das Mädchen.

»Berichten Sie mir doch kurz, was Sie beobachtet haben, Frau Haas«, sagte Lemberg und trat einen Schritt auf das Sitzmöbel zu.

»Was habe ich gesehen?« Frau Haas zuckte die Achseln. »Ich stand auf dem Balkon und hab das Staubtuch ausgeschlagen.« Sie hob das Tuch, um zu zeigen, welches sie meinte. Dabei zitterte sie derart, dass der Lappen reichlich Fussel verlor. »Da sah ich, wie Frau Steinbeck vom Joggen zurückkam. Sie macht auf den letzten Metern immer solche Übungen. Arme hoch, Arme runter, wissen Sie. Plötzlich ist ein Wagen herangeschossen und hat mit quietschenden Reifen neben ihr gehalten. Ein Mann sprang heraus, hat sie gepackt und in den Wagen gezerrt. Dann ist der Mann wieder eingestiegen und mit ihr davongebraust. Das Ganze hat keine zehn Sekunden gedauert.«

»Sie zittern«, sagte Lemberg. »Sollen wir einen Arzt kommen lassen?«

»Ein Schnaps wäre mir lieber.«

Nadine stand auf und ging zum Barwagen, füllte ein Gläschen, kehrte zum Sofa zurück und reichte es Frau Haas. Dabei bewegte sie sich dermaßen gestelzt und unnatürlich, als würde sie für eine Seifenoper gecastet. Die Haas kippte den Kurzen und bekam umgehend rosige Wangen. Derweil ging Nadine hinter das Sofa und stellte sich in Positur, die eine Hüfte vorgeschoben, die Brust im Halbprofil.

»Haben Sie den Mann erkannt?«, fragte Lemberg.

»Nein, das war unmöglich«, sagte Haas. »Er war ein wenig korpulent, mehr kann ich nicht sagen.«

»Kennen Sie Herrn Krings vom Ansehen?«

»Nur aus der Zeitung. Er ist mir nie über den Weg gelaufen.«

»Wer hat denn herausgefunden, dass es sich um einen orangefarbenen Nissan mit niederländischem Kennzeichen gehandelt hat? Und vor allem, wer hat Krings erkannt?«

»Ich«, sagte Nadine und lächelte aufs Schönste. »Ich kam gerade vom Brötchenholen, als der Wagen an mir vorbeischoss. Er hat die Kurve dermaßen geschnitten, dass er mich beinahe samt Fahrrad umgefahren hätte. Dabei habe ich Mutter auf dem Rücksitz erkannt. Sie hat mir irgendwelche Zeichen gemacht, die ich aber nicht deuten konnte.«

»Ihren Vater konnten Sie auch erkennen?«

»Nicht wirklich. Die Frontscheibe hat gespiegelt, und außerdem ging alles so schnell. Ich hab den Fahrer nur von schräg hinten gesehen, als ich mich umgedreht habe. Aber es könnte durchaus mein Vater gewesen sein. Obwohl ich ihn seit neun Jahren nicht gesehen habe und er früher einen Vollbart trug.«

»Wie viel Vorsprung hat er?«, fragte Lemberg Noll.

»Ungefähr eine Viertelstunde«, sagte sie. »Die Belgier haben alle ehemaligen Grenzposten besetzt.«

»Sorgen Sie bitte dafür, dass eine Fangschaltung installiert wird. Für den Fall, dass er hier anruft.«

»Ist bereits geordert. Klaes selbst wird sie installieren.«

»Wann rechnen Sie mit ihm?«

Noll sah auf ihre Armbanduhr. »So wie er zu fahren pflegt, könnte er in einer halben Stunde hier sein.«

Lemberg wandte sich wieder an Nadine, die auch gleich hinter dem Sofa hervortrat. »Wo ist Ihr kleiner Bruder?«

»Halbbruder, meinen Sie.«

Lemberg zeigte ihr erneut seine Zähne. Gerne hätte er sie gebissen. Aber nicht, weil sie so appetitlich aussah.

»Er ist auf einem Internat in Schleswig-Holstein.«

»Weiß er noch nicht, dass sein Vater gestorben ist?«

»Meine Mutter hat es ihm bisher nicht gesagt«, sagte sie. »Sie meinte, es sei besser so. Sie will ihn erst zur Beisetzung abholen.«

Im Hintergrund machte Nicole auf sich aufmerksam.

»Wollen Sie mir etwas sagen?«, fragte Lemberg.

Nicole nickte, auf einmal sehr ernst.

»Ja bitte?«

»Mama und Papa sind wieder vereint«, sagte sie. »Ist das nicht schön?«

»Ja«, sagte Lemberg. »Das ist schön.«

Frau Haas griff nach Nicoles Hand und drückte sie, woraufhin die junge Frau ihren Kopf an die Schulter der älteren legte.

»Inwieweit kriegt Ihre Schwester eigentlich mit, was hier abläuft?«, fragte Lemberg Nadine leise.

»Sie versteht alles, aber sie kann das nicht richtig einordnen«, sagte Nadine. »Es ist so, als würde sie alles aus einem anderen Winkel betrachten. Verstehen Sie, wie ich das meine?«

»Ich glaube schon.«

Nolls Handy beendete die Plauderei. Während sie zuhörte, winkte sie Lemberg zu sich.

»Der Nissan wurde in Belgien gesichtet«, sagte sie und deckte das Sprechmüschelchen mit dem Zeigefinger ab. »Aber der Hubschrauber hat ihn aus den Augen verloren. Er musste wegen Treibstoffmangel landen.«

»Großartig. Wo war das?«

»Zwischen Rocherath und Büllingen.«

Lemberg konsultierte seine Eifel-Übersichtskarte. Maßstab 1:200.000 hin oder her, die Strecke war eingezeichnet.

»Jede Wette, dass Krings auf dem Weg in den Ommerscheid ist? Er muss dort einen Unterschlupf haben.« Er steckte die Karte wieder ein. »Ich fahr nach Belgien.«

Noll beendete ihr Telefonat mit einem knappen »Danke!« und schob ihr Handy zurück in die Halterung am Gürtel.

»Der Chef de Corps der Polizeizone Eifel wartet in Schönberg im Hotel-Restaurant Zum Burghof auf Sie«, sagte sie. »Sein Name ist Henri Daeninckx. Ich kann Ihnen eine Wegbeschreibung –«

»Das Restaurant ist mir bekannt«, sagte Lemberg.

»Seien Sie vorsichtig, wenn Sie durch die Wälder laufen. Dort soll noch immer Munition aus dem Zweiten Weltkrieg rumliegen.«

»Sie sollten das positiv sehen«, sagte Lemberg. »Sollte ich explodieren, werden Sie befördert. Informieren Sie mich, sobald Klaes eingetroffen ist.«

Als er den Wagenschlag öffnete, näherte sich ein Chrysler Voyager, der mehr als ein Loch im Auspuff haben musste, und rollte vorbei. Umständlich wendete der Fahrer das Gefährt auf dem Wendehammer, wobei er beim Zurücksetzen eine Mülltonne umfuhr, die glücklicherweise leer war. Dann kam er zurück und stoppte knapp hinter dem Golf. Baltes, der Veterinär, stieg aus. Den Bademantel hatte er gegen einen grünen Kittel getauscht, was ihn aussehen ließ wie einen Anästhesisten, der sich in eine Gärtnerei verirrt hat.

»Sie?«, fragte Lemberg. »Haben Sie keine Sprechstunde?«

»Warum pflaumen Sie mich an?«, fragte Baltes und zog die Mundwinkel nach unten. »Ich hab Ihnen nichts getan. Freitagvormittag mache ich immer Hausbesuche. Ich bin hier, um nach Caesar zu sehen.«

»Der Zeitpunkt ist ungünstig.«

»Das entscheidet doch wohl noch immer Frau Steinbeck.« Baltes warf einen Blick in Schmitz' Richtung, der eine leicht drohende Haltung einnahm. »Oder haben wir neuerdings einen Polizeistaat?«

»Haben Sie keine anderen Termine, die Sie vorziehen könnten?«

»Ich muss noch zu Krings.«

»Zu unserem Krings?«

»Zu Klaus-Peter Krings, falls Sie den meinen. Der Spaniel hat –«

»Ich weiß, was der Spaniel hat.« Lemberg winkte Schmitz zu sich. »Der Arzt darf den Hund behandeln, aber achten Sie darauf, dass er nichts von dem Vorfall mitbekommt.«

»Kommen Sie«, sagte Schmitz zu Baltes. »Ich begleite Sie.«

»Ich weiß nicht, ob mir das recht ist«, sagte Baltes und machte ein Gesicht, als würde er zu seiner Hinrichtung eskortiert.

»Stopp!«, rief Lemberg den beiden nach. »Kommen Sie noch mal her, Dr. Baltes.«

»Baltes reicht. Ich habe nicht promoviert.«

»Mir egal. Her mit Ihnen.«

Baltes schlurfte heran und machte das renitenteste Gesicht, zu dem er fähig war.

»Kannten Sie den ehemaligen Hund der Lambertz?«, fragte Lemberg. »Das Tier muss irre gewesen sein. Eine Hündin namens Judy, soweit ich weiß.«

Er nickte. »Warum fragen Sie?«

»Was war mit dem Hund?«

»Er war verrückt. Das haben Sie doch bereits gesagt.«

Lemberg juckte die Hand. Er betonte jede Silbe. »Warum war der Hund verrückt?«

Baltes zuckte die Achseln. »Vermutlich wegen eines zu hohen Inzuchtgrades. Da kommt das schon mal vor.«

»Es gibt doch so was wie Linienzucht.«

Baltes guckte wie ein Schaf. Lemberg hatte größte Mühe, an sich zu halten.

»Linienzucht«, sagte Lemberg gefährlich leise. »Haben Sie das im Studium nicht durchgenommen?«

»Der Züchter muss den Koeffizienten im Auge behalten, sonst kann's Probleme geben.« Baltes' Augen wurden schmal wie Bleistiftstriche. »Sie würden mich gerne schlagen, stimmt's? Ich sehe Ihnen das an. Ich kenn so Typen wie Sie. Nur zu. Tun Sie sich keinen Zwang an. Ich –«

»Schaffen Sie ihn weg«, sagte Lemberg zu Schmitz. »Auf der Stelle.«

Lemberg nahm die B266 bis Gemünd und fuhr dann weiter in Richtung Schleiden und Hellenthal. Eine Strecke, die ihm unheimlich war. Irgendwo hatte er nämlich gelesen, dass im Falle des Bruchs der Olef-Staumauer eine sieben Meter hohe Flutwelle durch das Tal rasen würde. An den Häusern links und rechts versuchte er abzuschätzen, wie hoch sieben Meter waren. Die Vorstellung war erschreckend.

Das Brummen eines motorisierten Drachenseglers lenkte ihn ab. Vielleicht war das der Ersatz für den gestrandeten Hubschrauber. Dann passierte er auch schon das Ortsausgangsschild Hellenthals, und die Gefahr war gebannt. Dafür ertönte die Marseillaise. Albrecht war am anderen Ende.

»Kommst du voran?«, fragte der Kriminaloberrat. »Ich habe gestern Abend vergeblich auf deinen Lagebericht gewartet.«

»Wir haben alles im Griff«, log Lemberg und beschloss, Albrecht vorerst nichts von der Entführung zu sagen. Wer wusste, welche Anordnungen Canisius dann treffen würde. Das Chaos war so schon groß genug.

»Deswegen rufe ich aber nicht an«, sagte Albrecht. »Ich habe heute in aller Herrgottsfrühe einen Anruf von Meissner erhalten, der mir eine haarsträubende Geschichte von einem Schäferhund erzählt hat. Ich hatte den Eindruck, der Mann hatte getrunken.«

»Meissner ist alles zuzutrauen. Was hat er denn gesagt?«

»Der Hund, um den es geht, gehört einem General, dessen Namen Meissner mir nicht nennen wollte, der aber in irgendeiner Weise mit dem Bundeswehreinsatz im Kosovo befasst sein muss. Heute Morgen ist die Tochter des Generals mit besagtem Hund Gassi gegangen, als ein Eingreifkommando der Abteilung III des MAD aufgetaucht ist und sie gebeten hat, ihnen das Halsband des Tieres auszuhändigen. Gleichzeitig hat ein zweites Kommando zwei Insassen eines in der Nähe herumkurvenden Pkw überwältigt und verhaftet. Bei den beiden soll es sich um Mitarbeiter des LKA Düsseldorf gehandelt haben, möglicherweise sogar um Leute aus Meissners Abteilung. Ganz schlau bin ich aus seinen wirren Ausführungen nicht geworden. Jedenfalls hat sich herausgestellt, dass am Halsband des Hundes ein Ortungsgerät befestigt war, dessen Position die beiden LKA-Beamten von ihrem Wagen aus verfolgt haben. Frage: Kannst du dir einen Reim auf die Geschichte machen?«

Lemberg musste an sich halten, um nicht loszuprusten. René hatte ganze Arbeit geleistet.

»Nicht im Geringsten«, sagte er. »Wo hat sich das Ganze zugetragen?«

»In Koblenz, wenn ich Meissner richtig verstanden habe.«

»Wieso rufst du mich deswegen an?«

»Weil Meissner *mich* angerufen hat. Dafür muss es doch einen Grund geben.«

»Vielleicht hatte er vergessen, seine Tabletten zu nehmen.«

»Meissner nimmt Tabletten?«, fragte Albrecht erstaunt und auf einmal hellwach. »Was für Tabletten?«

»Irgendwelches Psychozeug«, sagte Lemberg. »Soweit ich weiß, ist er schon länger in Behandlung. Und wenn er dazu getrunken hatte ...«

»Woher weißt du das?«

»Berufsgeheimnis.«

»Ist sein Vorgesetzter darüber informiert?«

»Keine Ahnung. So was hängt ja niemand gern an die große Glocke. Was ist aus den beiden LKA-Heinis geworden?«

»Die sind auf dem Weg ins MAD-Headquarter nach Köln. Meissner hat mir lauthals gedroht, die Angelegenheit werde ein Nachspiel haben.«

»Dem sollten wir mit aller Gelassenheit entgegensehen.«

»So sehe ich das auch.« Lemberg hörte Papiere rascheln. »*By the way,* Roger, da ist noch etwas: Mir liegt die Rechnung eines niederländischen Lufttransportunternehmens namens Henks Air-Service aus Den Burg/Texel über eine Personenbeförderung von Texel nach Schmidtheim in der Eifel vor. Der Rechnungsbetrag beläuft sich auf über –«

Lemberg hielt das Handy aus dem offenen Fenster. Fünf Sekunden lang, dann nahm er es wieder ans Ohr.

»Albrecht?«, rief er. »Bist du noch dran? Ich kann dich kaum verstehen.«

»Roger, was ist das –«

Lemberg ließ das Nokia erneut Fahrtwind schnuppern, dann drückte er die Off-Taste und schaltete das Gerät auf Anrufererkennung. Albrecht versuchte noch zweimal, ihn zu erreichen. Keine zwanzig Minuten später war Lemberg in Schönberg.

*

In den Parktaschen vor dem Burghof waren zwei Fahrzeuge der belgischen Polizei abgestellt. Ein Alfa Romeo und ein Porsche 911, beide mit je vier schräg verlaufenden blauen Streifen markiert, einer mehr als Adidas. Die dazugehörigen Fahrer fand Lemberg am Tisch des Patrons, der ihnen Gesellschaft leistete.

Alle drei hatten Kaffeetassen vor sich stehen. Sonst war niemand im Raum.

Henri Daeninckx war in Lembergs Alter. Er hatte eine Nase und einen Schnäuzer wie Asterix und war auch nicht viel größer als der Comic-Held, aber zweifellos gut in Form. Er trug verwaschene Jeans und ein hellblaues Halbarmhemd, das sich wie eine zweite Haut über seinen muskulösen Oberkörper spannte. Seine Augen waren ähnlich blau wie das Hemd und kalt wie die eines Huskys. Die Ray Ban, hinter der er sie normalerweise verbarg, hatte er in die Stirn geschoben. Der zweite Polizist war weiblich, eine groß gewachsene, leicht übergewichtige Blondine um die vierzig mit einem ungewöhnlich breiten Mund, der ihr erlaubte, Fritten quer zu essen. Sie blickte so gelangweilt vor sich hin, als säße sie mit vier Assen im Ärmel am Pokertisch. Bei Lembergs Eintreten erlaubte Keller sich den Anflug eines Lächelns und stellte sie einander vor. Die breitmundige Blonde hieß van Damme wie der belgische Actionstar, Vorname Lore. Lembergs hingehaltene Hand wurde von Daeninckx übersehen.

»Ich halte es für absolut überflüssig, dass Sie hier sind«, sagte der Chef de Corps, fast ohne die Lippen zu bewegen. »Das ist mein Revier, und hier sorge ich für Ordnung. Und ich sage Ihnen noch etwas: Ich kann die Deutschen nicht leiden.«

»Warum?«, fragte Lemberg.

»1944 haben die Deutschen den Vater meiner Schwiegermutter erschossen.«

»Vielleicht sähen Sie die Sache anders, wäre er erschossen worden, bevor er Ihre Schwiegermutter gezeugt hatte.«

Die Luft im Raum gefror. Im Eishotel im nordschwedischen Jukkasjärvi hätte es nicht frostiger sein können.

»Ich glaube nicht, dass Sie hier mit dieser Art von Humor weit kommen«, sagte Daeninckx.

»Sie erinnern mich an einen Holländer, der meine Großeltern in den sechziger Jahren in Amsterdam angepöbelt hat«, sagte Lemberg. »Nazis, Gestapo, Moffen und was weiß ich noch hat er ihnen an den Kopf geworfen, ich war damals zu jung, um das alles zu verstehen. Eine Zeit lang hat mein Großvater sich das gefallen lassen in der Hoffnung, dass der Kerl sich beruhigt, aber der hat weitergemacht und ist uns nachgelaufen. Da hat mein Großvater den Ärmel seines Hemds hochgerollt und dem Mann seinen Unterarm mit der eintätowierten KZ-Häftlingsnummer unter die Nase gehalten.«

»Und weiter?«

»Ich fand Amsterdam trotzdem schön, meine Großeltern übrigens auch. Idioten gibt es schließlich überall. Darf ich mich setzen?«

Daeninckx musterte Lemberg, als überlege er, welchen Knochen er ihm als ersten brechen sollte.

»Nur zu«, sagte van Damme. »Kaffee?«

»Nein danke«, sagte Lemberg und setzte sich auf den Stuhl gleich neben Daeninckx. Falls der Chef de Corps durchdrehte, war der Platz beschissen gewählt, aber an dem Tisch war kein anderer frei.

»Damit wir uns richtig verstehen«, sagte van Damme. »Sie haben hier keinerlei Befugnisse, bestenfalls den Status eines Beraters. Alle Entscheidungen, die zu treffen sind, treffen wir. Haben Sie eine Waffe dabei?«

»Im Wagen«, sagte Lemberg.

»Da bleibt sie auch. Wir möchten nicht, dass Sie sie tragen.«

»Das hört sich vernünftig an.«

»Berichten Sie uns von der Entführung, für die Peter-Josef Krings verantwortlich gemacht wird.«

Lemberg fasste die Aussagen von Frau Haas und Nadine Steinbeck zusammen. Soweit es Krings' Fluchtroute und seinen derzeitigen Aufenthaltsort betraf, waren die belgischen Kollegen bereits im Bilde beziehungsweise besser informiert als er. Zuletzt war der Nissan in Valender gesehen worden.

»Hätten Sie nicht damit rechnen müssen, dass Krings seine ehemalige Frau entführt, nachdem er bereits auf sie geschossen hatte?«, fragte van Damme.

»Krings hat auf das Haus geschossen, nicht auf seine Ehemalige«, sagte Lemberg und sehnte sich nach einem Bier. Sich ein Leffe zu bestellen hielt er jedoch angesichts der ihm zugedachten Schütze-Arsch-Rolle für unangebracht.

»Dann haben Sie ja nichts falsch gemacht«, sagte Daeninckx, den Lemberg schon fast vergessen hatte.

»So ist es.«

Lembergs Handy ertönte. Er nahm es aus der Jacke und meldete sich.

»Krings hier«, sagte eine kratzige Männerstimme. »Sind Sie Lemberg?«

»Allerdings.« Lembergs Herz schlug einen Takt schneller. »Was kann ich für Sie tun, Herr Krings?«

Ohne die anderen anzusehen, wusste Lemberg, dass sämtliche Augenpaare auf ihn gerichtet waren.

»Eine Menge«, sagte Krings. »Aber hören Sie gut zu, ich sage es nämlich nur einmal: Ich verlange eine Million Mark in bar, eine vollgetankte Suzuki Hayabusa, zwei Lederkombis plus Stiefel und Helme und eine Flasche Doppelkorn. In einer halben Stunde melde ich mich wieder. Haben Sie alles mitbekommen?«

»Wir rechnen inzwischen in Euro, Herr Krings. Es gibt keine Mark mehr.«

»Dann eben eine Million Euro.«

»Das ist zu viel. Das wären nahezu zwei Millionen Mark. Außerdem will ich zunächst Ihre Frau sprechen.«

»Ich habe keine Frau.«

»Dann eben die Person, die sich in Ihrer Begleitung befindet.«

Krings fluchte, aber gleich darauf meldete sich Romy Steinbeck.

»Holen Sie mich sofort hier raus, verdammt noch mal!«, keifte sie.

»Gern«, sagte Lemberg. »Wo sind Sie?«

»In irgendeinem beschissenen Wald.«

»Geht es Ihnen gut?«

»Super. Ich habe mich lange nicht mehr so –«

»Genug gequatscht«, sagte Krings. »In einer halben Stunde.«

Damit war die Verbindung unterbrochen. Lemberg tippte Nolls Nummer.

»Ist Klaes schon da?«, fragte er.

»Gerade eingetroffen«, sagte sie. »Hat Krings Sie angerufen?«

»Haben Sie ihm meine Nummer gegeben?«

»Sollte ich etwa nicht?«

Lemberg gab ihr Krings' Forderungen durch. »Wir müssen den Sendemast lokalisieren lassen, über den er telefoniert, dann können wir seinen Aufenthaltsort eingrenzen. Geben Sie mir mal Klaes.«

Der untersetzte Pfeifenraucher meldete sich. Lemberg besprach mit ihm die weitere Vorgehensweise. Vieler Worte bedurfte es nicht, Klaes wusste, was er zu tun hatte. Nachdem das Gespräch beendet war, legte Lemberg das Telefon auf dem Tisch ab. Daeninckx zu seiner Linken sog hörbar Luft ein. Dabei wölbten sich die Muskeln unter seinem Hemd derart, dass Lemberg nur hoffen konnte, dass der Hersteller genug Elasthan eingewebt hatte. Scheinbar unbeeindruckt von dem Imponiergehabe berichtete Lemberg, welche Forderungen Krings gestellt hatte.

»Ich fürchte, Sie haben der Kollegin van Damme vorhin nicht richtig zugehört«, sagte Daeninckx. »Wir treffen hier die Entscheidungen, und Sie dürfen uns dabei zusehen.«

»Wenn Sie in der Lage sind, die geforderte halbe Million zu besorgen, gerne«, sagte Lemberg. »Falls nicht, läuft es wie auf jeder Party: Wer Fressen und Saufen bezahlt, bestimmt, welche Musik gespielt wird.«

Bevor Daeninckx ihn würgen konnte, schnurrte sein Handy. Er nahm es aus der Tasche am Gürtel und meldete sich mit Rang und Namen. Fünf Sekunden später beendete er die Verbindung, ohne ein Wort gesagt zu haben.

»Lore, sie haben den Wagen gefunden«, sagte er, als sei Lemberg Luft. »Er steht in der Nähe des Memorial Eric Wood. Auf geht's.«

»Wo ist das?«, fragte Lemberg und erhob sich wie die anderen. Nur Keller blieb wegen seines Beins sitzen.

»Sie dürfen mir nachfahren«, sagte Daeninckx, klappte die Ray Ban runter und grinste.

*

Dass Daeninckx ihm nun zeigen würde, wozu ein Belgier hinter dem Lenkrad fähig war, war Lemberg klar gewesen. Weniger erwartet hatte er, dass van Damme es dem spätpubertierenden Machozwerg gleichtun würde. So blieb ihm nur, sein Bestes zu geben, um an dem in Richtung St. Vith davonschießenden Porsche und dem ihm nachfolgenden Alfa dranzubleiben. Viel war das nicht – nach fünf Kurven hatte er die beiden aus den Augen verloren. Um wenigstens den Rest der Chance zu wahren, setzte Lemberg das Blaulicht aufs Dach und schaltete die Sirene ein. Dass das im Ausland verbotswidrig war und ihm als Amtsanmaßung ausgelegt werden konnte, war ihm scheißegal. Überrascht war er nur, wie wenig die anderen Autofahrer sich um sein vermeintliches Vorrecht scherten.

Insbesondere ein Traktorfahrer, der sich allem Anschein nach selbst im Einsatz wähnte, blockierte die Fahrbahn absolut ungeniert. Auch wildes Hupen beeindruckte den Landwirt nicht. Lemberg brannten die Pedale unter den Schuhsohlen. Endlich kam ein längeres freies Stück Straße in Sicht, und Lemberg scherte zum Überholen aus. In dem Moment zog der Bauer seinen New Holland, ohne zu blinken, nach links und bog in einen Feldweg ab. Warum es nicht zu einer Kollision kam, verstand Lemberg auch dann noch nicht, als er nach einer Reihe von Pirouetten und mit stinkenden Reifen in der Einmündung einer Nebenstraße stand, die bergan in Richtung Meyerode führte. Dafür sah er einen Wimpernschlag lang ein Blaulicht zwischen den vorausliegenden Bäumen aufblitzen.

Was Lemberg auf den nächsten Kilometern leistete, hätte ihm zweifellos den Respekt von Walter Röhrl bei gleichzeitigem Führerscheinentzug auf Lebenszeit eingetragen. Aber nur so gelang es ihm, zu dem Alfa der belgischen Kollegin aufzuschließen, die unmittelbar, nachdem er sie eingeholt hatte, das Tempo drosselte wie auch der Porsche vor ihr. Ohne Blaulicht und Sirenengeheul und in Schleichfahrt rollten sie an einem Findling vorbei, der links gleich neben der Fahrbahn lag. Auf dem Findling stand ein steinernes Kreuz, dessen Inschrift an den dort im Januar 1945 gefallenen US-Soldaten Eric Fisher Wood, Captain der US Army, erinnerte. Ein frischer Strauß Blumen und ein

Stars-and-Stripes-Fähnchen komplettierten das Bild. Keine hundert Meter weiter zweigte zur Linken ein Waldweg ab, in den Daeninckx einbog. Van Damme und Lemberg folgten. Gleich hinter der ersten Wegbiegung warteten zwei uniformierte belgische Polizeibeamte in ihrem Dienstfahrzeug, das hinter einem nur flüchtig mit Astwerk getarnten orangefarbenen Nissan Almera parkte. Alle stiegen mehr oder weniger gleichzeitig aus.

Die Belgier steckten die Köpfe zusammen und unterhielten sich so leise, dass Lemberg so gut wie nichts verstand. Immerhin kriegte er so viel mit, dass die beiden Uniformierten einige Meter voraus irgendwelche Fußspuren gefunden hatten, die geradewegs in den Wald führten. Daeninckx erteilte einige Anweisungen, und diesmal dachte er auch an Lemberg.

»Sie bleiben hier und rühren sich nicht von der Stelle. Der Kollege Keyser wird bei Ihnen bleiben und aufpassen, dass Sie keinen Unfug treiben.«

Dann zogen van Damme und er kugelsichere Westen an, entnahmen dem Kofferraum des Alfa zwei Pumpguns und stopften sich die Taschen mit Munition voll. Schwarze Baseballkappen und verspiegelte Sonnenbrillen rundeten die martialische Aufmachung ab. Lemberg hatte das Gefühl, den Dreharbeiten zu einer US-Krimiserie beizuwohnen. Während der zweite Uniformierte sich zu Fuß zur Straße aufmachte, um dort die angeforderte Verstärkung in Empfang zu nehmen, verschwanden Daeninckx und van Damme zwischen den Bäumen. Keyser lächelte Lemberg zu, legte aber gleichzeitig eine Hand an seine Schusswaffe. Lemberg verstand, setzte sich mit halbem Hintern auf die warme Motorhaube seines Golf und zündete sich eine Zigarre an.

»Im Wald ist rauchen verboten«, sagte Keyser und lächelte schon wieder.

»Sie haben doch sicher einen Feuerlöscher im Auto«, sagte Lemberg.

Keyser knipste sein Lächeln aus, beließ es aber dabei. Schließlich hätte er Lemberg auch die Zigarre aus dem Mund schießen können. Daeninckx hätte das bestimmt gedeckt. So vergingen die Minuten.

Nachdem er die halbe Fehlfarbene geraucht hatte, löste Lemberg sich von seinem Wagen und trat auf Keyser zu.

»Halten Sie mal«, sagte er und übergab dem belgischen Kollegen den qualmenden Stumpen. »Ich muss dringend pinkeln.«

»Sie bleiben aber in Sichtweite.«

»Selbstverständlich.«

Lemberg stellte sich vor den nächstbesten Baum, ging leicht in die Knie, nestelte an seinem Hosenstall herum – und war mit zwei Sätzen im Dickicht verschwunden.

»Stopp!«, rief Keyser. »Verdammter Dreck! Kommen Sie zurück!«

Nur zwischen den ersten Baumreihen rannte Lemberg, dann trabte er ein Stück, um schließlich in Schritt überzugehen. Als er sich nach dreißig, vielleicht vierzig Metern umdrehte, war von Keyser und den Fahrzeugen schon nichts mehr zu sehen. Er blieb stehen und orientierte sich erst einmal. Irgendwo links von ihm waren Daeninckx und van Damme in den Wald eingetaucht, da dort die Spuren verliefen, von denen sie annahmen, es seien die von Krings und seiner Ex. Lemberg zog seine Eifel-Übersichtskarte zu rate. Bei ihrem Maßstab hatte er Mühe, überhaupt das Waldstück zu lokalisieren, in dem er sich befand. Nur ein Globus wäre unpraktischer gewesen. Immerhin konnte er feststellen, dass der Chef de Corps und seine Assistentin in Richtung Medell aufgebrochen waren, was ihm aber auch nicht weiterhalf. Also faltete er die Karte wieder zusammen und verließ sich auf seine Intuition. Und die sagte ihm: geradeaus.

Das Gelände fiel leicht ab und ging nach kurzer Wegstrecke abrupt von Nadel- in Laubwald über. Dadurch wurden die Sichtverhältnisse besser, was andersherum aber genauso galt. Außerdem wurde der Boden weicher. Lemberg bewegte sich umsichtig, vermied es, auf herumliegende Äste zu treten, und suchte immer wieder Deckung hinter den Baumstämmen. In der Senke vor ihm plätscherte ein Rinnsal, das er mit einem Satz überquerte. Einer der unzähligen kleinen Quellbäche, die den Ommerscheid entwässerten.

Tiefer und tiefer drang er in den Wald ein. Die Sonne hatte mal wieder die Wolkendecke aufgerissen und sorgte hier unten für diffuse Sicht. Licht wie Schatten wurden verstärkt, wobei die Schattenbereiche immer wieder für Schrecksekunden sorgten, weil sie gern menschliche Konturen aufwiesen, die dann auch noch in Bewegung gerieten. Lemberg bekam ein Gespür dafür, was es bedeutet haben musste, in Kriegszeiten durch diese Gegend zu streifen.

Feindliche Truppen hatten sich in der Umgebung von Amel nicht erst im Zweiten Weltkrieg gegenübergestanden. Bereits zwölfhundert Jahre zuvor hatten hier Karl Martell mit seinen Austriern und Chilperich an der Spitze der Neustrier aufeinander eingedroschen. Lemberg war diese Schlacht anno 716 so gut im Gedächtnis geblieben, weil sie ihm eine der größten Blamagen seiner Schulzeit eingetragen hatte. Ob er es damals nicht begriffen oder nur nicht richtig zugehört hatte, wusste er nicht mehr, jedenfalls hatte er Austrier mit Australiern verwechselt und auf die Frage des Lehrers, mit welchen Waffen denn die Austrier in die Schlacht gezogen seien, geantwortet: »Wahrscheinlich mit Bumerangs.« Das Gelächter und Gejohle seiner Klassenkameraden hallte ihm noch heute in den Ohren.

Erst als seine Füße schmatzende Geräusche von sich gaben, merkte Lemberg, dass er in sumpfiges Gelände geraten war. Er blieb stehen, ging in den eigenen Fußspuren zurück und umrundete den morastigen Bereich ein Stück hügelan. Ein Paar ruinierte Schuhe reichten vorerst.

Die Sonne verschwand, wie sie gekommen war, was vom Gefühl her war, als hätte jemand die Heizung ausgemacht. In dem Augenblick fiel Lemberg auch ein, dass er seine Waffe im Auto vergessen hatte. Ganz wie van Damme es ihm befohlen hatte, aber gar nicht in seinem Sinn. Unterdrückt fluchend ging er weiter. Im Notfall würde er Krings also mit einem gezielten Wurf des Handys außer Gefecht setzen müssen. Schöne Aussichten.

Der Laubwald endete so übergangslos, wie er begonnen hatte, und Lemberg stand erneut im finsteren Nadelwald. Gleich am ersten Baumstamm handelte er sich einen klebrige Handfläche an heruntergelaufenem Harz ein. Jetzt bloß nicht an die Hose schmieren. Flott schritt er unter einem halb umgestürzten Baum hindurch, der sich an seine Nachbarn angelehnt hatte. Orkanbruch, vor dem die Forstwirtschaft gewarnt hatte und der das Wandern im Wald schnell zu einem tödlichen Vergnügen machen konnte.

Das Knacken eines Astes ein Stück voraus ließ ihn innehalten. Krings oder ein Wildschwein? Beides Vorstellungen, die Lemberg Unbehagen bereiteten. Oder gar Daeninckx, der mit seiner Pumpgun auf ihn angelegt hatte? Mit zusammengekniffenen Augen versuchte er zu durchdringen, was nicht zu durchdringen war. Was auch immer da vorne gelärmt hatte, war nicht auszumachen. Vermutlich doch nur ein kleines Tier.

Von jetzt auf gleich stand Lemberg vor einer frisch angelegten Tannenschonung. So frisch nun auch wieder nicht, immerhin waren die Bäumchen bereits größer als er. Er reckte sich in die Höhe und versuchte, das Ausmaß der Schonung zu überblicken. Mindestens oktoberfestwiesengroß war die Fläche, umlaufend geschützt von einem hüfthohen Zaun aus netzartigem Material, ähnlich dem, das man für den Transport von Weihnachtsbäumen vom Markt nach Hause verwendete.

Lemberg folgte dem Zaun in westliche Richtung, bis er nach gut zwanzig Metern eine Stelle erreichte, an der die Bespannung niedergedrückt worden war. Deutlich zeichneten sich diesseits und jenseits Fußspuren auf dem Boden ab, die in die Schonung hineinführten. Seiner unmaßgeblichen Einschätzung nach Spuren von zwei verschiedenen Paar Schuhen unterschiedlicher Größe. Blieb die Frage, ob sie von Daeninckx und van Damme oder von Krings und Romy Steinbeck stammten.

Gebückt und fast nach jedem Schritt verharrend folgte er der Fährte. Die Nadeln der jungen Fichten waren weich und fühlten sich an, als seien sie aus dem gleichen Kunststoff wie Babyspielzeug. Behutsam schob Lemberg die Äste zur Seite und verschaffte sich so immer wieder Überblick über die nächsten Meter. Erneut gelang es der Sonne, ein Loch in die Wolkendecke zu brennen, aber diesmal hatte das keinen Einfluss auf die Sichtverhältnisse. Dafür stieg Lemberg plötzlich ein bekannter Geruch in die Nase.

Er ging auf alle viere und kroch weiter. Gleich hinter dem nächsten Jungbaum entdeckte er, was er gerochen hatte. Ein erkaltetes Lagerfeuer; ein Kreis nicht größer als ein Omelett mit drei verkohlten Aststücken. Und er sah noch etwas: den vorderen Teil eines tarnfarbenen Sturmzeltes, der zwischen zwei Bäumchen hervorragte.

Den Boden vor sich immer wieder abtastend und gleichzeitig das offen stehende Zelt nicht aus den Augen lassend schob er sich um die Feuerstelle herum. Junge, nadeldünne Libellen schwirrten vor seinem Gesicht auf und ab. Er kam kaum schneller voran als eine Schnecke, ständig bereit aufzuspringen, sollte ein Kopf im Dreieck des Zelteingangs auftauchen. Aber nichts dergleichen geschah.

Als er das Zelt erreicht hatte – ein funkelnagelneues Exemplar eines skandinavischen Outdoorspezialisten, an dem sogar noch ein Preisschild baumelte –, warf er einen schnellen Blick ins Innere. Außer einer Schaumstoffmatte und einem Schlafsack war die Unterkunft leer.

Lemberg krabbelte hinein. Der Schlafsack sonderte die Gerüche eines Menschen ab, der dringend in die Badewanne gehörte. Am Kopfende, neben der Kapuze des Sacks, fand er eine Taschenlampe und ein Klappmesser. Daneben stand eine fast leere Flasche Evian, in deren Neige aufgelöste Filterkippen dümpelten, und eine Flasche Korn, die immerhin noch zu einem Drittel gefüllt war. Die Papiertüte einer Bäckerei enthielt einen Kanten hartes Brot, ein Stück gelben fettschwitzenden Käse und einen Zipfel Dauerwurst. Dass die Sachen zurückgeblieben waren, deutete auf einen übereilten Aufbruch hin.

Mit dem Hintern voran kroch Lemberg wieder ins Freie, als er plötzlich mit dem Steiß gegen einen harten Gegenstand stieß. Langsam und auf alles gefasst wandte er den Kopf und blickte über die Schulter. Hinter ihm stand der Chef de Corps Henri Daeninckx, drückte ihm den Lauf seiner Pumpgun in den verlängerten Rücken und machte ein Gesicht, als hätte er Lemberg beim Diebstahl seiner Weihnachtsgeschenke erwischt.

Bevor Lemberg etwas sagen konnte, klingelte sein Handy.

18

»Ihr glaubt wohl, ihr könnt mich verarschen, ihr Scheißbullen!«

Krings bellte atemlos in die Leitung. Vor Wut, gewiss aber auch erschöpft von der Anstrengung der Flucht. Lemberg konnte sich sein augenblickliches Gesicht lebhaft vorstellen. Rot und schwitzend mit blutunterlaufenen, hervorgetretenen Augen und verzerrten Zügen. Ein Mann, der mit Wut im Bauch aufsteht, zornig zu Bett geht und dessen nächtliche Träume als Gewaltvideos die reinsten Renner wären. Im Prinzip nicht viel anders als Daeninckx, der ihm gegenüberstand.

»Wo ist mein Geld? Das Motorrad? Der Korn?«

»Die alte Flasche haben Sie nicht einmal leer getrunken«, sagte Lemberg.

»Ihr habt also das Zelt gefunden?«

»Ich stehe genau davor. Hören Sie, Krings, ich konnte die belgischen Kollegen nicht davon abhalten, nach Ihnen zu suchen. Außerdem hätten Sie den Wagen ein bisschen besser verstecken können. Es ist wichtig, dass Sie die Zusammenhänge verstehen: Wir befinden uns in Belgien, ich habe hier nur bedingt Einfluss.«

»Dann geben Sie mir den belgischen Oberbullen.«

»Mit dem ist nicht zu reden. Von dem kriegen Sie gar nichts. Die Belgier haben kein Geld.«

»Genau – wo ist meine Kohle?«

»Die wird gerade besorgt, aber das dauert. So viel hat meine Dienststelle nicht auf dem Konto.«

»Wie lange?«

»Eine Stunde müssen Sie mir noch geben. Mindestens.«

»Okay, eine Stunde. Aber sorgen Sie dafür, dass der Hubschrauber hier verschwindet. Und halten Sie mir alle Bullen vom Hals, egal ob Belgier oder Deutsche. Sonst mache ich meine Ex alle. Kapiert?«

Ein kurzer, spitzer Schrei drang an Lembergs Ohr, dann war die Leitung tot. Den Schrei ausgestoßen hatte Romy Steinbeck. Zweifellos war das als Warnung gedacht, trotzdem hatte sie eher danach geklungen, als hätte Krings sie gekniffen statt geschlagen.

»Krings hört einen Helikopter«, sagte Lemberg zu Daeninckx, der die Pumpgun endlich runtergenommen hatte. »Wenn wir wissen, wo das Ding gerade rumkurvt, wissen wir auch, wo er steckt.«

Daeninckx riss sein Handy aus der Halterung, tippte ein paar Ziffern und stellte eine einzige Frage. Die Antwort erfolgte umgehend.

»Über Meyerode«, sagte Daeninckx. »Südlicher Ortsausgang.«

»Krings verlangt, dass der Hubschrauber abgezogen wird. Außerdem will er keine Polizei sehen. Können Sie das veranlassen?«

Daeninckx hatte Mühe, die Contenance zu wahren, tat aber, was der Geiselnehmer gefordert hatte.

»Abziehen, habe ich gesagt!«, brüllte er in die Leitung. »Bist du taub? Zur Sicherheit will ich zwei Hunde haben. – Ja, sofort. – Natürlich Fährtenspürhunde. Was dachtest du denn? Hütehunde?«

Lemberg musste lachen, er konnte nicht anders. Die ganze Anspannung der letzten Stunden entlud sich.

Daeninckx trat mit geballter Faust auf ihn zu. »Was gibt's da zu gackern?«

»Bei Ihnen geht es zu wie bei uns«, sagte Lemberg und wischte sich eine Träne aus dem Augenwinkel. »Herrlich.«

Ein Wunder geschah. Für einen Herzschlag hob ein Lächeln Daeninckx' Schnäuzerenden an. Genauso schnell hingen sie aber auch wieder runter. Lemberg wandte sich ab und rief Noll an.

»Klaes kann die Suche nach dem Sendemast einstellen«, sagte er. »Wir wissen ungefähr, wo Krings sich aufhält. Wie weit sind Sie mit dem Geld und dem Motorrad?«

»Die Maschine steht bereit, sie muss nur noch mit einem Sender ausgestattet werden«, sagte Noll. »Klaes macht das gerade. Mit dem Geld sieht es schlecht aus. Ich fürchte, wir müssen den Kriminaloberrat einschalten. Übernehmen Sie das?«

»Natürlich.«

Seufzend wählte Lemberg Canisius' Nummer. Nun kam er doch nicht umhin, dem Kriminaloberrat reinen Wein einzuschenken. Der aber hörte erstaunlicherweise geduldig zu und zeigte sich kooperativ, ohne jedwede Vorhaltung.

»Eine halbe Million wird schwer«, sagte Albrecht nur. »Hunderttausend könnte ich auf meine Kappe nehmen, aber eine halbe Million …«

»Dann gib mir die hunderttausend«, sagte Lemberg. »Auszahlbar durch die Raiffeisenbank in Monschau, Herrn Palm persönlich. Dann habe ich Krings wenigstens was anzubieten.«

»Wird sofort online veranlasst.« Dann musste Canisius aber doch noch eine Spitze loswerden. »Dir fällt immer erst ein, dass du einen Vorgesetzten hast, wenn du in der Tinte sitzt.«

»Das ist nicht wahr, Albrecht. Ich denke auch sonst oft an dich. Gruß an Edda.«

Mit Palm musste Lemberg sich von der Auskunft verbinden lassen, da er dessen Nummer nicht gespeichert hatte. Lemberg sah förmlich, wie Palm strammstand.

»Natürlich«, sagte der Filialleiter. »Eine Online-Überweisung vom Innenministerium. Selbstverständlich. Den Behörden ist man ja immer gerne zu Diensten. Einhunderttausend, sagten Sie?«

»Haben Sie so viel im Haus?«

»Ich denke schon, wenn wir alles zusammenkratzen.«

»Dann kratzen Sie schon mal«, sagte Lemberg. »Am besten in einen Aktenkoffer. Mein Mitarbeiter wird gleich bei Ihnen sein. Sein Name ist Klaes. Klaes mit a-e. Er wird sich ausweisen.«

»Selbstverständlich. Klaes. Ist notiert. Sie können sich auf mich verlassen, Herr Kommissar.«

»Nichts anderes habe ich von Ihnen erwartet.«

»Äh …«

»Ja?«

»Hat die Auszahlung mit dem Fall Dr. Steinbeck zu tun?«

»Ich darf es Ihnen eigentlich nicht sagen«, sagte Lemberg. »Aber Sie haben den richtigen Riecher, Herr Palm. Und nun ab mit Ihnen in den Tresor.«

Ein erneuter Anruf bei Noll setzte sie in Kenntnis, wo Klaes das Geld abholen konnte. Den exakten Treffpunkt zur Übergabe an Lemberg würde er erfahren, sobald er Meyerode von Norden her erreicht hätte und sich per Handy melden würde.

»In circa einer Stunde haben wir das Geld«, sagte Lemberg zu Daeninckx.

»Und wir haben Krings«, sagte der Chef de Corps und stopfte sein Samsung zurück in die Gürteltasche. »Aufgrund der letzten Aufnahme, die der Helikopter mit der Infrarotkamera gemacht hat, konnte er lokalisiert werden. Er hat sich in einer Scheune unweit des Schützenhauses am Bambusch versteckt.«

*

Der kleine Tross, bestehend aus Porsche, Alfa und Golf, rollte die Landstraße hinunter in Richtung Meyerode. Dort, wo der Wald rechts der Straße sich zurückzuziehen begann, hielt Daeninckx an, und die beiden anderen taten es ihm gleich. Da der Chef de Corps beim Aussteigen ein Fernglas in der Hand hielt, entnahm Lemberg dem Handschuhfach seinen kleinen Birdwatching-Profi von Steiner, bevor er sich zu den belgischen Kollegen gesellte. Mit dem handlichen Gucker kam er sich ein bisschen vor wie der arme Vetter aus Dingsda, denn der belgische Staat hatte seine Beamten mit Gläsern ausgerüstet, die jedem Manöverbeobachter zur Ehre gereicht hätten. Aber sie wollten ja keine Grashalme am Horizont zählen.

Daeninckx' Arm wies Lemberg die Richtung. Nordnordwest, den sanft ansteigenden Hügel hinauf, wo eine Wellblechscheune mitten auf dem Feld stand.

»Dort hält Krings sich versteckt«, sagte der Chef de Corps.

»Wie sicher ist das?«, fragte Lemberg.

»Reichen Ihnen neunundneunzig Prozent? Die Kollegen, die die Bilder auswerten, sind Profis.«

Die Gläser schwenkten synchron nach rechts.

»Das weiße Gebäude im Tal ist die Schützenhalle«, sagte Daeninckx. »Die Dächer, die über den Hügelkamm hinausragen, gehören zur Beschützenden Werkstatt.«

Lemberg musste sein Glas absetzen, um zu sehen, wohin Daeninckx nunmehr blickte. Aha, sein Blick ging westlich der Scheune über die Felder.

»Von dort und vom Schützenhaus aus werden wir gleichzeitig angreifen«, fuhr Daeninckx fort. »Zwanzig Mann dürften genügen. Die eine Hälfte von oben, die andere von unten.«

Der Chef de Corps redete wie Napoleon am Vorabend von Waterloo. Die richtige Größe hatte er ja.

»Ich sehe nirgendwo Deckung«, sagte Lemberg. »Vielmehr drei Zäune, die die Leute, die von unten kommen, überqueren müssten. Wie weit ist es vom Schützenhaus bis zur Scheune? Zweihundert Meter?«

»Weniger. Vielleicht hundertfünfzig.«

»Und von oben? Das sieht mehr als doppelt so weit aus. Und nur freies Feld.«

»Keine dreihundert«, sagte Daeninckx mit der Bestimmtheit eines diplomierten Landvermessers. »Kein Problem für unsere Leute. Zur Not warten wir, bis es dunkel ist.«

»So lange wird Krings sich kaum hinhalten lassen.«

»Das ist Ihre Aufgabe.«

»Merde alors!«, blaffte Lemberg und fuhr auf Französisch fort: »Dafür bin ich auf einmal gut genug, wie?«

Nun setzte auch Daeninckx sein Glas ab. »Sie sprechen ja Französisch.«

»Meine Mutter war Belgierin.«

»Warum haben Sie das nicht gleich gesagt?«

»Ich will um meiner selbst willen geliebt werden, nicht wegen meiner Abstammung.«

Daeninckx sah Lemberg an, als hätte der sich soeben als Tunte geoutet, aber van Damme lachte ansteckend auf. Nur war da keiner, der sich anstecken ließ.

»So kann es gehen«, sagte sie. »In der Beschützenden Werkstatt montieren Behinderte unterschiedlicher Versehrtenstufen Plastik- und Präzisionsteile und stellen Sortiments- und Musterpackungen zusammen. Außerdem gibt es dort, glaube ich, eine Druckerei.«

»Wie viele Leute arbeiten dort?«

»Um die hundert.«

»Die müssten in Sicherheit gebracht werden.«

»Warum?«, fragte Daeninckx.

»Krings gilt als guter Schütze«, sagte Lemberg. »Wer garantiert Ihnen, dass er auf die Entfernung nicht einen der Gehandicapten mit einem Ihrer Männer verwechselt? Die Evakuierung stellt aber auch ein Problem dar. Wenn Krings aufmerksam ist und über ein Fernglas oder Zielfernrohr verfügt, könnte er von der Räumung Wind kriegen. In dem Fall wäre das Leben der Geisel keinen Pfifferling mehr wert.«

»Er war doch mal mit der Frau verheiratet, oder nicht? Er wird also kaum auf sie schießen. Er blufft nur.«

»Es soll sogar Leute geben, die erschießen Frauen, mit denen sie noch verheiratet sind. Wollen Sie dafür die Verantwortung übernehmen?«

»Kommissar Lemberg hat recht«, sagte van Damme und ignorierte Daeninckx' Blick, der sie ansah, als sei sie dabei, eine Meuterei anzuzetteln. »Was schlagen Sie vor?«

»Wir müssen sowieso mit ihm verhandeln«, sagte Lemberg. »Dabei wird sich eine Gelegenheit ergeben, an ihn heranzukommen. Spätestens bei der Geldübergabe beziehungsweise wenn er das Motorrad übernimmt.«

»Er wird diesen Ort niemals verlassen«, sagte Daeninckx. »Wenn er erst einmal unterwegs ist, bringt er womöglich noch mehr Leute in Gefahr. Die Sache wird hier zu Ende gebracht, so oder so.«

»Nur so, nicht so«, sagte Lemberg.

»Was bilden Sie sich eigentlich ein?«, fauchte der kleine Chef. »Glauben Sie, wir in Belgien hätten keine Erfahrung im Umgang mit Schwerverbrechern?«

»Sprechen Sie von Ihren Erfahrungen mit Marc Dutroux und Michel Fourniret?«

»Ich wusste, dass das irgendwann kommen würde. Ich wusste es.«

»Wenn Sie solche Vorlagen liefern.«

»Ça suffit!«, sagte Daeninckx. »Ich habe nicht vor, unser Vorgehen weiter mit Ihnen zu diskutieren.«

Das brauchte er auch nicht, denn in dem Moment kam eine schier endlose Karawane von Fahrzeugen von Meyerode herauf. Ein wahres Orchester von Sirenen versetzte die Luft in Schwingungen. Lemberg versuchte, die Blaulichter zu zählen, bei zehn gab er auf. Die Kolonne bog auf den Parkplatz des Schützenhauses ein und formierte sich dort zu einer Art Wagenburg. Kleine schwarze Punkte sprangen aus den Fahrzeugen und wuselten umher.

Nach einem Moment völliger Fassungslosigkeit lief Daeninckx rot an, zückte sein Handy und machte den Angerufenen, einen Menschen namens Klootzak, in einer Art zur Sau, wie Lemberg das nur aus Filmen kannte. Van Damme zog den Kopf ein und begab sich in den Schutz ihres Wagens, um nicht das nächste Opfer von Daeninckx' Wutausbruch zu werden. Lemberg tat nichts, wartete einfach nur ab.

»*Merde!*«, fluchte Daeninckx, nachdem er aufgelegt hatte, und um der vorgeschriebenen Dreisprachigkeit Genüge zu tun: »Scheiße! *Stik!*«

Drei tiefe Atemzüge später sagte er: »Ich hatte ausdrücklich Anweisung erteilt, dass alle in ihren Löchern bleiben, bis ich den Befehl zum Angriff gebe.«

Lemberg wusste, dass er mit seinem Leben spielte, aber er konnte nicht anders.

»Da scheint irgendwer nicht richtig zugehört zu haben«, sagte er und grinste.

Ein Augenpaar wie eine doppelläufige Schrotflinte starrte ihn an. Bevor die Büchse losgehen konnte, ertönte die französische Nationalhymne.

»Was ist da los?«, brüllte Krings. »Ich hatte Ihnen doch gesagt, Sie sollen mir jede Art von Bullerei vom Hals halten!«

»Sie rufen zur Unzeit an«, sagte Lemberg. »Ich bin gerade damit beschäftigt, die losgetretene Lawine zu stoppen.«

»Sie glauben wohl, ich bin zu Scherzen aufgelegt? Dann passen Sie mal auf!«

»Was ist los?«, fragte Daeninckx.

»Krings«, sagte Lemberg und nahm sein Glas wieder vor die Augen. »Ich glaube, er will uns etwas demonstrieren.«

Auch der Chef de Corps nahm seinen Feldstecher wieder zur Hand. Lemberg musste die Schärfe nachjustieren und trotzdem das linke Auge zukneifen. Wie schon einige Male in der letzten Zeit hatte er das Gefühl, auf dem linken schlechter zu sehen als auf dem rechten.

Vor der Scheune tauchte Krings mit Romy Steinbeck auf. Er hielt sie im Würgegriff und schob sie wie einen Schutzschild vor sich her. Das Gewehr in seiner Rechten ragte in den Himmel. Dreimal feuerte er kurz hintereinander in die Luft und brüllte dabei irgendetwas, das niemand verstehen konnte. Bei jedem der Schüsse zuckte Steinbeck zusammen. Dann zerrte er sie zurück in den Schutz der Scheune. Was auch immer er mit seinem Auftritt bezwecken wollte, zumindest wussten sie jetzt, dass er über ein halbautomatisches Gewehr mit Zieleinrichtung verfügte. Und dass die Geisel noch lebte.

Eine weitere Bestätigung für Letzteres erfolgte Sekunden später per Telefon.

»Peter meint es ernst«, schluchzte Romy Steinbeck. »Er hat gesagt, er erschießt mich wie einen Hund, wenn seine Forderungen nicht sofort erfüllt werden.«

»Geben Sie ihn mir«, sagte Lemberg.

Es dauerte eine Weile, aber schließlich drang Krings' Schnaufen an Lembergs Ohr.

»Tun Sie nichts Unüberlegtes, Krings. Ich arbeite daran, dass die Lage nicht weiter eskaliert.«

»Wenn ich einen Bullen auf die Scheune zukommen sehe, lege ich die Alte um«, sagte Krings. »Und denken Sie daran, Sie haben nur noch eine knappe Dreiviertelstunde Zeit.«

»Geben Sie mir Ihre Handynummer.«

»Wozu?«

»Damit ich Sie auf dem Laufenden halten kann.«

Außer Krings' rasselnden Bronchien hörte Lemberg nichts.

»Nun machen Sie schon, Krings. Für mich hat absolute Priorität, dass niemand zu Schaden kommt. Das schließt Sie ein.«

Krings machte es noch einmal spannend, gab dann aber nach. Lemberg notierte die Nummer auf seinem Handrücken, seine Handfläche war zu feucht. Fünf Minuten später stellten sie ihre Fahrzeuge neben dem Schützenhaus ab. Sie hatten Mühe, freie Plätze zu finden.

*

Lemberg lehnte an der Tür seines Wagens, paffte die vorletzte Zigarre seines Vorrats und beobachtete, was sich auf dem Parkplatz abspielte. Mochte der belgische Staat auch so gut wie pleite sein, was die belgische Polizei an Ausrüstung auffuhr, war beindruckend.

In null Komma nichts hatte ein Dutzend Männer ein Mannschaftszelt errichtet und stattete es mit allem aus, was das Campingleben einer Polizeieinheit angenehm machte. Isoliermatten, Feldbetten, Berge von kratzigen grauen Decken, Biertische und -bänke, palettenweise Mineralwasser und kistenweise Lebensmittel. Einer der Polizisten trug sogar einen ganzen in Folie eingeschweißten Ardenner Schinken in die Unterkunft. Hinter dem Zelt stellte eine andere Gruppe derweil zwei WC-Häuschen und etwas entfernt eine Feldküche auf. Dazwischen wurde ein mobiles Notstromaggregat installiert, während gleichzeitig zwei Lafetten herangerollt wurden, auf die man anstelle der Geschütze Teleskoparme mit Suchschweinwerfern montiert hatte, die geeignet waren, der Flak bei Nacht das Ziel zu markieren. Ein Kastenwagen karrte Schutzschilde, kugelsichere Westen und Helme heran, die eiligst entladen wurden. Unterdessen schleppte sich ein Trupp Sanitäter mit Notfallkoffern, Infusionsständern und Kisten voller Kochsalzlösung und Blutplasma ab. Überall und nirgends zugleich war Daeninckx unterwegs, brüllte Befehle, bis er heiser war, und versuchte, das Chaos in seinem Sinn zu ordnen. Über allem kreiste der zurückbeorderte Hubschrauber und verbreitete einen Hauch von Vietnam. Fehlte eigentlich nur ein Schneepflug für den Fall eines unvorhergesehen Wintereinbruchs.

Ein Blick auf seine Armbanduhr belehrte Lemberg, dass die Zeit für eine gewaltsame Lösung arbeitete. Noch fünfzehn Minuten blieben Klaes, um das Motorrad und den Geldkoffer abzuliefern. Zum zigsten Mal kontrollierte Lemberg, ob sein Nokia eingeschaltet war und der Akku noch genug Saft hatte. Beides war der Fall. Schließlich hielt er es nicht mehr aus und rief Noll an.

»Klaes ist unterwegs«, sagte sie. »Er war vor über einer halben Stunde bei der Bank. Er müsste sich jeden Moment bei Ihnen melden.«

»Ihr Wort in Gottes Ohr«, sagte Lemberg. »Woher haben Sie das Motorrad so schnell bekommen?«

»Aus Eupen. Von dem Händler, der die Konkursmasse meines Geschiedenen aufgekauft hat.« Sie stieß einen unfrohen Lacher aus. »So war er wenigstens einmal zu etwas nutze.«

Kaum hatte Lemberg sein Handy wieder weggesteckt, schlurfte ein Mann auf ihn zu, der sich seinen Bart offenbar selbst gestutzt hatte, und zwar ohne dabei einen Spiegel zu benutzen. Bekleidet war er mit einer abgewetzten Cordhose und einem verschlissenen karierten Hemd. Mit riesigen rissigen Händen knetete er einen Filzhut bis zur Unkenntlichkeit.

»Meine Schafe sind weg«, sagte er, als er vor Lemberg stand.

»Haben Sie keinen Hund?«, war das Erste, was Lemberg einfiel.

»Doch. Aber wenn sie in der Einzäunung stehen, brauchen sie eigentlich keinen.«

Daeninckx wollte vorbeihasten, entdeckte den Mann aus den Augenwinkeln und blieb stehen.

»Was wollen Sie?«, schnauzte er den Schafbesitzer an. »Wer sind Sie? Können Sie sich ausweisen?«

»Meessen«, sagte der Mann. »Conrad Meessen. Meine Schafe sind weg. Ich versteh das nicht.«

»Die sind in der Scheune«, sagte Daeninckx und wies über die Schulter. »Krings muss sie reingetrieben haben.«

»Wie?«

Daeninckx zog ein zerknülltes Blatt aus der Hosentasche und hielt es Meessen hin. »Hier, sehen Sie selbst. Ihren Viechern geht es gut.«

Meessen drehte das Blatt in alle Richtungen, wurde daraus aber nicht schlau. Lemberg nahm es ihm ab. Es handelte sich um einen Ausdruck des Fotos, das per Infrarotkamera vom Hubschrauber aus gemacht worden war. Man konnte deutlich die Umrisse der Scheune und eine unbestimmte Anzahl orangeroter Flecke im Inneren erkennen. Die meisten Flecke bildeten in einer Ecke des Gebäudes eine mehr oder weniger zusammenhängende Fläche, zwei weitere waren an der gegenüberliegenden Wand auszumachen. Ein länglicher, der einen liegenden oder mit ausgestreckten Beinen sitzenden Menschen markierte, daneben ein kleinerer runder, der einen aufrecht stehenden darstellte. Lemberg erklärte Meessen die Aufnahme.

»Ich muss zu meinen Tieren«, sagte Meessen. »Einige können jeden Augenblick lammen.«

»Sie bleiben hier«, sagte Daeninckx. »Ihre Schafe werden schon allein zurechtkommen.«

»Nicht wenn die Lämmer falsch herum liegen.« Meessen stülpte sich seinen verbeulten Hut aufs Haupt. »Ich muss da hin.«

Daeninckx winkte kurzerhand einen vorbeieilenden Uniformierten zu sich. »Legen Sie dem Mann hier Fesseln an und setzen Sie ihn fest.«

Festsetzen bedeutete, dass Meessens Hände hinter dem Rücken mit Kabelbindern gefesselt wurden und er neben Lemberg an den Golf gelehnt wurde.

»Scheiße«, sagte Meessen. »Die armen Viecher.«

»Tut mir leid«, sagte Lemberg und sah auf seine Uhr. Noch fünf Minuten.

»Hat man Sie auch festgenommen?«, fragte der Schafbesitzer.

»So ähnlich.«

»Warum sind Sie dann nicht gefesselt?«

»Bin ich«, sagte Lemberg. »Man sieht es nur nicht.«

Noch vier Minuten. Das Ziffernblatt von Lembergs Seiko strahlte Hitze ab wie ein Rotlicht. Noch drei. Lemberg nahm sein Mobiltelefon zur Hand und entfernte sich einige Schritte.

»Hören Sie, Krings«, sagte er, nachdem der Geiselnehmer sich gemeldet hatte, »mein Kollege ist noch nicht eingetroffen. Es kann sein, dass es ein paar Minuten länger dauert. Aber er hat die geforderte Maschine und das Geld.«

»Keine Sekunde Nachschlag«, bellte Krings. »Sie hatten alle Zeit dieser Welt.«

»Sie können das doch jetzt nicht wegen ein paar Minuten Verspätung scheitern lassen.«

»Keine Sekunde. Kapiert?«

Lemberg lauschte in ein Nichts hinein. Bei den konventionellen Telefonen alter Machart hatte manchmal ein nachhallendes Brummen der Leitung Trost gespendet. Bei den verdammten Handys gab es das nicht. Nur dieses blöde Nichts.

Noch zwei Minuten.

Lemberg ging vor zur Straße und blickte in Richtung Meyerode, wo die Polizei eine Straßensperre errichtet hatte, hinter der sich die Presse und ein Fernsehsender mit einem Übertragungswagen sowie einige Schaulustige versammelt hatten. Er spitzte die Ohren, ob er ein Motorrad hörte. Zu hören war vieles, aber kein Motorrad, nicht einmal eine Vélosolex. Klaes jetzt anzurufen war sinnlos, bestimmt fuhr der Kollege auf der letzten Rille und würde sich ohnehin nicht melden.

Noch eine Minute.

Lemberg wippte auf den Fußballen. Verdammter Mist! Bei dem Aufwand, den Daeninckx und seine Leute betrieben, konnte die Geiselnahme nur in einem Blutbad mit mindestens zwei Toten enden. Vor Lembergs geistigem Auge tauchten die entsprechenden Schlagzeilen auf. Das durfte nicht passieren. Nicht ihm. Er war der Einzige, der das noch verhindern konnte. Daran, welchen Preis er dafür zu zahlen hatte, dachte er lieber nicht. Noch einmal nahm er das Nokia heraus und wählte Krings an. Der war wenigstens sofort am Apparat.

»Ich komme zu Ihnen«, sagte Lemberg. »Das ist die einzige Möglichkeit, die noch bleibt.«

»Was soll der Quatsch? Sie bleiben, wo Sie sind.«

»Die Sache gerät hier zunehmend außer Kontrolle. Wenn ich bei Ihnen bin, werden die Belgier nicht wagen, die Scheune zu stürmen.«

»Das ist ein Trick. Ich kenne euch verdammte Drecksbullen.«

»Das ist kein Trick, sondern Ihre letzte Chance, lebend aus dieser Geschichte herauszukommen.«

»Wagen Sie es ja nicht. Ich knall Sie ab.«

»Ich lauf jetzt los«, sagte Lemberg.

»Vergessen Sie es«, sagte Krings und beendete das Gespräch.

Ohne sich noch einmal umzublicken, schob Lemberg das Handy in die Hosentasche, rannte über die Straße und kletterte über den ersten Weidezaun.

*

Beim Pferderennen hätte es geheißen: Das Geläuf war tief. Die Weide war nass, der Boden schwer, bereits nach wenigen Metern hatte Lemberg Klumpen unter den Sohlen. Hinter ihm hob Gebrüll an.

»Stopp! Stehen bleiben! Wo wollen Sie hin? Idiot!« Dann das Ganze noch mal auf Flämisch und Französisch.

Lemberg ignorierte alle drei Sprachen. Er hatte nicht einmal die halbe Strecke bis zum zweiten Zaun geschafft, als er merkte, wie seine Kraft nachließ. Die Erde, die seinen Schuhen anhaftete, wurde zu Blei. Mehr stapfend als laufend bewegte er sich vorwärts.

»Lemberg! Bleiben Sie stehen!« Das war Daeninckx, der sich eine Flüstertüte besorgt haben musste. »Kommen Sie zurück, oder ich lasse Sie holen!«

Lemberg riskierte einen Blick über die Schulter. Zwei athletische, ganz in Schwarz gekleidete und mit Sturmhauben maskierte Kerle flankten über den Zaun. Wenn die ihn einholten, war die Sache gelaufen. Aber statt ihn zu lähmen, setzte der Anblick der beiden neue Energie frei. Lemberg zündete sozusagen die zweite Stufe. In neuer persönlicher Bestzeit erreichte er den zweiten Zaun und warf sich einfach über den obersten Stacheldraht. Hemd und T-Shirt zerrissen, und die Stachel ritzten sein Fleisch. Ohne Rücksicht auf Kratzer und Schnittwunden und was daraus resultieren mochte, rappelte er sich auf und rannte weiter.

Auf einmal wurde das Laufen leichter. Das lag nicht daran, dass der Ballast an seinen Füßen weniger geworden wäre, sondern daran, dass Lemberg seinen Rhythmus gefunden hatte. Vielleicht etwas langsamer, dafür aber deutlich gleichmäßiger arbeiteten seine Beine. Ähnlich den Schubstangen einer Lokomotive. Jedenfalls war das das Bild, das er sich von sich selbst machte.

Ein erneuter Blick zurück machte ihm deutlich, dass seine beiden Verfolger in erschreckender Weise aufgeholt hatten. Die Burschen waren bestimmt Angehörige einer Spezialeinheit, die zu Trainingszwecken mal eben vierzig Kilometer mit voller Ausrüstung joggten, um anschließend noch zehn Kilometer in ihren Klamotten zu schwimmen. So war man eben drauf, wenn man ohne Fast Food, Zigarren und Bier durchs Leben ging. Unter normalen Umständen mussten sie ihn bereits vor Erreichen des dritten Zauns eingeholt haben.

Der Gedanke, welche Konsequenzen das haben würde, verlieh Lemberg noch einmal Flügel. Krings und Steinbeck würde es das Leben kosten, er würde mit viel Glück bei der Verkehrspolizei enden, und Daeninckx würde vom König aller Belgier einen fetten Orden an die Brust geheftet bekommen. »So nicht«, japste Lemberg, »so nicht.«

Sein Keuchen und das Rauschen seines Blutes beeinträchtigten sein Gehör. So spürte er zuerst eine orkanartige Bö, die ihn beinahe von den Füßen riss, ehe er den Helikopter hörte. Ein infernalisches dumpfes Wummern traktierte seine Trommelfelle, während die aufgewirbelte Luft an ihm zerrte und ihm den Atem zu rauben drohte. Nach oben zu blicken wagte er nicht, er hätte das Gleichgewicht verloren. Aber eine unbändige Lust zu schreien überkam ihn, lauter zu schreien als das Monster, das ihn attackierte. Und so schrie er, schrie, schrie, schrie, obwohl er dazu eigentlich keine Luft und keine Energie mehr hatte.

Durch den vom Hubschrauber verursachten Hurrikan torkelnd erreichte er den nächsten Zaun und kippte über den Stacheldraht wie über den ersten. Neue Kratzer, neue Wunden, scheißegal. Ihm war, als müsse er mit einem Sack Zement auf den Schultern aufstehen, so presste ihn der Luftdruck zu Boden. Das höllische Flugmonster schwebte keine zehn Meter über ihm. Gleichzeitig gewahrte er, dass seine Häscher nur noch zwei, drei Meter vom Zaun entfernt waren. Aber auch sie behinderte der Orkan, der über die Weide fegte.

Lemberg lief weiter. Tränen trübten seinen Blick. Aufgewirbelte Erde schmeckte er, roch er. Er hatte keine Kraft mehr, er hatte keinen Sauerstoff mehr, einzig sein Wille trieb ihn noch voran. Noch dreißig, vierzig Meter bis zur Scheune. Unmöglich.

Plötzlich geschah Unerhörtes. Schlagartig ließ der Orkan nach, und der Lärm ebbte ab. Sich um sich selbst drehend nahm Lemberg mit einem Rundblick wahr, dass der Helikopter aufstieg und seine beiden Verfolger sich nur wenige Schritte von ihm entfernt flach in den Dreck warfen. Und er entdeckte Krings, der an der Ecke der Scheune kniete und mit angelegtem Gewehr feuerte. Lemberg stolperte auf ihn zu. Der Gedanke, dass der Geiselnehmer ihn über den Haufen schießen könnte, kam ihm nicht. Vielmehr erschien Krings ihm als Engel, als DGzRSler, der ihn in höchster Not aus der eiskalten Nordsee fischte. Am liebsten hätte er den Mann umarmt.

Der hatte jedoch andere Empfindungen, packte Lemberg grob am Kragen und schubste ihn zwischen einem verrosteten Traktor und der Scheunenwand zu einem einen Spalt offen stehenden Schiebetor. Lemberg zwängte sich durch, Krings folgte ihm, schloss das Tor und legte einen Riegel vor. Sie standen mitten zwischen blökenden Schafen.

»Weiter«, schnauzte Krings und stieß ihn mit dem Gewehr vor sich her.

Nur durch einige hoch oben, gleich unterhalb des Dachs eingelassene Fenster fiel etwas trübes Licht herein. Als Lemberg in der Mitte der Scheune stand, entdeckte er Romy Steinbeck, die mit angezogenen Knien an der Wand kauerte und einen mitgenommenen Eindruck machte. Aber sie schien unverletzt zu sein.

»Ausziehen«, sagte Krings und rammte Lemberg den Flintenlauf ins Kreuz.

»Wie?«, japste Lemberg.

»Ausziehen.«

»Ganz?«

»Ganz.«

»In Gegenwart einer Dame?«

»Dame!« Krings spie in den Schafmist vor seinen Füßen. »Die Alte hat in ihrem Leben mehr Schwänze gesehen, als Sie Biergläser vor sich stehen hatten.«

Das bezweifelte Lemberg nun doch stark.

19

»Keine Waffe, kein Mikro, Sie sind ja richtig brav«, sagte Krings, der Lemberg doch gestattet hatte, die Unterwäsche anzubehalten, und ihn nur kurz abgetastet hatte.

Lemberg stieg wieder in seine Jeans, zog die Hose hoch, knöpfte den Hosenstall zu und schloss den Gürtel. Darauf, das zerrissene Hemd in den Bund zu stopfen, verzichtete er. Das Sakko klopfte er kurz ab und schlüpfte wieder hinein.

»Knöpfe am Stall, darauf steht die Romy«, sagte Krings in einem Tonfall, der ironisch klingen sollte, aber eher bitter rüberkam. »Passen Sie bloß auf sich auf, sonst geht sie Ihnen ruckzuck an die Wäsche.«

»Darf ich mich jetzt setzen?«, fragte Lemberg, der noch immer Pudding in den Knien hatte.

»Nur zu. Tun Sie sich keinen Zwang an.«

Lemberg schlurfte zu Romy Steinbeck und ließ sich an ihrer rechten Seite nieder. Erschöpft streckte er die Beine von sich und legte die Hände auf die Oberschenkel.

Sie blickte ihn von der Seite an. »Sind Sie okay?«

»Den Umständen entsprechend.«

»Keine Quasselei«, sagte Krings und warf einen Blick durch das handtellergroße Loch, das er mit einer Spitzhacke in Schulterhöhe in die nach Osten weisende Wand der Wellblechscheune geschlagen hatte. Die Hacke lehnte noch an der Wand unter dem Loch. »Die beiden Hosenscheißer robben zurück zu Papi. Mal sehen, ob ich ihnen ein bisschen Beine machen kann.«

Er schob den Lauf seines halbautomatischen Gewehrs durch das Loch, zielte und gab zwei Schüsse ab.

»Schneller, ihr Penner!«, rief er und lachte. »Da springen sie wie die Hasen.«

»Sie vergeuden nur Ihre Munition«, sagte Lemberg.

»Er hat davon einen ganzen Karton voll«, sagte Romy.

»Ihr sollt den Mund halten«, knurrte Krings.

Seine Augen waren tatsächlich blutunterlaufen, wie Lemberg

vermutet hatte. Dazu wirkte er kleiner und kompakter als auf dem Friedhof. Lemberg schätzte ihn auf einen Meter fünfundsiebzig. Zu seinem Normalgewicht fehlten ihm bestimmt fünf Kilo. Überhaupt wirkte er wie ein Mann, der in zu kurzer Zeit zu schnell abgenommen hatte. Die Haut, insbesondere an den Wangen, war nicht mitgeschrumpft, sondern hing herunter wie bei einer Bulldogge. Der Bart, den er sich abrasiert hatte, spross bereits wieder. Wie zuletzt war er mit einer grauen Cordhose, einem schwarzen Rollkragenpulli und einem Schimanski-Parka bekleidet. Seine grauen Haare waren mittellang und so ungepflegt wie der ganze Mann. Andererseits, wer seit einer Woche in einem Zelt lebte, hatte nur wenig Gelegenheit zur Körperpflege.

Romy Steinbeck hatte sich kaum verändert, seit Lemberg ihr vor drei Tagen in Woffelsbach begegnet war, aber sie befand sich ja auch erst seit wenigen Stunden außerhalb ihres gewohnten Umfeldes. Sie trug einen hellblauen, seidig schimmernden Jogginganzug mit dunkel abgesetzten Bündchen. Der Anzug war bis auf ebenfalls dunkle Seitenstreifen und das auf die linke Brustseite aufgedruckte Logo des Herstellers schmucklos. Der bis oben zugezogene Kragen der Jacke kaschierte ihren ungewöhnlich langen Hals. Ihr Pagenkopf war nach wie vor makellos und wirkte stabil wie ein Helm, sodass Lemberg sich fragte, ob sie nicht vielleicht eine Perücke trug. Ängstlich wirkte sie nicht, eher ungehalten.

»Woher haben Sie das Gewehr?«, fragte Lemberg Krings, der nach wie vor durch das Loch spähte.

»Das geht Sie gar nichts an.«

»Er hatte es die ganzen Jahre versteckt«, sagte Romy.

»Du sollst dein Maul halten«, sagte Krings.

»Hör auf, mich anzubrüllen. Ich bin froh, mich mit jemandem unterhalten zu können. Mit dir kann man ja kein vernünftiges Wort wechseln.«

»Kommt ganz darauf an, was man unter vernünftig versteht.«

Lemberg hatte das Gefühl, einem ritualisierten Streit beizuwohnen, der nach Jahren der Trennung nahtlos seine Fortsetzung gefunden hatte.

»Bei seinem Sohn?«, fragte er Steinbeck ungerührt.

»Mein Sohn hat damit nichts zu tun«, kam die Antwort von der anderen Seite. »Lassen Sie ihn gefälligst aus dem Spiel.«

»Aber die Enduro haben Sie bei ihm mitgehen lassen.«

»Die hatte ich mir nur geliehen.«

Die zwei Dutzend Schafe wurden unruhig. Allgemeines Geblöke hob an, und die Tiere rückten enger zusammen.

»Wir sollten die Schafe rauslassen«, sagte Lemberg. »Der Besitzer hat mir gesagt, einige stehen kurz vor dem Lammen.«

»Siehst du«, sagte Romy Steinbeck. »Habe ich dir das nicht gesagt?«

»Die Viecher bleiben hier«, sagte Krings und starrte weiter aus dem Loch.

»Die Tiere bieten keinen Schutz«, sagte Lemberg. »Auf der Aufnahme der Wärmebildkamera sind deutlich die Schafe in der einen Ecke und sie beide hier drüben zu erkennen gewesen.«

»Wusste ich es doch, dass ihr Schweine so etwas einsetzt.«

»Sie hätten sich unter die Schafe mischen müssen, dann hätte man sie vielleicht nicht entdeckt.«

»Den Teufel hätte ich getan«, sagte Romy Steinbeck. »Die Viecher stinken zum Gotterbarmen.«

»Spiel hier bloß nicht die große Dame«, fuhr Krings sie an. »Du und deine Sippe, ihr habt doch im Schweinekoben gehaust, bevor du mich getroffen hast.«

»Wofür ich dir ewig dankbar sein werde. Genau wie für meine ausgeschlagenen Zähne.« Sie deutete Lemberg zuliebe auf ihre mittleren oberen Schneidezähne, damit er wusste, von welchen die Rede war.

»Das hattest du dir selbst zuzuschreiben.«

Lemberg sah Romy Steinbeck fragend an.

»Er ist irre«, sagte sie. »Nur weil ich einem Kellner angeblich auf den Schritt geguckt habe, ist er durchgedreht.«

»Von wegen angeblich«, sagte Krings. »Wie geht es nun weiter?«

»Lassen wir die Schafe jetzt raus oder nicht?«, fragte Lemberg zurück.

Krings stöhnte. »Von mir aus, treibt sie raus. Aber keine Tricks.«

Romy Steinbeck war deutlich schneller auf den Beinen als Lemberg, aber sie wog auch mindestens dreißig Kilo weniger. Während Krings das Rolltor entriegelte und aufzog, scheuchten die beiden die Blöker mit Händeklatschen und allerlei Zurufen vor sich her. Einige Tiere flüchteten erst einmal zum anderen Ende der Scheune, bevor sie zurück zur Herde fanden. Insbesondere Lemberg war zu langsam. Immer wieder gelang es einzelnen Tieren, an ihm vorbeizukommen.

»Nun macht schon, es zieht«, sagte Krings mit der Waffe im Anschlag.

»Treten Sie mehr zur Seite, die Tiere haben Angst vor Ihnen«, rief Lemberg.

Als endlich der Leithammel draußen war, liefen die anderen hinterher. Schafe sind auch nicht anders als Menschen. Steinbeck und Lemberg trieben sie noch einige Meter, dann rief Krings: »Genug! Zurück!«, und schoss in die Luft. Der Knall machte den Schafen Beine. Teilweise Bocksprünge vollführend rannten sie zu einem offen stehenden Gatter am nördlichen Rand der oberen Weide und drängten hindurch. Wie die Belagerer am Schützenhaus darauf reagierten, konnte Lemberg nicht erkennen. Kurz darauf saßen Romy Steinbeck und er wieder auf ihren angestammten Plätzen, und Krings bezog erneut seinen Beobachtungsposten.

»Da läuft einer mit 'nem Filzhut und 'nem Köter rum und treibt die Schafe zusammen«, sagte er nach einer Weile.

»Das ist der Besitzer«, sagte Lemberg. »Lassen Sie ihn leben.«

Krings knüpfte da an, wo sie vor der Aktion mit den Schafen stehen geblieben waren. »Noch einmal – wie geht es weiter?«

»Ich warte auf den Anruf meines Kollegen mit dem Motorrad«, sagte Lemberg. »Was haben *Sie* sich denn so vorgestellt?«

»Gar nichts hat er sich vorgestellt«, sagte Romy Steinbeck. »Wie immer.«

Krings kratzte sich am Kinn. »Drei Mann passen schlecht auf ein Motorrad. Ich denke, wir sollten umdisponieren und eine S-Klasse bestellen.«

»Warum nicht einen Hubschrauber?«, fragte Lemberg.

»Können Sie so ein Ding fliegen?«

»Nein.«

Krings blickte ihn von der Seite her lauernd an. »Sie können so ein Ding fliegen. Ich sehe Ihnen das an.«

»Ich könnte nicht einmal den Rotor zum Laufen bringen.«

»Wenn Sie das nicht können, warum haben Sie dann davon angefangen?«

»Man kann einen Helikopter auch mit Pilot ordern.«

»Mich kriegt keiner in so eine Kiste rein«, sagte Romy Steinbeck.

»Du tust, was ich sage, verdammt noch mal«, sagte Krings. »Aber ein Heli ist wirklich scheiße. Ich trau denen glatt zu, dass die uns von einem Jagdbomber abschießen lassen.«

»Oder der Pilot springt unterwegs mit dem Fallschirm raus«, sagte Lemberg. »Haben Sie Elmar Steinbeck umgebracht, Herr Krings?«

»Was?«

»Sie haben meine Frage sehr gut verstanden.«

Krings verließ seinen Posten, kam auf Lemberg zu und baute sich breitbeinig vor ihm auf. »Jetzt hör mal gut zu, du Murksbulle. Wenn du glaubst, du könntest hier ein Verhör durchziehen, dann hast du dich aber gewaltig geschnitten. Hier bestimmt nur einer, was läuft, und das bin ich.«

Damit kehrte er zu seinem Loch zurück. Von Romy Steinbecks Seite war ein unterdrücktes Glucksen zu vernehmen.

»Ihr Geständnis wäre ohne Beweiskraft«, sagte Lemberg. »Niemand hört mit, niemand schreibt mit.«

»Und was ist mit mir?«, fragte Romy Steinbeck. »Zähle ich nicht?«

»Eben«, sagte Krings. »Ich sage gar nichts.«

»Ich wüsste gerne, was ich von Ihnen zu halten habe«, sagte Lemberg. »Dann könnte ich eher ein Vertrauensverhältnis zu Ihnen aufbauen.«

»Vertrauensverhältnis!« Krings spuckte zur Seite. »Wozu sollte das gut sein?«

»Kann sein, dass wir noch einige Zeit miteinander verbringen müssen. Wo soll die Reise überhaupt hingehen?«

»Wie?«

»Wohin ich Sie mit der S-Klasse chauffieren soll.«

»Weiß ich noch nicht. Erst mal weg hier.«

»Er will an die Côte d'Azur«, sagte Romy Steinbeck leise.

»Du sollst dein verdammtes Maul halten!« Krings kam erneut herüber, stellte sich diesmal vor seine Ehemalige und hob den Arm.

»He, he!«, sagte Lemberg und machte Anstalten, aufzustehen. »Lassen Sie das. Sie haben bereits genug Unheil angerichtet.«

Krings verpasste ihm einen Stoß, dass Lemberg wieder auf dem Hintern landete. Dann lachte er lauthals, aber unfroh auf.

»Ich? Wenn hier jemand Unheil angerichtet hat, dann doch wohl meine verehrte Ex. Hat meine eigene Tochter gegen mich aufgehetzt und angestiftet, mich als ihren Vergewaltiger anzuzeigen. Verdammtes Drecksstück!«

»Das habe ich nicht«, sagte Romy Steinbeck und zog den Kopf ein, da Krings schon wieder ausholte. »Nicole hat dich aus freier Entscheidung angezeigt, aber das willst du mir ja nicht glauben.«

»So einer wie dir glaube ich kein Wort, du verdammte Hure.«

»Aber ich soll dir glauben, dass du es nicht getan hast, wie?«, keifte Romy Steinbeck. »Kinderficker!«

Diesmal packte Krings das Gewehr mit beiden Händen und hielt ihr den Kolben vors Gesicht. »Sag das noch ein einziges Mal, und ich schlag dir die Fresse zu Brei.«

»Schluss jetzt!«, sagte Lemberg. »Das führt doch zu nichts.«

»Was weißt denn du, du Scheißbulle? Solchen Flachwichsern wie dir hab ich es doch zu verdanken, dass ich neun Jahre gesessen habe. Keiner von euch hat auch nur einen Finger krumm gemacht, um irgendeinen Beweis für meine Unschuld zu finden.« Speichel lief ihm übers Kinn, als er sich zu Lemberg hinunterbeugte. »Weißt du eigentlich, was die anderen Knackis mit einem machen, wenn sie spitzkriegen, dass man wegen Kindesmissbrauch sitzt?«

»Ich kann es mir lebhaft vorstellen«, sagte Lemberg.

»Vorstellen! Er kann sich das vorstellen! Ich habe das am eigenen Leib zu spüren bekommen.« Dabei schlug Krings sich mit solcher Wucht vors Brustbein, dass es hätte brechen können. »Dass sie das mit Leuten machen, die das wirklich getan haben, geht ja noch in Ordnung. Aber die Brüder interessieren sich nicht dafür, ob man schuldig oder unschuldig ist, verstehst du? Ich bin gleich zweimal bestraft worden: Man hat mir die Freiheit genommen, und im Knast haben die mich fix und fertig gemacht. Und das, obwohl ich meine Tochter kein einziges Mal angerührt habe. Ich bin nämlich un-schul-dig!«

Krings riss die Waffe hoch, feuerte in die Scheunendecke und schrie: »Unschuldig! Unschuldig! Unschuldig!«

Romy Steinbeck hielt sich die Ohren zu. Lemberg nicht, so konnte er trotz Krings' Ausbruch hören, dass sein Handy sang.

»Die wollen sicher wissen, warum hier geballert wird«, sagte er und zog das Nokia aus der Hosentasche.

Krings nahm das Gewehr wieder runter und streckte die Hand aus. »Her damit!«

Lemberg reichte ihm das Telefon, und Krings meldete sich mit: »Hallo?« Einen Moment später nahm er es vom Ohr und hielt es mit der Oberseite gegen sein Hosenbein.

»Eine Frau«, sagte er mit fragendem Unterton.

»Das wird meine Kollegin sein«, sagte Lemberg.

»Kein Wort über die Lage. Fragen Sie nach dem Geld und dem Motorrad. In einer Viertelstunde melden wir uns wegen der Übergabe. Kapiert?«

Lemberg nickte, übernahm den finnischen Exportschlager und meldete sich. Die Anruferin war Maggie.

*

»Wo steckst du?«, fragte Lemberg verblüfft.

»Kurz vor Monschau«, sagte sie gut gelaunt. »Ich dachte, wir könnten zusammen essen und den letzten Abend unseres Urlaubs gemeinsam verbringen.«

»Ich hab unter der Woche mehrfach versucht, dich anzurufen, und ein paarmal eine Nachricht hinterlassen.«

»Ich weiß und hab mich darüber auch gefreut.«

»Aber du hast nicht zurückgerufen.«

»Ich habe es genossen, einfach mal drei Tage lang zu tun, wozu ich gerade Lust hatte. Dich anzurufen gehörte nicht dazu.«

»Und wozu hattest du Lust?«

»Schlafen, Laufen, Lesen. In der Reihenfolge.«

»Hast du mit den Kindern telefoniert?«

»Nicht einmal mit ihnen. Was ist nun mit heute Abend?«

»Tja«, sagte Lemberg. »Im Prinzip gerne. Es gibt da nur ein Problem.«

»Sag mir, wie sie heißt, und ich kratze ihr die Augen aus.«

»Wenn das so einfach wäre. Ich stecke mitten in schwierigen Verhandlungen und weiß noch nicht, wann ich hier wegkomme.«

»Soll ich zu dir kommen und dich da rausholen?«

»Das scheitert daran, dass ich dir nicht sagen darf, wo ich mich gerade aufhalte. Die Verhandlungen sind nämlich streng geheim.«

»Roger, du erzählst mir Mist.«

»Pass auf – du fährst nach Monschau, gehst ins Hotel Rurhof, lässt dir meinen Zimmerschlüssel geben und wärmst schon mal das Bett an. Und ich versuch, so schnell wie möglich zu kommen.«

»Was heißt so schnell wie möglich?«

»Noch in diesem Leben«, sagte Lemberg. »Ich liebe dich.«

»Wieso sagst du, dass du mich liebst? Das sagst du nie. In was für einer Klemme steckst du?«

»Tu, was ich dir gesagt habe«, sagte Lemberg. »Bis später.«

»Was sollte das Gesülze?«, fragte Krings, kaum dass Lemberg aufgelegt hatte. »Wer war das?«

»Meine Frau.«

»Was wollte sie?«

»Wissen, was sie heute Abend kochen soll.«

»Danach hat sich das aber nicht angehört«, sagte Krings drohend. »He, wenn Sie versuchen, hier irgendeine Undercovernummer abzuziehen, denn werden Sie mich kennenlernen, Bulle.«

»Hören Sie doch endlich auf, den wilden Mann zu spielen, Krings. Sie gehen mir damit gehörig auf die Nerven. Glauben

Sie, ich hätte vorhin den Hindernislauf meines Lebens hingelegt, um hier die Wühlmaus zu geben?«

»Die Nummer da draußen kann von vorne bis hinten getürkt gewesen sein.«

Lemberg zog Hemd und T-Shirt hoch. »Das auch?«

»Meine Güte!«, sagte Romy Steinbeck. »Das sieht echt beschissen aus. Das kann sich entzünden. Das muss verbunden werden.«

»Das hätte er sich vorher überlegen sollen«, sagte Krings. »Wir haben kein Verbandszeug.«

»Dann lass welches kommen.«

»Wie wäre es, wenn wir ihn ins Krankenhaus fahren?«

»Es wird schon gehen«, sagte Lemberg.

Krings stiefelte zurück zu seinem Guckloch. »Warum melden Ihre Kollegen sich nicht? Die haben doch was vor.«

Da Lemberg nicht gleich antwortete, brüllte er: »Was geht da drüben ab?«

»Das weiß ich doch nicht.«

»Dann rufen Sie an und fragen Sie, wo das Geld bleibt.«

»Später«, sagte Lemberg. »Erst will ich wissen, ob Sie Steinbeck erschossen haben.«

»Jetzt geht das schon wieder los! Haben Sie 'nen Komplex?«

»Haben Sie nun oder haben Sie nicht?«

»Nein, zum Teufel! Nein.«

»Haben Sie für die Tatzeit ein Alibi? Dienstag zwischen fünf und sieben Uhr morgens.«

»Klar doch. Ich saß mit 'nem Igel und 'nem Haufen Ameisen beim Frühstück.«

»Aber Sie waren am Tag zuvor in Woffelsbach und haben auf sein Haus geschossen.«

»Ja, aber damit war der Dampf raus. Außerdem wurde Elmar mit einer Schrotbüchse erschossen, wie ich gelesen habe. Hier – das ist das einzige Gewehr, das ich habe.«

»Damit kann man keine Schrotpatronen verschießen?«

»Nein, verdammt. Dazu braucht man ein Gewehr mit 'nem glatten Lauf. Das hier hat 'nen gezogenen Lauf – spiralförmig gedreht, falls Sie das besser verstehen –, um das Geschoss in eine rotierende Bewegung zu versetzen.« Mit einer Schraubbewegung seiner linken Hand verdeutlichte Krings, was er meinte. »Ich hab noch nie jemanden umgebracht, falls Sie es genau wissen wollen. Was nicht heißt, dass das nicht noch passiert.«

»Und der Brandanschlag auf seine Praxis?«

»Auch damit hab ich nichts zu tun.«

»Ich glaub dir kein Wort«, sagte Romy Steinbeck.

»Glaub doch, was du willst.«

Krings rieb seine Nase und kontrollierte kurz, was draußen vor sich ging. Dann sagte er: »Wozu sollte ich ihm die Praxis anzünden, wo er doch schon tot war? Kannst du mir das mal erklären, du dumme Möhre?«

»So geht das schon, seit er mich heute Morgen geschnappt hat«, klagte Romy Steinbeck. »Dass ich in Trauer bin und noch immer nicht weiß, wie ich meinem Sohn den Tod seines Vaters beibringen soll, interessiert ihn überhaupt nicht.«

»Du hast es erfasst. Dass Elmar hopsgegangen ist, ist mir scheißegal. Schließlich hat er mir meine Ehe kaputt gemacht.«

»Was für eine Ehe?«, fuhr Romy Steinbeck auf. »Meinst du etwa das Straflager, in dem ich und die Kinder leben mussten? All deine Lebenswut hast du an uns ausgelassen, nur weil du mit dem Tod deiner ersten Frau nicht fertig geworden bist. Die heilige Mariele!«

»Lass Mariele aus dem Spiel«, zischte Krings. »Sonst passiert was.«

Aber Romy Steinbeck war nicht zu bremsen. Vielleicht legte sie es auch darauf an.

»Jeden Tag ist er zum Friedhof gegangen und hat Blumen auf ihr Grab gelegt«, sagte sie betont laut. »Jeden Tag. Sogar am Tag unserer Hochzeit war er da. Die Leute haben sich schon gefragt, ob nicht ein Bild von ihr über unserem Bett hängt. Allein das Grabmal, das er ihr errichtet hat – das reinste Mausoleum. Kennen Sie das Grab? Waren Sie mal da?«

Lemberg nickte.

»Du sollst dein verdammtes Maul halten!«, schrie Krings und starrte Romy Steinbeck mit wutverzerrter Miene an. Der Mann war schneller auf hundertachtzig als jeder Porsche.

»Fragen Sie ihn mal, wie viele Blumen er *mir* in all den Jahren geschenkt hat«, sagte Romy Steinbeck. »Na, fragen Sie ihn schon.«

Lemberg gab die Frage nicht weiter. Aber er hatte eine für Romy Steinbeck auf Lager.

»Unterhielt Ihr verstorbener Mann Beziehungen zu anderen Frauen?«

»Wie kommen Sie denn jetzt auf Elmar?«, fragte sie in einem Ton, als seien Frauen Gedankensprünge grundsätzlich fremd. Dabei waren sie es, die sie erfunden hatten. »Was hat er damit zu tun?«

»Ja oder nein?«

Romy Steinbeck zuckte mit den Schultern. »Vor unserer Ehe – sicher.«

»Ich meine, während.«

»Keine Ahnung.«

»Davon will sie keine Ahnung haben«, sagte Krings feixend, ohne das Gelände vor der Scheune aus den Augen zu lassen. »Natürlich hatte Elmar die. Da können Sie jeden fragen. Auf der müden Matratze hält's doch keiner lange aus.«

Romy Steinbeck griff sich eine Hand voll Stroh mit Schafmist und warf damit nach ihm. Auf halber Strecke regnete die Mischung ab. Krings lachte, er musste die Szene aus dem Augenwinkel mitbekommen haben. Zweifellos hatte er ausgezeichnete Augen. Lemberg fragte sich, wie gut seine Reflexe sein mochten.

»So, nun haben Sie meine Aussage«, sagte Krings kurz darauf. »Also rufen Sie jetzt gefälligst Ihre Kollegen an. Ich will die Kohle sehen. Und lassen Sie vorsorglich den Benz besorgen. Das Motorrad bleibt trotzdem hier, dann hab ich die Wahl. Und Ihr belgischer Kumpel soll jemanden mit 'ner weißen Fahne und 'ner Flasche Korn schicken. Von mir aus kann der auch Verbandszeug mitbringen. 'ne Flasche Wasser und was zu beißen könnte auch nicht schaden. Aber keine Pizza.«

Lemberg wählte Klaes über den Speicher an. Der war auch sofort am Apparat.

»Warum melden Sie sich nicht?«, pflaumte Lemberg ihn an.

»Der Chef de Corps hat es mir untersagt.«

»Der hat Ihnen überhaupt nichts zu sagen, verflucht noch mal! Was ist los mit Ihnen? Sie sind doch sonst nicht so schüchtern.«

»Ich hab hier einen schweren Stand, weil ich zu spät gekommen bin. Angeblich kann hier jeder schneller Motorrad fahren als ich. Sind Sie verletzt?«

»Mir geht es bestens. Haben Sie das Geld?«

»Wie gefordert. Hunderttausend, die Suzuki, Motorradbekleidung für zwei und eine Flasche Doppelkorn.«

»Daeninckx soll sich ausnahmsweise mal nützlich machen und uns einen Mercedes der S-Klasse besorgen. In einer Viertelstunde muss der Wagen zur Verfügung stehen. Er muss sich also sputen.« Lemberg gab ferner durch, was sie sonst noch brauchten.

»Zigaretten!«, rief Krings dazwischen.

»Welche Marke?«, fragte Lemberg.

»Egal.«

»Und 'ne Packung Zigaretten«, sagte er zu Klaes. »Der Überbringer soll eine weiße Fahne tragen – Wie? – Nein, das ist kein Witz. Haben Sie alles?«

»Ich werde mein Bestes versuchen.« Klaes senkte die Stimme so weit, dass Lemberg Mühe hatte, ihn zu verstehen. »Wir haben noch was in petto.«

»Keine Gewaltaktionen«, sagte Lemberg scharf. »Verhindern Sie das.«

»Das meine ich doch gar nicht. Es gibt eine neue Entwicklung.«

»Und die wäre?«

»Was quatschen Sie da?«, fragte Krings und kam näher.

»Nichts«, sagte Lemberg. Und zu Klaes: »Halten Sie sich an meine Anweisungen.« Damit beendete er die Verbindung.

»Was war das von wegen Gewaltaktionen?«, fragte Krings ausgesprochen aufmerksam.

»Ich habe vorbeugend jeden Einsatz von Gewalt untersagt«, sagte Lemberg. »Schließlich sitzen wir beide im selben Boot.«

»Und ich mit«, sagte Romy Steinbeck.

»Der Benz wird besorgt. Die Frist hab ich so kurz gesetzt, damit die Kollegen nicht rumtrödeln. Wird wahrscheinlich länger dauern.«

Krings zeigte mit dem Finger auf ihn. »Wehe, Sie verscheißern mich, Bulle. Ich will hier weg sein, bevor es dunkel wird. Dann sind nämlich die anderen im Vorteil.«

»Das weiß ich auch.«

Krings bedachte Lemberg mit einem langen, forschenden Blick, bevor er auf seinen Posten zurückging. Lemberg wandte sich wieder an Romy Steinbeck.

»Noch einmal zu Ihrem Mann, und jetzt keine falsche Scham: Hatte Ihr Mann während Ihrer Ehe Beziehungen zu anderen Frauen?«

»Solange der da zuhört, sage ich gar nichts. Ich versteh sowieso nicht, warum Sie andauernd auf dem Punkt herumreiten.«

»Weil ich nach dem Mörder Ihres Mannes suche. Einer Person, die ein Motiv gehabt hat, ihn umzubringen. Das könnte eine eifersüchtige oder enttäuschte Frau sein oder aber deren Mann.«

»Nehmen Sie ihn.« Romy Steinbecks Kopf ruckte in Krings' Richtung. »Ein notorischer Puffgänger und gleichzeitig eifersüchtig wie Hamlet.«

»Sie meinen Othello.«

»Wie?«

»Hamlet war der König von Dänemark.«

»Sie haben recht. Wie ein König sieht er wirklich nicht aus.«

Ehe er sich noch die Zunge abbiss, sagte Lemberg: »So ließe sich unter Umständen Krings' Unschuld beweisen.«

»Dann sage ich erst recht nichts. Mir ist völlig egal, ob er es war oder nicht, solange er nur wieder sitzt.«

»Sie denken wirklich nur von zwölf bis Mittag«, fuhr Lemberg sie an. »Sollte sich seine Unschuld beweisen lassen, würde er von der Liste der Verdächtigen gestrichen und die Fahndung nach ihm ausgesetzt. Und – schwups – wäre dieser ganze Blödsinn hier zu Ende und wir wären frei.«

»Bilden Sie sich bloß nicht ein, dass ich Sie dann laufen lasse«, sagte Krings. »Ich will meine halbe Million für die neun Jahre, die ich zu Unrecht gesessen habe. Die Kohle steht mir zu.«

»Sie bringen zwei Fälle durcheinander, Krings. Die Ermordung Steinbecks hat nichts mit Ihrer Verurteilung zu tun. Sollten Sie unschuldig gesessen haben, steht Ihnen eine Entschädigung zu. Aber nicht die halbe Million, die Sie mit dieser Geiselnahme erpressen wollen.«

»Für mich ist das ein und dasselbe. Alles mein Leben. Jetzt gibt es kein Zurück mehr. Die Sache wird durchgezogen. Zur Not bis zum bitteren Ende.«

»Da hören Sie es«, sagte Romy Steinbeck. »Es interessiert ihn gar nicht, ob man an seine Unschuld glaubt oder nicht.«

»Es hat mal eine Zeit gegeben, da war mir das ausgesprochen wichtig. Da hätte ich wer weiß was dafür gegeben, wenn du mir geglaubt hättest. Jetzt ist es in der Tat zu spät.«

»Dann hätte ich ja mein eigenes Kind, das über die Geschichte irre geworden ist und zeitlebens daran kranken wird, für eine Lügnerin halten müssen.«

»Weiß der Teufel, was in die Göre gefahren ist, dass sie sich so von dir hat beeinflussen lassen. Aber Nicole war ja schon vorher nicht richtig beieinander, sonst hätte sie nicht mit zwölf versucht, sich das Leben zu nehmen.«

»Elf war sie. Es war am Tag vor ihrem zwölften Geburtstag.« Romy Steinbeck klang, als würde sie jeden Moment in Tränen ausbrechen. »Ich weiß das noch wie heute.«

»Daran ist nur deine Scheißerziehung schuld. Ich hab dir immer wieder gesagt, du sollst die Weiber nicht so verhätscheln.«

»Weil du sie bis aufs Blut gequält hast!« Jetzt war es so weit. Romy Steinbecks Stimme erstickte beinahe an ihren Tränen. »Irgendwer musste das doch an ihnen wiedergutmachen.«

Es dauerte eine Weile, bis sie sich wieder gefangen hatte. Vergeblich suchte sie in den Taschen ihres Jogginganzugs nach einem Taschentuch. Lemberg hatte auch keins. Krings wurde nicht gefragt und bot auch keins an.

»Wieso hat Nicole versucht, sich umzubringen?«, fragte Lemberg so behutsam wie möglich. Die Frage galt beiden, aber Krings konzentrierte sich ostentativ aufs Spähen.

»Nicole hatte Schlaftabletten genommen«, sagte Romy Steinbeck tonlos. »Eine halbe Packung. Sie wollte nie mehr aufwachen, hat sie gesagt. Es war reiner Zufall, dass ich sie rechtzeitig gefunden habe. Ich war schon im Büro – damals hab ich Peter die Bücher geführt; wir hatten ein Bauunternehmen –, aber ich bin noch mal zurück ins Haus, weil ich nicht sicher war, ob ich den Herd ausgeschaltet hatte. Da hab ich gesehen, dass sie gar nicht zur Schule gegangen war, ihr Ranzen stand noch im Flur. Ich hab sie überall gesucht, konnte sie aber nirgendwo finden. Entdeckt hab ich sie schließlich in der Hundehütte. Sie hat kaum noch geatmet.«

»Es ist ungewöhnlich, dass ein so junger Mensch versucht, sich das Leben zu nehmen.«

»Die Kindheit der Mädchen war ein einziges Martyrium. Das haben sie dem Scheusal da zu verdanken.«

»Hat er sie geschlagen?«

»Nein, geprügelt hat er nur mich. Aber er hat sie tyrannisiert, nichts konnten sie ihm recht machen. Sie haben sich rund um die Uhr vor ihm gefürchtet. Er war unberechenbar.« Wieder brach Romy Steinbeck in Tränen aus. »Und ich konnte sie nicht vor ihm schützen.«

Krings tat nur so, als höre er nicht zu. Das Arbeiten seiner Wangenmuskulatur verriet ihn.

»Was hat er getan? Geben Sie mir ein Beispiel.«

»Auslöser für den Selbstmordversuch war, dass er den Hund der Mädchen erschossen hat. Die sollten ihn zur Sauberkeit erziehen. Das hat auch ganz gut geklappt, aber dann ist dem Kleinen doch mal ein Malheur passiert. Da hat Krings ihn sich geschnappt und im Garten erschossen. Die Mädchen mussten dabei zusehen. Nicole hat wie von Sinnen geschrien und versucht, sich vor den Hund zu werfen, aber ich hab sie weggerissen, weil ich fürchtete, in seiner Raserei würde er auch sie erschießen.«

»Was ist nach dem Suizidversuch passiert?«

»Nicole kam in eine Klinik, die auf selbstmordgefährdete Kinder und Jugendliche spezialisiert ist. Im Schwarzwald. Da war sie beinahe ein halbes Jahr. Sie wollte da überhaupt nicht mehr weg, schon gar nicht nach Hause.«

»Aber sie ist zurückgekommen.«

»Irgendwann musste sie da raus. Sie galt als geheilt, die Prognosen der Ärzte waren gut. Aber ihre Seele hatte solche Narben, sie war nie mehr wie früher.«

»Wie war das Verhältnis zu ihrem Vater, nachdem sie wieder zu Hause war?«

»Gehemmt. Ein knappes Jahr lang hat Peter sich zusammengerissen. Ich dachte schon, alles wird doch noch gut. Aber dann ging es wieder los. Die ständige Schreierei, die Drohungen, die drakonischen Strafen für Kinkerlitzchen. Schließlich hat sie es wieder versucht.«

»Ein zweiter Selbstmordversuch?«

Romy Steinbeck nickte. »An dem Abend hätte ich ihn fast umgebracht, ich konnte nicht mehr. Der Anlass war wie zumeist nichtig. Peter hat immer außerordentlichen Wert darauf gelegt, dass pünktlich gegessen wurde. Nicole kam zu spät zu Tisch, keine fünf Minuten. Sie hatte die Zeit vergessen, wie Kinder nun mal so sind. Im Normalfall bedeutete das, ohne Essen ab ins Bett. An dem Abend aber durfte sie mitessen. Es gab Kartoffelbrei, Spinat und Spiegelei. Peter hat kein Wort gesagt, aber er hat sie die ganze Zeit angestarrt, hat sie keine Sekunde aus den Augen gelassen. Nicole schrumpfte regelrecht unter seinem Blick, konnte das Besteck vor Panik kaum halten. Dann hat sie angefangen zu zittern und wollte nicht weiteressen. Krings hat ihr aber nicht erlaubt, aufzustehen, sondern hat darauf bestanden, dass sie ihren Teller leer aß. Als sie endlich fertig war, ist ihr vor lauter Angst alles wieder hochgekommen. Da hat er sie gezwungen, das Erbrochene zu essen, bis zum letzten Brocken. Und ich hab dabeigesessen und hatte das Küchenmesser in der Hand und hab es immer wieder von unten in die Tischplatte gerammt und mir vorgestellt, das sei er.« Heulend schlug sie sich mit der geballten Faust vor die Stirn. »Wieder, wieder und immer wieder, bis die Klinge abgebrochen ist.«

Lemberg griff nach ihrem Handgelenk und hielt ihren Arm mit sanftem Druck zurück, bis sie aufhörte, sich zu schlagen. Sie zog die Beine an, umschlang ihre Knie und barg ihr Gesicht auf ihren Schenkeln. Ihr Schluchzen hallte durch die leere Scheune wie durch einen finsteren Wald. Krings stand auf seinem Posten und wirkte versteinert, beinahe geschockt, als hätte ihm das so noch niemand gesagt. Vielleicht war das sogar der Fall. Die Zeit verging. Irgendwann wurde es still.

»Nicole hat aus Angst vor ihm ins Bett gemacht, hat nächtelang im Schlaf geschrien, hat in der Schule natürlich völlig versagt.« Als Romy Steinbeck das sagte, begann es bereits zu dämmern. »Zweimal ist sie sitzen geblieben, dabei konnte sie so schön zeichnen. Nachdem sie das zweite Mal in der Klinik war, kam sie völlig apathisch zurück, war aber noch ansprechbar. Da hatte ich endlich den Mut, mich von Krings zu trennen. Aber das hat ihr auch nicht mehr geholfen. Im Laufe der Jahre musste sie immer stärkere Medikamente nehmen, um ihre Angstzustände zu unterdrücken. Inzwischen lebt sie nur noch in ihrer eigenen Welt. Er hat sie systematisch zerstört, das Dreckschwein. Fürs ganze Leben kaputt gemacht.«

»Und Nadine?«

»Sie hat ein dickeres Fell, Gott sei Dank, sie schlägt in der Hinsicht nach mir. Sie hatte aber auch weniger Pech, war immer pünktlich. So ist das eben. Das Leben ist ungerecht. Wie es in ihrem Inneren aussieht, weiß natürlich keiner.«

Endlich rührte sich auch Krings. Sein Gesichtsausdruck war wegen der zunehmenden Düsterheit im Raum kaum noch zu erkennen.

»Hast du endlich mal wieder jemanden gefunden, bei dem du dich ausflennen kannst, ja?«, fragte er. Höhnisch hatte das klingen sollen, aber es kam nur als ein müdes Aufbäumen rüber.

»Halten Sie Ihr Maul«, sagte Lemberg.

»Was?«

»Sie sollen Ihr Maul halten.«

Der Lauf des Gewehrs schwenkte nach oben, sank gleich darauf aber wieder wie in Zeitlupe in seine Ausgangsposition zurück. Ohne ein weiteres Wort wandte Krings sich ab und starrte wieder durch sein Loch hinaus in die Welt. Noch einmal wurde es still. Aber nicht lange.

»Endlich«, sagte Krings. »Da kommt der Kerl mit der Fahne.«

20

Ausgerechnet als Lemberg rausmusste, um den in zwanzig Metern Entfernung von der Scheune abgestellten Karton hereinzuholen, begann es zu regnen. Kein richtiger Wolkenbruch, aber die Tropfen fielen dicht bei dicht. Er schlug den Kragen seines Sakkos hoch, was so viel nützte wie eine Taucherbrille als Talisman in der Hosentasche, und lief los. Krings blieb an der Ecke der Scheune zurück, das Gewehr locker in der Armbeuge. Dass der ehemalige Jäger ihn auf die Entfernung auch aus der Hüfte treffen würde, stand außer Frage.

Der Karton war aus Styropor, hatte an den Seiten Griffmulden und war unerwartet schwer. Zweifellos die erdbebensichere Ausführung. Als Lemberg ihn anhob, sah er, dass auf dem Erdboden darunter ein kleiner weißer Zettel lag, auf den jemand in schwarzen Druckbuchstaben »DIAZEPAM« geschrieben hatte. Beim Umdrehen trat Lemberg auf das Papier, zerrieb es mit dem Schuh und ging zurück. Krings folgte ihm und verriegelte das Tor.

»Hier drin ist es erheblich dunkler als draußen«, sagte Lemberg und setzte den Karton in der Mitte der Scheune ab, wo es noch am hellsten war.

»Sie können ja die Fenster putzen«, sagte Krings. »Sie machen den Kasten auf, für den Fall, dass 'ne Bombe drin ist.«

Lemberg nahm den Deckel ab und legte ihn zur Seite. Gerade noch rechtzeitig gewahrte er, dass auf der Innenseite des Deckels ein zweiter Zettel mit der gleichen Aufschrift klebte. Diese Hornochsen! Davon, dass Krings den Karton nicht selbst reinholen würde, hatte man ausgehen können, aber nicht davon, dass er ihn nicht öffnen würde. Mulmig fragte er sich, wo die Deppen noch weitere Zettel versteckt haben mochten. Womöglich hatten sie die Brote damit belegt oder die Schnapsflasche entsprechend beschriftet. Lemberg verpasste dem Deckel unauffällig einen Stoß, sodass er flach auf den Boden zu liegen kam. Blieb nur zu hoffen, dass Krings nicht irgendeine Verwendung für ihn haben würde.

Eine Schnapsflasche gab es nicht, dafür einen Krug mit Genever aus Hasselt, der satte eineinhalb Liter fasste. Da meinte es aber jemand gut mit ihnen. Das Siegel war unversehrt. Wie auch immer sie das Zeug da hineinbekommen hatten, das hatten sie professionell angestellt. Vielleicht konnte man derart präparierte Krüge aber inzwischen auch ab Werk bestellen. Genever mit Liquid Ecstasy, Genever mit LSD, was auch immer.

»Wow«, sagte Krings. »Die wollen uns wohl besoffen machen. Sie probieren zuerst. Nicht dass Ihre Kollegen da K.-o.-Tropfen reingemixt haben.«

Lemberg deutete auf das ungebrochene Siegel.

»Trotzdem«, sagte Krings. »Sicher ist sicher.«

»Ich mach mir nichts aus Genever.«

»Treiben Sie mich nicht zur Weißglut«, schnauzte Krings. »Aufmachen und probieren.«

Lemberg zerriss das Siegel und zog den Drehkorken mit einem »Plop« heraus. Ein Wölkchen Wacholderduft stieg ihm in die Nase. Dann stemmte er den Krug, nahm einen kleinen Schluck und hoffte, dass die Beimischung ihn nicht gleich umhauen würde. Der Wacholderschnaps schmeckte besser als erwartet und blieb erfreulicherweise zunächst folgenlos. Grund genug für ihn, einen zweiten, diesmal längeren Zug zu nehmen.

»He, he«, sagte Krings. »Jetzt reicht's. Stellen Sie den Krug ab und sehen Sie nach, wo das Geld steckt.«

Begleitet vom sachten Trommeln des Regens auf das Scheunendach förderte Lemberg nacheinander sechs in Cellophan verpackte Baguettes mit unterschiedlichem Belag, drei Portionen Eiersalat, Pappteller und -becher sowie Plastikbesteck, eine Tüte Kartoffelchips, zwei Päckchen Belga nebst Streichhölzern, einen durchsichtigen Plastikbeutel mit Verbandsmaterial und zuunterst drei Flaschen belgisches Mineralwasser ohne Kohlensäure zutage. Übrig blieb ein großer, neutraler Pappkarton, der knapp ein Drittel des Kistenvolumens beanspruchte.

»Was ist da drin?«, fragte Krings.

»Keine Ahnung.«

»Aufmachen. Aber langsam.«

Als er den Deckel hochklappte, wusste Lemberg nicht auf

Anhieb, was das war. Erst beim Herausnehmen erkannte er, dass es sich um ein Megafon handelte.

»Was soll der Quatsch?«, fragte Krings. »Wo ist die Kohle?«

Rüde stieß er Lemberg zur Seite und drehte den Karton mit der linken Hand um. Herausgesegelt kam ein weißer Umschlag. Lemberg hob ihn auf. Der Umschlag enthielt ein dickes Bündel Hundert-Euro-Noten und einen Brief, den Lemberg entfaltete und Krings hinhielt.

»Lesen Sie vor.« Krings entriss ihm das Geldbündel und wog es in der Hand. »Das sind doch niemals fünfhunderttausend.«

»Anbei hunderttausend Euro als Anzahlung«, las Lemberg laut vor. Den Wisch hatte derselbe geschrieben, der auch die Zettel beschriftet hatte. »Weitere zweihunderttausend Euro erhalten Sie für jede freigelassene Geisel. Gezeichnet: Daeninckx, Chef de Corps, Polizeizone Eifel.« Er also.

Trotz der bescheidenen Lichtverhältnisse sah Lemberg, wie Krings puterrot anlief. Für einen Moment fürchtete er, der Geiselnehmer würde ihn auf der Stelle niederschlagen. Aber Krings riss sich zusammen und fragte nur scharf:

»Funktioniert das Ding?«

Lemberg setzte das Megafon an, drückte den Knopf und sagte: »Achtung! Achtung! Hier spricht die Polizei. Das Gebäude ist umstellt. Kommen Sie unverzüglich mit erhobenen Armen heraus.«

Die Wirkung war gewaltig. Krings machte einen rekordverdächtigen Satz rückwärts, und Romy Steinbeck riss die Augen auf, als sei ihr eine Fledermaus ins Gesicht geflogen. Lemberg war so gut wie taub und fürchtete, das Scheunendach könnte Schaden genommen haben.

»Sie Vollidiot!«, brüllte Krings, nachdem er den ersten Schreck verdaut hatte. »Her damit! Setzen Sie sich zu meiner Alten. Und wehe, ihr rührt euch von der Stelle.«

Während Lemberg seinen Platz einnahm, ging Krings zum Tor, öffnete es einen guten Meter und beugte sich samt Flüstertüte hinaus.

»Jetzt hört mal gut zu, ihr Arschgeigen«, dröhnte seine Stimme über Feld und Flur. Trotz des Regens konnte man in der

Scheune jedes Komma verstehen. »Falls ihr mich verarschen wolltet, ist euch das bestens gelungen. Aber ich muss auch sagen, euer Vorschlag ist scheiße. Ich mach euch einen besseren: Entweder ich hab die fehlenden zweihunderttausend in zehn Minuten hier, oder ich schick euch euren Kollegen stückchenweise. Jedes Stück für zehntausend. Erst die Hände, dann die Füße und so weiter. Bis die zweihunderttausend voll sind. Habt ihr das kapiert?«

Obwohl er Krings' Drohung für einen Bluff hielt, massierte Lemberg instinktiv seine Handgelenke, als sei es das letzte Mal. Romy Steinbeck rückte ein gutes Stück von ihm ab, als sei er auf einmal hochgradig ansteckend.

Alle warteten, aber eine umgehende Antwort blieb aus. Also schloss Krings das Tor wieder, kam zu ihnen rüber und stellte das Megafon neben Lemberg in den Dreck.

»Zehn Minuten«, sagte er drohend. »Und glauben Sie ja nicht, dass ich bluffe.«

»Zehn Minuten«, sagte Lemberg und blickte, obwohl er es nicht wollte, auf seine Uhr. Unwillkürlich schoss ihm der Gedanke durch den Kopf, dass er die dann auch nicht mehr tragen konnte.

Plötzlich war vom Schützenhaus her ein elendes Knistern und Pfeifen unterbrochen von Satzfetzen zu vernehmen.

»... nehmen ... Pfoten weg! ... haben doch ... angerichtet haben!«

Ein weiterer, schriller, durch Mark und Bein gehender Ton malträtierte ihre Trommelfelle, dann meldete sich Klaes' sonore Stimme.

»Hier spricht Hauptkommissar Klaes von der SOKO Eifel. Herr Krings, bitte hören Sie zu: Wir konnten in der Eile nicht die geforderte Menge an nicht fortlaufend nummerierten Scheinen auftreiben. Der fehlende Betrag ist aber bereits geordert und befindet sich auf dem Weg nach Meyerode. Wir rechnen damit, dass das Geld gegen siebzehn Uhr dreißig eintreffen wird. Ich wiederhole: sieb-zehn Uhr drei-ßig. Ignorieren Sie das beigefügte Schreiben. Ich wiederhole: Ig-no-rie-ren Sie das bei-ge-füg-te Schrei-ben. Wir bitten um Bestätigung, dass Sie uns verstanden haben und unser Angebot akzeptieren. Ich wiederhole: Er-bitten Be-stä-ti-gung.«

»Na also«, sagte Krings. »Klappt doch. Man muss den Brüdern nur genügend Dampf unterm Hintern machen. Aber auf die Bestätigung können die lange warten. Die sollen ruhig 'ne Weile zappeln.«

»Dann kann ich mich ja jetzt verarzten«, sagte Lemberg und riss den Beutel mit dem Verbandsmaterial auf.

»Lassen Sie mich das machen«, sagte Romy Steinbeck und rückte wieder an seine Seite.

Während Steinbeck Lembergs Schnitt- und Risswunden säuberte und desinfizierte, stand Krings an seinem Guckloch, observierte das Gelände und stemmte ein ums andere Mal den Krug. Lemberg labte sich derweil am Mineralwasser. Erst beim Trinken merkte er, welchen Durst er hatte. Romy Steinbeck trank aus ihrer eigenen Flasche. Die Becher benutzte keiner.

Nebenbei beschäftigte ihn die Frage, was Diazepam eigentlich war. Er wusste, dass es sich dabei um einen Wirkstoff und nicht um den Namen eines Medikaments handelte. Nur worin die Wirkung des Mittels lag, wusste er nicht. Er tippte auf ein Schlafmittel, war sich aber nicht sicher. Den Namen hatte er schon mal gehört, sogar vor gar nicht langer Zeit, aber ihm wollte ums Verrecken nicht einfallen, wo und in welchem Zusammenhang. Einmal glaubte er, unmittelbar vor der Erkenntnis zu stehen, aber ausgerechnet in dem Moment begann Romy Steinbeck, seine Wunden mit Jod zu betupfen.

»Eigentlich müsste der tiefe Riss genäht werden«, sagte sie. »Sonst bleibt eine Narbe zurück.«

»Nicht so schlimm«, sagte Lemberg und ließ erneut Spa durch seine Kehle laufen. »Ich hab eh keine Bikinifigur.«

»Dafür haben Sie Humor.«

Mit halbem Auge nahm er wahr, dass Krings den Krug abstellte und zu dem Styroporkasten ging. Lemberg stockte der Atem. Krings bückte sich, hob die Abdeckung auf und legte sie auf den Kasten. Dann packte er den leeren Behälter und trug ihn zu seinem Ausguck. Keinen Meter davor rutschte der Deckel runter und segelte zu Boden. Lemberg verdrehte die Augen. Das durfte doch nicht wahr sein! Krings fluchte und hob das Teil erneut auf. Diesmal drehte er es hin und her, um zu sehen, wie herum es richtig aufzusetzen war. Lemberg schloss die Augen und versuchte, an etwas Schönes zu denken.

»Herr Krings, wir warten noch auf Ihre Antwort«, wurde Klaes' Stimme über die Weide getragen. »Bitte bestätigen Sie, dass Sie unseren Vorschlag annehmen. Ich wiederhole: Er-bit-ten Bestä-ti-gung.«

Lemberg riskierte einen Blick, während Romy Steinbeck seinen Brustkorb mit Mull umwickelte. Krings stellte die Kiste samt Deckel unterhalb des Lochs ab, kam rüber und schnappte sich die Flüstertüte. Dann bezog er wieder Posten, hielt den Trichter an das Loch und brüllte: »Einverstanden. Die Uhr läuft.« Nachdem das erledigt war, tauschte er das Megafon gegen den Krug, stellte der Bequemlichkeit halber ein Bein auf die Kiste und tat, was er schon zuvor getan hatte – spähen und saufen.

Trink, trink, dachte Lemberg. Was auch immer da drin ist, trink.

Plötzlich hatte er es. Diazepam. Valium. Natürlich! Das Zeug, das seine Schwiegermutter seit Jahren einnahm. Schon lange war sie süchtig, traute sich ohne die Pillen nicht mehr aus dem Haus. Die Stones hatten mal einen Song darüber gemacht. »Mother's Little Helper«. Ein Anti-Drogen-Song der Stones aus den Sechzigern. Rolling Stones singen gegen Drogen – ein Treppenwitz der Musikgeschichte. Lemberg suchte in seinem Gedächtnis nach der Melodie, aber sie war irgendwo archiviert, wo er gerade nicht drankam.

Romy Steinbeck gähnte nun schon zum wiederholten Mal.

»Der Tag hat mich geschafft«, sagte sie und krönte ihr Werk mit einem letzten Pflasterstreifen. »Das muss reichen.«

»Danke«, sagte Lemberg.

Sie sah ihn mit kleinen, müden Augen an. »Meinen Sie, wir kommen hier lebend raus?«

»Sicher.«

»Versprechen Sie mir das?«

»Ich verspreche es Ihnen.«

»Danke.«

»Ist auch in meinem Interesse.«

Sie lehnte sich mit dem Hinterkopf gegen die Scheunenwand und kreuzte die Arme vor der Brust. »Ziemlich kalt hier.«

»Wollen Sie meine Jacke haben?«

»Wenn es Ihnen nichts ausmacht.«

Es machte Lemberg nichts aus. Keine Minute später war Romy Steinbeck eingenickt. Lemberg griff zum x-ten Mal zur Wasserflasche. Mehr als die Hälfte hatte er inzwischen weggegurgelt.

Dicke kriegen Diabetes. Diabetiker haben dauernd Durst. Lemberg versuchte, die Gedanken an amputierte Gliedmaßen und Blindheit zu verdrängen, indem er sich noch einmal auf die Suche nach der Melodie des Stones-Songs begab. Immerhin brachte er einige Zeilen Text zusammen. *»She goes running for the shelter of a mother's little helper – And it helps her on her way, gets her through her busy day«*, das war es aber auch schon.

Müdigkeit überfiel ihn. Waren Diabetiker nicht auch ständig müde? Maggie hatte ihn schon vor einem Jahr zum Blutzuckertest schicken wollen, aber er hatte keine Zeit gehabt. Genauer gesagt hatte er keine Lust gehabt und den Zeitmangel vorgetäuscht. Wie auch immer. Er musste gähnen. Steinbecks leises Schnarchen war aber auch böse ansteckend.

»Halbzeit«, sagte Krings und schwankte leicht. Na endlich. Nun machte sich der Alkohol nebst Zusatz doch bemerkbar. »Wenn Sie sich noch mal in der Nase bohren wollen, dann sollten Sie das jetzt tun.«

Arschloch!, dachte Lemberg und gähnte. Du kriegst meine Pfoten nicht, das schwör ich dir.

Seine Lider wurden bleischwer. Er benetzte eine Hand mit Wasser und wischte sich damit durchs Gesicht. Dann trank er noch einen Schluck. Pinkeln musste er auch. Diabetiker müssen andauernd zum Klo. Wieder fielen ihm die Augen zu. Er kam sich langsam vor wie seine Schwiegermutter. Die alte Krähe hing auch andauernd halb eingedöst herum.

Plötzlich war Lemberg hellwach. Schwiegermutter – Müdigkeit – Valium!

Die Schlagworte hallten durch seinen Kopf wie Posaunensignale. Dieser Hornochse von Daeninckx hatte auch das Wasser mit Diazepam versetzen lassen! Klar doch, wer zwei Zettel schreibt, um auf Nummer sicher zu gehen, der lässt auch sämtliche Getränke präparieren. Kein Wunder, dass Steinbeck eingenickt war. Einen Viertelliter hatte sie immerhin getrunken. Und nun?

Jetzt war Konzentration gefragt. Oder noch besser, irgendeine Beschäftigung, die wach hielt. Aber womit sollte er sich an diesem Ort und in seiner Lage beschäftigen? Kopfrechnen? Fiel aus, war nie seine Stärke gewesen. Hauptstädte memorieren? Afrikanische hatte er zu Schulzeiten ganz gut beherrscht. Liberia – Monrovia, Togo – Lomé, Elfenbeinküste – Abidjan, Nigeria – Lagos. Wirklich Lagos? Da fing es schon an. Hatten die Nigerianer nicht irgendwo im Busch eine neue Hauptstadt aus dem Boden gestampft? Lemberg war sich nicht sicher. Das Spiel taugte nichts.

Er landete wieder bei den Rolling Stones. Und auf einmal hatte er die Melodie. »›*Da-da-da-da-da-da-da, da-da-da-da-da-da-da. Kids are different today, I hear ev'ry mother say – mother needs something to calm her down …*‹«

»Hey, was singen Sie da?«, fragte Krings launig. »Mother's Little Helper?«

»Wie kommen Sie darauf?« Das fehlte noch, dass Lemberg ihn jetzt auf die Art auf den Trichter gebracht hatte.

»Mann, ich erkenn doch die Melodie. Ich hatte früher 'ne Band. Wir waren auf Stones spezialisiert. Ich war immer Keith Richards.« Er schnipste mit den Fingern. »›*Doctor pleeease some more of theeese – outside the dooor, she took four mooore – What a draaag it is getting old.*‹«

Krings packte das Gewehr wie eine Gitarre, den Lauf als Bund, den Kolben als Korpus, und schlug ein paar Luftakkorde an, die er brummend intonierte. Genau so fing das Lied an. Dann begann er zu singen, laut und schräg.

»›*What a drag it is getting old. – Kids are different today, I hear ev'ry mother say – Mother needs something to calm her down*‹ – Los, machen Sie mit! – ›*And though she's not really ill …*‹«

Lemberg griff nach seinem Zigarren- alias Brillenetui, das mit etwas Fantasie wie ein klassisches Mikrofon aussah, stand auf und übernahm Mick Jaggers Part. So schlecht wie Krings konnte er allemal singen.

»›*Things are different today, I hear ev'ry mother say – cooking fresh food for a husband's just a draaag …*‹«, grölten sie gemeinsam.

Bereits nach der zweiten Strophe war Lemberg völlig groggy, das Schlafmittel zirkulierte in seiner Blutbahn. Daeninckx musste eine infernalische Dosis untergemixt haben. Aber auch Krings hatte Schwierigkeiten. Zweimal rutschte ihm die Stratocaster-Flinte um Haaresbreite aus den Händen.

»*… I hear ev'ry mother say – They don't appreciate that you get tiiired …*«

Krings stand breitbeinig da und bog den Oberkörper zurück, Lemberg presste das Etui gegen seine vorgestülpten Lippen. Richards und Jagger waren Waisenknaben gegen sie. Schweiß rann ihnen über die Gesichter. Beim Refrain legten beide noch ein paar Phon drauf. Dann folgte der Endspurt.

»*… I hear ev'ry mother say – The pursuit of happiness just seems a booore …*«

Krings sank auf die Knie, von Zuckungen geschüttelt, Lemberg biss in den Mikrofonersatz.

»*What a draaag it is getting ooold.*«

Fix und fertig taumelte Lemberg zur Wand und lehnte sich dagegen. Der Aberwitz der Situation zwang ihn zum Lachen. Gleichzeitig realisierte er, dass seine Stimmbänder das Geräusch nur schleppend produzierten. Ein Zeitlupenlachen. Die Lach-Single wurde mit dreiunddreißig Umdrehungen abgespielt. Dazu klang es hohl, wie aus einem fernen Keller kommend. Verfluchtes Diazepam, dachte er und schloss die Augen. Was Krings machte, interessierte ihn nicht mehr. Letztendlich war sowieso alles egal. Scheißegal.

*

»Herr Krings! Hauptkommissarin Noll von der SOKO Eifel. Ich habe Ihnen etwas mitzuteilen.«

Kein Knistern, kein Pfeifen, Noll wusste, wie man mit einem

Megafon umzugehen hatte. Klar und sauber schallte ihre Stimme herüber.

»Ihre Tochter Nadine war heute bei mir und hat ein Geständnis abgelegt. Nadine ist hier, Herr Krings, und möchte Ihnen gegenüber Ihre Aussage wiederholen.«

Nun pfiff das Mistding doch, aber das konnte unmöglich an Noll liegen. Noll verstand ihr Handwerk, dachte Lemberg und schlug die Augen auf.

Was war los? Nadine hatte ein Geständnis abgelegt? Hatte der Feger etwa seinen Stiefvater auf dem Gewissen? Lemberg schüttelte sich und schlug dabei mit dem Hinterkopf gegen das Blech. Ein dumpfes Dröhnen hallte durch die Scheune. Davon geweckt hob Krings, der noch immer auf dem Boden kniete, seinen Kopf. Lemberg nahm ihn nur noch als schwarzen Schatten wahr. Inzwischen musste es wer weiß wie spät sein. Krings stützte sich auf das Gewehr und zog sich stöhnend und schwerfällig daran hoch. Dann torkelte er drei Schritte und knallte mit voller Wucht gegen die Wand, dass Lemberg dachte, er reiße sie ein.

»Vater? – Ich hoffe, du hörst mich. Ich ... Was ich dir zu sagen habe, fällt mir nicht leicht, aber ... Nicole und ich haben uns das mit der Vergewaltigung damals nur ausgedacht. Nicole war doch in dem Sanatorium, da hat sie mitbekommen, wie man sich um die Kinder gekümmert hat, die missbraucht worden waren. Viel intensiver als um sie. Die Täter hat man verurteilt und weggesperrt, sodass die Kinder vor ihnen in Sicherheit waren. Sie konnte nicht verstehen, dass das für sie nicht gelten sollte, dass sie zurückmusste zu dir ... zurück in die Hölle.«

Das Megafon wurde aus- und einen Moment später wieder eingeschaltet, das war deutlich zu hören.

»Als sie mir das erzählt hat, hab ich zu ihr gesagt, dann sag doch der Polizei, dass er dich vergewaltigt hat, dann sind wir ihn los ... Und so hat sie es auch gemacht. Und ich hab das bestätigt, hab gesagt, ich hätte das mitbekommen, na ja, jedenfalls, dass Nicole mir davon erzählt hätte. Heute weiß ich, dass das nicht richtig war, wir hätten einen anderen Weg suchen müssen, aber damals wussten wir uns einfach nicht anders zu helfen. Du hast ja keine Vorstellung, welche Angst wir vor dir hatten, besonders natürlich Nicole. Ich meine, dass sie nicht mehr leben wollte, sagt ja eigentlich schon alles. Wir wollten nur, dass der Terror aufhört, egal wie, und das hat ja dann auch geklappt.«

Wieder gab es eine kurze Unterbrechung.

»Entjungfert hat Nicole sich selbst. Das Übrige haben wir aus dem zusammengelogen, was die anderen ihr im Sanatorium erzählt haben. Von jedem ein bisschen. Was fehlte, haben uns die Therapeuten durch ihre Fragen quasi in den Mund gelegt. Es war, als hätten sie nur auf das Stichwort ›Vergewaltigung‹ gewartet. Sofort hatten wir ihre volle Aufmerksamkeit und vor allem den Schutz, den wir wollten. So war das. – Irgendwie tut es mir leid. Vor allem hat es ja auch nichts genützt, Nicole geht es ja schlechter denn je. Sie wird wohl nie wieder ... Das wollte ich nur sagen.«

Nadine räusperte sich.

»Ich hab das der Polizei gestanden und bin bereit, dafür geradezustehen. Nicole kann das ja nicht. Lass bitte Mutter und auch den Polizisten frei, die können ja nichts dafür. Und du ... na ja, du hast ja eigentlich nichts getan. Jedenfalls hast du Nicole nicht missbraucht. Mach's bitte nicht noch schlimmer, ja?«

Was in Krings vorging, war unmöglich zu erkennen. Er stand da wie ein Felsklotz in finsterer Nacht. Die einzigen Geräusche, die zu hören waren, waren das Tropfen des Regens, der aber auch nachgelassen hatte, und das gleichmäßige Atmen Steinbecks. Lemberg stieß sich vorsichtig von der Wand ab. Es war so weit.

Langsam schritt er auf die schwarze Masse zu, die Krings gegen die Wand gelehnt bildete. Als er sich ihm auf Armlänge genähert hatte, sagte Lemberg:

»Es ist vorbei, Krings. Geben Sie mir das Gewehr.«

Krings rührte sich nicht. Lemberg vermochte nicht einmal zu sagen, ob er überhaupt atmete. Mit den Fingerspitzen berührte er ihn an der Schulter.

»Krings? – Ihre Waffe. Es ist vorbei.«

Ein Laut wie eine weit oben abgehende Lawine, die auf einen zugerast kommt, entrang sich Krings' Leib, schwoll an und formte sich zu einem grollenden, tiefkehligen Schrei. Ein Schrei, wie man ihn bestenfalls von einem wilden, sich im Todeskampf befindlichen Tier erwartet hätte.

Ansatzlos explodierte Krings. Wild und ziellos um sich schlagend erwachte der an der Wand lehnende Klotz zum Leben. Lemberg kassierte einen Hieb mit dem Gewehrkolben vor die Hüfte, der so schmerzhaft war, dass er fürchtete, sein Becken sei zertrümmert. Furiengleich raste Krings durch die Scheune, schlug um sich, traf aber nichts, weil da nichts war. Sich am Boden krümmend hörte Lemberg mehr, als dass er sah, wie er das Tor aufriss und hinausstürzte. Vor Schmerzen halb besinnungslos rappelte Lemberg sich auf und lief ihm nach.

Als er das Tor erreicht hatte, stürmte Krings bereits den flach abfallenden Hang in Richtung Schützenhaus hinunter und feuerte blindlings drauflos. Jagte Kugel für Kugel aus dem Magazin, planlos, ziellos, wirkungslos. Lemberg rannte ihm hinterher, wissend, dass es zwecklos war.

Die Scheinwerfer auf den Lafetten flammten auf, zerrissen das Dunkel, und irgendwer da unten versuchte den Rasenden per Megafon zu stoppen. Vergebens.

Dann blitzte Mündungsfeuer auf, und Lemberg ließ sich fallen. Als er den Kopf hob, sah er, dass Krings dabei war, den obersten Zaun zu übersteigen. Kaum hatte er ihn überwunden, riss er das Gewehr hoch und schoss. Das Feuer wurde erwidert, und diesmal trafen die Schüsse. Krings warf die Arme in die Luft, drehte sich um die eigene Achse und stürzte zu Boden. Dann zuckte er noch einmal und lag still. Lemberg ließ den Kopf sinken. Das Gras war feucht, die Erde stank.

Jetzt war es wirklich vorbei.

21

Lembergs linkes Bein war wie gelähmt. Die Stufe zum Hoteleingang schaffte er nur mit Maggies Hilfe. Den ärztlichen Rat, die Hüfte sicherheitshalber röntgen zu lassen, hatte er ignoriert. Er hatte lediglich das angebotene Schmerzmittel genommen und sich einen Vorrat fürs Wochenende einpacken lassen. Eine Prellung hatte er in jedem Fall davongetragen, wenn er Pech hatte, war sogar der Beckenknochen angebrochen.

Während der Fahrt von Meyerode nach Monschau wäre er vor Müdigkeit ein paarmal beinahe von der Straße abgekommen. Schließlich hatte er, um sich wach zu halten, aus dem Wagen heraus mit Maggie telefoniert, die ihn dann vor dem Hotel erwartet hatte. Jetzt fühlte er sich nicht mehr ganz so benebelt wie zuvor, aber er hatte noch immer das Gefühl, sein Kopf sei in Watte eingepackt. Alle Geräusche klangen fremd, manche hatten dazu ein Echo, gelegentlich auch seine eigene Stimme. Mit dem Sehen haperte es ebenfalls, aber klar denken konnte er. Und Durst hatte er. Seine Vorfreude auf ein großes, kaltes Bitburger war gewaltig.

Die Chefin höchstpersönlich stand am Empfang. Ihrem erschrockenen Gesichtsausdruck nach zu urteilen, musste Lemberg wirken wie ein Extraterrestrischer nach der Bruchlandung mit seiner fliegenden Untertasse.

»Ein eiskaltes, ordnungsgemäß gezapftes Bit«, sagte er mit störrischer, weil am Gaumen klebender Zunge. »Bitte.«

Resi Lambertz blickte gleichsam besorgt wie fragend zu Maggie.

Die sagte: »Kein Alkohol, Roger. Bringen Sie uns bitte nur zwei Gläser Wasser.«

»Wenn ich kein Bier kriege, mache ich eine Szene«, sagte Lemberg.

»Das Schmerzmittel, das du genommen hast, verträgt sich nicht mit Alkohol.«

»Interessiert mich nicht. Bringen Sie mir ein Bier.«

Lemberg machte Anstalten, in Richtung Frühstücksraum zu gehen.

Eilig kam Resi Lambertz hinter dem Pult hervor und verstellte ihm den Weg. »Wir haben da herinnen eine geschlossene Gesellschaft, Herr Kommissar. Wie wär's, wenn Sie Ihr Bier in unserer Privatstube trinken würden? Sie sind uns herzlich willkommen.«

»Von mir aus.«

Resi Lambertz ging voran und hielt Lemberg die Türen auf, Maggie bildete die Nachhut. In der Küche war noch Hochbetrieb, aber für einen Moment ließ jeder der Anwesenden, der Koch eingeschlossen, von seinem Topf, seiner Pfanne oder Rührschüssel ab und starrte ihn an. Lemberg grüßte winkend in die Runde wie der Papst im Papamobil und humpelte in die Lambertz'sche Privatstube, in der sich am Vorabend die Familie gefetzt hatte.

Der Raum war eine Kombination aus Wohn- und Esszimmer. Ein Sofa, zwei Sessel, ein Couchtisch, ein Esstisch mit vier Stühlen und ein riesiger, alter, von einem talentierten Schnitzer bearbeiteter Eichenschrank bildeten das Mobiliar. Lemberg durfte sich aussuchen, wo er Platz nehmen wollte. Da er fürchtete, im Leben nicht mehr aus dem Sessel oder vom Sofa hochzukommen, wählte er einen der Stühle. Als er sich niederließ, hätte er gern geschrien, riss sich aber zusammen, da sie ihm sonst bestimmt kein Bier gegeben hätten.

Resi Lambertz entschuldigte sich mit einem »Ich bin gleich zurück. Nehmen Sie Platz!«, und Maggie setzte sich an Lembergs Seite. Sie trug ihr Haar ausnahmsweise offen, was ihr in Kombination mit dem marineblauen Rollkragenpullover und den blassblauen Jeans ausgezeichnet stand. Lemberg grinste sie an. Wegen seiner Unvernunft guckte sie bitterböse zurück.

»Wo steckt Noll überhaupt?«, fragte Lemberg und blickte sich um, als bemerke er ihre Abwesenheit erst in diesem Augenblick.

»Am Telefon hast du mir gesagt, sie und dein Kollege Klaes seien noch in Belgien, um die Formalitäten abzuwickeln. Stimmt es wirklich, dass du in deinem Zustand auf einen belgischen Polizisten losgegangen bist?«

»Der Typ ist ein Arsch. Er hat auch in die Wasserflaschen Diazepam füllen lassen. Viel hat nicht gefehlt, und seine Dämlichkeit hätte mich das Leben gekostet.«

»Dämlich war eher, dass du überhaupt in die Scheune gegangen bist.«

»Gerannt, meine Liebe, gerannt. Du hättest mich sehen sollen.« Lemberg machte mit Zeige- und Mittelfinger ein Männchen und ließ es über den Tisch laufen. Es lief gegen den herumstehenden Aschenbecher. »Schnell wie ein Gepard.«

»Wie ein Gepard.« Maggie runzelte die Stirn. »Das hätte ich allerdings gern gesehen.«

Frau Lambertz kam mit dem heiß ersehnten Bier und einem Wasser für Maggie. Und sie brachte jemanden mit. Der Cockerspaniel ihrer Tochter trottete hinter ihr her. Ohne die Tüte um den Kopf hätte Lemberg das Tier beinahe nicht erkannt. Der Hund erkannte ihn dafür umso besser und beschnüffelte gleich stummelschwanzwedelnd seine Schuhe.

»Lass das, Cookie«, sagte Resi Lambertz. »Geh raus.«

»Mich stört er nicht«, sagte Lemberg, griff nach seinem Bier und tat einen langen Zug.

»Ich war heute mit ihm beim Arzt«, erklärte Resi Lambertz Maggie. »Montag ist er an den Wimpern operiert worden. Sie waren nach innen gewachsen. Ewig haben dem armen Viech die Augen getränt. Nun kannst du wieder schauen, nicht wahr, Cookie? Schmeckt's, Herr Kommissar?«

»Das Bier schmeckt nach Kleister«, sagte Lemberg. Ein schrecklicher Verdacht kam ihm. »Ist das ein alkoholfreies?«

»Schmerzmittel können die Geschmacksnerven beeinträchtigen«, sagte Maggie.

»Für länger?«

Sie zuckte die Achseln, aber Lemberg war mit den Gedanken schon woanders.

»Wieso waren Sie mit dem Hund beim Arzt? Baltes sagte mir, er wäre auf dem Weg zu Ihrem Schwiegersohn.«

»Die Kinder mussten überraschend verreisen. Da hab ich das erledigt.«

»Nach Holland?«

Resi Lambertz zuckte kurz zusammen. »Wie kommen Sie auf Holland?«

Lemberg gab ihr keine Erklärung. In seinem Kopf begannen Zahnradpaare ineinanderzugreifen. Als alle eingerastet waren, war der Kraftschluss hergestellt, und die Maschine setzte sich in Gang. Sie lief und lief, bis auf einmal irgendwo weit hinten ein Licht anging. Zuerst flackernd, aber dann schnell konstant leuchtend, zuletzt richtig hell.

»Waren Sie auch am Montagmorgen mit dem Hund beim Tierarzt?«, fragte er.

»Ja«, sagte Resi Lambertz und machte keinen Hehl aus ihrer Verblüffung. »Die Kinder wollten Möbel anschauen. Klaus-Peter hatte sich extra freigenommen. Warum fragen Sie das?«

»Haben Sie bei Baltes zufällig Elmar Steinbeck getroffen?«

»Ja.« Das kam zögernd, als hätte sie kurz die Möglichkeit erwogen, etwas anderes zu sagen. »Er saß mit seinem Hund im Wartezimmer.«

»Haben Sie mit ihm geredet?«

»Sicher, wir kennen uns ja. Kannten, muss ich wohl sagen.«

»Und worüber haben Sie geredet?«

»Belangloses Zeug. Über was man halt so schwätzt.«

»Dabei hat er Ihnen erzählt, dass er am kommenden Morgen zur Jagd gehen wollte.«

»Wie meinen Sie das?«

»Wie soll ich das schon meinen, Frau Lambertz?«

Sie stützte sich mit beiden Händen auf der Tischplatte ab und sank langsam auf die Vorderkante des Lemberg gegenüberstehenden Stuhls. »So genau weiß ich das nicht mehr.«

»Er hat es Ihnen erzählt. Und Sie haben das weitererzählt, Frau Lambertz. *Wem* haben Sie das erzählt?«

Sie versuchte, seinem Blick standzuhalten, aber sie war eine schlechte Schwindlerin. Ihre Augenlider begannen zu flattern.

»Niemandem«, stotterte sie.

»Sie lügen, Frau Lambertz«, sagte Lemberg. »Wen versuchen Sie zu decken?«

»Mich«, sagte eine männliche Stimme von der Tür. »Mir hat Resi davon erzählt.«

Norbert Lambertz trug noch immer den Verband um den Kopf, den ihm der Notarzt am Morgen angelegt hatte. Ein wenig erinnerte er damit an Steinbecks Hund, auch wenn er andere Ohren hatte. Das Toupet war bestimmt in der Reinigung. Zusätzlich war Lambertz' rechte Hand bandagiert, in die der Holzsplitter gefahren war. Er schloss die Tür, kam an den Tisch und setzte sich neben seine Frau. Für Außenstehende hätte es sich bei dem Quartett auch um zwei Ehepaare handeln können, die sich zum Kartenspielen getroffen hatten. Aber so harmlos war das Miteinander nicht. An einer Verschiebung der Schulter erkannte Lemberg, dass der Hotelier seine Linke auf das Bein seiner Frau gelegt hatte. An einem kurzen Zusammenzucken ihrerseits, dass er fest zupackte.

»Das Gewehr, das Sie suchen, steht im Keller«, sagte er. »Hinter dem Regal mit den Privatweinen.«

»Sie sprechen von der Schrotbüchse, mit der Steinbeck erschossen wurde.«

»Ja.«

»Sie haben die Waffe illegal erworben.«

»Spielt das jetzt noch eine Rolle?«

»Warum haben Sie Elmar Steinbeck erschossen, Herr Lambertz?«

Wieder ging ein Ruck durch seine Frau, aber Norbert Lambertz hatte sie im Griff.

»Er hat unser aller Leben zerstört.«

»Ich habe eine Ahnung«, sagte Lemberg und nahm noch einen Schluck Kleisterbier, da sein Mund staubtrocken war. »Ich hätte aber gerne, Sie würden mir Gewissheit verschaffen.«

Lambertz fuhr sich mit der Zungenspitze über die Lippen.

»Soll ich es ihm sagen?«, fragte ihn seine Frau.

»Nein«, sagte Lambertz und drückte das Kreuz durch. »Das ist meine Sache.«

»Wer auch immer«, sagte Lemberg. »Ich bin ganz Ohr.«

Lambertz räusperte sich. »Ricarda ist nicht meine Tochter.«

»Ach? Wessen dann?«

»Elmar ist Ricardas Erzeuger. Als wir geheiratet haben, war Resi schwanger. Ich wusste davon, sie hatte es mir gesagt. Obwohl ich damals so unerfahren war, dass ich es wahrscheinlich nicht gemerkt hätte, wenn sie mir das Kind untergeschoben hätte.«

»Hat Ihnen das nichts ausgemacht?«

»Doch, anfangs. Aber meine Liebe war größer.«

Resi Lambertz' Hand verschwand unter dem Tisch. Lemberg nahm an, dass sie sie auf seine gelegt hatte.

»Ich habe Ricarda als mein Kind angenommen und liebe sie, als sei sie mein Fleisch und Blut«, sagte Lambertz ohne Pathos. »Nach außen hin, insbesondere wegen meiner Eltern, die damals noch gelebt haben, haben wir so getan, als sei ich der Vater. So war vieles einfacher. Die Wahrheit ging nur uns beide was an.«

»Sie haben es Ricarda nie gesagt.«

»Wir haben immer auf den richtigen Zeitpunkt gewartet, aber der ist nie gekommen oder wir haben ihn verpasst. So haben wir es immer weiter hinausgezögert und irgendwann einfach vergessen. Es war so egal, sie war ja mein – ist unser Kind.«

»Wann haben Sie erfahren, dass Klaus-Peter Krings ebenfalls von Elmar Steinbeck gezeugt worden ist?«, schoss Lemberg ins Blaue. »Dass er quasi Ricardas Halbbruder ist?«

»Eigentlich nie«, sagte Resi Lambertz. »Ich hatte zwar zeitweilig den Verdacht, aber es gab nie eine Bestätigung. Bis zuletzt.«

»Erklären Sie mir das.«

»Als ich seinerzeit nach Monschau gekommen bin, hatte ich zwar Arbeit, aber ich kannte außer Mariele so gut wie niemanden. Als sie dann bald darauf geheiratet hat, hatte sie nur noch wenig Zeit für mich. Ich war in der Freizeit oft für mich und hab mich gelangweilt, als Frau ging man damals noch nicht allein aus wie heute. Elmar Steinbeck kurvte zu der Zeit immer mit seinem Flitzer durch den Ort. Er sah blendend aus und war der Schwarm aller Mädchen. Als er mich eines Tages angesprochen hat, hab ich nicht nein gesagt.«

Norbert Lambertz' Hand tauchte auf der Tischplatte auf. Nach all den Jahren tat es offenbar doch noch weh, daran erinnert zu werden.

»Ausgerechnet beim letzten Mal, als wir zusammen waren,

hab ich in den Spalt am Kopfende der Matratze gegriffen und hab dort ein Schnupftuch gefunden«, fuhr Resi Lambertz fort. »Ich hab es gleich an den Initialen erkannt. M. und F. für Mariele Fischer, ihr Mädchenname. Ich selbst hatte es bestickt und Mariele zum Geburtstag geschenkt. Das war schon ein Schock, das können Sie mir glauben.«

Lemberg musste einen Moment daran denken, was Krings wohl gesagt und getan hätte, hätte er davon erfahren. Er stellte es sich lieber nicht vor.

»Nicht weil ich auf die Art erfahren hab, dass Elmar auch andere Frauen hatte«, beeilte sie sich zu sagen. »Das wusste ich eh, da hab ich mir nie was vorgemacht. Aber die Mariele! Sie war doch verheiratet. Das Tuch hatte ich ihr zwar vor der Hochzeit geschenkt, aber so ein Bett wird doch alle Tage bezogen, sodass ich annehmen musste, dass es noch nicht lange dort gesteckt hatte. Sonst hätte es ja wer finden müssen. Später ist mir dann wieder eingefallen, dass die Mariele sich mal beklagt hatte – beklagt ist zu viel gesagt, sie hat es halt einfach erzählt, eigentlich nur angedeutet –, dass der Peter sie arg vereinnahme, sie fühle sich regelrecht fremdbestimmt. Anfangs hatte ihr so viel Aufmerksamkeit geschmeichelt, aber dann ist es ihr zu viel geworden. So hab ich mir halt erklärt, dass sie und der Elmar ...«

Der Cocker hatte sich inzwischen aufs Sofa zurückgezogen und hörte aufmerksam zu. Für ihn waren das Probleme aus einer anderen Welt.

»Bald darauf haben Norbert und ich geheiratet, und Mariele hat zwei Monate später Klaus-Peter bekommen. Ich hatte nie auch nur einen Zweifel, dass der Bub der Sohn vom Peter war. Für mich war die Geschichte mit Elmar eine Episode, die ich bald darauf auch vergessen hatte.«

»Die Kinder haben, solange sie klein waren, viel miteinander gespielt«, sagte Norbert.

»Ja, bis zu Marieles Tod«, sagte Resi. »Danach ist der Kontakt zu Peter abgebrochen, mit der Romy hab ich mich nie sonderlich verstanden. Man hat sich gegrüßt, das war's aber auch. Die Kinder hatten dann noch losen Kontakt, weil sie in derselben Klasse waren. Ansonsten ging jeder seiner Wege, beide haben später jeweils andere geheiratet. Bis beide Ehen auseinandergegangen sind.«

Sie strich sich eine Strähne aus dem Gesicht, die gar nicht existierte. »Den ersten leisen Verdacht hatte ich, wenn ich's recht bedenk, als die beiden einander geheiratet haben. Damals in der Kirche, als sie so vor mir standen. Plötzlich überkam mich so ein Gefühl. Aber das war auch schnell wieder vergangen. Alles stand zum Besten, beide schienen endlich ihr Glück gefunden zu haben. Bis Torben zur Welt kam. Da ist es mir dann mit aller Macht gekommen.«

»Aber Sie haben weder Ricarda noch Klaus-Peter von Ihrem Verdacht erzählt, oder?«

»Sie hat es ja nicht einmal mir erzählt«, sagte Norbert in einem Ton, als beklage er den Vertrauensmangel noch heute.

»Was hätte ich sagen sollen?«, fragte Resi. »Die Angst, dass ich den Kindern die Ehe kaputt mache, war größer. Außerdem hatten sie beschlossen, so hatte es mir zumindest Ricarda versichert, kein weiteres Kind zu bekommen. Als sie jetzt dann doch wieder schwanger wurde, hab ich schwer mit mir gerungen, ob ich es ihnen nicht doch sagen muss. Ich war hin und her gerissen, es war eine fürchterliche Zeit. Ich bin regelrecht krank geworden. Immer weiter hab ich die Entscheidung rausgeschoben. Zu lang, wie ich heut weiß.«

»Als mir Resi vor zwei Wochen zum ersten Mal von ihrem Verdacht berichtet hat, bin ich aus allen Wolken gefallen«, sagte Lambertz. »Ich habe dann die Initiative ergriffen und Elmar darüber in Kenntnis gesetzt. Die Zeit drängte ja.«

»Wie hat er reagiert?« Zum wiederholten Mal hatte Lemberg das Gefühl, außerhalb seiner selbst zu stehen, gerade so, als sei er als Zuschauer im Theater und sehe sich in einer Rolle auf der Bühne.

»Er war sich keiner Schuld bewusst«, sagte Norbert Lambertz. »Er hat mir glaubhaft versichert, dass er weder wusste, dass er Ricardas noch dass er Klaus-Peters Vater war. Weder Resi noch Mariele hatten es ihm je gesagt, geschweige denn hat eine der beiden irgendwelche Ansprüche an ihn gestellt. Ich habe ihn trotzdem in die Pflicht genommen und ihm gesagt, er müsse alles tun, um Ricarda zum Schwangerschaftsabbruch zu überreden. Ich bin sogar so weit gegangen, von ihm zu verlangen, er müsse ihr vorlügen, dass das Kleine in jedem Fall behindert zur Welt kommen werde. Davon wollte er nun gar nichts hören, und es ist zum Streit gekommen. Immerhin war er bereit, auf seine Kosten diese Vaterschaftstests machen zu lassen. Ich habe ihm die dafür notwendige Probe von Klaus-Peter besorgt, einige Haare aus seinem Kamm. Einen Abstrich Ricardas hatte er ja und seine eigene Probe – na ja. Letzten Freitag sollte dann das Ergebnis vorliegen. Aber er hat sich nicht gemeldet und war auch nicht erreichbar.«

»Das Wochenende war schrecklich«, sagte Resi Lambertz und faltete ihre Hände wie zum nachträglichen Bittgebet. »Die Zeit lief uns davon. Ricarda war doch schon in der fünfzehnten Woche.«

»Gleich nachdem die Praxis am Montag geöffnet hatte, bin ich hin zu ihm«, sagte Norbert Lambertz. »Aber das wissen Sie ja bereits. Ich hab ihn angeschnauzt, weil er uns versetzt hatte. Da hat er mir dann endlich bestätigt, was wir befürchtet hatten: Die Ergebnisse waren eindeutig, er war der Vater beider Kinder.«

Lemberg wandte sich an Resi Lambertz. »Warum haben Sie ihn nicht beim Tierarzt darauf angesprochen?«

»Das wollte ich ja, aber es ging nicht«, sagte sie. »Wir waren nicht allein. Deshalb hab ich ihn gebeten, draußen auf mich zu warten, aber als ich rauskam, war er verschwunden.«

»Wie wollten Sie weiter vorgehen?«

»Elmar hat mir versprochen, auf Ricarda einzuwirken, das Kind abtreiben zu lassen«, sagte Norbert. »Er hat mir aber auch gesagt, sollte sie das ablehnen, bestünde nur die Möglichkeit, ihr die volle Wahrheit zu sagen. Ihr etwas vorzumachen hat er kategorisch abgelehnt.«

»Und das wollten Sie nicht zulassen.«

Lambertz wirkte verblüfft. »Ja. Genau so war es. Alles wäre zerbrochen, wir hätten sie womöglich für immer verloren.«

»Am nächsten Morgen haben Sie Elmar Steinbeck dann an seinem Hochsitz aufgelauert und ihn kaltblütig erschossen«, sagte Lemberg.

»Ja.«

»Warum haben Sie die Praxis in Brand gesteckt?«

»Nun ... Wir haben befürchtet – ich habe befürchtet, er könnte Aufzeichnungen aufbewahrt haben, die uns verraten hätten. Dann wäre doch noch alles herausgekommen, und sein Tod wäre umsonst gewesen.«

»Und um den Verdacht von sich abzulenken, haben Sie dann dieses zweite Attentat auf sich selbst inszeniert.«

»Ja.«

»Wer hat geschossen?«

»Ich«, sagte Resi. »Ich kann ganz gut mit einem Gewehr umgehen. Der Vater hat uns das schon als Kinder beigebracht. Er sagte immer, man kann ja nie wissen.«

»So gut wohl doch nicht. Es hat nur eine Handbreit gefehlt, und Sie hätten Ihren Mann getroffen.«

»Das war die Kunst«, sagte Lambertz.

»Es ist aller Ehren wert, wie Sie versuchen, sich schützend vor Ihre Familie zu stellen, Herr Lambertz«, sagte Lemberg und litt unter dem Widerhall seiner Worte. »Aber ich glaube Ihnen kein Wort. Ihr Motiv ist mir zu schwach. Wo ist Ihr Schwiegersohn?«

»Hören Sie, ich habe gestanden.« Norbert Lambertz stand auf und streckte Lemberg die zusammengelegten Handgelenke entgegen. »Nehmen Sie mich gefälligst fest.«

»Wo ist Ihr Schwiegersohn?«

Die Lambertz sahen sich an. Dann senkten beide den Blick.

»Er ist mit Ricarda nach Holland gefahren«, sagte Resi. »Sie kommen erst morgen zurück.«

»Überprüfen Sie das«, sagte Lemberg.

»Gern, Chef«, sagte Maggie. »Wenn Sie mir sagen, wie man das macht.«

*

Müller und Schmitz fuhren mit Resi Lambertz auf dem Rücksitz und dem sichergestellten Schrotgewehr im Kofferraum vorneweg. Maggie und Lemberg folgten im Dienstgolf.

»Hast du was mit der Noll?«, fragte Maggie beiläufig. Dass sie dabei grinste, konnte er nicht sehen.

»Ich bin es nicht gewöhnt, dass du bei einer Vernehmung dabeisitzt«, sagte Lemberg. »Mach jetzt bloß nicht mehr daraus.«

Die Außenlaterne vor dem Bungalow brannte. Klaus-Peter Krings wartete bereits an der Tür.

»Ich habe mit Ihrem Kommen gerechnet«, sagte er. »Gleich nach Ihrem Anruf. Hallo, Resi.«

»Können wir kurz reingehen?«, fragte Lemberg.

Er trat zur Seite. »Sie kennen ja den Weg.«

Im Ikea-Wohnzimmer lehnte Lemberg sich gegen die Anrichte. Er wollte nicht schon wieder sitzen. Das Aufstehen war zu beschwerlich. Krings, seine Schwiegermutter, Maggie und Schmitz setzten sich. Müller war draußen beim Streifenwagen geblieben. Sicher war sicher.

»Meine Frau und die Kinder schlafen schon«, sagte Krings. »Können wir es kurz machen?«

»Sie waren in Holland«, sagte Lemberg.

Krings nickte schwerfällig. »Als es so weit war, konnte Ricarda es nicht. Sie hat es einfach nicht fertiggebracht. Wir mussten unverrichteter Dinge nach Hause fahren.«

»Weiß sie nichts von all dem, was Sie getan haben?«

»Dann hätte ich ihr ja auch sagen müssen, warum. Ich weiß aber nicht, wie man so was sagt. So etwas kann man niemandem sagen. Ich müsste ihr so viel erzählen. Wenn man alles auf einmal erfährt, erschlägt es einen. Ich weiß das.«

»Wie haben Sie erfahren, dass Steinbeck Ihr Vater ist?«

»Wir waren Montag in Heerlen und haben Möbel ausgesucht. Es war später geworden, als wir wollten, und so hab ich zuerst Ricarda nach Hause gefahren. Wir mussten ja auch noch Patricia abholen, die tagsüber bei einer Freundin gewesen war. Ich bin dann noch mal los zu meinen Schwiegereltern, wegen des Hundes. Wie immer wollte ich hintenrum rein. Ich hatte schon den Schlüssel in der Hand, als ich durch das gekippte Fenster gehört habe, wie Norbert und Resi sich unterhalten haben. Da hab ich alles erfahren.«

»Was, alles?«

»Dass ich meine eigene Schwester geheiratet habe, zumindest

meine Halbschwester. Dass das der Grund ist, warum Torben behindert ist. Dass deswegen vielleicht auch unser zweites Kind behindert sein wird. Mein gesamtes Leben hat sich innerhalb von Sekunden in nichts aufgelöst. Alles, wofür ich gelebt habe, war auf einmal nichts mehr wert. Dann haben sie davon gesprochen, dass Elmar es Ricarda am nächsten Tag unter Umständen sagen würde. Ich wusste, dass sie für den Tag einen Termin bei ihm hatte. Das konnte ich nicht zulassen.«

»Woher wussten Sie, dass er zur Jagd gehen würde?«

Krings' Kopf ruckte in Richtung seiner Schwiegermutter. »Resi hat es Norbert gesagt.«

»Haben Sie bereits in dem Moment beschlossen, Elmar Steinbeck umzubringen?«

»Ich kann nicht sagen, dass ich den Entschluss bewusst gefasst habe. Alles lief irgendwie automatisch ab. Ich hab wie in Trance gehandelt. Erst als ich mit Norberts Schrotbüchse im Auto saß, bin ich wieder zu mir gekommen. Aber da konnte ich schon nicht mehr zurück. Ich wollte es nicht.«

»Sie wussten, wo Ihr Schwiegervater das Gewehr versteckt hatte?«

»Natürlich.«

»Den Molotowcocktail haben Sie auch geworfen.«

»Ich war in Sorge, in Ricardas Akte könnten sich Hinweise finden lassen. An Kopien hab ich dabei gar nicht gedacht. Gott sei Dank. Sonst hätte ich womöglich auch noch sein Haus angezündet.«

»Ihre Frau hat Ihnen für beide Tatzeiten Alibis gegeben.«

»Ricarda hat einen tiefen Schlaf. Außerdem schlafe ich seit einer Woche hier im Wohnzimmer. Wir hatten einen albernen Streit und haben es noch nicht geschafft, uns wieder zu versöhnen. Sie hat im guten Glauben für mich ausgesagt.«

»Ihre Schwiegereltern haben Sie aber eingeweiht.«

»Unfreiwillig. Norbert hat mich erwischt, als ich die Schrotbüchse zurückstellen wollte. Ihm war sofort alles klar. Um den Verdacht von mir abzulenken, haben wir dann den zweiten Anschlag vorgetäuscht.« Krings sah zu seiner Schwiegermutter hin. Sie nickte. »Wer geschossen hat, wissen Sie ja anscheinend.«

»Dass Sie Ihren Vater – Stiefvater – damit in Verdacht gebracht haben, nahmen Sie in Kauf?«

»Das war nicht beabsichtigt, ließ sich aber auch nicht vermeiden.«

»Er ist tot.«

»War er das in Meyerode? Ich hab's vorhin im Radio gehört. Ich dachte mir schon so was, obwohl sie keinen Namen genannt haben. Vielleicht ist es besser so. Wenn er erfahren hätte, dass meine Mutter ihn betrogen ... Können wir jetzt gehen?«

»Wollen Sie sich nicht von Ihrer Familie verabschieden?«

»Ich könnte Ricarda jetzt nicht in die Augen sehen. Die letzten Tage waren schlimm genug. – Sagst du es ihr, Resi? Sei so gut.«

Resi Lambertz nickte mit Tränen in den Augen.

Schmitz führte ihn ab.

*

Auf der Rückfahrt starrte Lemberg aus dem Seitenfenster ins Dunkel der Eifel.

»Was denkst du?«, fragte Maggie.

Lemberg blickte sie an, sagte aber nichts.

»Oh nein«, sagte Maggie. »Wage es nicht, das auszusprechen. Ich warne dich.«

»Woher willst du wissen, was mir im Kopf herumgeht?«

»Dafür kenne ich dich zu gut, Roger Lemberg. Ein für alle Mal: Du bist der Vater unserer Kinder. Basta.«

»Daran habe ich nie gezweifelt«, sagte Lemberg und legte so viel Misstrauen in seine Stimme, wie es ihm bei seinem Zustand möglich war. »Verdächtig ist aber, dass du das so betonst.«

Nur seiner kaputten Hüfte hatte er es zu verdanken, dass er den Rest der Strecke nicht zu Fuß gehen musste.

E D G A R   N O S K E   I M

Edgar Noske
DIE EIFEL IST KÄLTER ALS DER TOD
Broschur, 256 Seiten
ISBN 978-3-89705-305-2

»Ein Krimi, der Klasse hat.
Rhein-Zeitung

»Der erste Fall mit Lemberg sollte nicht der letzte bleiben.«
General-Anzeiger

www.emons-verlag.de